让日常阅读成为砍向我们内心冰封大海的斧头。

献给我爱的布比

缪斯啊，为我歌唱，向我诉说。

——荷马，《奥德赛》

目 录

前　言

我是一个讲故事的人。我家在基列河边的一棵梧桐树下。我的曾孙们来看我的时候，管我叫老头子。

"说老太俗啦，"我装作很失望地跟他们讲，"简直是一种糟糕的贬低和冒犯。我和日月星辰共生，我身上的每个原子都从创世之初就存在了。"

"你是个骗子。"他们也佯装生气地说。

"不是骗子，是讲故事的人。"我纠正他们。

"那你给我们讲个故事。"他们说。

我可不需要什么激将法。故事是我的存在结出的香甜果实，能够分享给他们是我的乐事。

我要分享的这个故事就开始于基列河边。即便你是在这里长大的，也可能不记得这些事了。1932年夏天发生的事情对于当时的亲历者来说分外重要，但如今这些亲历者已经不剩几个了。

基列河风景秀丽，两岸排列着在我小的时候就已经很古老的棉白杨。

那时候和现在不一样。不是说更简单，或者更好，只是不一样。人们不像现在这样到处旅行，对于明尼苏达州弗里蒙特县的大多数人而言，世界就是他们目之所及的地平线的尽头。

如果你杀了人，那你就被永远地改变了。如果那个人又活过来了，那你就彻底被改变了。人们当时都是这么想的。我亲眼见识过这个以及其他的奇迹。所以这么多年来，生活给予我的诸多智慧之一就是：对于一切可能性保持开放的态度，因为只要你敢想，一切皆有可能。

我要讲的这个故事发生在很多年前的一个夏天，关于误杀、"绑架"，以及被千万种恶灵纠缠的孩子们。这个故事是关于勇气与懦弱、爱与背叛的。当然了，还有希望。不过话说回来，这就是所有好故事的母题吧！

第一部分

上帝是
一场龙卷风

第一章

艾伯特给那只耗子起了名字，叫法利亚。

这只耗子年纪不小了，毛色灰白相间。它几乎永远待在那个小牢房的墙根底下，有时候我把晚饭吃的硬饼干碎屑放到墙角，它就会沿着墙边飞奔过去。晚上我基本上看不到它，但还是能听见窸窣的声音——它从墙角的大裂缝里出来，踩过地上的干草，抓起饼干渣，再原路返回。偶尔月光从唯一的那个又高又窄的窗子挤进来，照亮东边的石头墙，我就能在反射的光中看到法利亚椭圆形的小身子，暗灰的一小团，细细的尾巴甩在身后，好像是这小动物被创造出来之后又添了一笔。

我第一次被关进布里克曼夫妇所谓的"静室"里时，他们把我哥艾伯特也一起扔进来了。那天晚上没有月亮，小牢房黑得伸手不见五指。我们的床是窄窄的干草垫子，就放在泥地上。长方形的铁门已经生了锈，底下开了个送食物的小口。所谓的食物也就是一块硬饼干。当时我吓死了。后来，本尼·布莱克威尔——一个来自罗斯巴德的苏人[1]，告诉我林肯印第安培训学校之前是一个叫作西布利堡的军事岗哨，那个静室之前就是拘留室，关押士兵的。等我和艾伯特到那儿的时候，这屋子就只关小孩了。

那时候我对耗子这东西一无所知，只听过《哈梅林的魔笛手》里那个魔笛手铲除鼠患的故事。当时我觉得它们就是一种很恶心的动物，什么都吃，可能会把我们也吃掉。艾伯特比我大四岁，也比我聪明得多，他告诉我人们总是最害怕自己不了解的东西，你害怕什么东西就应该去了解它。不是说了解了就不可怕了，但了解之后的可怕要比想象出来的可怕容易应付。所以艾伯特给那只耗子起了名字，这样它就不只是一只普通的老鼠了。我问他为什么叫法利亚，他说来自一本书——《基督山伯爵》。艾伯特很喜欢读书，而我喜欢自己编故事。每次被关进静室，我都给法利亚喂饼干渣，然后拿它编故事。我从学校图书馆的架子上找到一本破破烂烂的《大英百科全书》，查到上面说老鼠很聪明且善交际。那几年里我在静室度过了许多孤独的夜晚，渐渐地我把这个小东西当作了朋友。法利亚：非凡之鼠、怪咖伙伴、布里克曼黑暗监狱狱友。

1　苏人，说印第安语系霍卡－苏语族诸语言的印第安人。

被关静室是因为我和艾伯特跟席尔玛·布里克曼夫人顶了嘴，她是校长。当时艾伯特十二岁，我八岁，我们都刚到林肯学校上学。吃完晚饭——稀汤寡水的炖菜，里面只有一点胡萝卜、土豆、一种黏糊糊的绿色的东西和一点也嚼不动的火腿——布里克曼夫人坐在餐厅前面，给孩子们讲故事。她的故事里总带一些她认为很重要的道德训诫。讲完之后，她会问我们有没有问题。后来我才明白，这其实就是走个过场，表面上给了我们一个和她对话的机会——那种通情达理的大人和孩子之间的谈话。那天晚上讲的是龟兔赛跑的故事。她问有没有问题的时候，我举起了手。她微笑着叫出了我的名字。

"欧迪？"

她知道我的名字，开始我还挺受宠若惊的。底下坐着那么多孩子，我觉得换成我是不可能记住每个人的名字的，但她记住了我的。我想也许因为我们是新来的，或者在满屋子印第安孩子中间，我们两个是最白的。

"布里克曼夫人，你刚才说这个故事讲的是懒惰是要不得的。"

"没错，欧迪。"

"但我认为这个故事讲的是慢而稳健才能取得胜利。"

"我觉得没什么区别。"她的语气很严肃，但还不算凶。

"布里克曼夫人，我爸爸给我读过这个故事，这是伊索寓言里的一篇。他说……"

"他说?"这时她的语气不同了，那声音好像是要咳出卡在喉咙里的一根鱼刺。"他说?"她原本坐在一个高脚凳上，让整个餐厅里的所有人都能看到她。说着她从高凳上下来，穿过男生一边女生一边的长桌，往我和艾伯特这里走来。整个房间里一片寂静，只听到她走路时橡胶后跟嘎吱嘎吱地摩擦着老旧的木地板。坐在我旁边的男孩，那时我还不知道他的名字，他往另一边挪了挪，好像是想离一个要被闪电击中的地方远一点。我朝艾伯特瞥了一眼，他摇了摇头，示意我别再说了。

布里克曼夫人站在了我身边。"他说?"

"是……是……是的，夫人。"我回答得结结巴巴，但仍然毕恭毕敬的。

"他在哪儿呢?"

"您……您……您知道的，布里克曼夫人。"

"在哪儿?死了。他再也不能给你读故事了。你现在听到的故事都是我读给你的，我说它们是什么意思就是什么意思。听懂了吗?"

"我……我……"

"懂还是不懂?"

她向我靠得更近了。她身材很苗条，精致的鹅蛋脸是珍珠般的白色。她的眼睛是绿色的，目光锐利得像玫瑰丛中新长出来的刺，一头黑色的长发梳得像猫毛一样柔软。她身上散发出爽身粉和淡淡的威士忌的味道，在之后的很多年里这成了我非常熟悉的混合香味。

"懂了。"我从来没这么小声说过话。

"他没有要冒犯的意思，夫人。"艾伯特说。

"我跟你说话了吗？"她绿刺一般的眼神又刺中了我哥。

"没有，夫人。"

她直起身子来，环视了一周，然后说："还有其他问题吗？"

我当时想——希望、祈祷——这事就算完了。但那天晚上，布里克曼先生到寝室，把我和艾伯特都叫了出来。布里克曼先生是个瘦高个儿，长得也很帅，学校里的很多女人都这么说，但我只看到他的眼睛就是两个黑色的瞳孔，而他整个人像是长了腿的蛇。

"你们俩今晚要在别处睡了，"他说。"跟我来。"

在静室的第一晚，我几乎一夜没睡。当时是四月，扫过空荡的达科他的风还有点凉。我们的爸爸在不到一周前去世，妈妈在两年前去世。我们在明尼苏达没有亲人、朋友，也没人认识我们、关心我们。我们俩是这个印第安人学校里仅有的两个白人孩子。情况还能更糟吗？这么想着，然后我就听到耗子的声音，在天亮之前漫长的黑暗里我紧贴着艾伯特和那道铁门，蜷起膝盖抵在下巴上。我的泪水夺眶而出，只有艾伯特能看到，也只有他会关心。

距离那一晚已经过去四年了，我刚刚又在静室里过了一夜。我长大了点，也变化了点。原来那个胆怯的欧迪·奥班宁和我的父母一样，早就消失了。现在的欧迪十分叛逆。

听到钥匙在锁眼里转动，我从草席上坐了起来。铁门开了，我被扑面而来的晨光晃得睁不开眼。

"禁闭结束了，欧迪。"

虽然还看不清他的脸，但我立刻认出了这个声音：赫尔曼·沃兹。他是个德国老头，负责木工车间，兼任男生的助理辅导员。他站在门口，挡住了直射进来的阳光。透过厚厚的镜片，他看着我，苍白的脸庞温柔又惆怅。

"她想见你，"他说，"我得把你带过去。"

沃兹说话有德国口音，所有的 w 听起来都像 v，所有的 v 听起来都像 f。他的话说出来是，"She vants to see you. I haf to take you."[1]

我站起来，把那床薄毯子叠起来，挂在一个钉在墙上的木棍上，给下一个关在这儿的孩子用，好像下一个不是我一样。

沃兹把我们身后的门关上了。"睡得还好吗？背还

1　英文应为 "She wants to see you. I have to take you." 意为 "她想见你，我得把你带过去。"

疼吗？"

一般关禁闭之前还要挨一顿鞭子，前一天晚上也是一样。我的后背被鞭子抽得生疼，但说也没有用。

"我梦见我妈妈了。"我说。

"是吗？"

静室是这个曾经被用作岗哨监狱的长条建筑中最里面的一个房间。其他房间——原来都是牢房——都被改作储物间了。我和沃兹走过老监狱，穿过院子，来到了行政楼。行政楼是个两层的红色石头建筑，周围是西布利堡第一任指挥官种下的高大榆树。这幢楼总是在树荫底下，所以永远都黑洞洞的。

"那是高兴的梦吧？"沃兹说。

"她在河里的一只小船上。我在另一只小船上，想追上她，想看她的脸。但不管我划得多用力，她都在我前面很远的地方。"

"听起来不是好梦。"沃兹说。他穿着干净的背带裤，里面一件蓝色工装衬衫，那两只因为做木工活而伤痕累累的大手垂在两侧。他左手小拇指少了一半，是一次带锯事故造成的。有些孩子在背后叫他"老四指半"，但我和艾伯特从来不会。这个德国木工对我们一直很好。

我们走进楼里，径直去了布里克曼夫人的办公室，她正坐在大大的办公桌前，身后是一个石头壁炉。我没想到艾伯特也在。他笔直地站在她身后，像是个立正的士兵。他面无表情，但他的眼神告诉我，要小心，欧迪。

"谢谢，沃兹先生，"校长说，"你可以出去等了。"

沃兹转身离开的时候，在我的肩膀上拍了一下，虽然是个很小的动作，但我还是很感激。

布里克曼夫人说："我很担心你，欧迪。我开始觉得你在林肯学校的日子接近尾声了。"

我不知道她是什么意思，但我觉得这也不一定是坏事。

校长穿着一件黑裙子，这似乎是她最喜欢的颜色。我之前无意中听到教音乐的斯特拉顿小姐跟另一位老师说，布里克曼夫人喜欢黑色是因为她非常在意她的外表，觉得黑色显瘦。倒确实是这么回事，因为我看到校长就只会想到又细又长的壁炉火棍。她对于黑色的热衷让我们给她起了一个广为流传的外号："黑老妖"。当然了，我们只敢在背后叫。

"你知道我什么意思吗，欧迪？"

"不知道，夫人。"

"尽管你不是印第安人，但警长还是让我们接收你和你的哥哥，因为州孤儿院里实在没有空缺。我们出于善心也这样做了。但欧迪，对于你这样的男孩来说，还有另一种选择：少管所。知道那是什么吗？"

"知道，夫人。"

"你想被送去那儿吗？"

"不想，夫人。"

"我想也是。如果是这样的话，欧迪，你打算怎么做？"

"什么也不做。"

"什么也不做？"

"就是不做任何会让我被送去那里的事，夫人。"

她把双手叠着放在桌上，五指张开，像是光滑的木桌上织出的一张网。她朝我笑了一下，像是一只刚逮到苍蝇的蜘蛛。"那就好，"她说，"那就好。"她朝艾伯特点了下头。"你应该跟你哥哥学学。"

"是的，夫人。我会努力的。我能把口琴拿回去吗？"

"你很宝贝它，是不是？"

"并没有，就是一只旧口琴。我喜欢吹而已，省得我闯祸。"

"这准是你爸爸送给你的吧，我猜。"

"不是的，夫人。我在别处捡的，都不记得是哪儿了。"

"那有趣了，"她说，"因为艾伯特告诉我，这是你爸爸送你的。"

"你看，"我耸了耸肩，"宝贝什么啊，我连它是怎么来的都不记得了。"

她端详了我一会儿说："很好。"然后从裙子口袋里拿出一把钥匙，打开书桌的抽屉，把口琴取了出来。

我伸手去拿，但她又收了回去。

"欧迪！"

"夫人。"

"再有下次，我可不会还给你了。明白吗？"

"是的，夫人，我明白。"

她递过来，纤细的手指碰到了我的手。等我回到宿舍，一定要用厕所里的碱水肥皂把我的手洗到流血才算完。

第二章

"少管所啊，欧迪，"艾伯特说，"她可不是在开玩笑。"

"那我犯法了吗？"

"欧迪，那个女人可以为所欲为。"沃兹说。

"去他妈的黑老妖吧。"我说。

我们离开了榆树荫，往大院走去，这里从前是西布利堡的阅兵场。穿过这个巨大的长方形草坪往南去，就是厨房和餐厅。学校大部分建筑都沿着院子边上依次排开：最小的孩子们的宿舍、洗衣房和维护设施、木工店，一间挨着一间。再往后一点是大孩子们的宿舍和稍新一点的教学楼。所有这些建筑都是用当地采石场的红色石材建的。再往外是操场、水塔、放置重型设备和校车的停车场，还有仓库以及老监狱。整块地的北边流淌着基列河。

那天早上，天气晴朗暖和，负责地面作业的男生们已经开始工作了，有的割草，有的沿着走道进行修剪。一些女孩子带着桶和刷子跪在人行道上刷洗水泥地。谁会这样清洁人行道啊？这根本就是无用功，我们都知道，这样做的唯一目的就是让女孩子们完全地依赖学校，并受学校的绝对控制。我们经过的时候，她们抬头看了我们一眼，但没人敢跟我们搭话，因为那个邋遢又阴森的管理员迪马寇一刻不停地盯着她们。迪马寇就是在我背上抽鞭子的人。林肯学校一有男生要挨揍，就是迪马寇来施刑，每一鞭抽下去都令他心情愉悦。当时是五月末，学校已经放假了。林肯学校的很多孩子都回到明尼苏达、达科他或者内布拉斯加的印第安保留地和家人一起过暑假了。只有我和艾伯特这样没家的孩子，或者因为家里太穷、支离破碎而没有条件接回去的孩子，一年四季都住在学校。

回到宿舍，艾伯特清理了我背上的伤痕，沃兹小心翼翼地给我涂上他为这种情况备下的金缕梅药膏。我洗了把脸，然后我们往餐厅走去。大门上面的石头上刻着"餐厅"二字，这还是当年军队在这儿吃饭留下的。彼得森太太负责孩子们的饮食。在她的精打细算之下，这可不是个能吃饱饭的地方。食堂的地面虽然磨损严重，但从来都不会有一粒饭渣。每顿饭后，一排排桌子都被水加一点漂白剂擦拭干净。厨房和面包房也总是材料不足，我曾经听到彼得森太太抱怨说给的钱从来都不够买像样的吃食，但她还是凑合应付着——所谓的汤，捞不着什么东西，还有一股臭水沟的味道；面包硬得能劈开石头（她说酵母太贵了）；偶尔有肉，基本都是咬不动的软骨硬筋——保证孩子们一天能吃上三顿饭。

走进食堂的时候，赫尔曼·沃兹说："欧迪，我有一个坏消息，一个好消息。先说坏的。你今天被分到布莱索的干草地去干活。"

我看了艾伯特一眼，就知道这是真的了。确实是个坏消息。我甚至恨不得还被关在静室算了。

"还有，你错过了早饭。不过这你知道的。"

早饭在7点钟准时开始。我8点才被沃兹从牢里放出来。这不是他的错，是布里克曼夫人交代的。最后的惩罚是没有早饭吃。

在干林肯学校最累的活儿之前吃不到早饭，我想还能有什么好消息。

刚想着，我就明白了。唐娜·雄鹰从厨房里走了出来，穿着白围裙，系着白发带，手里端着一只缺了口的白碗，碗里装着满满一碗麦片粥。唐娜·雄鹰跟我一样，也是十二岁，是内布拉斯加州温尼贝戈族印第安人。她两年前到林肯学校的时候瘦巴巴的，不爱说话，一头长发编成两条辫子。他们把她的辫子剪掉了，用细齿梳子通了一下剩下的头发。和对待其他孩子一样，他们扯下了她的破衣烂衫，用煤油给她冲洗身体，然后换上学校的校服。当时她不怎么会说英语，几乎从来不笑。在林肯学校待了几年之后我渐渐明白，对于刚从居留地出来的孩子来说这并不罕见。

不过现在她会笑了，虽然笑得很腼腆。她把碗放在桌上，拿出一把勺子给我的时候，就笑了一下。

"唐娜，谢谢你。"我说。

"谢沃兹先生吧，"她说，"他和彼得森太太吵了一架呢。他告诉她，让你空着肚子就去干活简直是犯罪。"

沃兹笑了。"我答应了要在木工房里给她做一个新的擀面杖。"

"布里克曼夫人会生气的。"我说。

"她不知道就犯不着生气。吃吧，"沃兹说，"然后我带你去布莱索那儿。"

"唐娜，"一个女人的声音在厨房里喊，"别磨蹭。"

"你快去吧。"沃兹说。

那个女孩子给了我一个神秘的眼神，然后就进厨房去了。

沃兹说："欧迪，你吃你的。彼得森太太那儿我来摆平。"

就剩我们俩的时候艾伯特说："你他妈想什么呢？弄了条蛇来？"

我开始吃麦片。"不是我干的。"

"对，"他说，"从来都不是你干的。老天哪，欧迪，你现在离被开除又近了一步。"

"开除也没什么大不了的。"

"你觉得去少管所更好？"

"反正不会更差了。"

他狠狠瞪了我一眼。"那蛇你在哪儿弄到的？"

"我说了不是我。"

"你可以跟我说实话的，欧迪。我又不是布里克曼夫人。"

"你是她的仆人。"

这句话戳到他了，我觉得他要揍我了。结果他说："她对唱歌这事很当回事。"

"只有她当回事。"想到她跳得正欢的时候蛇从她脚面上爬过去，我就笑了。那是一条黑游蛇，无毒无害。如果这是个恶作剧，那胆子可真不小，因为挨揍是肯定的。即便是我也得三思而行。我估计这条小蛇就是恰巧从外面钻进了食堂，纯属意外。"我猜她吓得尿裤子了。大家都觉得很好玩啊。"

"但只有你被鞭子抽了，还跟法利亚共度一晚。现在又要去布莱索的地里干活。"

"看到她吓成那样也值了。"我有点言不由衷。我知道等太阳落山的时候我就会后悔因为那条蛇而受到惩罚。迪马寇在我背上抽出来的鞭痕还没结痂，到时候干草灰和我自己出汗的盐分肯定会让伤口更疼。但我不想让艾伯特这个无所不知的自大狂看出我的担心。

那时候我哥已经十六岁了，在林肯学校长成了个瘦高个儿。他长了一头平平无奇的红发，后面总是竖起来一撮。和其他红头发的人一样，他也很容易长雀斑，每到夏天，他的脸上都长满了雀斑。他挺介意自己的长相，觉得自己长相奇特。但他试图用聪明才智弥补长相上的不足。艾伯特是我见过的最聪明的孩子，可着整个林肯学校也找不到更聪明的了。他不太擅长运动，但因为聪明的脑瓜受人尊敬，他还正直得要命。这并不是天生的，因为我就对他所说的那些仁义道德毫不关心，而且我们的爹也算是个骗子。但我哥对于做正确的事，至少是他认为正确的事，非常执着。在什么是正确的事上，我们也会有分歧。

"你今天去哪儿干活？"我大口吃着麦片问。

"帮康拉德搞搞机械。"

对了，艾伯特手也很巧。让别人头疼的机械问题，到他那总是迎刃而解。他总是被派去帮负责林肯学校设备维护的巴德·康拉德干活，结果锅炉、水泵和发动机他就都懂了。我估计他长大了会当个工程师什么的吧。那时候我还不知道我长大了要干什么，我只知道不管干什么，一定要离林肯学校远远的。

我快吃完的时候，听到一个小女孩的叫声："欧迪！艾伯特！"

小艾米 [1]·弗罗斯特穿过食堂冲我们跑过来，她妈妈科拉·弗罗斯特跟在后面。弗罗斯特夫人教女孩子们家政课——烹饪、缝纫、熨衣、装潢和清洁——还教所有人阅读课。她相貌平平，身材苗条，一头泛红的金发，眼睛的颜色我现在记不得了。她的鼻子很长，鼻头有点歪，我一直在想是不是小时候断了没接好。她人很好，有同情心，虽然不是男人们眼中的美女，但对我来说就像天使一样可爱。我总觉得她和宝石一样：美不在于宝石本身，而是光下的闪耀。

艾米是个小可爱，一头鬈发就像报纸漫画里的小孤儿安妮，我们都很喜欢她。

"幸亏他们给你饭吃了，"弗罗斯特夫人说，"今天有好多活儿等着你干呢。"

我伸出手去胳肢艾米，她笑着往后退。我抬头看着她妈妈，难过地摇了摇头。"沃兹先生告诉我了，我今天要去布莱索的干草地干活。"

"你本来要去布莱索那儿干活，但我设法给你换了个活儿。你今天给我干活。你、艾伯特还有摩西。我的花园和果园都需要打理，布里克曼先生同意把你们三个调给我。吃完早饭，咱们就走。"

我狼吞虎咽地吃完了早饭，把碗送到厨房去，顺便跟沃

---

1 艾米（Emmy）为艾玛琳（Emmaline）的昵称。

兹先生解释发生了什么。他跟着我回到餐桌这边来。

"你说动了布里克曼？"德国人问，语气里满是敬佩。

"沃兹先生，我眨巴眨巴眼睛，他就像锅上的黄油一样融化了。"

她要是个美女的话，说不定真是这样。不过我猜说服他的是她的好心肠。

沃兹说："欧迪，那你今天也得努力干活啊。"

"我会更努力的。"我向他保证。

艾伯特说："我一定让他好好干。"

吃饭时间，孩子们从不同的门进食堂——女生从东门进，男生从西门进。那天早上，弗罗斯特夫人带我们从男生入口出去，因为行政楼看不到这儿。我猜是因为她不想让席尔玛·布里克曼看到我们再推翻她丈夫的决定。大家都知道虽然布里克曼先生是家里的男人，但他们家管事的是他老婆。

弗罗斯特夫人开着她那辆满是灰尘的 T 型皮卡沿着基列河开到了学校以东半英里外的林肯镇。她和艾米坐在前面，我和艾伯特坐在后面的平板上。我们经过了弗里蒙特县法院所在的广场，旁边还有个露天舞台以及内战时期明尼苏达第一志愿步兵团发射过的两门大炮。广场上停着几辆车，不过那是 1932 年，不是所有农民都买得起车，所以还有几辆马车也拴在那儿。我们经过了哈特曼的面包店，我能闻到热乎乎的面包香味。他们的面包是加了酵母的，吃的时候不会硌了牙。虽然我已经吃了麦片，但面包的香味让我又饿了。我们还经过了警署，路边站着的一个警官轻触了一下帽檐向弗罗斯特夫人打招呼。他看了我和艾伯特一眼，严肃的神情让我想起了布里克曼夫人要送我去少管所的威胁。我假装不在意，但其实心里怕得很。

过了林肯镇，土地就变成了耕地。我们经过的土路两边都是玉米地，一排排笔直的绿色玉米芽从黑土地里冒出头来。我读过的一本书里说，这儿原来都是草地，草比一人还高，底下富饶的黑土有五十英尺深。西边出现了布法罗岭，这是一片低矮绵延的山脉，无法耕种。再往外就是南达科他了。我们往地势平坦的东边开去，离得很远我就看到了赫克托·布莱索的干草地。

在林肯印第安培训学校，男生们是布莱索以及所有想要免费劳动力的农民们垂涎的猎物，给他们干活变成了学校里的"培训"。从这种培训中我们只学到一件事，那就是宁愿死也不要当农民。我们的活永远又脏又累——给牛圈清粪、给猪喂泔水、给玉米去雄蕊或者砍曼陀罗，而且总是在骄阳之下——但是给布莱索割草绝对是最惨的。你一整天都跟那些干草垛玩儿命，汗流浃背的，浑身沾满了干草屑，痒得好像被几百万只跳蚤咬了一样。除了吃午饭，中间一点休息也没有。午饭也就是一个干巴巴的三明治和被太阳晒热了的水。

被分给布莱索的都是那些年龄大，块头也大的孩子，或者像我这样总给林肯学校惹麻烦的人。因为我没有高年级的孩子们有力气，所以不只布莱索看我不顺眼，其他孩子也嫌我拖后腿。艾伯特在的时候会帮我解决麻烦，但艾伯特是黑老妖最爱的学生，很少会来给布莱索干活。

弗罗斯特夫人把车开到田野里，割好晒干的苜蓿一排排躺在那儿，似乎一直排到了大地的尽头。布莱索正坐在拖拉机上，拉着压捆机。一些男孩用干草叉把干草扔进机器里；另一些跟在后面，把一捆捆的干草从地上扛起来，放到平板卡车上。开车的是布莱索的儿子拉尔夫，跟他爹一样坏。弗罗斯特夫人把车停在拖拉机前面，等着布莱索过来。他关了引擎，从车座上爬下来。我看了一眼那些干活的学生，都光着膀子，像牲口一样汗流浃背的，他们的黑头发因为沾满了干草屑都变成了金发。他们脸上的表情我懂——因为能歇几分钟而松了口气，但又因为我和艾伯特不用受这份罪而恨恨的。

"早上好啊，赫克托，"弗罗斯特夫人愉快地说，"活儿干得还顺利吗？"

"你来之前顺利。"布莱索说。他并没有像大多数男人那样因为有女士在场而摘下他的大草帽。"你要干什么？"

"我要你手底下的一个年轻人。布里克曼先生答应把他分给我了。"

"不管你要谁，都是布里克曼先分给我的。"

"然后他改主意了。"她说。

"他没给我打电话。"

"打了的话你在田里也能听见？"

"可以打给我老婆。"

"要不你们多休息会儿，咱们到你的农舍去问问罗莎琳德？"

那可要耽误半个多小时呢。我看着那些林肯的孩子筋疲力尽地靠在压捆机上，对于可能的休息满怀希望。

"或者你也可以相信我这个女人的话。"

我能看出来布莱索在为这个问题伤脑筋。除非他直接说她撒谎，不然就只能屈服了。他那个黑暗、干枯、狭窄的内心完全拒绝接受这件事，但他无法对这话提出怀疑，她是个女人、老师，也是个寡妇。他对她的愤恨简直不能更明显了。

"你要哪个？"

"摩西·华盛顿。"

"靠！"这时他终于把草帽摘下来，充满厌恶地把它扔在了地上。"他是我这儿最能干的。"

"现在他是我这儿的了，赫克托。"她看着一个站在压捆机上正往里送草的男孩子。"摩西，"她叫他，"穿上上衣，跟我来。"

摩西拿起上衣，敏捷地从机器上跳了下来。他一路小跑到 T 型卡车前，轻松地跳到平板上，跟我和艾伯特一起背靠驾驶室坐着。他冲我比画了个嗨，我冲他比画摩西，走运了。他回了个咱们都走运，然后在空中画了个圈表示说的是我、艾伯特和他自己。

弗罗斯特夫人说："好了，我来的目的达到了。"

"我看也是。"布莱索一边说着，一边弯腰去捡帽子。

"哦，如果你想要的话，我手里有布里克曼写给我的许可信。"她递给布莱索一张纸。

"你一开始把它给我不就完了。"

"你一开始相信我不就完了。再见。"

我们开出了田野，看着布莱索又爬上拖拉机，继续沿着长长的一排晒干的苜蓿往前走，林肯学校的孩子们也弯下腰继续痛苦地劳作。

摩西坐在我旁边对着晨曦做了个感激的手势，然后又比画了一次，咱们都走运。

第三章

科拉·弗罗斯特的房子坐落在基列河南岸，林肯镇以东两英里的地方。她们家有一个旧农舍、一个小苹果园、一个大花园、一个谷仓，还有一些外屋。她丈夫安德鲁·弗罗斯特还在世的时候，他们种了很多亩玉米。他们都在林肯学校工作，弗罗斯特先生当时是我们的体育教练。我们都很喜欢他。他是苏族和苏格兰－爱尔兰人混血，是个运动健将。他被送到宾州的卡莱尔印第安学校上学，还认识吉姆·索普[1]。这位体育界的传奇人物在十一岁就帮助他所在队伍的印第安孩子们打败了哈佛的橄榄球精英，震惊了世界。弗罗斯特先生死于一次农作事故。当时他坐在圆盘耙上，腿上坐着小艾米，驾着他们家的大型驮马"大乔治"穿过耕地，把刚刚翻

---

[1] 吉姆·索普（1888—1953），美国知名全能运动员。曾获得1912年夏季奥运会五项全能与十项全能金牌，还参加过美国美式足球联盟、美国职棒大联盟与美国职业篮球联盟。

过的黑土块碾碎。走到田边要掉转马头的时候，"大乔治"碰到了篱笆边上草丛里的一个马蜂窝。马受了惊吓，后腿直立起来，惊慌失措地逃跑了。小艾米从他爸爸的腿上飞了出去，落到了机器外面。安德鲁·弗罗斯特为了够掉下去的小艾米，从座位上掉了下去，摔在了圆盘耙18英寸长的锋利的刀刃上，被直接刺穿了。艾米摔下去的时候头磕到了一个篱笆桩，昏迷了两天。

到1932年夏天，安德鲁·弗罗斯特去世已经一年了。他的遗孀重新振作起来了。她把耕地租给了一个农民，但果园和花园还要她自己打理。老农舍总需要修修补补，谷仓和外屋也是。有时候我、艾伯特和摩西会被叫来帮忙，这我倒没意见。我想她肯定很不容易，要一个人抚养艾米、干农活，同时还要在林肯学校工作。虽然弗罗斯特夫人心肠很好，但似乎头上总顶着一团乌云，她的笑容也不再如往日明媚。

等我们到了她家，一个接一个从卡车上下来之后，她立刻给我们派了活儿。她把我和摩西从布莱索的干草地解救出来可不只是因为心肠好。她给了摩西一把长柄大镰刀，让他去果园里割果树之间已经长得很高的杂草，我和艾伯特则被派去围着她的花园盖一圈防兔篱笆。她单靠在林肯学校的薪水难以维生，所以花园和果园对她来说很重要。为了艾米和她自己在漫长的冬天有足够的食物，她把蔬菜装罐保存，把水果也储存起来。我们干活的时候，她和艾米就在花园除草。

"把口琴拿回来算你走运。"艾伯特说。

我们挖好了一个洞，我握着刚放进去的篱笆，艾伯特把土填回去，踩得实实的。

"她总威胁说不给我了。"

"她这些威胁可不是随便说说。"

"她要是把我的口琴拿走了，就没有可以威胁我的东西了。关静室对我来说可不算什么。"

"她可以让迪马寇多抽你几下。他肯定愿意。"

"那就疼一阵儿，然后就好了。"

艾伯特从来没被鞭子抽过，所以他不知道。迪马寇的鞭子疼极了，打完之后一整天人都是哆嗦的。不过有一点没错，这些疼痛都会过去的。

"她要是知道这个口琴对你意味着什么，肯定会当着你的面弄坏的。"

"所以她最好不要知道。"我带着点威胁的口气说。

"你觉得我会告诉她吗？"

"现如今我真不知道你会做什么。"

艾伯特一把揪住我的衬衫，把我拉过去。他已经长了好多雀斑，脸就像一碗泡发的玉米片。

"妈的，现在挡在你和少管所之间的只有我了。"

艾伯特几乎从不说脏话。虽然他很小声，但弗罗斯特夫人还是听见了。

她停下了除草的动作，直起身来说："艾伯特。"

他轻推了我一下把我放开。"总有一天你会惹上个我也收拾不了的麻烦。"

在我听来他好像很期待那一天的到来。

我们停下来吃了个午饭。弗罗斯特夫人给我们做了很好吃的火腿沙拉三明治，还有苹果酱和柠檬水。我们在基列河边一棵大棉白杨底下吃的。

摩西比画说，河流向哪儿？

弗罗斯特夫人说："先汇入明尼苏达河，再汇入密西西比河，然后再流淌 1500 英里就到了墨西哥湾。"

好长的路。摩西比画着，轻轻吹了个口哨。

"总有一天我会顺着这条路出去的。"艾伯特说。

"和哈克·芬一样？"弗罗斯特夫人问。

"和马克·吐温一样。我要到船上工作。"

"那个时代恐怕已经过去了，艾伯特。"弗罗斯特夫人说。

"妈妈，我们能去划船吗？"艾米问。

"干完活儿就可以。也许还能去游个泳。"

"你能吹个曲子吗，欧迪？"艾米恳求说。

这我向来求之不得。我从衬衫口袋里掏出口琴，在手掌上磕两下灰，然后选了最喜欢的曲子之一《情人渡》。这首曲子很好听，但是个小调，这让我们被一种悲伤的情绪笼罩了。

我在岸边吹着口琴，阳光扫过淡茶色的河面，斑驳的树影投射在我们身边，我看到弗罗斯特夫人的眼睛湿润了，我才想起这首歌也是她丈夫的最爱。没吹完我就停下了。

"你怎么不吹了，欧迪？"艾米问。

"后面的我记不得了。"我撒了个谎。然后我立刻换了一首更欢快的歌，是我在收音机里听到的，"红色尼古拉斯"和他的"五便士乐队"的《我找到了节奏》。我一直在练，但从来没给人表演过。我们的情绪立刻就被带动了起来，弗罗斯特女士跟着唱了起来，这让我很惊讶，之前我都不知道有歌词。

"格什温。"我吹完之后她说。

"什么东西？"

"不是什么东西，欧迪，是个人。写这首歌的人。他叫乔治·格什温。"

"没听过他，"我说，"但他写的歌挺好听的。"

她笑了。"是的，弹得也好。"

摩西比画了一下，艾米点头表示同意。"你吹出的简直是天籁之声，欧迪。"

这时艾伯特站了起来。"还有活儿没干完呢。"

"说得对。"弗罗斯特夫人开始往野餐篮里收东西。

摩西割完果园的草之后来帮我和艾伯特建防兔篱笆。等活儿都干完了，弗罗斯特夫人像之前说好的那样放我们去河边玩，把一身的灰尘洗洗干净，她则去准备晚饭了。我们脱了衣服直接跳进了水里。在烈日下挥汗如雨了一个下午之后，凉爽的基列河河水简直就是人间天堂。没在河里待一会儿，艾米就在河岸上喊："现在能划船了吗？"

我们让她转过身去，自己爬上岸穿上衣服。独木舟一直被弗罗斯特先生放在河边的一个架子上，艾伯特和摩西过去把独木舟抬过来，推进河里。我拿着两支桨，和艾米一起坐在船中间，艾伯特和摩西一人一支桨，一个船头一个船尾，然后我们就出发了。

基列河只有10码宽，水流很平缓。我们在树荫下往东划了一会儿，河水和两岸都很安静。

"这样真好，"艾米说，"我真希望我们能一直这样划下去。"

"一直划到密西西比？"我说。

摩西把桨架在舷缘上，用手比画，一直划到海里去。

艾伯特摇了摇头："这小船可不行。"

"但想想总行吧。"我说。

我们掉转船头，往上游弗罗斯特的农庄划去。上岸之后把独木舟放回河边的架子上，桨塞在底下，往农舍走去。

就在这时我们收到了坏消息。

第四章

我们都认出了停在那儿的那辆银色富兰克林，是布里克曼的车。一路开过的土路给车身蒙了一层灰，它像一只饥饿的大狮子停在路中央。

"兄弟们，"艾伯特说，"麻烦来了。"

摩西比画着，跑。

"但布里克曼先生同意我们今天来这儿干活了。"我说。

艾伯特的嘴抿成了一条线。"我担心的不是布里克曼先生。"

他们坐在弗罗斯特夫人叫作起居室的地方——一个小客厅，放着两个沙发和两把带花纹的布垫椅子。壁炉上方的架子上放着一个相框，艾米坐在弗罗斯特夫妇中间，三个人看起来很开心，完全是我们这些没家的人想象中一个家该有的样子。

"啊，终于找到你们了。"黑老妖说。那语气好像是我们消失了十几年终于回来了，让她开心得不得了。"划船开心吗？"

艾伯特说："是艾米想去，我们不能让她一个人下河。"

"当然不能了，"布里克曼夫人说，"而且在河里划船比在干草地干活可有意思多了，对吧？"她又把笑脸转向我，我等着听她上下嘴皮一碰要说出什么鬼话来。

"孩子们今天帮我干了很多活儿，"弗罗斯特夫人说，"摩西把果园里的草都割了，他们三个还一起给我的花园建了防兔篱笆。要是没有他们帮忙，我真不知道该怎么办了。克莱德，谢谢你让他们来帮我干活。"

布里克曼先生瞥了他老婆一眼，脸上的那一点笑容瞬间就消失了。

"我们家克莱德就是心太软，"布里克曼夫人说，"对那些需要严格引导的孩子来说，这恐怕不是好事。"她放下手中的冰茶。"我们该走了，不然这几个孩子就吃不上晚饭了。"

"我打算让他们在这儿吃了晚饭再回去的。"弗罗斯特夫人说。

"不，不，亲爱的，那可不行。他们得和其他孩子一起在学校吃。而且今天是电影之夜，咱们不能让他们错过电影，对吧？"她像一缕黑烟似的从客厅椅子上站起身来。"走吧，克莱德。"

"孩子们，谢谢你们了。"弗罗斯特夫人送我们出去的时候给了我们一个鼓劲儿的笑容。

"欧迪，再见，"艾米说，"摩西、艾伯特，再见。"

我哥去给布里克曼夫人开车门，然后我们三个爬进了后座，布里克曼先生坐在富兰克林的驾驶座上准备开车。弗罗斯特夫人站在小路上，艾米站在她身边，小嘴向下一撇，忧心忡忡。看到我们的车开走时她们俩那难过挥手的样子，不知道的还以为我们要上刑场了。其实也差不多。

车开出去好长时间，谁也没说话。布里克曼先生猛踩油门，车后扬起大片飞尘。我、艾伯特和摩西疯狂地打手势。

摩西：我们死定了。

艾伯特：我来搞定。

我：黑老妖要把我们当晚餐了。

"差不多得了。"布里克曼夫人命令道。我当时想，她准是背后有眼啊。

回到学校，布里克曼先生把车停在校长家的车道上，这里离行政楼很近。校长家是一幢好看的二层砖楼，草坪和花坛在学校学生的辛勤劳作下分外美丽。我们下了车，布里克曼夫人开心地说："正好是晚饭时间。"

学校的三餐有严格的时间安排：7 点早饭，12 点午饭，下午 5 点晚饭。如果你迟到了，就不用吃了。一旦所有人都坐下准备吃饭，就不允许再放人进来了。我饿极了。那天我们也干了不少活儿，虽说不会像在布莱索的干草地上那么累。因为黑老妖的这句话，我重新燃起了希望。不管她跟科拉·弗罗斯特怎么说的，我本想我们能吃到晚饭的机会和卡斯特将军在小巨角河[1]打败苏人的可能性差不多。

事实证明，我原本想的是对的。

"克莱德，我觉得今天应该给他们个教训。这几个孩子今天就别吃晚饭了。"

艾伯特说："布里克曼夫人，是我不对。去之前我应该再跟你确认一下的。"

"对，你是应该。"她冲他笑了，"但因为你明白了，我觉得你可以去吃晚饭。"

艾伯特瞟了我一眼，但什么都没说。那一刻我恨死他了，恨他拍的所有马屁。好吧，我想。我希望你吃饭噎着。

"孩子们，"布里克曼夫人说，"你们有什么想说的吗？"

摩西点了点头，比画道，你是个傻子。

"他说什么？"黑老妖问艾伯特。

"他说他很抱歉，但弗罗斯特夫人让他跟她离开干草地，要是拒绝老师的话太不礼貌了。"

"他比画了那么多？"她问。

"差不多。"艾伯特说。

"那你呢？"她问我，"你有什么想说的吗？"

---

1 小巨角河战役发生在 1876 年 6 月 25 日的蒙大拿州小巨角河附近，是美军和北美势力最庞大的苏族印第安人之间的战争，最后以印第安人的胜利告终。

我也比画，我乘你不备往你的花坛里尿尿。

她说："我不知道你比画的什么，但肯定不是好话。克莱德，我觉得我们的小欧迪不但要省了晚饭，还要在静室过一晚。摩西会陪他一起。"

我本希望艾伯特能站出来替我们说句话，但他站在那儿什么也没说。

我冲他比画，等着吧，等你睡着了，我会尿在你脸上。

他们收走了我的晚饭，但把口琴给我留下了。等太阳落山，其他孩子们都到礼堂去看电影了，我在静室里吹我和摩西喜欢的歌。他知道歌词，于是就跟着音乐声比画。

摩西不是聋子。四岁的时候，他的舌头被割掉了。没人知道是谁干的。他在离格拉尼特福尔斯不远的公路边的沟里被人发现，他躺在芦苇丛里，被打到昏迷，舌头也不见了。他妈妈躺在他旁边，已经被枪杀了。当时的他完全没法与人交流，也没法说出这种暴行是谁做的。他总是说自己失忆了。即便能说话，他也对自己的家庭一无所知。他根本不知道爸爸是谁，管他妈妈也就叫"妈妈"，并不知道她的真名。警方坚称他们已经尽力了——对于这个印第安孩子的所谓"尽力"不过是找了几个当地的苏人问话，他们都说不认识这个女人和这孩子。等他四岁的时候，就住进了林肯学校。因为他不会说也不会写自己的名字，当时的校长，一个叫斯帕克斯的男人，给他起了个新名字：摩西，因为他是在芦苇丛里被发现的；姓华盛顿，因为他是斯帕克斯最喜欢的总统。摩西能出声，就是从喉咙里发出的那种吓人的声音，但他不会说话，所以一般他很少出声。不过笑声除外，他的笑声很好听，很有感染力。

我和艾伯特来到林肯学校之前，摩西靠一种很基本的手语和人沟通。他学会了读、写，但因为没有舌头，他从来不参与课堂讨论，老师们也无视他。我和艾伯特来到这儿之后，教会了他我们学的那种手语。我们的外婆怀孕的时候染上了风疹，结果我们的妈妈生来就没有听觉。外婆在结婚前是老师，她学了美国手语，教给了女儿。我妈妈就用这种手语跟人沟通，所以我在会说话之前就会打手语了。弗罗斯特夫人看到之后让我们教给她和她丈夫，小艾米也像海绵吸水一样立刻就学会了。弗罗斯特夫人学会和摩西交流之后就当起了他的导师，帮助他赶上了学习进度。

摩西心里有很诗意的一部分。我吹口琴的时候他会打手语，他的手优雅地在空中舞动，给那些无声的词语赋予了一点微妙的重量和美感，在我看来，这是任何歌声都做不到的。

就在天要完全黑下来，静室即将陷入无边的黑暗之前，摩西比画说，给我讲个故事。

我给他讲了前一天晚上我自己一个人在静室里，在只有法利亚的陪伴下想出来的故事。故事是这样的。

我要讲的是一个万圣节的夜晚有关三个孩子的故事。一个孩子叫摩西，一个叫艾伯特，还有一个叫马歇尔。（艾伯特向来对于我把他编进故事里很不屑，但摩西就很开心。马歇尔·富特也是林肯学校的学生，一个来自南达科他鸭溪居留地的苏人，心眼很坏。）马歇尔是个恶霸，喜欢对另外两个孩子开很残忍的玩笑。那个万圣节，他们参加完朋友家的派对，很晚才往家走。在路上，马歇尔给另外两个孩子讲了食人魔的故事。他说，食人魔是一个非常可怕的巨人怪物，他曾经是个人，但被某种黑魔法变成了一个吃人的怪兽，专爱吃人肉，而且吃多少都不满足。他从天上降下来抓人之前，会用一种怪异的夜间出没的鸟叫声喊出你的名字。这对你可不是什么好事，因为不管你跑到哪儿食人魔都能抓住你，把你的心挖出来吃掉，然后看着你躺在地上死去。

另外两个孩子说他胡扯，世上根本没有这样的东西，但马歇尔发誓说这是真的。他们先走到了马歇尔家，进屋之前他还提醒他们要小心食人魔。

艾伯特和摩西继续走，嘴上开着这个食人魔的玩笑，但听到任何响动都会吓一跳。突然，他们头顶上传来一个尖厉的声音，叫他们的名字。

"艾伯特，"那个声音叫着，"摩西。"

摩西抓住我的胳膊，对着我的手比画，是食人魔？

"也许吧，"我说，"接着听。"

两个小孩吓得魂不守舍，开始狂奔。当他们跑到人行道上一棵大榆树的树荫下时，一个黑影突然出现在他们面前。"我要吃掉你们的心！"那个黑影大喊。

两个小孩开始尖叫，吓得差点尿裤子。然后那个黑影开始笑，他们才意识到那是马歇尔。他管他们叫娘炮、娘娘腔，还让他们赶紧回家，好让妈咪保护他们。然后他就走了，还为自己的恶作剧狂笑。

两个男孩沉默着继续走，既感到丢脸，也生马歇尔的气。他们决定，不再把马歇尔当朋友了。

没走多远，他们又听到了声音。一个怪异的、像夜间鸟叫的声音从天空中传来，叫着马歇尔的名字。然后他们闻到一股恶心的味道，像是腐烂的肉味。他们抬起头，一个巨大的黑影从月亮前面穿过。一分钟后，他们身后传来一声可怕的尖叫声，听起来像是马歇尔的声音。他们转过头往回跑，但马歇尔已经不见了。再也没人见过他了。再也没有了。

我任由这个漆黑的牢房陷入深沉的、可怕的沉默中，然后突然大叫"杀人啦"。摩西也大叫了一声，他那种嗓子里发出来的，不成话的声音。然后他笑了起来，抓住我的手在我手掌上比画，我差点吓得尿裤子了，就跟故事里的孩子一样。

那之后我们就躺下了，陷入了各自的沉思。

最后，摩西拍了下我的肩膀，握住了我的手。你虽然是讲故事，但这是真的。世上确实有怪物吃小孩子的心。

他说完之后，我就听见他渐渐入眠的呼吸声。又过了一会儿，我听到法利亚的声音，它从藏着的地方跑出来看我有没有留饼干渣给它。我没有。很快我也睡着了。

半夜，我被铁门的锁眼里钥匙转动的声音惊醒了。我立刻坐了起来，第一反应把我吓坏了：迪马寇。我没以为他要对我们做什么的，尤其还有摩西在。不过就像食人魔一样，迪马寇也有一个巨大的、恶心的胃口，我们都知道他在晚上会对孩子们做那种事。所以我浑身紧张了起来，就算他要弄死我，我也准备要"一踢二挠三抓"来反抗。

煤油灯的光从门外射进来。摩西也醒了，他蜷起身子做战备状，全身绷紧的样子像是一个拉满的弓。他朝我扫了一眼，点点头，我就明白我们绝不会轻易让迪马寇的恶行得逞。

结果提着煤油灯进来的不是迪马寇。赫尔曼·沃兹冲我们笑着，一只手指放在嘴唇上，示意我们跟上来。

学校操场西边有一块巨大的空地，满是矿渣和疯长的野草，再往外的一个大坑是废弃的采石场。我们穿过一条经年累月被踩出来的小路。踩出这条路的有学校的孩子们，偷溜出去享受独处时光的人，想往深坑里扔石头的人，还有赫尔曼·沃兹这样有着一些其他理由的人。采石场边上有一个老的设备库，那里面的秘密只有我、艾伯特、摩西和沃兹知道。沃兹在门上挂了一把大锁。

设备库边上生了一小堆火，我闻到了烤香肠的味道。走近才看到艾伯特正握着一个平底锅，火光把他的脸照得通红。

沃兹笑了。"不能把你们这些孩子饿死啊。"

"坐吧,"艾伯特说,"吃的马上就好。"

平底锅里不但有香肠,还有炒蛋、土豆块和洋葱。艾伯特很会做饭。以前我们和爸爸到处旅行的时候,基本都是艾伯特做饭。有时候是像这样生火,有时候是用荒郊野外某个汽车旅馆的火炉。但巧妇难为无米之炊啊,我猜这些吃的是从沃兹的食品储藏柜里拿来的。

想起之前我还因为黑老妖没有把艾伯特也关进静室而恨他,现在觉得很不好意思。也许他那时候就在想办法给我们找吃的了,但也许这都是沃兹的主意。不管怎么说,我都不能再生他的气了。

"晚上放的什么电影?"我们坐在火边时我问。

"叫《血染征尘》,一个西部片。"艾伯特说。

果然又是西部片。我倒是没意见,我喜欢打打杀杀的电影。但我一直觉得林肯学校放这种电影挺奇怪的,这些电影里的印第安人都是坏蛋,而最好的解决办法就是把他们都杀死。

我捡起一根木棍去戳火苗。"好看吗?"

"不知道,"艾伯特说,"我没看。"

摩西比画说,为什么?

"刚吃完晚饭,布里克曼夫人就把我派去给她的富兰克林洗刷打蜡了。"

"这个女人和她的车啊。"沃兹说着摇了摇头。

每年布里克曼先生都会给他老婆买一辆新车。他们的理由是她很需要一辆好车，因为她要花很多时间开着车到处去给学校筹集资金。这是没错。但结果林肯学校孩子们的生活水平却一点提高也没有。

"她给自己的车买一套亮闪闪的轮胎，而孩子们还穿着硬纸板一样的鞋。"沃兹朝着火堆以外的黑夜摆了摆他那只四根半手指的手。"斯帕克斯先生要是知道，棺材板都压不住了。"

斯帕克斯先生是黑老妖的第一任丈夫。他之前是学校的校长，但早在我和艾伯特到这儿之前就去世了。时至今日，尽管他已去世多年，大家说起他来还是饱含敬意。后来斯帕克斯太太接过了校长的职位，然后很快就和布里克曼结了婚，也改了姓。我觉得很有意思的是，这两个姓都很适合她。她生气的时候，火星四溅；不作声的时候，又让你觉得她就是在等待时机给你一板砖。[1]

"我恨死那个老妖了。"我说。

"谁也不是生下来就是老妖的。"艾伯特说。

"什么意思？"我说。

"有时候我给她干活，喝了两杯之后她会流露出些许悲

---

[1] 英文中，斯帕克斯（Sparks）有火花飞溅之意，布里克曼（Brickman）直译意为"砖头人"。

伤。她说她在八岁的时候被她爸爸卖了。"

"这完全是胡扯，"我说，"人是不可能被卖了的，尤其不可能被父母卖了。"

"那你应该去读读《汤姆叔叔的小屋》,"艾伯特说，"我相信她说的是真的。"

"是不是把她卖到一个狂欢节上，让她到鬼屋里去做鬼去了。"

我笑了，但艾伯特很认真地看着我："我们失去了爸爸，因为他去世了。但她爸爸把她卖了，欧迪。他把她卖给了一个像迪马寇那样，对孩子做那种事的人。"

这本该让她和我们更相像，但对我来说这让她更黑心了。她如果知道被抽鞭子，甚至更过分的事情带来的伤痛，就应该对我们更有同情心，结果她却把我们送到了迪马寇手里。

"我到死都恨那个女人。"

"说话小心点，"艾伯特说，"也许就是这种憎恨让她心胸变得如此狭窄的。哦，还有件事。她喝酒的时候，我听出了一点奥索卡[1]口音。"

"你是说她本来也是个乡巴佬？"

"跟我们一样。"

我们是在密苏里奥索卡大山深处的一个小镇长大的。刚

---

1 奥索卡（Ozark）是包括密苏里州西南、阿肯色州西北、俄克拉何马州东北部和堪萨斯州东南角在内的一块地理区域。

到林肯学校的时候，我们还有很浓的奥索卡口音。在学校的这些年里，我们的口音，连同大部分的自我，都消失不见了。

"我不信。"我说。

"欧迪，我只想说没有人生来就是坏人。生活会以它可怕的方式扭曲你。"

也许吧，但我还是恨她那颗小黑心。

吃的做好了之后，艾伯特把锅放在一块平坦的石头上，然后拿出黑面包头上硬邦邦的那一块，还有一罐猪油。他给我们一人一把叉子，我和摩西把面包掰开，抹上猪油，就着鸡蛋、香肠和土豆吃。

沃兹进了老设备库，拿回来一瓶带着木塞的透明液体——粮食酒，是他用仓库里的蒸馏器自己酿的。

这个蒸馏器是艾伯特凭专长帮他做的。我爸在帮别人倒卖私酒之前，自己也酿私酒。艾伯特从小到大跟着他做了好多非法的酒坊，在第十九条修正案[1]通过之后，这个技术的需求暴增。自打沃兹得到了艾伯特的信任并且知道自己能够相信艾伯特之后，蒸馏器就成了——用艾伯特的话说——板上钉钉的事了。我们知道沃兹酿酒不只为自己喝，也卖酒补贴他学校挣的那点可怜的工资。要是搁别人，这对我们来说绝

1　原文所指应为第十八条修正案，而非第十九条修正案。美国宪法第十八条修正案获批于 1919 年 1 月 16 日，主要内容是禁止致醉酒类的酿造和销售。后来被宪法第二十一条修正案取消。

对是个危险的秘密。但沃兹对我们来说就像教父一样，就算受刑我们也不会泄密的。

我和摩西吃了饭，沃兹喝了酒。艾伯特向东边张望，保证没人发现我们。

吃完饭，摩西向我比画，给他们讲你的故事。

"下次吧。"我说。

"他说什么？"沃兹问。

艾伯特说："他想让欧迪给我们讲一个他编的故事。"

"我听。"沃兹举起酒瓶，表示支持。

"是小孩子的故事。"我说。

摩西比画说，把我吓尿了。

"他说什么？"沃兹问。

"他说下次也行。"艾伯特说。

"好吧。"沃兹耸了耸肩，又喝了一口。"那你给我们吹段口琴吧，欧迪？"

这我可没意见，我把口琴从衬衣口袋里掏出来。

"这不太好吧。"艾伯特看着皎洁的半弦月挂在天上，林肯学校黑洞洞的建筑矗立在暗黄色的月光下。"有人会听到的。"

"那就小点声吹。"沃兹说。

"想听什么？"我问。但其实我知道。沃兹每次喝酒都听那一首。

"《圣路易斯见》。"老德国说。那是他和早已去世的老婆相识的地方。

沃兹从来不会喝多。倒不是他对酒精免疫，而是因为他很明白喝酒会误事。他喝到自己感觉有点晕乎乎的，让烦恼离他有点距离，就不喝了。等我吹完这一曲，他正好喝到位。他把酒瓶木塞塞回去，站了起来。

"该把你们俩关回监狱去了。"

他把酒瓶放回设备库里锁好大门。艾伯特把平底锅、盘子和叉子放回破旧的童子军包里，用水壶里的水把火浇灭了。他搅了搅地上的灰烬，又浇了些水，直到火完全熄灭了。沃兹又点起了煤油灯，我们离开采石场，排着队往半月的方向走。

"谢谢了，沃兹。"我在他关上静室的门之前说。然后我对我哥说："之前说要尿在你脸上，对不起。我不会真这么做的。"

"你会的。"

他说得对，但那种情况下，我不想承认。

"晚上好好睡一觉吧，"艾伯特说，"明天用得着。"

门轻轻关上了。钥匙在锁眼里转。我和摩西又一次陷入了孤独的黑暗中。

我躺在干草席上，想我之前以为他为了拍马屁把我们都出卖了的时候有多恨他，而现在我又有多爱他。不过，这爱我可说不出口。

　　我听到了小爪子挠墙的沙沙声，于是把手伸进裤子口袋去摸我给法利亚留的最后一点黑面包渣。我把面包渣扔到了墙角，就听见它飞奔过来收走奖赏，然后又飞奔回它在石墙里的鼠洞。

　　我正准备睡觉，摩西拍了拍我的胳膊。他的手向下滑到我的手上，扳开我的手指。他用手语在我的手掌上写，咱们真走运。

第五章

早上把我们叫醒的不是沃兹，而是男生总辅导员马丁·格林。他是个沉默寡言的大块头，谢顶，长着一双永远很疲倦的眼睛和一对大耳朵。他走起路来步子沉重缓慢，再配上那对大耳朵，总让我想起大象。他带我们走回宿舍，一路上跟我们讲他如何希望我们能吸取教训，以后不要再被关静室。他着重强调了林肯学校著名的"三R"理念——责任、尊重、回报[1]。

"努力做到前两个，第三个自然会来。"他说。

我们洗漱完毕准备去干活。我一直没见到艾伯特和沃兹，心里有点担心，希望他们没有因为前一晚的善行遭遇麻烦。在林肯学校，做好事似乎从来都没好报。布莱索的儿子拉尔夫正在皮卡里等着，我和摩西挤上了还有其他被派去干草地

---

[1] 英文中责任（responsibility）、尊重（respect）、回报（reward）都以 R 开头。

干活的孩子们在的车厢。

这活很累，但那天并没有干很久。在春夏的周六，我们只给农民干半天活儿，因为下午还要去观看校队的棒球比赛。赫克托·布莱索给我们干面包和一小条没味道的芝士当午饭，然后亲自开车把我们送回林肯学校。我们从皮卡后车厢往下跳的时候，他对我们喊："孩子们，周末好好休息，周一可是个大热天。"我以为他笑得幸灾乐祸，但这也有可能是我的想象。

有些孩子，比如摩西，得赶快跑，因为他们一会儿要上场。我们剩下的人回宿舍去。比赛开始前几分钟，格林先生带我们到场地去。我们看到女生也从宿舍走出来，带队的是拉维尼亚·斯特拉顿。她是音乐老师，也是女生总辅导员。斯特拉顿小姐是个年龄不详的老处女。她个子很高，什么都长长的——胳膊长、腿长，脸也长。她长得很普通，而且看起来总是忧心忡忡的。她的手纤细，手指也像身体的其他部分一样修长。弹钢琴的时候她会闭上眼睛，手指好像有了自己的思维。有时候她的琴声那么动听，让我暂时从林肯学校的生活中解脱出来，进入了一个快乐的地方。在那些奇妙的瞬间，我觉得世界很美，她也很美。但当她停止弹奏，忧虑又回到脸上时，她就又变成一个相貌平平的人，我的生活也立刻回到艰难困苦之中。

我们坐在露天的木椅子上。有些镇上的居民也来了，主要是来看摩西打球的。就如同斯特拉顿小姐的手指能在琴键上创造出美好一样，当摩西站在投手丘上投掷棒球的时候，他的每个动作也都带来一份美好。那天我们的对手是来自卢文[1]的一支海外退伍军人赞助的球队，他们的队员已经站在球场上热身了。我四下寻找艾伯特，他实在没有运动细胞，几乎总是坐在替补席上。可我怎么也找不到他，开始着急了。这时我看见弗罗斯特夫人和艾米坐在露天看台的另一端，她们经常来看比赛，给我们加油。等到格林先生忙着跟斯特拉顿小姐说话的时候，我趁机偷偷溜到艾米旁边的座位上。

"嗨，欧迪。"她给了我一个明媚的微笑。

"下午好啊，欧迪，"弗罗斯特夫人说，"很高兴见到你。我还担心布里克曼夫人要把你永远关在静室里了。"

"就昨天晚上，"我说，"但没给晚饭。"

弗罗斯特夫人听了很生气。"我要去找那个女人谈谈。"

"没事，"我说，"艾伯特和沃兹先生给我和摩西顺了点东西吃。你见到他们了吗？"

"艾伯特没在那儿吗？"她扫了一遍球场，又转回头来看着我。"你还没见到他？"

"昨晚之后就没见到了，也没见到沃兹先生。"

"有没有可能他们在一起做木工活？"

---

1 位于美国明尼苏达州。

"也许吧，"我说。心里想着如果真是在干什么活儿，那大概也是沃兹的蒸馏器。我倒希望他们在捣鼓蒸馏器，而不是那个黑老妖又搞了什么更可怕的事情。

这时我看到沃兹正在座位之间走着。他从远处看见了我们，然后就过来了。

"你好啊，科拉。"他对弗罗斯特夫人说，又对艾米说，"你好呀，小艾米。你今天真可爱。"

艾米笑了，露出了小酒窝。

"赫尔曼，你见到艾伯特了吗？"弗罗斯特夫人问。

他摇了摇头，然后朝球场打量了一下。"有什么事会阻止他来打球呢？"他看着我。"欧迪，你见到他了吗？"

"昨晚之后就没再见到。"

"糟糕，"沃兹说，"我去打听打听。不过，欧迪啊，你应该回去和其他孩子坐在一起。"

"他不能和我们坐在一起吗？拜托。"艾米说。

沃兹皱了皱眉头，但我知道他会同意的。谁也拒绝不了小艾米。"我来搞定。"他向她保证。

安德鲁·弗罗斯特还在世的时候是棒球队的教练，他把队伍训练得很好。当时他们已经声名鹊起，即便是现在的教练弗赖伯格先生——一个主业开重型设备的人——枯燥乏味的指导，也没有抹杀掉科拉·弗罗斯特亡夫的努力。摩西投了一场好球，防守也无懈可击，我们4∶0赢了。本来这场比赛应该很好看的，但我整场都在找艾伯特，也等着沃兹带艾伯特的消息回来。但直到比赛结束，他们俩谁也没出现。

比赛结束后和晚饭前，我们难得有一个小时的自由时间。我躺在宿舍里看杂志，是从图书馆借来的《惊异传奇》。林肯学校图书馆里的所有书都是捐赠的，我觉得图书管理员詹森小姐从来没有认真检查过那些捐赠的杂志。我总能在一堆《星期六晚邮报》和《妇女家庭杂志》中找到有趣的杂志，比如《阿戈西》《冒险漫画》，还有《诡丽幻谭》。照理说，我们不能把任何东西带出图书馆，但是从衬衫下面顺一本杂志出去不是什么难事。

学期里，年龄大的和年龄小的孩子被分在不同的宿舍。但到了暑假，很多学生都回家了，所有男孩就都被赶进了一间宿舍里。我看杂志的时候，有个小孩一个人坐在离我不远的铺上，盯着空气发呆，看起来悲伤且迷茫。这倒没什么不正常的，新来的孩子更是如此。他叫比利·红袖。他是个北夏延人[1]，来自内布拉斯加很西边的地方。他是从另一个印第安人学校转过来的，那个学校在锡塞顿，是天主教徒管理的。这个锡塞顿学校我们都知道。艾迪·威尔森，一个夏延河来的苏族孩子，有个表兄弟就去了锡塞顿。他跟我们讲了他表兄弟告诉他的故事，说那边打孩子比林肯狠多了，还有那些

---

[1] 夏延人，北美大平原的一支印第安人群。

修女和牧师晚上会到宿舍来，把孩子们从床上拽起来做不可言说之事。林肯学校也有几个会对孩子做这种事的职工，是谁大家都知道，最出名的就是文森特·迪马寇，但我们尽力让新来的孩子尽快了解情况，以免受到伤害。从其他学校转来的孩子们，比如比利，从来不会说他们经历过什么。但从他们的眼里你能看出来，他们看所有人和所有东西都是一种担惊受怕的样子；每次你想接近他们时也会感觉到他们立起一堵隐形的墙绝望地试图保护好自己。

我正津津有味地读一个故事，讲的是一个人和在北极的火星人打仗，抬起头正好看到迪马寇站在门口。我把杂志塞进枕头底下，然后发现大可不必。他看着的不是我。他的注意力都在比利身上。迪马寇从两排床铺中间往宿舍里走，宿舍里还有好些其他孩子，他经过的时候，他们都笔直地坐着，和柱子一样一声不吭。但比利根本没看到他。他正自己念念有词，笨手笨脚地摆弄着手里的东西。迪马寇在离他还有几张床的地方停下了脚步，站在那儿盯着看。他是个大块头，胳膊、手和关节上长满软塌塌的黑毛。他脸颊上永远有黑色胡楂，甲虫一般的眼睛正贪婪地望着比利。

"红袖。"他说。

比利突然一激灵，像有人把几千伏电通在他身上了一样，然后抬起头来。

"你在讲印第安语。"迪马寇说。

这在林肯学校是一大忌，所有孩子都被禁止讲他们的家乡话。印第安寄宿学校理念中一个要严守的信条是"杀死他心中的印第安人，从而拯救这个人"。如果被抓到说英语以外的语言，在静室里关一晚上是最轻的。但有时候，尤其被迪马寇抓到的时候，一顿鞭子是免不了的。

比利摇了摇头做无力的抵抗，但一句话也没说。

"你手里是什么？"迪马寇抓住比利的手。

比利想把手抽出来，但迪马寇一把把他拽了起来，拼命摇晃他。比利手上的东西掉到了地上。迪马寇放开了这孩子，捡起地上的东西。这时候我看见了，是个玉米棒子做的娃娃，穿着一条红围巾做的裙子。

"你喜欢小女孩的玩意儿啊？"迪马寇说，"我看你需要在静室里待一阵儿。跟我来。"

比利没动弹。我估计他肯定知道——当时宿舍里的所有人都知道——和迪马寇去静室实际意味着什么。

"来吧，你个小娘娘腔印第安。"迪马寇抓住他，把他往外拽。

我想都没想就跳下了床。"他不是在说印第安语。"

迪马寇停了下来。"你说什么？"

"比利没说印第安语。"

"我听到他说了。"迪马寇说。

"你听错了。"

我一边说着这些，一边脑子里有个声音在大叫，你到底在干什么呢？

迪马寇放开了比利，往我这儿走。他蓝色工装衬衫的袖子卷到了二头肌的位置，当时那肌肉在我看来简直巨大无比。宿舍里的其他孩子都"石化"了。

"你想说这是你的？"迪马寇举着那个娃娃。

"我给艾米·弗罗斯特做的。比利就想在我送给她之前拿去看看。"

他都没有再回头看比利的表情，证实我是不是在说谎。他就直勾勾地盯着我，眼神并不像饥饿的狮子，更像前一天晚上我给摩西讲的那个食人魔。

"我看你们俩都得跟我去静室了。"他说。

快跑！我脑子里的声音急切地说。

可还没等跑，迪马寇就抓住了我的胳膊，他的手指陷进我的皮肤里，掐出来的瘀青都要留好几天。我想踢他，但是踢空了，然后他掐住了我的喉咙让我无法呼吸。我看到比利目瞪口呆的样子，大概在想下一个就是他自己了。其他的孩子还一动不动的，又害怕又无助。虽然我想反抗，但迪马寇的锁喉很有用，周围的一切都变得灰暗模糊了起来。

此时我听到一个威严的声音说："文森特，放开他。"

迪马寇转过身来，还紧紧地抓着我。赫尔曼·沃兹站在宿舍门口，我哥和摩西站在他两边。

"放开他。"沃兹又说了一遍，在我听来简直是伟大的战斗天使米迦勒的声音。

迪马寇松开了我的喉咙，又狠狠抓住了我的肩膀，保证我还是他的囚徒。

"他打了我。"迪马寇说。

我想说"我没有"，但因为之前被他掐住了喉咙，我发出来的声音就像青蛙叫。

"红袖还说印第安语，"迪马寇说，"我要罚他。赫尔曼，规矩你是知道的。结果奥班宁跳出来攻击我。"

"比利没有说印第安语。"我说，声音还是很沙哑，但是能让人听懂了。

沃兹说："我觉得这里有些误会，文森特。我觉得你不能把这两个孩子带走。"

"听好了，你个德国佬——"迪马寇开始了。

"不，你听好了。立刻放开这个孩子，然后离开宿舍。如果我听说你伤到了欧迪、比利或者其他的男孩子，我就会找过来把你打个半死。听懂了吗？"

迪马寇的手在我的锁骨上用力地按了很久。然后，他狠狠一推，放开了我。

"咱俩这事没完，赫尔曼。"

"出去，"沃兹说，"现在。"

迪马寇从我身边走过。沃兹、我哥还有摩西退到边上让他出去，然后又站回一起。

在迪马寇离开之后的寂静里，我听到比利·红袖的抽泣声。我捡起玉米娃娃还给他。

"最好别让人看见这东西，"我说，"而且绝对不要出现和迪马寇独处的情况，听懂了吗？"

他点点头，打开床尾的行李箱，把娃娃扔了进去。然后背对着我坐下了。

"你没事吧，欧迪？"艾伯特站在了我身边，"天啊，他对你的脖子做了什么啊！"

我当然看不见，但从他的表情我就知道肯定很严重。

"那个人，"沃兹说，"就是个懦夫，比懦夫还坏。我很抱歉，欧迪。"

摩西摇了摇头，比画说，是个杂种。

我之前被鞭子抽出过一条条红肿和一块块瘀青，但是差点被掐死跟那些还不一样。这不是众所周知迪马寇喜欢进行的那些惩罚，而是一种人身攻击。以前我憎恨这个凶恶的暴徒，也害怕他。如今恐惧消失了，只剩下愤怒。我向自己保证，迪马寇的死期会来的，我一定会让它到来。

"你这一整天去哪儿了？"我问艾伯特。

他就说了句"有事"，显然不想让我过问。

我转身对比利·红袖说："你没事吧？"

他没回答，耷拉着脑袋坐着，眼睛盯着地板，陷入了沉思。

　　我身边有艾伯特、摩西和沃兹先生。我当时想，也许比利·红袖觉得自己身边一个人也没有，那可真是孤独啊。

　　但对比利来说，孤独还将会加剧，因为第二天他就消失不见了。

第六章

每个周日早上吃完早饭，我们都要去参加在体育场进行的礼拜。在林肯学校，我们有两套衣服，一套是平常穿的，另一套是做礼拜以及有捐款意向的有钱人来学校视察的时候穿的。我们穿着礼拜服坐在露天看台上，主持礼拜的是布里克曼夫妇，他们俩坐在讲台后面的椅子上。音乐来自一个便携式管风琴，由斯特拉顿小姐演奏。布里克曼先生自称是个牧师，不过我从没听说过任命他的那个教堂。他负责祷告和布道，他老婆负责读《圣经》。

基督教是唯一被林肯印第安培训学校允许的宗教。有些孩子在居留地的时候会去教堂，一般是天主教堂，甚至有几个女孩子脖子上戴着小十字架，这也是学校里唯一允许的饰品。但信天主教的孩子们不会去镇上的天主教堂，他们也坐在露天看台上，身边是在偏远地区长大、信奉印第安神灵的孩子们。

很多学校职工也会参加礼拜。弗罗斯特夫人每周都带艾米来，看起来总是很干净清爽的样子。我觉得她来不是因为觉得做礼拜给她带来很多精神上的慰藉，更多是因为她想要尽可能多地参与到林肯学校孩子们的生活中来。至少我很感激她能来。她的存在总能提醒我布里克曼夫妇不是全部，即便在地狱之火中，可能也会有个天使带着一桶凉水和一把长柄勺行走其间。

布里克曼在布道的时候完全变了样子，像是一场裹挟着复仇怒火的风暴，大摇大摆、指手画脚，拳头捶打空气，手指指向某个不小心和他对视的孩子，预言他注定的末日。但那个孩子其实代表了我们所有人，因为在布里克曼先生的眼里，我们在座的每个人都是一袋不可救药的肉体，里面装的只有罪恶的思想，能做的只有罪恶的事情。我觉得我确实是他想的这样，但大部分孩子只是有点迷茫，尽力在林肯学校活下去，并蹒跚地走向他们之后的人生路。

那个周日，布里克曼先生在布道开始时读了《诗篇》第二十三篇。这有点反常，平常他的灵感都来自《旧约》里一些满是惩处的片段。读了《诗篇》之后，他说上帝是我们的牧羊人，然后话锋就转到了他和布里克曼夫人如何像上帝一样把我们当作需要他们照顾的羊，他们如何尽力照顾我们，然后又转到说我们应该如何感谢上帝拯救我们的灵魂，并感谢布里克曼夫妇拯救我们的肉体，给我们栖身之所，给我们食物果腹。最终，整个布道的目的就是说，我们要对布里克曼夫人和他自己表达感激，感激的方式就是别做讨厌鬼。我知道他自负地把美丽的《诗篇》扭曲为他所用，说的全都是屁话，但我确实愿意相信上帝是我的牧羊人，正在带领我走出林肯学校这个黑暗的谷底，让我不用害怕。不只是带领我，还有其他孩子，比如比利·红袖。但我每天看到的现实是我们只有靠自己，我们的安全不是由上帝保证，而是要靠自己和彼此之间的互相帮助。虽然我很努力地去帮助比利·红袖，但大概还是不够，我发誓要做得更多、更好。我要成为比利和其他像他一样的孩子们的牧羊人。

做完礼拜，我、艾伯特和摩西正往体育场外面走的时候被弗罗斯特夫人和艾米叫住了。布里克曼夫妇已经走了，要带领我们回宿舍的格林先生允许我们稍晚一点回去。和林肯学校的很多男人一样，他对这个善良、年轻的寡妇也很友好。

当体育场只剩下我们的时候，弗罗斯特夫人说："我想和你们几个说点事。"

我们等着她说。我看着艾米，她笑得好像是圣诞节要来了一样。我估计不管弗罗斯特夫人要说什么，艾米肯定已经同意了。

"你们愿意这个暑假搬来跟我和艾米住吗？"

这简直比她说"我要给你一百万"还令我惊讶。

"我们真的能这样做吗？"艾伯特问。

"这事我已经想了一阵儿了，"弗罗斯特夫人说，"昨天棒球比赛之后我终于跟布里克曼先生说了。他表示可行，如果你们都愿意的话。"

摩西比画，黑老妖同意吗？

"克莱德说他会跟席尔玛商量的，但他认为她不会反对。"她看着我，"欧迪，对布里克曼先生来说，不用管你了这一点很吸引人。"

"可是为什么？"我问，"我是说，我当然很愿意，但为什么？"

她伸出手轻轻放在我的脸颊上。"欧迪，你知道我也是个孤儿吗？我十四岁的时候失去了父母。我明白孤独地活在这个世上是什么滋味。"她转向艾伯特和摩西，"我想重新开始耕我自己的地了。如果真这么做的话，这个夏天一直到收割期我都需要很多人手帮忙。你们俩快成年了，本来也快离开林肯学校了。我不知道你们的计划是什么，但你们愿意来我这儿住吗？"

"那欧迪上学怎么办？"艾伯特问。

我一点也不关心上学的事，但艾伯特总是想得更远。

"如果这事能成的话，也许他可以到镇上去上学，但这得到时候看。这样可以吗，欧迪？"

"太可以了。"我很想抱着弗罗斯特夫人舞起来。我已经不记得上一次这么开心是什么时候了。

"你们觉得呢？"她问。

"我觉得太赞啦！"我高举双手做庆祝状。

艾伯特的反应更冷静些："我觉得可以。"

摩西的嘴角都笑到了耳根子，他比画说，我们真走运。

弗罗斯特夫人提醒我们不要和别人说。她得先做下准备，在一切都安排妥当之前我们只需要耐心等待——她特别看了我一眼——"别惹麻烦。"

她走了之后，艾伯特面向我。"欧迪，也别抱太大希望。毕竟她面对的是黑老妖。"

回到宿舍，我们换下礼拜服。我、艾伯特和摩西面面相觑，显然我们无法相信从天而降的好运。我想高喊"哈利路亚"，不过还是忍住了。沃兹进来低声和艾伯特说了些什么，然后他们俩一起离开了。然后弗赖伯格先生进来带走了摩西和其他几个孩子去打扫棒球场，为下一次比赛做准备。

离午饭还有段时间，我躺在床上望着天花板，想象着和科拉·弗罗斯特和艾米一起生活会是怎样的。

我对于妈妈几乎没什么记忆。我六岁的时候她就去世了。艾伯特告诉我她身体里长了什么东西把她吞噬了。我对她最后的记忆就是她躺在床上抬头看着我，脸像一个干瘪的苹果，我很讨厌那个画面。我一直希望我手里能有一张真的照片，让我对妈妈有一个不同的印象，但当我们来到林肯学校的时候，他们没收了我们所有的东西，其中就有艾伯特留下的一张全家福，上面有他、有我，还有爸爸妈妈，是我们住在密苏里的时候拍的，那时候我还很小。所以，某种程度上来说，弗罗斯特夫人对我来说就像妈妈一样，如今这可能要成真了。虽然她也没说要收养我和艾伯特，但谁知道呢？

我的美梦被格林先生打断了，他突然站在我身边问："你见到红袖了吗？"

从林肯学校逃跑的孩子不计其数。如果他们是从居留地来的，那一般就会跑回去，在搭便车的时候就很容易被警察发现。很少有孩子能一路回到居留地而没被抓到，但就算他们回到家了，也会被再次送回来的。不容易找到的是那种无处可去、无家可归的孩子们。这样的也不在少数。他们要是跑了，就只有上帝知道他们去哪儿了。

格林先生找所有男生问了话，但没人看见比利逃跑。出于好奇，我去看了他床尾放着的那个箱子，那个小玉米娃娃也不见了。

每个星期日下午会举行林肯学校最讽刺的集会——每周一次的童子军集会。我们童子军团长叫塞弗特，是镇上的一个银行家。他圆滚滚的，秃头，脸长得像斗牛犬，总是汗涔涔的，但他是个好人。他尽力教给我们所有在森林里迷失时可能用到的东西。这事本身就挺搞笑的，因为林肯周边连个小树林都没有。我们在体育场集合，他给我们演示如何将斧头或者刀片磨锋利，如何认识植物、树木、鸟类和动物的足迹。在以前的练兵场外面，他教我们如何搭帐篷，如何把树枝捆起来做成坡屋当庇护所，如何用钢和火石生火。暑假期间，因为学生人数减少，安排的活动也变少了，所有的男生都必须参加。若不是整个环境太过悲惨，我可能还会觉得这件事挺好笑的——要是没白人入侵，这个胖乎乎的白人男子教给一群印第安孩子的这些东西，他们大概从出生就会做。

艾伯特是我们的队长，他对这个职位可当回事了。他向来如此。塞弗特先生给学校图书馆捐了两本官方童子军手册，我觉得艾伯特是唯一读过的人。

那天下午我们学打结，还挺有意思的。结有很多种——这谁知道啊？——而且都有不同的用途。我学其他的都很快，但有一个"单套结"怎么也学不会。它需要你把绳子的一端想象成兔子出洞，绕树一圈，再回到洞里，类似这样的动作。塞弗特先生告诉我们，这是水手们最喜欢的一种结，所以最后我决定去他的吧，反正我永远也不会出海的。

在这一课最后，塞弗特先生让我们都坐下来，他望着我们，像是要哭了。

"孩子们，"他说，"我有个坏消息。这是我作为童子军团长给你们上的最后一课了。"

他没得到什么反应，不过到这时他差不多也习惯了。不管他说什么，大多数孩子都面无表情。

"我工作的银行要把我调到圣保罗去了，下周就走。我很想再找个人来给你们当团长，但坦白说我并没找到。"

他从口袋里抻出一条洁白的手绢，我以为他要擦他的秃头和眉毛上那层亮晶晶的汗水，结果他擤了下鼻子然后擦了擦眼睛。

"我希望我教给了你们所有人一些余生都能用到的东西。不是说打结或者搭帐篷，而是尊重你自己，或者说如果你努力去做的话，是能成就很多事情的。"

他又环视了我们一圈，哽咽了一阵儿说不出话来。

"你们和这个国家任何其他的孩子一样好，如果有人告诉你不是这样的话，千万不要相信他们。童子军誓词不失为一个人生信条。孩子们，跟我一起宣誓吧！"

他举起右手做童子军宣誓的手势，我们也跟着举起了手。

"我承诺，"我们跟着他重复，"我愿尽力为上帝和祖国尽责，遵守童子军守则，随时扶助他人，并力求自己体格强健、神志清明、品行端正。"

然后他把手放下了。

"祝你们所有人好运。"

他转向站在他身边的艾伯特，两个人握了握手。然后塞弗特先生慢慢走出了运动场，像是丢失了一件很重要的东西一样。

他走后，我们就沉默地坐着。

然后艾伯特说："好了，所有人回宿舍。"

沃兹和格林先生在体育场门口等着护送我们回去。我们鱼贯而出的时候，我问他们俩："有比利的消息吗？"

"没有。"格林先生说。

"会找到的，"沃兹安慰我，"都会找到的。"

回去的路上，我和艾伯特、摩西一起走。

"调走个鬼啊。"艾伯特说。

摩西比画，什么意思？

"塞弗特先生拒绝对拖欠贷款的农民取消赎回权。圣保罗那些人要把银行交给同意这么做的人。"

"'取消赎回权'什么意思？"我问。

"就是银行把农田没收了。"

"他们能这么做吗？"

"能。虽然不应该，但可以。都是因为股灾。"

我听说过华尔街的股灾，但并不懂。刚听说的时候，我想象着华尔街就是一个巨大城堡的墙[1]，所有的银行和钱都藏在这堵墙后面。直到有一天——他们管这一天叫黑色星期五，我的脑海中浮现出被黑压压的乌云笼罩的情景——这堵墙突然倒塌，银行藏着的所有钱都随风飘到空中消失了。这件事

1　华尔街是英文 Wall Street 的音译，直译成中文为"墙街"。

对于大平原边上的我来说一点影响都没有。在这里，大家都没钱。

那天晚上熄灯之后，我躺在床上听着一个小孩子的哭声。有时候新来的孩子会一连几个月在晚上哭，就算是在这儿待了很久的孩子偶尔也会被一股巨大的绝望击垮，让泪水奔涌而出。虽然那天早上听到那么好的消息——科拉·弗罗斯特的提议和离开林肯学校的可能——我还是有点沮丧。我在想塞弗特先生，好人却没有好报；我在想所有从家、从一切他们熟悉的东西身边被带走的孩子们；我尤其在想比利，这让我心情沉重。我曾经发誓要成为像他这样的孩子们的牧羊人，但直到格林先生问起他来，我才发现他不见了。

"你觉得他们会找到他吗？"我小声说。

艾伯特的床和我的床挨着。熄灯之后我们就不许讲话了，但如果声音足够小就不会被追究。

"比利·红袖？不知道。"

"希望他没事。"

我听到艾伯特在床上翻身，虽然看不清楚，但我知道他面对着我。"听我说，欧迪，别太在乎其他人了。最终他们都会从你身边被带走的。"

"你是在说爸爸吗？"

"别忘了，还有妈妈。"他说。我确实越来越经常忘掉她了。

"你害怕我也会从你身边被带走吗？"我问。

"我害怕我会从你身边被带走，到时候谁照顾你？"

"也许上帝。"

"上帝？"他的口气好像我在开玩笑一样。

"也许真的像《圣经》里说的那样，"我说，"上帝是个牧羊人，我们是他的羊群，他会照顾我们的。"

艾伯特很久没讲话。我听着那个孩子在黑暗中哭泣，我知道是因为他觉得渺茫、孤独，觉得没人在乎他。

艾伯特终于小声说："欧迪，你说说，牧羊人吃什么啊？"

我不知道他想说什么，所以我也没回答。

"他的羊，"艾伯特说，"一个接一个地吃。"

第七章

周一早上，我和摩西被派去布莱索的干草地干活。这是早饭的时候沃兹走到饭厅我们的桌前告诉我们的。艾伯特和另外几个孩子被分配给一个德国人，去给老水塔涂一层新白漆。

那个水塔很有传奇色彩。在我们到林肯学校很久之前，一个叫塞缪尔·杀多的孩子逃跑了。走之前，他用黑色的大字在水塔上写了一圈"欢迎来到地狱"。杀多是少数几个逃跑而没被抓回来的孩子之一，他也因此成了林肯神话中重要的一部分。他们用白漆盖上了他的离别感言，但过了些年，白漆慢慢褪了，底下那些诉说林肯学校所有孩子心声的黑色大字又像幽灵一样冒了出来。

那天早上十分闷热，让人觉得呼吸进去的空气都像是水一样。我知道这天肯定难熬，就像赫克托·布莱索之前预言的那样。但相比之下，我还是更担心比利的去向。

"有红袖的消息吗？"我问。

沃兹摇了摇头。"才过了一天，再等等，欧迪。"

我、摩西还有其他被下放去给干草打捆、装车的人都坐上了布莱索皮卡的后车厢。作为一群被当作牲口一样给一个残忍的农民干活的孩子，我们很合时宜地沉默着。我想也许比利·红袖是对的。如果我和他一起逃跑，等我们被逮到的时候我大概也就是被罚在静室待一晚上，然后再被毒打一顿，全都算下来，可能还是比在毒太阳底下的干草地干一天的活儿，被干草灰呛死的好。

中午我们都挤在运草车的阴凉底下休息。我们吃了布莱索老婆给我们准备的干巴巴的三明治，分一个水袋里的水喝。我们都汗流浃背地躺在那儿，心里默默咒骂布莱索，以及我们为什么要生到这个世界上。当然这所有人里不包括摩西，他能一小时接一小时地干活，一句抱怨也没有。他不抱怨不是因为没法讲话——他的手也挺能说的——而是他似乎很喜欢体力劳动，因为这挑战了他的身体和精神。没有人因为他是唯一一个不痛苦的人而嫌弃他，因为不管谁需要帮忙他总是第一个伸出援手。因为摩西沉默地接受这一切，布莱索也经常把最重的活派给他。

我和他挨着站在运草车下面，我看到西边的天空已经阴下来了。云在布法罗岭上聚集，不是普通夏日那种松软的白云，而是像一面炭黑的墙从西南方立起来，吐出闪电。赫克托·布莱索和他儿子拉尔夫坐在皮卡下面的阴凉里，望着天空。

摩西拍了下我的胳膊，比画说，暴风雨。也许能早结束。

我摇了摇头说："布莱索是个浑蛋。即便不割草，他也会让我们在雨里给牛圈堆肥。"

我听到车声，然后看到布莱索夫人开着他们的 B 级车穿过一排干草垛。她把车停在皮卡旁边，下来跟她丈夫说了几句，手指着西边。布莱索摇了摇头，但他老婆一只手放在屁股上，冲她老公摇了摇手指。布莱索又看了看正在被大片乌云吞噬的天空，他深吸了一口气，从皮卡那儿往我们这边走来。他从口袋里拿出一条皱巴巴的手绢，擤鼻子里的干草灰。

"孩子们，我老婆说今天暴风雨可能很猛。今天就到这儿吧。等草垛完全干了我再把你们接过来。现在上车吧。"

孩子们从来没有行动得这么迅速过。布莱索鼻子还没擤完，我们就已经全都坐在皮卡后车厢里了。摩西用胳膊肘捅了我一下，让我看布莱索夫人，她正站在车边上，像是要确认她丈夫会不会按她说的做。

谢谢她吧。他比画着。

"夫人，谢谢您。"我喊了一声。

她摆了摆手，看着布莱索把我们拉走。

等我们回到林肯学校的时候，云已经变成了深绿色，转得像女巫在搅动她的坩埚。风起来了，我们下车的时候已经下起了冰雹。没人以为我们会回来，于是也没安排人带我们回去。不过那也大可不必——所有人都往宿舍跑去。宿舍空无一人，这在平日里没什么稀奇的。午饭时间已过，所有的孩子都回到他们被安排的岗位上继续干活了。但这样的恐怖天气就应该让他们都回到室内了。我们都站在宿舍窗前，看着暴风雨扫过布法罗岭。冰雹越下越大，砸在屋顶上震耳欲聋，我们互相都得喊话才听得到。一块窗子被砸破了，一个梅子大小的冰块砸在摩西的脚边。又过了几分钟，冰雹在突然开始之后又突然停了，但暴风雨还没结束。我们看到一英里以外一条长长的灰色旋涡云缓缓降下来。它从扫过布法罗岭的巨大绿墙上下来，看起来像是上帝之手触到了大地。碰到地面的那一刻，它就变成了肆虐的黑云。

"龙卷风！"有人喊，"快跑！"

谁也没动。龙卷风来的时候，我们都像铆钉钉在窗前。我的整个身体像触电了一样麻酥酥的。云看起来像一只长而弯的手指，很恐怖，也令人着迷。它周边的空气中飘满黑色的碎片，像一群发疯了的乌鸦，都是被大地无法抵御的力量撕碎的东西。当它跨过基列河到足够近的地方时，我能看到它把大树连根拔起。然后它又移动到了水塔那里，我突然想到了在那儿给大水箱刷白漆的艾伯特和沃兹。我把鼻子顶在玻璃窗上，努力想看他们是不是还在上面。活儿还没干完，欢迎来到地狱几个大字在斑驳的白漆之下仍然可见，但就我能看到的地方来说已经没有人了。

龙卷风撕裂了整个棒球场，看台被撕成碎片。我们应该动起来，跑去找避风的地方，但如今已经太晚了。我们站在那里动弹不得，就看着厄运越来越近。

然后，奇迹发生了，龙卷风忽然转向，沿着河去了。它撕裂了学校北边的地面，扫过所有的房屋和布里克曼家的豪宅，然后往林肯镇去了。我们又跑到宿舍朝东的窗边，看着龙卷风绕过小镇的南面，沿着河流朝更远处的农田去了。

这时我意识到龙卷风去了哪里。

摩西也明白了。他抓住我的胳膊比画着，弗罗斯特夫人和艾米。

我们往外跑的时候，沃兹和艾伯特正从食堂那边过来。其他人跟在他们后面出来，我估计他们都挤进了这个巨大的石砌建筑，从而躲过了暴风雨。我和摩西跑过老阅兵场。

"弗罗斯特夫人和艾米，"我大喊，"你们看到她们了吗？"

沃兹摇了摇头。"今天没有。"

"龙卷风直奔她们家去了。"

"她们应该就在学校吧？"艾伯特说。

"去她的班上找找。"沃兹说。

她没在那儿。

"布里克曼夫人，"沃兹接着出主意，"她肯定知道。"

我们赶忙跑到布里克曼家，猛砸房门，但没人应。艾伯特跑到车库，从窗子往里看。

"那辆富兰克林没在。"他说。

沃兹又砸了一会儿，门终于开了。克莱德·布里克曼站在那儿，脸色惨白，像鬼一样。

"我差点就遇上那该死的龙卷风了。"他说。

"科拉·弗罗斯特，"沃兹问，"她今天在学校吗？"

布里克曼绷着脸，想了一会儿说："我不知道。"

"布里克曼夫人，"沃兹说，"她知道吗？"

"席尔玛早上去圣保罗了，赫尔曼。她这一周都不在。"

"该死。"

沃兹往东望去，看着暴风雨留下的一路狼藉。我们都朝那儿看去。我这辈子还没这么害怕过。

"在这儿等，"沃兹说，"我去取车。"

他载着我们，包括布里克曼，到科拉和艾米·弗罗斯特家去。在林肯镇的最南端，我们看到谷物升降机旁边的木结构建筑已经成为一片废墟。我们沿着河边的土路，穿过这次善变的灾难的余波。这边，谷仓被撕成两半，20码之外的农舍却未受影响；那边，筒仓的房顶飞了，但里面的牛栏毫发无损，奶牛还像什么都没发生一样晃悠着。我看到一大块金属波纹板像圣诞包装纸一样包在一棵棉白杨树树干上。我发现自己人生中头一次真心地祈祷，拼命求上帝放过科拉·弗罗斯特和她的女儿。

等我们到了农场，一切希望都破灭了。几天之前，弗罗斯特夫人和布里克曼夫妇还坐着喝茶的客厅，如今除了破碎的木板什么都不剩了。谷仓被完全抹平了。果园的很多树都被连根拔起，躺在一片狼藉当中。弗罗斯特夫人的卡车像一只死乌龟一样四脚朝天。一切都笼罩在绝对的寂静中。

我们在废墟中挖，抬起瓦砾碎片，大喊他们的名字。我很确定我们找到的已经是死人了，所以我也不是特别想找。我看到暴风雨多么轻易就把结构坚固的东西扭曲、撕碎，我不想看它会对像人的身体那样脆弱的东西做出什么来。所以我基本就麻木地站在曾经替科拉和艾米·弗罗斯特遮风挡雨，如今却已经断裂的房梁上，我短暂地让自己相信，它也能庇护我。

我已经失去了自己的父母。我被打过、被留过级、被关过禁闭，但在那一刻之前，我从未失去未来会变好的希望。

这时摩西比画，听到了吗？

我仔细一听，也听到了。

摩西开始拉出木板和断裂的房梁。我们剩下的人也加入进来。我们发疯似的把听到的微弱的哭声上方的碎片都清开。好不容易挖到了地窖的入口，门还被两大块断裂的托梁堵住了。我们又清开了这些，然后摩西猛地拽开了门。小艾米·弗罗斯特站在黑漆漆的地窖里看着我们，她的脸和衣服上沾满了灰，一头鬈发里掺着沙子，变得硬邦邦的，蓝色的大眼睛因为突然的光亮眨个不停。摩西大步跑下楼，把她揽在怀里抱了出来，然后比画说，你妈妈呢？

"我不知道。"艾米歇斯底里地哭了起来。她拼命摇头，又说了一遍："我不知道。"

"她和你一起在下面吗？"沃兹问。

她又摇头，头顶上飞起一大团灰尘。"她把我放在这儿，然后就走了。"

"她去哪儿了，艾米？"艾伯特问。

"大乔治，"她说，"她要去把它从马圈里放出来。"

在丈夫死后，科拉·弗罗斯特选择留下了驮马，虽然要喂这么个大家伙很烧钱。沃兹和艾伯特已经去马圈变成的那一堆废墟里找过了，但他们又跑回去找了。

"妈妈去哪儿了？"艾米哭了。"妈妈！"

"嘘，孩子，"布里克曼说，"哭没用的。"

她完全没理他。"妈妈！"

摩西坐在房子的废墟上，把艾米放在腿上，抱在怀里，她就一直哭。过了一会儿，艾伯特和沃兹回来了，只是摇头。

"我把她带回学校。"沃兹说。

"我和你一起。"布里克曼说。

我双臂交叉，定定地站着。"找到弗罗斯特夫人之前我哪儿都不去。"

沃兹没跟我争。"好吧，欧迪。艾伯特、摩西，你们也留下吗？"

他们都点了点头。

"我会再派人来接你们的。克莱德，咱们先把小女孩带走吧。"

他们想把艾米从摩西身边拉走，但她拼命抓着摩西不放手，最后沃兹只好说："摩西，你也跟来吧。"

摩西抱着小艾米，他们一起走了。但布里克曼迟疑了一下，打量了一下这一片废墟。他叹了口气说："上帝啊。"

"你错了。"我告诉他。

他看着我，眯起了眼睛。"错了？"

"你说上帝是个牧羊人，他会保护我们的。上帝才不是牧羊人。"

他没回答。

"你知道上帝是什么吗，布里克曼先生？上帝就是他妈的龙卷风。"

布里克曼什么也没说，转身走了。

他们走后，我和艾伯特两个人站在那儿。头顶的天空晴朗湛蓝，好像它从未把过去几小时的地狱砸向我们一样。这时我听到一只草地鹨在唱歌。

"本来一切都是完美的，"我说，"一切都要圆满了。"

艾伯特转了一整圈，把整个损毁的情况都看了一遍。然后他说出来的语气是我从未听过的那样无情。"一个接一个，欧迪，"他说，"一个接一个。"

第八章

科拉·弗罗斯特的尸体那天晚些时候在一英里外的地方被找到了，在农田里的榆树枝间夹着。这里并没受到龙卷风的侵袭，但在它消散的时候，不少残骸碎片都落在了这里。驮马大乔治被发现的时候毫发未损，正在弗罗斯特农场废墟的不远处平静地吃着基列河边的草。

布里克曼夫人接到消息之后立刻从圣保罗赶了回来。她慷慨地宣布艾米·弗罗斯特不会当没娘的孩子太久。她打算尽快把这个小女孩收养下来。

摩西听了这话，比画着，黑老妖当她的新妈？然后他又比画了一些如果弗罗斯特夫人在世的话不会允许的语言。

艾伯特无奈地低声说："黑老妖就是可以为所欲为。"

对我来说，这就是一长串的不公之中又加了一件。那个没良心的上帝给我什么样的绝望和毁灭我都能受着，也许我活该。但艾米·弗罗斯特？她这刚刚开始的人生中做的唯一一件事就是给我们所有人带来欢乐。还有弗罗斯特夫人，这世上如果真的有天使，那就是她啊。

周四在体育场举行葬礼。学校所有的孩子都在场，除了比利·红袖——警局一直没找到他。我们都穿上礼拜服，体育场上立着布里克曼先生布道的讲台，后面放着给他自己、布里克曼夫人和艾米坐的椅子。艾米垂头丧气地坐在那里，像一个了无生机的娃娃。自打那场可怕的龙卷风之后，我们就没见过她了。如今她穿着新裙子和亮闪闪的新皮鞋。她头发里的砂石泥灰太厚了，根本洗不掉，于是他们索性把她的头发剃到只剩一英寸。要是没穿裙子，她被看成男孩也不稀奇。

斯特拉顿小姐用管风琴弹奏了一曲《万古磐石》，我们都跟着哼唱。布里克曼先生念了悼词。在我印象中，这是他第一次没有夸大其词，而是用一种尊敬的语气对我们讲话。我从来都不喜欢他，但还是很感激他说的那些关于科拉·弗罗斯特的实事求是的好话。

然后布里克曼夫妇受到了一个突然袭击。

斯特拉顿小姐宣布："我和欧迪·奥班宁准备了一个节目纪念科拉。"她朝我点了下头，我站了起来。

"你要干什么？"艾伯特悄声说。他看了看坐在那儿的布里克曼夫妇，他们脸上的表情可一点不像基督教徒了。

"听着吧。"我说。

摩西比画，吹好听点，欧迪。

我站在管风琴旁，从口袋里掏出口琴，和斯特拉顿小姐一起演奏我们私下排练的曲子。

我向自己发誓绝对不哭。我想把我唯一的礼物献给科拉·弗罗斯特以作纪念。但当我开始吹《情人渡》第一个音的时候，眼泪就开始流了。我还是继续吹，斯特拉顿小姐跟着弹起来，这首曲子如泣如诉，哀悼的似乎不只我们这周失去的东西，还有对于我们这些还很小的孩子来说已经永远失去的家庭、童年和梦想。但我继续吹，似乎来到了一个只有音乐能触及的地方，虽然科拉·弗罗斯特已经死了，而且马上就要带着我那拥有更好生活的转瞬即逝的希望一起被埋葬，但我还是想象着她在某个地方听着，她丈夫在她身边，他们俩微笑地看着下面的我、艾米、艾伯特、摩西，以及所有那些因为他们而短暂地活得更好一点的人。我的眼泪就是从这个想象之地流出来的。

一曲吹完，所有人都在哭，连布里克曼先生也是。看得出他虽然不是胸有大爱，但好歹还是有心的。但黑老妖就没有心，她一滴眼泪也没掉。她给了我和斯特拉顿小姐一个恶毒的眼神。正要回到看台的座位上时，斯特拉顿小姐拉住了我的手，把我留在了那里。

布里克曼以祷告作结，孩子们陆续退场。布里克曼夫人靠向艾米，跟她说了几句，然后站起来走到管风琴这边。

"曲子很好听"是她当时说的话，但她的语气却完全相反，"而且挺出人意料的。"

斯特拉顿小姐的表情好像觉得黑老妖要扑过来把她生吞了一样。

我说："这是我的主意，夫人。我知道这是弗罗斯特夫人最喜欢的曲子，斯特拉顿小姐只是好心。"

"好心，那好啊。不过拉维尼亚，下次你决定做好事的时候，我希望能提前知道。不得不说，我觉得你这么轻易地任凭一个学生摆布，这事很奇怪。"

"下次不会了，席尔玛。"

布里克曼夫人又瞄到我这里。"欧迪，你吹得很好。"

"谢谢，夫人。"

"好好享受你的口琴吧，趁着它还在你手里。"

她走向艾米，抓着她的胳膊把她带走了。艾米回头看了我一眼。那种迷茫的神情如今出现在她的脸上，这让我的心都碎了。

斯特拉顿小姐看着她们离开，小声说："那龙卷风卷错了人。"

林肯学校的闲暇时光十分稀有，那天也一样。我们都被派了活儿。布莱索干草田里的活儿都干完了，但我又被派去做另一个烦人的活儿——在迪马寇的眼皮子底下进行地面作业。可那天下午我坚决不想给迪马寇干活。等其他人都跟着沃兹和格林先生去食堂时，我偷溜了。

去弗罗斯特被摧毁的农庄要走三英里。到了之后发现一切都和那个恐怖的龙卷风午后我们离开的时候差不多，还是一片狼藉，没人收拾。遭殃的果树叶子都已经干枯，变成了棕色，一捏就碎了。卡车还是四脚朝天躺在那里，仍然像个死乌龟。我看到一只兔子正在弗罗斯特夫人的大花园里啃嫩叶，它看了我一眼，完全没有要跑掉的意思。农庄的一切都被毁了，但不到一百码之外，河边的树却毫发未伤。

我走到弗罗斯特先生放独木舟的架子那儿，那条结实的小船还架在那儿，船桨也还在下面。我坐在河岸边，想起上一次来这里的场景，那是最后一天好日子了。吹《情人渡》的时候我流了眼泪，而现在我泪流成河。艾伯特的正确让我愤恨。我不应该任由自己接近弗罗斯特夫人和艾米的。如今一个死了，另一个在我看来也不会好到哪儿去。我对于这个小女孩的命运感到无比难过，但我又能做什么呢？就和比利·红袖的事一样。我永远都不能成为我理想中的好牧羊人。

我站起来，擦干眼泪，回到被毁掉的农舍开始整理废墟，想找到我来这儿要找的东西。我知道大概的区域，基本上整个下午都在那儿搬运、推挪、爬行、筛选。从林肯学校逃跑的时候，我就知道这个小任务成功的可能性不大，但是我越挖越挫败。

我看到一个熟悉的罐子埋在土里，是弗罗斯特夫人用来装姜饼的。我把它从废墟里挖出来打开，里面还有几块饼干，因为密封盖着一点土也没进。我把姜饼拿出来，放在两边口袋里，然后继续挖，五分钟后找到了我要的东西。一个银色相框的一角从房梁下面顶了出来。我得从下边拿，于是我先把底下的瓦砾都清出去。我小心地把相框拉了出来，玻璃已经全碎了，但照片还是完好的。我拿出相片放在衬衫里，从废墟上爬起来离开了。

等我回到宿舍，差不多已经是晚饭时间了，其他孩子都在洗餐具了。沃兹一看到我就赶忙走过来了。

"欧迪，你麻烦大了，"他说，"迪马寇气死了。他这下要剥了你的皮了。你跑去干什么了？"

"我有点事要做。"我说。

艾伯特和摩西从厕所出来，他俩看到我的眼神好像那天要下葬的不止弗罗斯特夫人一个。

"迪马寇一直在找机会整你，欧迪，"艾伯特说，"你这可是主动送上门啊。你他妈去哪儿了？"

"注意用词。"沃兹提醒我哥。

摩西看起来很害怕，他比画着，他会把你背上的皮剥下来的，欧迪。

"我不在乎，"我说，"那件事很重要。"

艾伯特抓住我的肩膀，手指狠狠地掐了进去，一点不比前两天迪马寇掐得轻。"你去哪儿了？什么事这么重要？"

我还没来得及回答，就听到迪马寇在我背后大喊："奥班宁！"

我把从废墟里找到的照片掏出来，迅速递给艾伯特。"别让他看见。"然后转过身去面对迪马寇。

他过来的时候像一头公牛一样，我发誓地板都在颤，右手拿着那条我们都很熟悉的皮鞭子。

"文森特。"沃兹开口了。

"坟森特？"迪马寇嘲笑他的德国口音。他抬起手以示警告。"赫尔曼，你一个字也别说。这次我逮住他了。"他一把揪住我的衬衣领子，开始把我拽起来。"走吧，先生。"

"那我也去。"沃兹立刻说。

迪马寇停了下来，在脑子里权衡了一下。我当然感激得要命，因为我知道如果旁边没人，迪马寇可就不只是用鞭子抽我的背那么简单了。他说："那好吧，我们就在这儿。我想让所有的孩子都看看，违背命令的人是什么下场。奥班宁，上衣脱掉，转过去。"

我慢慢解开扣子，转身，把衬衣递给摩西，他看着我的表情好像要挨鞭子的是他一样。我摇了摇头，冲他比画，没事的。

"艾伯特和摩西，你们两个按住他。"迪马寇说。

"拜托了，别这样。"艾伯特说。

"要么按住他，要么你也挨鞭子。然后可能我就随便挑一个孩子抽。你想负这个责任吗？你们都知道是这个下场。"

这话确实，沃兹也因此站在那里很无助。艾伯特和摩西一人抓住我的一只胳膊，我则咬紧牙关做好准备。

我被抽过好多次了，但迪马寇从没像那天打得那么狠过。我对自己发誓绝对不出一点声音让他感到满足，但抽到第十下的时候，我终于大叫了出来并且放声大哭。迪马寇又狠狠给了我两下之后，沃兹命令道："够了！"

老德国跟着迪马寇一起带我去静室的时候，我心里松了一口气。之前我很担心迪马寇那里还有更多的惩罚等着我。

"好好睡一觉吧，奥班宁，"迪马寇说，"我明天给你安排一项特殊的工作。你现在觉得疼的话，等着瞧明天吧。"他转身冲着沃兹说："赫尔曼，别想管这事了。克莱德·布里克曼已经让我使用任何必要手段让这个小流氓听话了。他现在是我的。"

"文森特，如果你再伤害这个孩子，就算他们开除我，我也会把你打个半死。"

"赫尔曼，咱们等着瞧谁能笑到最后。奥班宁，把那该死的口琴给我。"

他已经从我这里拿走了太多东西——我的尊严、我绝不会因为后背的鞭刑而崩溃的决心，但口琴是最难割舍的。

"这个回头再说吧。"沃兹说。

"赫尔曼，口琴是布里克曼要的。他说他们对奥班宁已经失去耐心了。你个臭德国佬给我听好了，如果你想半夜来给这孩子送吃的或者来安慰他，我劝你三思。如果真这样做，我保证让布里克曼夫妇知道你在采石场的那个大秘密。你会失去供酒、失去工作，也会失去所有你觉得能为这些小害虫做好事的机会。"

迪马寇拿走了我的口琴，放在他邪恶的嘴唇上，吹出一个刺耳的音符，然后锁上了门。

第九章

好几年前读的《大英百科全书》里说，老鼠的寿命最长三年。但我认识法利亚都已经四年了。在旧监狱的保护下，它已经老态龙钟了。标志着它青年岁月的速度和敏捷如今都消失不见了，它在宽大的砖缝里也不再快步跑，而是颤巍巍地蹭着墙走了。对于随便一只谷仓猫来说，它都是一顿美餐。但对于我，它就是一个老友，我希望我能拿出一点饼干渣回报它在静室里无数个孤独的夜晚给予的陪伴。

那天晚上它比平常更早就从鼠洞里出来了，我看到它长着小胡须的鼻子从墙缝里探出来的时候还很惊讶。我还从没见过它在天黑之前就出来。它又多探出来一点，眼睛看着我。之前每次在月光下看，它的眼睛都是两个亮闪闪的小豆豆，但现在看起来却很无神。我去口袋里掏从弗罗斯特家毁掉的农舍里挖出来的姜饼，结果全都碎了，不过我还是往远处的角落里扔了几块引诱法利亚。它完全没动弹，这也很奇怪。

要是我的话，现在已经狼吞虎咽了。这些姜饼是我特意给法利亚留的，他完全不感兴趣让我很担心。我又往它更近的地方扔了些饼干渣，但它还是没反应。最后我直接扔到了墙缝里面，就落在它脚边。

它闻了闻，但没吃，就坐在那儿看着我。

我们人类沟通的方式很多——声音、手势、写字甚至用我们的身体。但怎么跟一只老鼠沟通呢？我想问它："怎么了，法利亚？不舒服吗，哥们儿？"我也想给它讲个故事，让它暂时忘记那些使它痛苦的事情。或者对它表达同理心，因为我被迪马寇打完之后也挺痛苦的。我确实说话了，不停地轻声抚慰，法利亚就坐在那儿一动不动的。最后，我终于明白过来了——这个小家伙已经死了。就在我面前不到六尺远的地方，它断气了。

我也知道我像哭科拉·弗罗斯特一样哭这只老鼠是挺荒唐的。爱的形式有很多，痛苦也是一样。我背上的疼痛和我意识到法利亚死了的痛苦相比简直不值一提。

一个接一个，艾伯特之前说。我现在只想朝他和上帝大喊。

我把这个小东西的尸体放在一堆干草上，发誓明天早上把它埋葬了。夜晚来临时我躺了下来，想着要是有口琴就好了，现在只有音乐能带给我一点慰藉。但迪马寇完成了布里克曼交给他的任务，让我在这个糟糕的夜晚连一点安慰也得不到。

我半夜被铁门锁孔里钥匙的转动声惊醒了。我坐起来，很感激沃兹能不顾迪马寇的威胁前来。虽然我失去了很多，但还有朋友，这对我来说意义重大。门开了，但沃兹这次没提灯，进入静室里唯一的光亮就是几乎满月的月光。一个黑色的身影站在月色之下。

"沃兹先生？"

"今晚德国佬不会来了，奥班宁。"

是迪马寇。老天啊。我滚到另一边，紧紧贴着最里面的墙。

"布里克曼先生想见你。"他说。

"现在？为什么？"

"科拉·弗罗斯特的女儿跑了。他想你也许知道她去哪儿了。"

我并不知道，但就算知道我也不会告诉他们的。不过这个原因总比我以为的迪马寇的来意好点，于是我跟着他出来了。结果他却没有往布里克曼家走。

"我们这是去哪儿？"我问。

"布里克曼想去检查一下采石场，觉得她也许是去那儿了。他在那儿等我们呢。"

我怀疑迪马寇告诉了他沃兹在设备库里藏着的那个蒸馏器。在我知道迪马寇掌握了沃兹的秘密之后，我就觉得他告发老德国把他逐出林肯学校只是个时间问题。现在发生这件事说得通，毕竟已经有这么多东西都离我而去了。

我们借着月光，深一脚浅一脚走过学校和采石场之间的空地，我走在前面，迪马寇紧跟在我后面。走到采石场边上的设备库时，一个提灯放在石头上，就是几天前艾伯特给我和摩西做那顿违禁晚餐时放锅的那块石头。我没看到布里克曼先生，也没看到任何其他人。但我看到的东西让我脊背发凉。在那块石头上，提灯旁边摆着迪马寇抽我用的皮鞭子，再旁边是我以为比利·红袖逃跑时带走的玉米娃娃。

"红袖哭得像个婴儿一样。"迪马寇说。

其实我并不想知道，但还是问了："他在哪儿？"

"在一个谁也找不到的地方。等我搞完你，把你也送那儿去。"

他把鞭子松松地攥在手里，站在我和林肯学校中间，挡住了所有逃生的可能。我背后是采石场的大坑。他在提灯的光下先是不怀好意地冲我微笑，然后开始大笑，但我可不像比利·红袖一样又弱又呆。我躲开了他的攻击，逃跑了。采石场的边缘布满小石块，我不得不跳着跑。我能听到迪马寇在我身后咒骂着，也知道一旦摔倒会是什么后果。我在两块有两个我那么高的巨石中间跑，然后转到一块石头后面，躲在阴影里。我靠着石头蹲下，尽量蜷缩起来。迪马寇飞奔了过去，又立刻停下脚步转过身来。

"你个小浑蛋，这下你跑不了了。"他说。

我拼命在地上摸任何能用来抵抗的东西。采石场的边缘都是碎石，但我的手却一块能扔出去的石头也没摸到，此时我也无处可逃了。

在如洗的月光之下，我看到迪马寇的嘴唇抿出了一个饥渴的笑容，让我立刻想到了食人魔。那是个虚构的东西，是我想象出来的怪兽。但当下在采石场边上盯着我的却是个真实存在的东西，他所带来的恐惧比我所有的想象都更可怕。

冲动之下，我直奔他而去，三步并作两步拉近了我们之间的距离，压低肩膀全身蓄力冲刺。但迪马寇轻松地往旁边挪了一步，我来不及停下脚步就冲到了悬崖边上。我双臂拼命挥舞着，不让自己掉入深渊，但无济于事。

直到今日，我还会做关于那次坠落的噩梦。在那些可怕的梦里，黑色的深渊向我张开大口，准备用它粗粝的牙齿磨碎我的骨头。但令我惊讶的是，我只摔了几英尺。等我回过神来，正趴在一小块凸出的石头上，就像一根小舌头一样伸出来，在崖壁的巨大阴影下几乎看不到。

我站了起来，头顶还差点碰到采石场的顶部，我的身子紧贴着崖壁，藏在阴影的黑暗中。迪马寇出现在了我的头顶，站在采石场的边上。那条长长的、带来无尽痛苦的皮鞭，松垮地挂在他身体侧面。我想都没想，从阴影中伸出手去抓住了那条皮鞭，用尽全身的力气去拉。迪马寇肯定被打了个措手不及，因为他丝毫没有抵抗，悄无声息地，身体就从我身边冲过，掉进了下面的深渊。

没有死亡是无足轻重的，如今我也知道没有死亡应该被庆贺。但在那一刻，就是杀死文森特·迪马寇这个给我和无数孩子带来痛苦的男人的那一刻，我感到一种愉悦。

然后我突然意识到了自己的罪过，腿都软了，倚着采石场的崖壁站着。我确实希望迪马寇死掉，也曾无数次幻想过杀死他。但那是幻想。如今是现实，是冷冰冰的谋杀。

一只手放在了我的肩膀上，我像触电了一样猛地跳起来。是摩西，站在我头顶上的采石场边上。

他比画说，你还好吗？

"你从哪儿来的？"

你不在静室，他比画。我们就出来找你了。

"你和艾伯特？"

还有沃兹。我们分头找的。他跪在采石场边上往下看。我看到他翻下去了，但现在看不到了。

"也许他还没死。"

掉下去两百英尺落在硬石上，他肯定死了。摩西比画说。

我犯下的罪重重地压在了肩膀上。不管情况是什么，我杀人了。我可以告诉大家具体发生了什么，但这话来自一个众所周知的麻烦精和骗子。我当时不知道明尼苏达有没有死刑，如果有的话，我觉得自己肯定要上电椅。

摩西比画，咱们走吧。

他把我从那块救命的石头上拉上去后，我就离开了。但离开的并非我的全部。

第十章

"你去哪儿了？"艾伯特问。

"法利亚死了，"我说，"迪马寇也死了。"

艾伯特瞪大了眼睛。"怎么死的？"

"就是死了。"

"迪马寇死了？"

"不是，法利亚是死了。迪马寇是被我杀死的。"

我们在旧阅兵场找到了艾伯特和沃兹。他们到处都找我，快担心死了。

我腿上又一点力气也没有了，只好坐在草地上。摩西用手语告诉他们发生了什么事，艾伯特给沃兹翻译出来。

沃兹蹲下来看着我的脸。"文森特把比利·红袖杀了？"

我点了点头，感觉又恶心又恍惚。

我抬起头看着面前和善的面庞和透着理解的眼睛。"我是想让他死掉。我站在那儿看他死了，觉得很开心。"

艾伯特说："此地不宜久留。"

"我们就说实话。"沃兹说。

"谁会相信像欧迪这样的孩子？"艾伯特说。我也是这么想的。

"给他们看比利的尸体。"

摩西冲我比画，知道比利在哪儿吗？

我摇了摇头，艾伯特对沃兹说："他不知道迪马寇对比利做了什么。"

德国人用他的四指半摸了摸下巴，眯起眼睛看着月光。"也许你是对的，但你们就这么跑了会显得很可疑。"

"没别的办法。"艾伯特说。

摩西比画，逃到哪儿去？

"如果我们走公路，他们一眨眼的工夫就能找到我们。"艾伯特说。

"或许你们可以搭火车，"沃兹说，"到很远的地方去。"

"他们会放出消息，苏福尔斯到圣保罗之间的所有铁牛都会找我们的。"艾伯特说。

我们对铁牛很了解。一年前，一个叫本杰·铁云的孩子逃跑了。他跳上一辆货车，结果被铁牛——私人乘警——逮着了，在移交警方之前把他打了个半死。

"我可以开车把你们送出去。"沃兹提议。

"不行，"艾伯特说，"这是我们惹的麻烦，不是你的。"

"是我惹的麻烦。"我说。

艾伯特低头看着我。"是我们，我们是一家人。"

摩西点点头，比画说，一家人。

我转头望向草坪，在迪马寇的监视下孩子们总是把草坪修剪得很精心。月亮已经升到食堂上面，冰霜般的月光如河一般流过旧阅兵场。

"基列河。"我说。

艾伯特不解地望着我。"什么？"

"记得弗罗斯特夫人说的吗？基列河连着明尼苏达河，明尼苏达河又连着密西西比。我们可以坐上弗罗斯特先生的独木舟，能划多远划多远。"

摩西比画，被龙卷风毁了。

我摇摇头。"我昨天去的时候看到了，还在架子上放着呢。艾伯特，你觉得怎么样？"

"我觉得你没有看起来那么傻。这可能是我们最好的办法了。"

"我开车送你们去科拉家。"沃兹说。

"但我要带上口琴。"

"口琴在布里克曼夫妇手里，欧迪，"艾伯特说，"只能留在那儿了。"

"没有口琴我哪儿都不去。"

"别犯傻了。"

"你们先走，"我说，"我回去想办法拿口琴，然后跟你们会面。"

艾伯特和沃兹面面相觑，两人进行了某些无声的交流。

艾伯特说："可能有个办法。"

那个年代，明尼苏达林肯镇上的人们都是不锁门的。我估计在其他一些大家都相互认识的小镇上也是这样。但布里克曼家的大门是锁着的，后门也是。

"用老办法进，欧迪。"艾伯特说着递给我他的童子军小折刀，这是塞弗特先生送的生日礼物。

"老办法？"沃兹说。

"别问。"艾伯特告诉他。

我拿起小刀走向一个地下室的窗子。跟我们的酒贩子父亲周游四方的那些年，我和艾伯特都学会了撬锁。撬地下室的锁对我来说易如反掌，很快我就进去了。虽然地下室很黑，但月光从我身后窄窄的竖铰链窗洒进来，一分钟后我的眼睛就适应了。我沿着楼梯上到一层，还闻到了炸鸡的香味。迪马寇常规惩罚中的一项就是不给晚饭吃，那时候我都饿死了。虽然我很想绕到厨房去，但还是径直走向了前门，开门让剩下的人进来。艾伯特和摩西进来了，但当沃兹也跟着要进来时，艾伯特却把他挡住了。

"你不能当同谋。"他小声说。

"我已经是同谋了。"沃兹轻声说。

"现在还不算。赫尔曼，你听我说。如果你因为这件事受到任何牵连，布里克曼夫妇肯定会整死你的。你得为还在林肯学校的那些孩子想想，他们都要靠你才能不让更糟糕的事情发生。为了他们你也得保持清白。"

听到艾伯特叫沃兹的名字赫尔曼，我很惊讶。大概他们之间比我想象的还要亲近，为此我还有点受伤，觉得我被排除在他们两个生活的一部分之外。

我看得出沃兹并不愿意让步，但他还是点了点头，留在了门外。

"我等你们。如果出了什么事，来这儿找我。"他向我们保证。

艾伯特轻轻关上门，在前面带路。我从没进过布里克曼家，但艾伯特显然对这里的布局了如指掌。我们穿过被窗外的月光照亮的客厅，四周散发着皮革家具的味道。台灯看起来奢华昂贵，脚下的地毯踩着柔软舒适。艾伯特带我们走进厨房，这里炸鸡的香味变得让人无法抵御，我的肚子发出了咕噜声。

"嘘。"艾伯特悄声说。

"没吃晚饭，"我说，"我饿死了。"

艾伯特打开冰箱门，里面的灯开了。我看到布里克曼家吃的简直是皇室伙食，真不知道黑老妖是怎么保持着皮包骨的身材的。艾伯特从一盘冷掉的炸鸡里拿出一只鸡腿递给我，我立刻大口吃了起来。虽然我憎恨布里克曼家的一切，但我的天啊，我可太爱他们的炸鸡了。

艾伯特拉开一个厨房抽屉，伸手进去摸。过了几秒，一束手电筒的亮光打破了黑暗。他赶忙关掉，示意摩西和我跟上。他带我们上到二楼，沿着走廊往里走，然后在一扇关着的门前停住了，他向我们示意，我来说。他把手放在门把上，猛地把门推开了，同时打开了手电筒。

光束照亮了卧室里的四柱床——那可真是我见过最大的床。布里克曼立刻坐了起来。床单盖着他的腰部以下，他上半身则光着。他旁边还有个人，这让我觉得奇怪，因为布里克曼夫人那天下午开着他们的银色富兰克林到圣保罗去了，应该几天之后才会回来。然后我看到他的床伴是个金发女人。她慢慢坐了起来，拽着床单遮在胸上，是斯特拉顿小姐，眼睛正无辜地直视着手电筒的亮光。

"这他妈的怎么回事？！"布里克曼气冲冲地说。

"克莱德，我们需要你的协助。"艾伯特说。

布里克曼明显认出了艾伯特的声音。"奥班宁——"他开口了。

"我们就是来要欧迪的口琴，没别的事。"

"口琴？你他妈的想什么呢？"

"如果拿不到口琴，布里克曼夫人就会知道你和斯特拉顿小姐的龌龊事。"

虽然为时已晚，音乐老师还是把床单拉起来，遮住了下半张脸。

"你别想威胁我。"

"我已经威胁了。"

"你旁边是谁？"

"我弟弟、摩西·华盛顿，还有公义道德。"

那是什么玩意儿我不知道。但艾伯特的表现让我佩服。我哥还是个孩子，克莱德·布里克曼在林肯学校可是享有城堡里的国王一样权力的人。可我哥站在那儿和他对峙，竟然占了上风。

"口琴？"布里克曼说，"你就只要那只口琴？"

"还有跟艾米道别。"我插嘴说。

这让布里克曼困惑："道别？"

"我们要离开林肯学校了。"艾伯特说。

"我信你个鬼。"布里克曼说。

"我觉得这会让你开心的。口琴，拿来吧！"

摩西比画，还有艾米。

"还有艾米。"艾伯特说。

"我需要穿衣服，你们几个在外边等。"

"我们就在这儿等。"

布里克曼掀开床单站了起来，全身赤裸着。他穿上搭在床边椅子上的裤子，用拇指把裤子背带挂在肩膀上，然后转身对着床上的女人说："你在这儿待着别动，这事我来处理。"

布里克曼从我们中间穿过，来到走廊上另外一个门口，把手伸进口袋，拿出来一把钥匙。

"你把她锁屋里了？"我说。

"就今晚。"他回头看了看自己的卧室，我就明白了。但即便这样，我也讨厌艾米被锁起来的这种事。

他猛地把门推开，喊道："艾米，有人来看你。"

他伸手打开了墙上的开关。灯亮了，艾米坐在角落的椅子上，穿着背带裤、衬衫和新鞋子，好像是在等我们来一样。看到我们，她小声叫了一下，一下蹦起来，朝我们跑了过来。她直接冲到摩西身上，然后双手抱住了我，最后又去抱了艾伯特。

"我知道你们会来接我的。"她说。

"艾米，我们就是来说再见的。"艾伯特转向布里克曼。"让我们和她单独待一会儿。"

布里克曼退到走廊里，给了我们一点空间。

"克莱德，你要是敢耍花招，我保证让黑老妖知道这一切。"

布里克曼听到这个蔑称连眉头都没皱一下，只是对我哥无言地点了个头。

当旁边只剩我们的时候，艾米抬起头，小脸因为恐惧挤作一团，眼睛里闪着泪光。"说再见？"

摩西比画，我们得离开了。

"我知道，"艾米说，"我想和你们一起走。"

"你知道？"艾伯特说，"你怎么知道？"

"我就是知道，而且我要和你们一起走。"她眼泪汪汪地说。

"不行。"我揉了揉她被剪得很短的头发。"但我有样东西给你。艾伯特，照片。"

去布里克曼家的路上，艾伯特又偷溜回宿舍去拿我之前塞给他的那张照片。那张照片原本是放在弗罗斯特家客厅壁炉上的，是他们的全家福。照片上弗罗斯特先生和夫人，还有艾米，看起来都很开心。艾伯特递给我，我又交给了艾米。

"艾米，我像你这么大的时候失去了妈妈。我都记不得她长什么样子了。我不想你也忘记你的父母，所以我把这个给你带来了。把它放在一个安全的、让布里克曼他俩永远找不到的地方。你父母是很好的人。他们应该被记住。"

艾米把照片放在了心口上。然后她哀求道："你们不能把我扔给他们。他们是坏人。求你们把我带走吧。"

"我们不能带你走，艾米。"我说。

这时摩西站了出来。他拍了拍我的肩膀，比画道，为什么不行？

"她才六岁，"艾伯特说，"我们怎么照顾她？"

摩西比画，总比在这儿强？

我之前从没想过带艾米走，但现在我想，为什么不呢？这完全说得通啊。把艾米留在黑老妖和她丈夫身边绝对会让我做噩梦的。相比之下，担心把她带走之后怎么照顾她会更难吗？

"摩西说得对，"我说，"我们把艾米带走。"

"那太疯狂了。"艾伯特说。

"这一切都很疯狂。"我反驳。

"求你们了，求求了。"艾米说着双手抱住了艾伯特的腰。

刚开始他的身体还僵着，被她一抱就松弛了下来。"好吧。"他说着，往后退了一步看着她的一身衣服。"看起来你都准备好了。"

"磨蹭什么呢？"布里克曼从走廊上喊。

我们一行人带着艾米出来，布里克曼看起来好像犯了心脏病一样。

"你们不能带她走。"他说。

"我们能，克莱德。"

"这是绑架。"

"如果她想走就不算。"

"我不能由着你们。席尔玛会骂死我的，还有你们。"

"那她得先抓到我们。口琴呢？"

"没门。"布里克曼双臂交叉挡在走廊上。

"你觉得黑老妖会为哪件事整你更狠？"艾伯特说。"是让我们带走一个本来也不喜欢她的小孩？还是她不在的时候你和斯特拉顿小姐同睡一床？"

布里克曼一点也不在乎艾米，这我们都知道。可是他和布里克曼夫人一起那舒服的小日子呢，那可完全是另一码事。不过他还是犹豫了。

"还有，克莱德，别忘了你的私酿酒。"艾伯特说。

这件我不知道的事成了压垮布里克曼的最后一根稻草。他后脚跟一转，对我们说："这边。"

我们跟着他下楼进了另一个房间。他打开台灯，我发现我们所在的是一间书房或者藏书室。四面墙上满是书架。学校图书馆里的书都是捐赠的，已经被翻得破破烂烂，书脊断了，书页也都掉下来。但这里的书看起来几乎是全新的。布里克曼走到角落里的一个大保险箱前，蹲下来左拧右拧，然后把把手向下一按，打开了保险箱的门。我们被他的身子挡住看不到里面有什么东西。他把手伸进去，掏出一把枪。

我知道如果是黑老妖的话肯定会一枪崩了我们，然后再补几枪。但布里克曼先生显然迟疑了。

"你们现在就滚，一个字也不许说出去。"

"否则呢？"

我转过身，沃兹站在书房门口。

"你真的要杀他们吗，克莱德？那你得把我也杀了。杀死他们，你还有的解释。杀了我的话，就很难了。"

布里克曼显然慌了，我知道这不是好事。兔子急了还咬人呢。他手里的那支枪让他比兔子危险多了。

结果是摩西摆平了这事。书桌上有一大摞文件，上面压着一块圆形的大镇纸，是用某种光滑的深色石头做的。摩西抓起石头扔出一个好球。镇纸直接打在布里克曼脑袋的侧边，他应声倒地。艾伯特跳起来一把抓过了枪，对准布里克曼。这已经没必要了，因为他一动不动，好像是没了呼吸。

死了，我想。又杀了一个人。我瞟了摩西一眼，他脸上写满了绝望。虽然我们都恨布里克曼，但是杀死他还是让摩西善良的心难以承受。

我哥把手放在他脖子上。"还有脉搏。"

我看到摩西松了一口气。

艾伯特蹲在保险箱前。从我站的地方可以看到，里面尽是用绳子和丝带捆着的书信和文件。还有钱，两大捆厚厚的钞票。

"欧迪，"他说，"把艾米床上的枕套拿来。"

我跑到楼上，经过走廊直奔她房间。我把枕套扒下来往回跑，经过布里克曼卧室的时候，斯特拉顿小姐叫道，"欧迪？"

我走到门口。没有手电筒，里面漆黑一片。

她坐在床上说："你会告发我吗？"

"不会的，夫人，我保证。"

"谢谢你，欧迪。"她说，"如果有可能，我也会逃跑的。"

这时我才意识到，林肯学校的囚犯不止孩子们。

"祝你好运，斯特拉顿小姐。"

"上帝与你同在，欧迪。"

我回到书房，把枕套交给艾伯特，他又冲着保险箱弯下腰去。他先是把口琴还给了我，然后把所有的东西都放到枕套里——钱、文件、某个皮本子，还有被绳子捆起来的几摞信。

"我们要这些干什么？"我问。

"布里克曼夫妇把这些东西放保险箱里，说明它们很重要。"

把保险箱清空了之后，艾伯特考虑了一下他从布里克曼先生手里拿过来的那把枪。

"留在这儿吧，"沃兹说，"这只会给你们带来更多麻烦。"

艾伯特还是把它扔进了枕套里，然后站了起来。

"该走了。"他说。

第十一章

在皎洁的月光下，我们在旧阅兵场重新集合。林肯学校的楼像一个个黑色的方块在我们四周耸立着，投下大片阴影。待了这么多年，这些楼应该让人觉得熟悉，但那天晚上一切都显得不同，巨大且可怕。就连空气都弥漫着不安的味道，充满原始的威胁感。

上帝与你同在。这是斯特拉顿小姐跟我说的最后一句话。但我并不希望我认识的那个上帝和我同在。从我的经验来讲，这个上帝只会索取不会给予，他的心血来潮总是带来可怕的后果。我对他的愤怒甚至超过了对布里克曼夫妇的愤怒，他们对待我的方式完全在我意料之中，可是上帝呢？我曾经也怀抱着希望，如今我已经不知道该期待什么了。

"你们都在食堂另一边等着，"沃兹说，"我把车开过去接你们。"

"我还有件事要做。"我说。

"又怎么了？"

"沃兹先生，能给我一下木工房的钥匙吗？"我问。

"干什么用，欧迪？"

"拜托了。"

"赫尔曼，快给他吧，"艾伯特说，"我们没时间了。"

沃兹从口袋里拿出一个小钥匙串，取下来一把递给了我。

"15分钟后，食堂后面见。"我说。

我打开木工房的门，里面混合着各种味道——清漆、锯末、机油、松节油。我打开灯，径直走向墙边的一个木柜子，里面是按颜色和用途排列的一排油漆桶。我拿起一罐黑色的油漆，又从上面的架子上抓了一把刷子，然后关灯锁门，匆匆离开。

之前给水塔刷白漆的工作被龙卷风打断了，但如今已经都刷好了，塞缪尔·杀多的临别赠言被完全盖住了。我站在水塔下面搭着梯子的那只长铁腿旁，抬头望着蓄水池，它在月光下干净洁白，就像一个天真无邪的孩子仰头望向天堂，除了纯粹的期待别无他物。我把油漆罐的提手挎在臂弯上，刷子塞在裤腰里，开始往上爬。环绕着蓄水池的狭窄通道离地面有100英尺高。上去之后，我停了一小会儿，最后往下看了一眼林肯学校。心中只有决绝。目之所及只有楼房投下的黑影，落在地上的时候似乎把土地都吞噬了。我何尝不是如此——我人生中的四年也被黑暗吞噬了。

完成我此行的计划之后，我把油漆罐和刷子留在上面就爬下去了。

其他人已经在食堂后面等着我了，沃兹的车已经启动了。

"什么事这么重要？"艾伯特问我，显然对我的迟到很不爽。

"没什么。"我说，"干完了，咱们走吧。"

我们很快就到了安德鲁和科拉·弗罗斯特被毁的农场上。沃兹把车停在房子的废墟旁边，我们都下了车。往河边的独木舟架子那儿跑的时候，艾米却犹豫了。她把小手伸进背带裤胸前的口袋里，拿出那张我从废墟里给她扒出来的照片。她仔细看了看照片，又看了地上的那一堆断壁残垣。那是她曾经生活过的地方，却再也回不去了。

我把她搂在怀里，尽可能温柔地说："现在我们就是你的家人了，艾米。我们再也不会离开你了。"

她抬起头看着我，月光下泛着银光的眼泪滑过脸颊。"你保证？"

"我发誓。"我说着，在心里发了誓。

在基列河岸边的树下，摩西和艾伯特已经把独木舟放到水面上了。他们把船扶稳让艾米坐在中间。我上船之前，向赫尔曼伸出手，他也伸出四指半的手轻轻握了一下。

"谢谢，"我说，"沃兹先生，谢谢你为我们做的一切。"

"欧迪，你照顾好这小姑娘，也照顾好自己。"

"我会的。"

沃兹拿给我他从林肯学校带来的四张叠好的、宿舍床上铺的那种薄毯。另外，他还给了我一个灌满水的帆布水袋，就是我们在布莱索地里干活用的那种。水袋的边上用白色笔写着"沃兹—木匠"的字样。

"我们要是带着它被抓了，他们就会知道是你帮了我们。"我说。

"欧迪，如果你们被抓了，我誓死保卫你们和我的尊严。"他庄严地说。

我上了船，坐在艾米身后，给了她两条毯子垫着坐，另外两条放在我身子下面。艾伯特把装着布里克曼保险箱里东西的枕套扔上了船。

"赫尔曼，他们肯定会向你逼供的。"他说。

"我觉得没那么严重，艾伯特。咱们俩有克莱德·布里克曼的把柄。"他笑了，两只手攥住艾伯特的手。"我会想你的，我会想你们所有人的。"

摩西也和老德国握了手，然后艾伯特坐在船头，他则小心地坐上了船尾。他们手中的桨将我们推进了基列河平缓的水流中，我们离开了沃兹，可能是我们在这个世界上最后的朋友，留他一人站在河岸上参差的月影之中。

他在我们身后喊了一句临别赠言："愿上帝保佑你们。"

但沃兹说的可不是我认识的上帝。当我们驶入前方的未知时，我想到了自己的临别感言。我把这句话用粗体黑漆写在了水塔上，我相信还生活在林肯学校牢笼中的孩子们都会心领神会：上帝是一场龙卷风。

第二部分

独眼杰克

第十二章

第一晚，我们借着月光划船。四周的农田间没有任何人造灯光，让我觉得身处一个没有别人的世界里。棉白杨的树枝伸到了河面上，我们不时在树荫之下漂进漂出，唯一的声响是偶有晚风吹得树叶沙沙作响，以及两支船桨划开水面的声音。铁轨和河流平行，在弯曲的河道上穿来穿去。在一条铁轨下方的河岸上，我们看到余烬的红色火苗，估计是某个像我们一样在漂泊中的人——那个年代这样的人很多——生的火，摩西和艾伯特藏起了手里的桨，我们无声地漂离了那块地方。

小艾米终于躺在沃兹给我们的毯子上睡着了。我也试着睡觉，可是完全无法闭上眼睛。虽然杀死迪马寇让我失去了一些东西——也许是童年的终结——但随着艾伯特、摩西和河水推着我们在黑暗中穿行，我脑子里满是获得的东西。对那时的我来说就是自由，而我不想错过其中的一分一秒。我呼吸着从未有过的清爽的空气。月光下的河水如白色缎带一般，裹上银色的棉白杨，还有无数钻石装点的黑丝绒般的天空，是我见过最美丽的东西。最终我想，我杀死迪马寇时失去的就是过去的自己，如今我所感受到的是全新的自我，是重生的欧迪·奥班宁，他真正的生活正在眼前展开。

几小时后，艾伯特说："我们该休息一会儿了。"

我们把船靠在岸边，我叫醒了艾米，一行人爬到可以看到地形的地方。往南一英里左右闪着零星灯火的是个小镇子。我们和小镇之间只有荒无人烟的空地。我们铺开毯子，一人睡一张，都躺下了。

"天太黑了，"艾米说，"我害怕。"

"来。"我把毯子掀开搭在她的毯子上。"拉着我的手。"

开始她紧紧握着我的手，过了一会儿我感觉她的手指放松了，然后就睡着了。我听到摩西粗重的呼吸声，知道他也睡熟了。但我感觉旁边的艾伯特还醒着。

"我们自由了，"我悄声说，"我们终于自由了。"

"你觉得？"

"你不觉得吗？"

"从现在开始，我们要比以往任何时候都更小心。他们会到处找我们的。"

"布里克曼先生不会的。你抓住了他的把柄。"

"我担心的不是他。"

我知道他在说谁。除了迪马寇之外，我所认识的最黑心的人就是黑老妖了。我们把艾米从她身边偷走了。她肯定不计一切代价也要抓到我们。到时候要付出代价的就不止我、艾伯特和摩西了。如果黑老妖真的抓到了我们，小艾米的生活就会如炼狱一般。

"我希望斯特拉顿小姐没事。"我说。

"你还是担心自己吧。"

"你怎么知道她和布里克曼先生的事？"

"我不知道。"

"那我们怎么就闯进他的卧室了？"

"我还有他别的把柄。"

我想起沃兹在书房说的话：别忘了你的私酒，克莱德。然后我想到好多次艾伯特和沃兹一起消失，他们之间得是建立起了多么深厚的结盟啊，只是都没带上我。

"你和布里克曼做生意了，"我说，"造私酒？"

"别那么惊讶。这不是咱们的家族生意嘛。"

"但布里克曼先生？"

"那家伙就是个骗子，欧迪。我敢打包票，造私酒只是冰山一角。"

早上，艾伯特从布里克曼保险箱顺的钱里抽出一美元，到我们昨天看到灯火的小镇上去了。他走了之后，我打开了枕套,拿出那两大沓钱数了数。

我往后一靠,看着摩西。"249美元。"

摩西比画,能买辆车了。

艾米很有想法地建议说:"给你们买新鞋吧?"

艾米正穿着布里克曼夫妇给她买的结实崭新的牛津鞋。我低头看了看我脚上的旧鞋。林肯学校每年给我们一双鞋,因为本来就很廉价,加上我们永远只有一双鞋穿,一般这一年还远没有到头,鞋底就都是洞了。大多数孩子都会在里面垫上纸板,尽量让鞋别进水。

"新鞋,新衣服,新生活。"我感到前所未有的富有。

我把钱放回去,又拿出一沓绳子捆着的信。我解开绳子,看起了那些信封。这些信都是寄给林肯印第安培训学校的校长的。寄信地址来自明尼苏达州各地、大平原,甚至更远的地方。我随便打开一封信读了起来。

尊敬的校领导:

我们的儿子兰多夫·鸨飞是贵校的学生。我们到学校去见兰多夫太困难了,但很希望他圣诞节能收到一份礼物。请用我们随信寄去的钱给他买一件特别的礼物。告诉他我们尽量在雪融化之后可以上路的时候去看望他。

洛伊斯和亚瑟·鸨飞谨上

我认识兰多夫·鸦飞，也知道他从没收到过任何圣诞礼物。

我又打开一封信，这封是来自南达科他州伊戈尔比特的一个家庭。和其他信一样，这封也措辞礼貌，谨小慎微，请求校领导允许他们的女儿路易丝·莱杜克回家参加她奶奶的葬礼。随信附带五元车费。

我还记得路易丝奶奶去世的事。她哭了整整一个星期。但没有回家这码事。

一封接着一封信，都是差不多的内容，提出一个小小的请求，然后随信附上一点钱。我看着枕套想，也许这每一美元都寄托着某些希望，一个大概率没有被实现的希望。看得出这些信都来自像我、艾伯特、摩西这样的家庭，孩子们夏天不能回家，也几乎没有机会向家里报告这些钱的不知去向。

然后我看到了一封红袖家的信，来自内布拉斯加州的沙德伦。

尊敬的校领导：

比利·红袖是我们的独子。我们的农场需要他。情况很糟糕。他们把他带走的时候他妈妈哭得很厉害，她现在也还是哭。我们不知道应该去求谁，所以我们来求您。我们可以寄些钱来让他搭车回家。麻烦您告知我们该怎么做。

阿尔文·红袖谨上

我把信放下，感觉心被掏空了。不知道是否有人会发现比利的尸首，告诉他父母他的下落。又或许他们一辈子都要望着南达科他平原光秃秃的地平线，寻找一个独自回家的小小身影？枕套口还开着，我能看到里面还躺着布里克曼用来威胁我们的那把枪。我想把它拿起来，再杀一次文森特·迪马寇。

艾伯特提着一个粗麻袋回来了，里面有一块面包、一罐花生酱、一罐苹果酱，还有四个珍贵的橙子。自打被送到林肯学校以后，我就没吃过橙子了，但艾伯特带回来的那几个干干的，没什么味道。那时候我已经把所有东西都放回枕套里了，并且决定把我看到的东西埋在心里。我了解艾伯特和他的道德准则。我担心他一旦知道这笔钱的来历，他就再也不会碰这笔经了两道手偷的钱，也不会让我们碰的。

"有人打听我们吗？"我问。

"没有，"艾伯特说，"但现在为时尚早。大概消息还没传开。"

我们坐在毯子上吃了东西。摩西对艾伯特比画说，袋子里有好多钱。

"也有用光的一天。"他说。

艾米说："我们可以买些衣服。"

艾伯特看了看我们身上，都还穿着林肯学校的校服——深蓝色衬衫、深蓝色裤子，还有已经穿烂了的鞋。"这倒是个好主意，艾米。"他说。

说到这儿我就更坚定不告诉他钱的事了，至少等买了新衣服再说。

吃完饭之后，艾米说："我想刷牙。"

"我们晚点再解决这件事。"艾伯特告诉她。

摩西拍了一下我哥的肩膀，比画说，有农民。他朝我们睡觉的棉白杨林旁边的农田点了下头，一个男人正在一排排嫩绿的玉米苗之间走着，不时弯腰去检查庄稼的情况。他身边还跟着一只黑狗。他们已经走过了一半农田，正朝我们走来，距离不过几百码。

"收拾东西，"艾伯特说，"咱们走。"

我们把吃的装回麻布袋里，叠好毯子，正要从河边下河的时候，那条黑狗要么是看到了我们，要么是闻到了我们的气味，开始狂吠。

"趴下。"艾伯特说。我们都趴在了地上。

农民往我们这边看了看，然后跟狗说了几句。可那条狗一会儿往我们这边跑来，一会儿跑回去，然后又再跑过来。

"匍匐前进。"艾伯特说。

我们爬到河岸下面，有了河岸做遮挡之后，立刻把所有东西扔上船开拔。艾伯特和摩西拼命地划，我伸长了脖子回过头去看前一晚我们栖身的树林，观察着那个农夫和狗会不会出现。

"你觉得他看到我们了吗？"我问。

"不知道，"艾伯特说，"但我们可不能在这儿等答案。摩西，赶快划。"

那天晚上，我们在一棵倒了的大棉白杨下面安营扎寨。这棵大树堵住了半边河道，河水穿过树枝，声音就像疾风吹过。我们目之所及有另外一个小镇。天黑之前，艾伯特又抽出一美元去买吃的。他带了吃的回来，同来的还有晚间版《明尼阿波利斯星报》，以及他脸上忧虑的神情。

"所有人都知道了。"他说着给我们看了报纸头条：十恶不赦的绑架！下面有一张艾米的照片，旁边是带着我题的几个黑色大字的水塔照片。然后艾伯特给我们念了这篇报道。

报道说，林肯印第安培训学校的男生总辅导员马丁·格林发现学校副校长克莱德·布里克曼被绑在了书房里。布里克曼声称他被三个戴着面具、身份不明的人袭击了。他们到卧室突袭了他，并且逼他打开保险柜。他拒绝之后，他们就打了他（报道里也有布里克曼的一张小照片，展示了他右眼周围的瘀青）。他又拒绝了，他们就抓起艾玛琳·弗罗斯特，威胁要伤害她。于是布里克曼只得打开保险箱。袭击者把保险箱清空了，把布里克曼绑起来，但把小女孩带走了，并发誓——用布里克曼的原话说——"如果有人敢追上来，他们就会对她做出可怕的事情。"

报道里还采访了弗里蒙特县警长鲍勃·沃福德。他是一个魁梧的红脸大汉，总是跟在布里克曼夫妇左右。他经常参与追捕逃跑的孩子，有时还会把年龄大点的女孩子带去问话。等问了话出来，明显能看出他对女孩子上下其手，甚至做了更过分的事。她们也明显受了很大的惊吓，对于在警长办公室发生的事情都绝口不提。

"我们会很快抓到这些罪犯的，"沃福德说，"这不会成为又一个林德伯格案件。"

在林肯学校，我们对外面世界发生的事知之甚少，但我们都知道林德伯格绑架案及之后的撕票。就像所有在美国的人一样，我们听说那个小婴儿被发现的时候头被打烂了，心情也非常沉重。我们也听说了对绑架者的大规模搜捕仍在进行中。

"面具？"我说，"我们没戴面具啊。布里克曼知道我们是谁。他为什么那么说？"

"我不知道，"艾伯特说，"那不重要。现在整个县遍地都是警察了。"

"但你们没有绑架我，"艾米说，"是我自己想走。"

"那没有用。"

"我不想回去。"艾米说。看得出她快哭了。

摩西比画，我们不会让他们带你走的。保证。

"谁把布里克曼绑起来的？"我问。

"准是斯特拉顿小姐。"艾伯特说。

"报道里一句也没有提到她，或者沃兹。"我说，这让我心里稍微舒服了一点。至少他们是安全的。

"不过报道里说有一个学校职工下落不明。"艾伯特说，眼睛继续扫后面的报道。"文森特·迪马寇。警方正在寻找他，但他并非绑架嫌疑人。"

太阳落山了，天就要黑了。河水显出钢铁般的银灰色，悬在河面上的树变成黑色，天空中的蓝色也正在褪去。空气凝固住了，像是憋着的一口气。

艾伯特捡起一根树枝往河里扔，立刻卡在了倒在河里的那棵棉白杨的枝丫里。"我们是身份不明的袭击者也没用。艾米的照片会上各处的头版。一旦有人认出她来，我们就都完了。"

艾米说着"对不起"就哭了起来。摩西把她搂在怀里。我感到一股巨大的黑暗降临在我们身上，和夜晚无关。在我的心中，反抗的焰火熊熊燃烧。

"听我说，"我说，"报纸上那张艾米的照片是龙卷风之前拍的，她的头发又长又卷，现在剪这么短，她看着都像个小男孩了。我们就继续给她穿背带裤这些，尽量不让人近距离看她。她这看起来不就像我们的小弟弟嘛。"

"我不介意当男孩，"艾米说，"男孩能做的我都能做。"

摩西耸耸肩比画道，有何不可？

艾伯特慢慢点了下头。"或许可行。我们可以给她买个大檐帽，遮住点她的脸。"他看着我勉强地笑了一下，"只是可能。"

我哥从镇上买了奶酪和一大块博洛尼亚红肠。他用童子军刀把肠切片，我们就着剩面包吃，就当晚餐了。饭后我们把毯子铺在河边的野草上，艾米说："你能用口琴吹点什么吗，欧迪？"

"禁止音乐。"艾伯特厉声说。但当他看到艾米脸上失望的表情后，他又心软了，"可能会被人听到，我们不能冒这个险。"

"讲个故事怎么样？"我说。

"好呀，讲故事。"艾米又开心了。

摩西比画，讲个好听的，欧迪。

我们在基列河上行进的这一整天里，一个故事慢慢在我脑子里成型。我也不知道灵感是哪儿来的，但是把这些想法拼凑在一起可以让时间过得快些。于是我就讲了这个故事。

从前有个失去父母的小女孩，她的名字叫艾米。

"跟我一样。"艾米说。

"没错。"我说。

她去和叔叔阿姨一起生活了，但他们两个人心肠很坏。

"他们是布里克曼先生和夫人吗？"艾米问。

"巧了，艾米，这正是他们的名字。"

小女孩在坏心眼的布里克曼家过得非常不开心，我继续讲。有一天，她在那个又大又黑的房子里探索的时候，在一

125

座高塔里发现了一道门。平常这道门都是锁着的，但那天有人忘记锁了。在这扇门后面，艾米发现了一个舒服的小房间，里面满是一排排的书，还有玩具、柔软的沙发，以及一盏小台灯。房间的角落上立着一面很高很旧的镜子，外面镶着雕花的木框。艾米觉得这是整个房子里最好的一个房间了，并且离可怕的布里克曼夫妇远远的。她从书架上抽出一本书，名叫《桑尼布鲁克农场的瑞贝卡》。

"我们有这本书，"艾米对我说，"妈妈给我读过。"

"可真巧啊。"我说着，继续讲故事。

艾米窝在沙发里看这本书，但没看一会儿就听到一个很小的声音说："你好。"这太奇怪了，因为房间里只有艾米一个人呀。"你好。"这个声音又叫了一遍。艾米看着角落里的大镜子，看到一个小女孩和她一样坐在沙发里。但这不是她的镜像，而是另一个女孩子。艾米站了起来，镜子里的女孩也站了起来。艾米走向镜子，那个女孩也走向镜子。

"你是谁？"艾米问。

"我叫普利西拉，"女孩说，"我是镜子里的鬼魂。"

"鬼魂？真的鬼魂？"

"也不是真的，"普利西拉说，"很难解释。"

"我叫艾米。"

"我知道，"普利西拉说。"我一直盼着你来。已经太久没有能看见我的人来看望我了。"

"布里克曼夫人看不到你吗？"艾米问。

"只有好心的人能看到我，听到我讲话。"

"你是怎么进来的？"艾米问。

"把手放在镜子上，我来告诉你。"普利西拉说。

但把手放在镜子上的那一刻，艾米发现自己进到了镜子里面，而普利西拉在外面。普利西拉高兴得手舞足蹈。

"我自由了！"她说，"我被困在这面镜子里太久了，但现在我自由了！"

"发生了什么？"艾米大叫。

"这是镜子的诅咒。我被前一个镜子里的女孩困在这儿了。现在我是你，而你成了我，被困在这里了。艾米，对不起，真的。但我太想要重获自由了。"

突然布里克曼夫人踏进了房间。她严厉地看着刚刚和艾米换了位置的小女孩，然后很不高兴地说："嚷嚷什么呢？艾米，你在这儿干什么？"

"她不是艾米，"小艾米在镜子里大叫，"我才是艾米！"

但布里克曼夫人看不到她，也听不到她讲话，因为布里克曼夫人没有一点好心。

"跟我来，艾米，"布里克曼夫人说，"我来告诉你那些去了他们不该去地方的小女孩后来都怎么样了。"

她揪着普利西拉的耳朵，把她拽出了房间。

艾米努力想要逃出镜子，但都是徒劳。她又拿起在镜子另一边读的那本书坐下了，决定随遇而安。你猜怎么着？她发现自己在镜子另一边这个舒适的小房间里还挺开心的。

不久之后的一天，普利西拉冲进这个塔楼的房间里，朝镜子跑来。

"哦艾米！"她大喊，"求你让我回到镜子里去吧。布里克曼夫人真是个巫婆。我受不了她了。拜托，让我回去吧，求你了。"

"我明白，"艾米告诉她，"变成我待在布里克曼夫人身边简直太可怕了。但我还挺喜欢这里的，所以我想等另一个家庭搬进这所房子，等一个带着好心小女孩的善良的家庭搬进来，那时候也许我才会出来。"

普利西拉伤心地转身离开了。艾米又从书架上选了一本新书坐下来读。这本书名叫《爱丽丝梦游仙境》。

艾伯特看了我一眼，赞许地点了点头。"《爱丽丝梦游仙境》，这个妙，欧迪。"

那天晚上的星星似乎格外明亮，艾米没要求牵手就睡着了。划了一整天船的摩西和艾伯特也很快睡着了。而我的脑子被梦填满，几乎要盛不下了。看到水塔的照片，以及我写的字印在《明尼阿波利斯星报》头版上跟实物差不多大，让我觉得自己有点像明星。不是贝比·鲁斯[1]那样的明星，他实在是家喻

---

1 贝比·鲁斯（Babe Ruth，1895—1948），美国著名职业棒球运动员。

户晓了；但至少不再是一个谁也不认识的普通孤儿了。我开始想象未来各种美好的可能。也许我们应该改个名字，我想。以防万一。也许我可以给自己起名叫巴克，取自西部片明星巴克·琼斯。我躺在那儿听着河水流过倒下的棉白杨的枝叶，自己开始希望，发自内心地希望，我能像故事里的艾米一样，最终到达镜子里安全的那一边。

一只小手放在我的胸口上，把我叫醒了。我睁开眼睛，看到艾米站在月光下，低头看着我，表情很茫然。

"怎么了，艾米？"我小声说。

她伸出手，手里是两张五美元，从枕套里那一沓钱里拿出来的。"把这些放在你的鞋里。"

她的语气淡淡的，好像在催眠一样，我感觉她是在梦游。林肯学校不少孩子都梦游过，沃兹总是提醒我们不要把他们叫醒。于是我把钱接了下来。

"放在鞋里。"她说。

我照做了。

"不要告诉任何人，艾伯特、摩西也不行。"

"我用这钱干什么？"我问。

"到时候你就知道了。"

她回到自己的毯子上躺了下来，从她平稳的呼吸中我知道她又睡熟了。

这个梦游的小插曲让我有点犯难，不知道是否该提醒下艾伯特和摩西。但她的某些动作和奶声奶气里的那股严肃劲儿让我决定不把这件事告诉任何人。

第十三章

"你准备怎么说？"

"什么意思？"

"你口袋里有 15 美元，艾伯特。你准备怎么解释？"

"我为什么要解释？"

艾伯特很聪明，比我聪明，但有时在人际交往上他有点迟钝。当时我们正往他前一晚买过报纸的小镇上走，准备去买些新鞋和当天吃的食物。我们把摩西和艾米留下看船。

"艾伯特，这可是 15 美元。放在我们这样的小孩口袋里，这可是笔巨款。人们会起疑心的，他们甚至可能会问。到时候你怎么说？"

"我就告诉他们是我赚的。"

"怎么赚的？"

"不知道。干活赚的。"

"给谁干活？"

"欧迪，这事我来应付。别担心。"

"你要是把我们都送进局子里去，我就弄死你。"

"不会的。"

"最好如此。"

这个小镇叫韦斯特维尔，和我们见过的大部分小镇一样，这里也有几个大型谷物升降机在铁轨旁若隐若现。我还看到树林之上耸立着四个教堂塔尖。不过这里并没有林肯镇上的那种法院塔，于是我猜我们还在弗里蒙特县境内。

当时天色还早，没多少人买东西，不过商店都开了。街上有间面包房，香味引得我直流口水，还有一个五金店、一个 IGA 杂货店、一个药店、一个文具店和一间书店。街道一边有个叫"小黄花咖啡厅"的小餐馆，旁边是韦斯特维尔警察局，看到门前还停着一辆警车，吓得我胃都揪了起来。最终我们来到一个琳琅满目的商店橱窗前，玻璃上用华丽的字体写着"科伦商行"。我们站在窗前端详里面的商品，其中包括各式各样的鞋子。

"看起来像是我们要找的地方。"艾伯特说。

我抬腿就要进去，艾伯特犹豫了。

"怎么了？"我问。

"没事。就是……"他没说下去，深吸了一口气，然后说，"走吧。"

林肯镇上有一家百货商场，叫"索伦森百货"，我只去过一次。那里的商品琳琅满目——从家具到服装再到日用品——让我觉得就算是皇宫也不会有更多贵重的宝物了。科伦商行虽然没那么大，商品也没那么齐全，但还是有许多让人眼花缭乱的商品。我和艾伯特穿过一排排摆着衬衫、裤子、内衣、布料和床品的货架，还经过了化妆品柜台，那边的空气里都弥漫着一股花香。

我们转进另一条货道，两边摆满了五金件。我们差点撞上了一个瘦高的男人，他穿着工装裤，戴棒球帽。当时他背对着我们，但我看到他手里举着一只闹钟，像是对着钻石一样仔细端详它。他突然转过身来冲着我们，一只眼上戴着黑眼罩，像个海盗一样，另外一只好眼凶狠地瞪着我们，目光能吓跑一只野猪。

正在招待他的店员说："我马上过来招呼你们，先随便看看吧。"

我乐得从那个独眼"猪也怕"身边走开，之后我们终于来到了鞋子区，那里鞋盒子一个摞一个，最上面摆着样品。艾伯特走到一个侧面写着"巴斯特布朗"字样的鞋盒前。他拿起一只样品鞋，这时一个欢快的声音从我们背后传来："需要点什么？"

冲着我们笑的这个女人让我想起斯特拉顿小姐——又高又苗条，一头金发，长相普通。她的眼睛有点奇怪，有一只好像有点斜视。但她的眼神里透露出善意，微笑也真诚可爱。

"呃……"艾伯特说,"我们……呃……"

"你说?"她鼓励他。

艾伯特盯着地板,又尝试了一次。"我们……呃……我们……呃……"

我明白了。不管艾伯特准备编个什么故事给她,现在他都说不出来了。我觉得不是因为他没胆量,他可是降服了克莱德·布里克曼的人。如果不是因为恐惧,那么我能想到的唯一解释就是他没法对这样一个好心的女士撒谎。

"夫人,我哥哥有语言障碍,"我把话接过来,"他有口吃,自己特别不好意思。他智商一点没问题,就是说话不利索。"

"我真抱歉。"她说。

"是这样的,"我说,"我们爹让我们来买几双新鞋。"

她脸上露出非常乐于帮忙的表情。"这交给我们没问题。我看到你在看巴斯特布朗,这个牌子的鞋子很好。"她扫了一眼我们脚上廉价的破鞋,仍然面带微笑地说,"但也许你们想看一些便宜点的鞋子。"

我的目光被一摞箱子上的靴子吸引了。"这鞋怎么样?"

另一个声音传来:"孩子,这是军靴,红翼牌的。要我说,这是世界上最好的靴子,帮我们的步兵赢得了一战。"

之前招呼那个独眼"猪也怕"的店员也加入了进来。

"明尼苏达本地生产的。做工精细,一双能穿一辈子。"

"罗伊德，"那个女人说，"我觉得这俩孩子应该对这不感兴趣。"

她又看了一眼我们脚上像纸一样薄的皮鞋，那个男人会了意。

"但我们也有各种其他的鞋子可供选择，"他真挚地说，"你们想要什么样的？"

"红翼牌的那个多少钱？"

"5美元70美分一双。我知道听起来挺贵的，但是一分钱一分货。"

"我们有15美元，"我说，"但我们还得买整周的吃喝。"

"15美元？"那个男人掩饰不住地惊讶，但我预料到了。"你们俩哪儿来的15美元？"

"是他们的爸爸给的，罗伊德。就像那孩子说的，买鞋和整周的吃喝。"

"你们俩是兄弟？"

"是的先生。"我说。

"那你们怎么长得一点也不像？"

"罗伊德，你跟你兄弟长得也不像啊。你不是总说你是帅的那个吗？"

男人仔细打量了我们一下。"你们穿的这是校服吗？"

"不是，先生，"我说，"沃辛顿一些加入了教会的女士给我们的。也许她们是从学校弄来的，我不知道。但这比我们之前穿的好多了。"

"你们的爸爸是谁？"

"克莱德·斯特拉顿。"我把最先浮现在脑子里的两个名字攒一块了。

"不认识。"男人说。

"我们刚搬到镇上。我爹在谷仓找了个活计。"

"谷仓在招人？现在？"

"他们找他来修理，我爹手很巧。"

"现在这光景能找到工作，他可真幸运。"

"是挺好的，"我说着，脸上露出沮丧的表情，"但谁知道能坚持多久呢。"

"你妈妈呢？"那个女人问。

"夫人，我们没妈了。她死了。"

"真抱歉，孩子。"

"打那之后我们就到处漂泊。我们脚上的鞋，已经完全穿坏了。"我脱下一只来——不是前一天晚上放进五美元的那只——给她看了鞋里的洞。

她看了一眼男人。"胡佛鞋[1]。"她说。她把我放在鞋里堵洞的那块纸板拿了出来。"是胡佛皮，罗伊德。"她看着我，

1　美国大萧条时期民众为表达对胡佛总统应对不力的愤怒，创造出许多以胡佛命名的词语。例如，胡佛村指流浪汉居住的窝棚；胡佛皮鞋指穿破了之后用纸板做衬里的鞋。

眼里有无尽的同情。

"你弟弟还是个小孩，但一直是他在说话，"那个男人对艾伯特说，"怎么回事？你没长舌头吗？"

"罗伊德，"女人打断了他，"这孩子口吃。"

我把鞋拿回来，看着它的表情好像在看一件死掉的东西。"爹把钱包掏空了，让我们来买新鞋，买最好的。但我们只有15美元。"

"而……而……而且我们还得买……买……买吃的。"艾伯特费劲地吐出这几个字。

"整整一周的。"我补充说。

"巴斯特布朗2美元75分一双，"男人说，"你们还能剩下好多钱买吃的之类的。"

"但我想要红翼。"我语气里的那种渴望让我自己都可怜自己。

艾伯特狠狠瞪了我一眼，我知道他担心我装过头了。

"罗伊德。"那个女人厉声说。

男人转了转眼珠。"孩子们，这样吧。红翼我卖你们5美元整。我赔钱卖你们两双。"

艾伯特正要张嘴，我知道他就要同意了，但我打断了他。"您要是能行行好给我们15美元三双，我们就能给爹也买双新鞋了。"

"那你们就没钱吃饭了。"女人说。

"夫人，我们很擅长找吃的。我的这个哥哥，特别擅长在小镇外面的河里捞鱼。我呢，有个弹弓，隔着 30 英尺都能打中松鼠的眼睛。如果你懂行的话，还有好多野草可以摘。可是鞋呢？我们可没法自己做。另外还有件事，我知道这和你们没关系，但今天是我爹的生日。我们从来也没本事给他买点什么，但要是能带一双军靴给他，那一定是我们能给的最好的礼物了。"

我发誓我看到那个女人的眼睛湿润了。"罗伊德，如果你不把靴子卖给这俩孩子，那你就在门廊的秋千上睡一个月吧。"

我们提着三个崭新的红翼鞋盒走出了镇子，外加三双新袜子，那个女人还给了我们一个小针线盒，让我们缝补旧袜子用。等我们走过镇上最后一幢房子很远之后，艾伯特说："你说的谎比蜜甜，是吧？"

我把这当成赞美，听了还美滋滋的。我说："天赋。"

"或者诅咒。那个女人有一副好心肠，欧迪。她对我们那么好，可是你却一直在骗她。"

这戳中了要害。但我还嘴硬。"想想她现在什么感觉，"我说，"她刚帮助了三个穷人，这可是事实，艾伯特。"

"等她发现根本没有一个叫克莱德·斯特拉顿的人在谷仓干活的时候，她又会是什么感觉？"

"你倒是帮了大忙哈，"我反击道，"呃……呃……呃。听着好像你被自己的舌头卡住了一样。"

艾伯特不再说了。他面向我，表情悲伤且严肃。"听我说，欧迪，你经历了很多不幸的事，我知道我应该更好地保护你的，但我不想看到你长成……长成……"

"长成克莱德·布里克曼？还是迪马寇？你觉得我是这样的？那去你的吧。"

我从他身边飞速走开了。不只是因为生气，也因为我不想让他看到他伤我有多深。

"等等，欧迪。"艾伯特叫道。

我停下了脚步，但不是因为艾伯特，而是听到了警车的声音。艾伯特也转过身来，我们看着一辆警车飞快地沿着韦斯特维尔镇外的石子路朝我们开过来，掀起的尘土赶上一群飞奔的野马了。

"天，完蛋了。"我说。

"欧迪，别紧张。保持冷静。"

上午的阳光被汽车的挡风玻璃反射出来，晃得我看不清开车的警察。我站在那儿，完全吓傻了。我可以直视黑老妖的目光，也能和她老公对峙，但碰上一个穿警服戴警徽还配枪的人，我就成了扶不上墙的一摊烂泥。

"挥手，"警察靠近的时候艾伯特说，"保持微笑。"

我抬起手，感觉胳膊像注了铅一样。

警车飞快地从我们身边驶过，我甚至没能好好看一眼司机。它沿着马路飞奔下去，穿过基列河上的桥，还继续往前走。

我们走到桥上逗留了一会儿，确定警察不会开回来，附近也没有别人看到我们，然后钻进河边的树林里，往我们停独木舟的地方走去。回到那儿之后，我和艾伯特只剩下面面相觑了。

摩西和艾米不见了，独木舟也跟着一起消失了。

第十四章

算上迪马寇最恐怖的威胁，也没有任何事情比发现摩西和艾米不见了让我害怕。

"艾伯特，他们去哪儿了？"

"不知道。"他站在岸边，从河的上游望到下游。"肯定发生了什么吓到他们了。"

"或者有人把他们抓走了。"

"把船也带走了？我觉得不是。他们肯定在河上。"

"他们往哪边去了？"

艾伯特研究了一下我们前一晚铺毯子的地方，绕着树干走来走去的。我完全不知道他在干什么。

"这里。"他跪在一堆野草里说。

地上有两根小木棍摆成 V 字形指着东边。这是塞弗特先生在童子军教给我们的一个标记方式。

"他们往下游去了。"艾伯特说。

我们沿着基列河走，穿过树林和灌木丛，手里还提着那几盒红翼靴子。走了得有半英里，终于听到艾米叫我们。她和摩西把船停在了一条小溪的入河口。

"发生了什么？"我问。

摩西比画，有小孩来钓鱼。

艾米说："他们在对岸走着，没看到我们。但摩西觉得我们应该离开。"

我们穿上新鞋新袜。我背对着大家，迅速把两张五美元从旧鞋里转移到了右脚的靴子里。等我再站起来，感觉自己穿着的简直是天使们走过的云朵。我从没感到过如此舒适。

我们继续在河上行进，花了一早上的时间增加与林肯学校之间的距离。我看着艾米坐在我前面，手指放在水里无聊地晃悠，然后我想到了一个点子。我拿出那个好心的女人送给我们的针线包，用里面的小刀具从衬衫上剪下三个黑扣子，在我旧袜子的脚底缝出个三角形。我从枕套里拿出一条绑文件的红丝带，从上面剪出一个椭圆形，缝在了袜子的后脚跟上。然后把另一只袜子塞进这只里，一直塞到脚趾的位置。最后我做出了个玩偶——两个扣子做眼睛，一个做鼻子，一点红丝带做嘴。虽然有点脏兮兮的，但整体来说做得还不错。

我把袜子玩偶放在手上。"艾米。"我装成自认为像玩偶的尖声叫她。

她转过头来，看到我的小作品时脸上露出开心的表情。

我把玩偶递给她，她轻轻放到自己的手上，配上她自己的音效，像蛤蟆的那种呱呱声。她给这个玩偶起名叫"鼓鼓"，因为它那个袜子塞出来的头鼓鼓囊囊的。那一整天她和鼓鼓不是互相讲话，就是跟我们其他人说话，时间过得很快。

午后，在基列河往南四分之一英里的地方，沿着铁轨，一个教堂的尖顶和一个水塔从树丛中冒出来。艾伯特从枕套里拿出钱来去给我们买午饭和晚饭，可能还有第二天的早饭。

艾米坐在一块田边的野草上，假装鼓鼓是个饥饿的狮子，正在跟踪我和摩西。

我突然问："艾米，你还记得昨晚吗？"

"昨晚怎么了？"她正把鼓鼓放在自己头上，回答得心不在焉。

"你记得昨天半夜跟我说话吗？"

"不记得。"她低吼着把鼓鼓猛推向摩西，摩西也装作害怕的样子躲避。

"你不记得给了我什么东西？"

"没。"她摇了摇头，然后全神贯注地攻击摩西去了。于是我决定不再追问了。

不久前我们经过了一个农舍，我看到后院里晾着衣服。我从枕套里拿出三美元，告诉摩西和艾米我很快回来，就往上游去了。

快到农舍的时候，我沿着河在树林间俯身行进。我看到一个旧的谷仓，亟须刷漆。光秃秃的墙是灰色的，木头看起来又软又糟。整个屋子有点倾斜，像一个疲惫的老人。农舍很小，状况比谷仓也好不到哪儿去。一个小鸡窝里有几只母鸡和小鸡在啄地上的东西，也时不时互啄。房子后面的晾衣绳上挂着背带裤、内裤和衬衫，有的很大，有的不太大。可能是家里的男人和他儿子的衣服。我们在河上经过的时候就是这些衣服引起了我的注意。

我观察了一会儿，没看到有人，于是蹑手蹑脚地走进了后院。晾着的衬衫都很旧了，缝补过很多次。我小心地从夹子上取下两件大的和一件小点的。正取最后一件的时候，一个小女孩站在了我面前，好像是魔术里变出来的一样。她比艾米大不了多少，金发马尾，蓝色的眼睛大大的。她看起来也一副吃不饱饭的样子，比林肯学校的孩子们好不了多少。她穿着一条小布袋裙，光着脚。

"你好。"我说。

"这是我爹的衬衫，"她说，"还有亨利的。"

"亨利是你哥？"我问。

她点点头。

"他们人呢？"

"给麦克亚当斯先生干活去了。"

"他也住这附近？"

"他在克劳福德另一边有一个大农场。我爹之前也在那种地，但银行把我们的地收走了。"

"你妈妈呢？"

"在镇上干活，给德罗沃夫人熨洗衣服。"

"你叫什么？"

"艾比盖尔。你呢？"

"巴克。"我说。

"你偷衣服？"她问。

"不是的，艾比盖尔。我买。"

我掏出从枕套里拿的钱，用夹子夹在艾比盖尔够不着的晾衣绳上。

"你很有钱？"她问。

"只是走运。很高兴认识你，艾比盖尔，但我现在得走了。"

"回铁轨那儿去？"

"也许吧。为什么这么问？"

"因为所有来找吃的、找工作、找地方睡觉的人都是从那儿来的。妈妈说我们应该尽量帮他们。但他们从来都没钱。"

"没错，"我说，"回铁轨那儿去。看看能不能搭上一趟去苏福尔斯的车。"

"火车不停在克劳福德。"

"那我得走去旁边它们停站的镇子了。"

"林肯镇。"她说。

"那就去林肯镇。再见，艾比盖尔。"

我离开了，但没有回到河边。我沿着屋前的土路走到和县公路的交会处，然后走到公路对面铁轨那边。我站在碎石的路基上，闻着轨枕上木馏油的味道，又回头看了看那个农舍。那房子又旧又破，就像我拿的衬衣一样。但我知道，对于一个连艾比盖尔这样的家庭都没有，只能沿着铁轨找落脚处的人来说，这个房子有多么诱人。

我往镇子那边走了一阵儿，然后穿过下一块农田回到河边。艾伯特已经回来了，见到我就火力全开。

"你他妈去哪儿了？"

"去找替换林肯校服的衣服了。"我说着，骄傲地举起了衬衫。

"哪儿弄来的？"

"上游的一个农舍里。"

"偷的？"他看起来特别生气，像是要揍我了。

"我又不是小偷。花钱买的。"

他瞥了一眼枕套。"多少钱？"

"一美元一件。"

摩西惊得挑起眉毛，比画着，就这些破衣服？

"从谁那儿买的？"艾伯特逼问。

我觉得最好还是别提艾比盖尔了，于是说："我把钱夹在晾衣绳上了。"

"瞧你干的蠢事。"艾伯特说。

"至少现在被人看到，我们就不像从林肯学校逃出来的了。"

"三美元。"艾伯特说着，看起来就像是要拧我的脖子了。

"看得出来那家人很穷。"

"我不在乎钱的事。我是怕他们会举报我们。"

"那警察就会认为我们是坐火车逃走的。"

"是吗？为什么？"

因为我就是这么告诉艾比盖尔的。我本想这么说，但结果我说："因为这样最容易说通。"

艾伯特厌烦地摇了摇头。"咱们出发吧。得离那三美元远远的。"

艾伯特和摩西弓着身子拼命划船，我坐在艾米身边生闷气。我觉得我不管做什么，艾伯特都不满意。我心里想，得了，去他的吧。我狠狠盯着艾伯特的后脑勺，想象了各种场面，都是他把事情搞砸了由我来收拾残局，最终他意识到有我作为弟弟在身边是何等幸事。

临近晚上，乌云在西边聚拢了起来，能看到地平线上的闪电。艾米看着黑压压的天空，眼里满是恐惧。

"我们今晚得找个能挡雨的地方睡觉。"我终于开口和艾伯特说话。

摩西把桨轻轻打在水面上，吸引我们的注意力。他指了指河的南岸，比画着，果园。

沿基列河排开的树后面是一个令人熟悉的景象——苹果树的枝蔓，就和弗罗斯特农庄的果园一样。果园在即将逝去的日光下是深绿色的，很吸引人。

"也许可以睡这儿。"我说。

"去看看。"艾伯特带我们来到岸边。"你们两个在这儿等。"他说着示意摩西跟他走。

我们两个单独待着的时候，艾米充满渴望地看着苹果树。"我想妈妈。"

"我知道。"

"你会想妈妈吗，欧迪？"

"有时候会，"我说，"但失去她是很久之前的事了。"

她把手伸进背带裤口袋，掏出我从农舍的废墟里抢救出来的那张照片，仔细看了看，然后又抬起头来看着我，两行眼泪滑过她的脸颊。"我会一直都想她吗，欧迪？会一直这么难受吗？"

"我觉得你会一直想她的，艾米，"我说，"但不会一直这么难受。"

现在我能听到远方的电闪雷鸣，风中也带着即将到来的雨的味道。艾伯特和摩西终于回来了。

"果园的另一边有农舍和谷仓什么的，"艾伯特说，"有个挺大的花园，旁边还有一个旧的盆栽棚。那个棚子很小，可能还漏雨，但门没锁，至少是个能避雨的屋子。我们今晚可以睡在那儿，明天在农舍的人起床之前早早离开。"

闪电把西边不远处的天空劈成两半，雷鸣声在几秒之后到达。我感觉到第一个大雨点已经下来了。我们没时间仔细斟酌，抱起东西，把独木舟和船桨留在河边茂密的灌木丛中，穿过果园就往棚子里跑。

我看到了那个农舍，在昏暗的光线下，就是一个形状简单的黑影。谷仓并不大，跟赫克托·布莱索在林肯镇附近的那个差远了。和我们见过的很多农场一样，这也是块贫瘠之地。就在大雨开始倾盆而下的时候，我们躲进了盆栽棚。闪电在我们头顶劈开，狂风的怒吼从棚子四周旧木板的缝隙里钻进来。艾米抱住我和摩西，把身体紧紧蜷在一起。

这个棚子显然被废弃了一阵儿了。里面没有工具，只有发霉腐烂的味道。地上都是泥土，不过至少是干的。在这种恶劣的天气里，待在这个旧棚子里总比在外面强。

等暴风雨终于过去，天空几乎立刻就放晴了。月亮出来了，此时已经是满月。一大束银色的月光穿过盆栽棚的窗子，落在泥地上。艾伯特拿出一些早上买的吃的让我们填肚子。经过疲惫的一天，我们终于躺下睡觉了，艾米甚至都没要求讲故事，不过她手里的鼓鼓轻柔地捧着她的脸颊。

我之前对于艾伯特的怨恨已经过去了，每次都是这样。

躺在艾伯特身边的毯子上，我为有这么个哥哥感到开心，虽然我绝对不会告诉他的。我不总能理解他，我知道他也经常很难理解我。不过人的心可不是个讲道理的器官，我很爱我哥，也在他陪伴的温暖中入睡了。

半夜，艾米又发作了。我听到有动静，立刻就醒了。她躺在一池月光中，痛苦地扭动着身子，下巴紧咬着，眼睛往上翻，整个身体上每块肌肉都在颤抖。

这种状况我、艾伯特和摩西见过一次，当时是在弗罗斯特的农场，让她爸爸殒命、她陷入昏迷的事故发生的几个月之后。当时她醒过来之后，所有人都认为她没事了。但是几周后，我们看到她倒在院子里开始狂抖，像是被某种可怕的魔鬼附体了一样。弗罗斯特夫人不得不告诉我们真相——自从那次事故之后，艾米偶尔会出现这种类似癫痫的症状，但医生明确告诉她，艾米并没有癫痫症。事实上，他们也找不到原因。不过至少这个症状没有给艾米的身体造成伤害，停止发作之后她就完全好了，什么也不记得。弗罗斯特夫人不想让这个消息外传，还要求我们发誓保密。据我所知，林肯学校没人知道艾米的这个状况。我想要是黑老妖知道了，肯定就不会想领养她了。

艾伯特一直抱着艾米，直到症状消退，艾米睁开眼睛。她神情很茫然，晕晕乎乎地说："他没死，欧迪。他没死。"

"谁没死？"我问。

可是艾米说完立刻闭上了眼睛睡过去了。我们把她包在毯子里，放她躺下。

摩西比画说，做噩梦了。

这确实是最可能的解释，我在想她是不是梦到了迪马寇，噩梦里他没死。我并不想杀人，但我更不想让迪马寇回到这个世界上来。

我们都继续睡了。

第二天天刚亮，一个沙哑的声音把我们叫醒了："擅闯民宅。"

我立刻坐了起来，艾伯特和摩西也是。小艾米似乎没听到。

"天杀的擅闯民宅的小子们，都给我出来。"

说话的男人身材高大，体形笨拙，手里拿着一支猎枪。他的脸像钻石—— 一个坚硬的东西被从各种角度锋利地切割了。他的一只眼上戴着黑眼罩，另一只眼瞪着我们，我认出他就是前一天在韦斯特维尔的商行里买闹钟的男人。

我、艾伯特和摩西站在那儿，但艾米大概因为前一晚发病，醒得有点慢。她坐起来揉了揉眼睛。等那个"猪也怕"看到她，他眼睛瞪得好像见到鬼了一样。

"我靠。"他说。

第十五章

"猪也怕"拿走了装着我们所有贵重物品的枕套。

"谷仓。"他挥着猎枪让我们到那个破烂的房子里去。

有猎枪在谁敢不听？我们从棚子里鱼贯而出，一个挨着一个，走在他前面。我和摩西各牵着小艾米的一只手，艾伯特走在最前面，我们像待宰的羔羊一样跟着他走进了谷仓的黑暗中。

那里唯一的机器是一辆有年头的黑色福特平板卡车，和艾米爸妈那辆被龙卷风掀翻的是同一个型号。这地方有一股干草味，但目之所及只有几捆。一排园艺工具挂在前壁上，手工工具挂在工作台上方的钉板上，角落里堆着一人多高的一摞木质托盘。后墙上立着貌似苹果酒压榨机的零部件，像是被人一怒之下用大锤子砸烂了那样七零八落的。那人指着谷仓的一角让我们过去，那是个被单独划出来的方形隔间，从挂在那儿的缰绳和马具来看大概是个废弃的马具室。

我们排着队走过去。刚一进门，那个男人就抓住艾米，把她和我们分开了。摩西伸手想把她救回来，但那个男人挥起猎枪，结实地给摩西的左脸来了一下子，直接把他打倒在地了。我也要去拽艾米，但艾伯特揪着我的衬衣领子把我拽了回来。

"我不会伤害她的，"男人说，"除非你们想逃跑。"

他关上门，我们听到门闩被插上的声音。然后就只能听到艾米被带走时的哭声。

艾伯特蹲下去检查躺在那儿一动不动的摩西。他凑近了，把头侧过去听。

"还有呼吸呢。"他说。

"他会对艾米做什么？"我已经准备扒着墙爬出去，不计一切代价也要把艾米救回来。

"报警吧，我想。"艾伯特说。他坐在摩西旁边，脸上带着我从未见过的沮丧。

摩西发出了一点声音，头动了动，然后慢慢睁开了眼睛。他眨眨眼，恢复了意识，坐了起来，惊慌地看着周围。

艾米呢？他比画着，手指都飞了起来。

"被那个独眼'猪也怕'带走了。"我说。

"猪也怕？"艾伯特说。

我没心思解释。"我们得想法子出去然后把她救回来。"

艾伯特从上到下打量着那个马具室。屋子里没有窗，虽然房子又老又破，但四周的围墙倒是结实得很。

"欧迪，有办法吗？"他不是真的在问我，就是想说我有多傻。

我试着用新买的红翼靴踢墙，除了掉下点灰，一点用也没有。摩西站起来，放低肩膀，朝门撞过去，结果被弹了回来。他揉了揉胳膊，又小心翼翼地摸了一下自己的脸，猎枪那一下已经把他的脸打肿了。

"所以我们就在这儿傻坐着，等着他们把我们送回林肯学校？"我说。

"就算我们能出去，难道把艾米抛弃了？"艾伯特平静的语气和严密的逻辑让我更生气了。

"如果能出去，我们可以突袭他。你、我、摩西，我们能打得过他。"

"那他的猎枪呢？"

"我们不能坐以待毙。"

"欧迪，我们现在就是束手无策。"艾伯特从马具室的地上捡起一根干草扔了出去。根本没扔多远。

我们靠着马具室的墙坐了很久，谁都没有说话。突然传来门闩的声音，门开了，独眼"猪也怕"站在门口，手里还端着枪。

"出来。"他说着，往边上退了一步。

我们站起来走出了马具室。我一直在寻找机会突袭他，想跳到他身上把他撞倒在地。至少我可以先冲上去，然后艾伯特和摩西跟上，我们三个加在一起总能制伏他。但他站得很靠后，猎枪正对着我们，让我们根本没机会在他把我们打个稀巴烂之前碰到他。我相信长得这么凶狠的人肯定会毫不犹豫扣动扳机的。

"你，"他对摩西和我说，"拿一把镰刀。你拿着梯子，"他又对艾伯特说，"还有你，拿一把树剪和那个修枝锯。"

我们按他说的做了，然后他招手示意我们出来。

"艾米在哪儿？"我问。

"艾玛琳没事。你们要是不希望她有事，就照我说的做。"

他把我们带到果园边上，那果园看起来很久没人打理了。果树之间的草长得老高，树枝也肆意疯长，都缠绕在了一起。刚长出来的苹果像绿色的小铃铛一样挂在树枝上。我在弗罗斯特家的果园干过几年，知道这些树枝要是再不修剪最后会被果子压断的。我也知道，如果精心修剪，树上果子的质量还能提高。

"你，"他对摩西说，"用你的镰刀，从头开始把树间的杂草都割掉，一排排地割。如果你跑了，我会把这两个还有你们宝贝的艾玛琳打得生不如死。听懂了吗？"

摩西点了点头。他朝我们绝望地看了一眼就去干活了。

"你，"他对艾伯特说，"把梯子架起来，然后把那小子手里的树剪拿过来。"艾伯特按他要求做了，然后"猪也怕"说："我让你剪哪儿就剪哪儿。还有你小子，你把所有掉在地上的东西都捡起来，扔到谷仓后面那堆垃圾旁边。看见了吗？"

我看到了那个垃圾堆，点了点头。然后我们就开始了。

艾伯特一棵棵地修剪果树疯长的枝叶。他先是站在地上，然后架起梯子，我就在下面给他扶着。每隔一段时间，我就去收集落在地上的枝叶，把它们堆在谷仓后面。因为在弗罗斯特家干过，我们知道怎么干这个活儿。但我们从不觉得帮艾米的父母在果园干活是做苦力，这和给"猪也怕"干活不一样。就说一样，在弗罗斯特家可从来没有枪对着我们。"猪也怕"给艾伯特发号施令的时候把猎枪放在臂弯里，他那只好眼似乎足够监视果园里的所有活动。

太阳高高挂在天上。那天天气很闷热，我们汗流成河。干了几个小时后，我终于说："把我们渴死对你没好处。"

那个男人考虑了一下。"房子和鸡窝之间有个水泵，应该还有个木桶。接满水带回来。小子，你要是敢做任何傻事，你们的小女孩会付出代价的。"

我找到水泵，先自己喝了个够，听着小鸡在鸡窝的网里咯咯叫。我在木桶里装满水，仔细研究了一下那个农舍。房子有两层楼，但二层很小，可能只有个阁楼。总共也没有多少地方能藏艾米，我想着能不能溜进去找到她。但之后呢？

我和艾米兴许能逃跑，艾伯特和摩西就只能被留在这儿了。天知道那个独眼怪会对他们做什么。

我把木桶拎回果园，男人让艾伯特喝了水。然后他让我把桶再拿给摩西。

和弗罗斯特的果园一样，摩西喝够了水后朝我比画。

"只是我们不介意在那儿干活。"我说。

摩西擦了擦眉毛上的汗。他会告发我们吗？

"我估计得等我们干完所有的活儿了。"

摩西看着一排排的果树，比画说，那得好久了。

我们连午饭也没吃，一直干到太阳落山。即便是布莱索也比这强点。"猪也怕"把我们带回谷仓的时候，修剪下来的树枝已经堆得很高了，差不多和旁边那一大堆垃圾一样多。我躺在马具室的地上，浑身每块肌肉都疼。

那个男人一句话也没说就把我们锁起来了。

"受饿的人干不好活儿。"艾伯特在他身后喊。

地上的泥土粘在我身上所有出汗的地方。"这比干草地还糟糕。"

摩西比画，担心艾米。没事吧，你们说？

"他这一整天都在折磨我们，"我说，"他没时间伤害艾米。"

摩西站起来，沿着四边的墙走，检查每一块木板。我们得出去，他比画，不知道怎么出去，但必须出去。

"而且我们得把艾米带走。"我说。

没有艾米我们哪儿也不去，他用手势发誓。

马具室的外墙木板中间有细小的缝隙，让夜晚的光钻了进来。摩西要把我们放出去的决心像一剂灵药，让我感觉好些了。我掏出口琴，心想既然没饭吃，至少我们能给自己一点安慰。

我开始吹最喜欢的曲子之一《老乔克拉克》。这是一首欢快的曲子，摩西立刻鼓起掌来。之后我又吹了一首雷格泰姆[1]的曲子，刚吹到"山顶的小美人儿"时门突然开了，艾米站在门口，手里抱着一个大碗。我闻到了烤土豆的味道，嘴里的口水一下冒出来，让我觉得酸疼。"猪也怕"站在艾米身后，还拿着那杆从不离身的猎枪。

"吃。"他说着，把艾米往前推了推。

我们整整一天没吃东西，就算那是一碗泔水，我也能狼吞虎咽地吃下去。我、艾伯特和摩西把脏手直接伸进碗里，那土豆竟然意外的好吃，里面还混着点咸猪肉块和洋葱丝。"猪也怕"还让艾米给了我们一个装满水的牛奶瓶，好把吃的咽下去。他拽了一捆干草放在马具室的门口，让艾米和他一起坐在上面。看着我们吃饭的时候，他从工装裤口袋里掏出一品脱那么大的瓶子，喝里面装着的透明液体。我知道这肯

1　Ragtime，一种引入非洲音乐节奏的美国流行音乐。19 世纪 90 年代出现在北美，20 世纪 10 年代达到顶峰。

定不是水。

　　等我们把土豆吃得渣都不剩了，艾米把碗收了回去，那个男人又让她坐在旁边。天快黑了，"猪也怕"从谷仓墙上拿下来一盏煤油灯，点燃灯芯，把灯放在干草边的地上。

　　"刚才是谁吹口琴？"他问。

　　"我。"我说。

　　"会《红河谷》吗？"

　　"当然。"

　　"吹。"

　　我吹了这个曲子。在只有一盏小煤油灯的昏暗的谷仓里，这首老民谣令人难忘的旋律像一条悲伤织成的毯子，重重地压在我们的心上。"猪也怕"流露出巨大的悲伤——他那只好眼直勾勾地看着马具室的墙，看到了些我两只眼睛也看不到的东西；他喝着瓶子里的透明液体，心思却飘到了别处。

　　我吹完之后他说："再吹一次。"

　　这次我更仔细地观察了他，看得出他已经喝多了。我想着我可以吹这首曲子直到他瓶子见底，然后就突袭他。猎枪就在他腿上，不过喝醉的人反应就不会太快了。也许因为脑子里想着这个，这次我没有吹出第一次的那种感觉，"猪也怕"突然大喊："停！"他把瓶塞塞回去，站起来准备离开了。

　　"你就让我们睡这泥地上吗？"艾伯特问。

　　"猪也怕"思考了一下。看得出他有点站不稳了，我正想

159

着冲过去把他放倒，可艾伯特准是察觉到我的企图，拉住了我的胳膊。

"或许我们可以铺上干草睡？"我哥说。

"猪也怕"朝摩西点了点头，于是他站起来把干草垛扔进了马具室。然后他锁上了门，把我们留在黑暗中。

"晚安，艾米。"我喊道。

"晚安。"她也喊着回答。

我们拆开干草垛铺开来，然后就躺下了。四面密闭的墙，泥地上垫一层薄薄的干草席，被锁住的门——这一切让我有一种怪异的亲切感，好像又回到了静室一样。我没有立刻闭上眼睛，不是因为不累，只是在想事情。

那个"猪也怕"被我吹的那首曲子感动坏了。每当有人点某一首曲子，一般都是因为那曲子对他们来说有特殊的含义。悲伤的曲子尤其特别。"猪也怕"肯定经历了些什么让他伤心的事，但这件事也让他愤怒，以至于要中断我的第二次演奏。那时，人生中还有很多事我不懂，但我知道的是：当一个男人被深深伤害了，多半是因为女人。

第十六章

那天晚上，摩西哭了。

我被他可怜的呜咽声吵醒了，坐了起来。马具室被变形的木板间射进来的月光切成一条条的。我看到艾伯特也醒了，背靠着谷仓的墙坐着。

在林肯学校，孩子们经常在夜里哭。有时候是因为做了噩梦，有时候是完全清醒着，为了一些自己的伤心事哭得撕心裂肺。很多孩子在来到学校之前就被厄运缠绕；而对另一些孩子来说，来到学校之后遭遇的厄运足够他们做一辈子噩梦了。摩西是我见过最高大、健硕、最有力气的孩子，同时也最随和。他从来不抱怨任何事情，也没有什么他忍受不了的试炼。但有的时候，他也会在半夜流下苦涩、痛苦的眼泪，自己却浑然不知。我们偶尔试着把他从折磨他的梦魇中叫醒，但等他睁开眼睛，就立刻停止了哭泣，似乎完全不记得他在梦些什么。如果我们任由他哭，等到第二天早上他也会说完全不记得这件事。

所有发生在我们身上的事，我们都要背负一生。大多数人会尽最大努力守住好事，忘掉坏事。但有时在内心深处，在我们的思绪无法到达或不想触及的地方，最可怕的事情被封存了起来，打开它唯一的钥匙就在梦里。

叫醒他吗？我冲艾伯特比画。

他摇了摇头。

我又想起了艾米。她现在也在大哭吗？那些我在学校亲眼所见的事情，以及其他学校来的孩子告诉我的事情，所有那些无法想象的罪行让我明白成年人可以对无还手之力的孩子做出怎样的恶行。那个"猪也怕"到底是个什么样的人？我要是能相信一个公正、有同情心的上帝，那我可能会祈祷的。但现在我信的是另一个上帝了，龙卷风上帝，我知道他对于受难的哭喊充耳不闻。我听摩西哭了很久，感觉心都要碎了。又想到艾米前一晚的发作，以及她和我们现在的境况。两天之前从基列河出发去寻找新土地和新生活时我那些美好的愿望，如今都化作了尘土。

我们早上没吃东西就开始干活，干的还是和前一天一样的事——摩西挥镰刀除果园的杂草，艾伯特按照"猪也怕"的指示剪树枝，我捡拾修剪下来的树枝运到谷仓后面。我看到之前堆在那儿的垃圾里有好多干净的、空的品脱瓶子。"猪也怕"是个爱酒之徒。我觉得这很好地解释了果园和农场为何无人打理。

十点多钟，农舍那边传来汽车喇叭声。

"你们几个继续干活，""猪也怕"说，"敢耍心眼，小艾米就要受罪。听懂了吗？"

"是的，先生。"艾伯特说。

"猪也怕"穿过了果园。我让他先走，然后扔下刚捡的一堆树枝跟了上去。

"你去哪儿？"艾伯特说。

"去看看出了什么事。"

"给我回来。"他呵斥道。

但我没理他。我从一棵树下窜到另一棵树下，躲在树枝巨大的阴影下面，慢慢往农舍那边挪。我看到一辆警车停在谷仓和农舍之间，于是没再往前走。一个穿着卡其制服的人背对着果园和鸡窝前的院子。"猪也怕"正从院子那边穿过来，鸡看到他过来开始聒噪地咕咕叫，引得警察转身过来。那个警察很壮硕，北欧长相，脸被夏天的骄阳晒得红红的。

"啊，你在这儿呢，杰克。怎么样？"他打招呼说。

"修剪果园呢。"

"拿着枪修剪？"

"防着丛林狼，""猪也怕"说，"你来干什么？"

"就来给大家提个醒。听说那个女孩被绑架的事了吗？"

"报纸上看到了。看见她照片了，还挺可爱的。让我想起索菲来。"

"我们布的路障什么都没逮到。我们现在怀疑把她带走的那些小浑蛋可能是徒步的，还在这块。兰博顿那边有人报告说昨天有人从晾衣绳上拿走了一些衬衫。"

"偷走了？"

警察摇了摇头。"留下钱了，我们怀疑是被追捕的其中一个人留下的。他们绑架这个小女孩的时候也偷了些钱。"

"知道长什么样吗？"

"不知道，当时就一个小女孩在家，没说出什么来。当时旁边也没人，她没出事算是走运，比小艾玛琳·弗罗斯特幸运多了。我们猜测绑架她的人可能沿着铁路逃跑了。杰克，我跟你说，他们手里有武器，很危险。沃福德警长给我们下的命令是，看到他们先斩后奏。所以我要是你的话，猎枪可不离手。"

"就这事？"

"你要是看到什么通知我们。"

"猪也怕"点了点头。

警察看了看农舍、谷仓和鸡窝。"有阿吉和索菲的消息吗？"

"你还是通知别人去吧。"

"那回见。"那个警察又回到车里，沿着苹果树之间的小道开车走了。

我赶紧回到果园，艾伯特正从梯子上下来。

"是谁在按喇叭？"他问。

"一个警察。去警告杰克我们的事。"

"杰克？他叫杰克？"他朝着农舍和谷仓那边看去，"他没跟警察说？"

"什么也没说。这是好事，对吧？"

艾伯特耸了耸肩。"谁知道呢？"

"那个警察说警长的命令是先斩后奏。天哪，所有人都要朝我们开枪。"

"你见到艾米了吗？"

"没有。"

"他来了。"艾伯特又上了梯子。

整个早上我都在冥思苦想为什么"猪也怕"没有告发我们，我想他大概计划先让我们把活儿都干完然后再告发，也许到那时候他还能领点酬金呢。同时我也一直在想，阿吉和索菲是谁？

我们一整天都在干活，就只喝了点桶里的水。太阳快要落山的时候，"猪也怕"才让我们停下，又把我们赶回了马具室。我们筋疲力尽地躺在地上，饥肠辘辘，很是痛苦。这时我觉得"猪也怕"的计划不是把我们交给警方，而是要把我们使唤到死。

"艾伯特，"我说，"你和沃兹还有布里克曼一品脱私酒卖多少钱？"

他躺在那薄薄的一层干草上，疲惫地转过头来看着我。"问这有什么用？"

"多少钱？"

"赫尔曼自己卖的是 75 美分一品脱。布里克曼本打算给新的那批卖一美元。你在想什么，欧迪？"

"没什么。"我说，因为我还没有完全计划好。

一小时后，马具室的门又被打开了，"猪也怕"站在门口，旁边站着艾米。她身上穿的已经不是我们从林肯学校匆匆逃跑时那件背带裤了，而是一条漂亮的绿裙子。

我迅速给她比了个手势，你还好吗？

她点了点头，但没有用手势回答，因为她手里端着一个大碗。

"小孩，把他们的吃的放地上。""猪也怕"说。

她把碗放下，我看到里面装着炒鸡蛋和前一天晚上我们吃的那种烤土豆。艾米把手伸进裙子口袋，拿出三把勺子，给了我们一人一把。我们立刻狼吞虎咽起来。

"你会给她饭吃吗？"我说的时候嘴里塞满了吃的。

"她吃过了。"

"裙子很漂亮。"我说。

"猪也怕"狠狠瞪了我一眼，好像我说了什么大不韪的话，我甚至担心他会像对摩西那样也用猎枪给我脸上来一下。

"他只是想说艾米看起来很开心。"艾伯特说。

这话让"猪也怕"放松了下来。他从工装服口袋里拿出一个品脱瓶,又喝了起来。喝酒的时候,他的手指从扳机上短暂地移到了酒瓶上。

摩西比画说,突袭他?

但我们当时正忙着吃东西,反应过来时"猪也怕"已经把瓶塞放了回去。他说:"那是比画什么呢?"

"他说不了话。"我说。

"为什么?弱智?"

我讨厌这个词。我知道是什么意思,但听起来总像是在骂人。

"有人把他的舌头切掉了。"我说。

"什么人?"

"他不知道,他那时候还很小。"

然后"猪也怕"的话惊到了我。他说:"对一个小孩做这种事的人就应该挨鞭子,然后吊死。"

我们吃完炒蛋和土豆,艾米把碗和勺子收走了。和前一晚一样,"猪也怕"又把一捆干草放在马具室门前,点起煤油灯,然后命令说:"小子,吹口琴。"

"《红河谷》?"

"来个欢快点的。"他说。

我吹了《坎普顿赛》,这可是最欢快的一首曲子了。然后

167

又吹了几首老的标准曲。我吹口琴的时候，"猪也怕"不时从品脱瓶里呷一口酒，很快就开始用脚打拍子了。音乐又一次发挥了它的魔力。这个人在过去这段时间里表现出的只有冷酷无情，笑都没笑过。但音乐却设法钻过了他坚硬、苦大仇深的盔甲，触碰到了里面更有人性、更柔软的东西。

我吹完最后一曲，"猪也怕"看了看他那几乎空了的品脱瓶，把瓶塞又压回了瓶颈。看得出他准备就此结束了。

"这私酒你花多少钱买的？"我问。

他的那只好眼狐疑地看了看我。

"75 美分？一美元？"

"一美元 25 美分。"他说。

"味道怎么样？"

"还不如喝煤油。"

我清了下口琴里的口水，把它放回了衬衫口袋。"我能给你买到最好喝的玉米威士忌，"我说，"而且便宜得跟不要钱一样。"

第十七章

第二天早上，独眼"猪也怕"让我和摩西继续在果园干活，他和艾伯特开着卡车走了。他威胁说如果我们因为任何事惹到他了，他就会把我们交给警长。等他一走，我立刻放下了耙子，告诉摩西继续割草后就要走。

他抓住我的胳膊比画说，你去干什么？

"我要去找艾米。"我说。

他摇了摇头。那样他会伤害她的，他比画道，还有你。

"我得去确认她好好的。但你得继续干活，不然他就会发现你在偷懒。"

他拼命摇了摇头。

"摩西，我们得知道艾米怎么样了。如果我们想逃离这里，也得对他了如指掌。"

他要是回来了怎么办？他比画。要是逮到你了呢？

我把水桶踢倒，让水都流光了。"我就告诉他我去打水了。"

看得出他并不乐意，大概也不同意，但还是放我去了。

农舍的门是锁着的，但窗子开着，纱窗也没栓，于是我很轻松就钻了进去。我本以为屋里会乱得像猪窝，结果却意外地整洁。我估计我们会被扔去收拾果园，艾米大概也会被要求收拾屋子。大屋中间放着一个大肚火炉，这是农舍在冬天的主要热源。我站在厨房的角落里，旁边放着一张桌子三把椅子。一条长沙发把大屋和小会客区分开来。会客区放着几把带坐垫的旧摇椅，椅子中间有张桌子，漆快掉没了，木头都露了出来。桌子上放着一个在那个年代叫"农场收音机"的东西，用电池的。赫尔曼·沃兹之前在木工房里也放了一个，干活的时候他会放音乐给我们听。弗罗斯特家也有一个，有时我们干完了活儿，弗罗斯特夫人会让我们听《死亡谷的日子》《永备时间》或者伯恩斯和艾伦的《盖·隆巴多秀》。

大屋里有两个门。我先试了第一个，里面是卧室，没有几件家具——一张光板床、一个五斗柜、一个洗手池，上面放着一个大搪瓷碗和一个刮胡刀，墙上还挂着一个简单的圆镜子。五斗柜上放着一个精美的木相框，照片里是"猪也怕"和一个女人并排坐在外面那条长沙发上。"猪也怕"腿上坐着一个梳着小辫的小女孩，和艾米年纪相仿，长得也和艾米很像。照片里的"猪也怕"和那个女人表情都非常严肃，但小女孩在笑。

我又试了第二扇门。门是锁着的。我蹲下来，从钥匙孔往里看，但什么也看不到。"艾米？"我小声说。

开始什么声音也没有，过了一会儿我听到了窸窸窣窣的声音，就像在静室里法利亚跑过来的声音似的。

"欧迪？"艾米的声音从屋子的另一边传来。

"你还好吗？"

"带我出去，欧迪。"

"稍等一下。"

孔锁是最好开的一种了。我在厨房抽屉里翻出一个长长的装修钉和一根钢丝。我把钢丝的一头掰弯了，钉子插进去，钢丝绑上去，不出一分钟，门就开了。艾米冲了出来，把我抱住。她身上还穿着前一天晚上的裙子。

"他伤到你了吗？"我问。

"没有，但我不想待在这儿了。我们能走吗？"

"现在还不行，艾米。现在不安全。"

"但我想离开。"

"我也想。我们会离开的，只是现在不行。"我蹲下来，好让视线和她持平。"他对你很不好吗？"

她摇头。"他就是很悲伤。他晚上会哭，我听到他哭也想哭。"

我站起来，走进她被锁住的房间。床很小，但铺得很整洁。房间里东西很多，"猪也怕"还把唯一的窗户钉了起来。

这活儿看起来是最近干的，估计是为了保证艾米不会从那儿逃出去。房间里还立着一个青苹果色的柜子，我打开看，发现里面装了半柜子女孩子的衣服——裙子之类的——都叠得整整齐齐。房间的角落里还有一张儿童椅，一个邋遢娃娃坐在上面，黑色扣子做的眼睛盯着我。

"他把鼓鼓带走了，欧迪。他说如果我想的话，可以把这个娃娃给我，"艾米说，"但这个娃娃好吓人。"

艾米的房间外面有个梯子通到上面一层。

"待在那儿别动。"我说着开始往上爬。正如我从一开始猜测的那样，上面是个阁楼，屋子是长条形，天花板很低，里面放的基本都是废品。有一半房间被帘子挡住了，我拉开帘子看到里面都是基本生活用具——床、五斗柜、椅子、洗手台、镜子，还有个夜壶。我完全看不出之前在这里生活的是什么人，但有一样东西让我非常不安——被褥被扔在了地上，薄薄的床垫外层被剪成碎片，里面的棉花都翻了出来，像是一个被开膛破肚的动物一样。

楼下艾米抱着自己，害怕极了。"欧迪，我想离开这儿。求你了，我现在就想走。"

"艾米，我们不能立刻就走。"我拿出丝般温柔的声音抚慰她，让她平静下来。"艾伯特在他手上，如果我们走了，他可能会伤害艾伯特的。而且他肯定会告发我们，这样警长就会把我们抓起来送回去。我们得再稍微等一阵儿。"而接下来要做的事才是最困难的。"我得把你锁回房间。"

"不要，欧迪。别离开我。求你别走。"

"我也没办法，艾米，我只是暂时离开。但我保证，我们会离开这儿的，所有人一起。"她看着我，眼睛像白色的小纽扣一样，充满恐惧。"你相信我吗？"我说。

这对她来说很难，难到我不忍心看，但她最终还是点了点头。

"那就好。不过，艾米，如果他要对你做任何事情，任何让你担心会受到伤害的事情，你就逃跑，能跑多远跑多远。你答应我。"

"但我想和你、摩西和艾伯特一起走。"

"如果他想要伤害你，答应我你一定会跑的。你得保证。"

"我保证。"她说着就要哭了。

"发誓。"

她在胸前画了十字发誓。

"好，现在回你的房间去吧。他大概会在晚饭的时候再让你见我们。"

她耷拉着脑袋回房间去了。我估计等我一锁门她就会一头扎到床上，把床单都哭湿。

我从屋里出来，拿起水桶回果园去。没走两步，我就听到汽车引擎的轰隆声沿着果园中间的土路而来。我藏到了鸡窝后面。一辆布满灰尘的 A 型车停在了屋前，一个女人从车里下来，手上挎着一个草篮。她为眼睛挡了一下光，环视了一圈农舍，然后喊："杰克？"她等了一会儿，走到门口敲门。

"杰克？"她又叫了一声。

她转身回到院子里，仔细观察了一下四周。看得出她是这儿的熟人，因为她明知道家里没人，却伸手就去开门。发现门锁着之后，她又从窗子往里看。

我从鸡窝后面站了出来。"您找谁？"

她显然吓了一跳，脸上写满愧疚。"我就是……我……"然后她生气地说，"你是谁？"

"我是杰克叔叔的侄子，"我说，"你是谁？"

"弗里达·海恩斯。我是他邻居，来拿每周的鸡蛋。"

"杰克叔叔没提你要来。"

"是吗？他有时候会忘事。尤其是自从……你知道的。我都不知道他在这儿还有亲人。"她说着，对我的态度也变好了，然后她冲我走来。"有人陪对他来说是好事。他在哪儿呢？"

"去镇上买东西了。"我说。

"侄子。"她用刚才想擅自闯入时观察院子的眼神又打量了我一番。"他从没提起过你。"

"他也没提起过你。"

"你叫什么？"

"巴克。"

"他那边的亲戚，还是她那边的？"

"你觉得我长得像谁？"

她笑了。"你是阿吉的亲戚，看得出来。她还好吗？"

"还好。"我说。

"当时我们都很担心，她就那样大半夜地跑了。我听说她回圣保罗了，是吗？"

"没错。"

"小索菲怎么样？这也快一年了吧。"

"她现在不小啦，"我说，"个子蹿得比野草还快。但还扎着小辫儿。"

"那就好。"然后她又问了一个问题，脸上难掩八卦。"那鲁迪呢？"

这个我不知道该如何回答。不过我很久之前就学到一点，在不确定的情况下最好的办法就是装作讳莫如深，什么也不说。于是我就这么做了。

"把她甩了吧，是不是？男人啊。"最后这句她基本是啐出来的。

"要我告诉杰克叔叔你来拿鸡蛋吗？"

"谢谢你，巴克。如果他有空的话，我可以明天早上再来。"

"没问题，夫人。"

"那你快忙去吧。认识你很高兴。"

她开车走了，走的时候还冲我挥了挥手。

我回到果园时，摩西还挥舞着大镰刀拼命干活呢。看到我回来，他松了一口气，比画说，找到艾米了吗？

"她没事。"我说。

对他有什么发现吗？

"可能算有。"我说。

我拿起耙子，整个早上脑子里都在想象"猪也怕"悲惨的人生，照片里的女人和小孩发生了什么事，还有那个叫鲁迪的人。那个被剪得稀碎的床垫也让我担心。

第十八章

太阳升到头顶的时候，"猪也怕"把车开回来停在谷仓旁边。他让艾伯特把我们叫过去，一起从卡车上卸材料。他自己举着枪，发号施令。我们把一张三乘五的铜板、一条两英尺长的硬铜管、十英尺长的铜管、一袋金属钎子、几磅玉米面和糖、一只温度计和一些酵母搬进谷仓。

全都搬完之后，我说："刚才有个女人来这儿找你。"

"猪也怕"立刻呆住了。"女人？你和她说话了？"

"她说她叫弗里达·海恩斯，来拿鸡蛋。"

"哦，鸡蛋，该死。"他挤了一下那只好眼，对自己的健忘很生气。"你是怎么跟她说的，小子？"

"我说我是你侄子，你到镇上去买东西了。"

他思索片刻。"她走到果园来了？"

"我当时正在水泵那儿打水。"

"你没说别的？没提其他人？"

"一句也没说，我保证。她问我阿吉和索菲怎么样。"

他变了脸色，好像一阵强风打在他脸上。

"她还问了鲁迪的事。"

他接下来的话像冰片一样飞过来。"你怎么说？"

"不用我说，她自己就都说了。她认为阿吉和索菲在圣保罗。"

"那鲁迪呢？"

"她好像很确定他把她们抛弃了。"我耸耸肩。"我没意见。"

"猪也怕"又思索了一会儿，然后满意地看了我一眼，好像是对我的应对表示赞同。

"阿吉和索菲，是你妻子和女儿？"

他犹豫了一下然后点了下头。

"她明早再来拿鸡蛋。"

"我会给那个婆娘准备好的。"他说。

艾伯特和摩西去工作了。这是个小活儿，一个一加仑的蒸馏器而已，我知道很快就能弄好。他们组装的时候，我捣了做玉米酒用的玉米糊。"猪也怕"站在旁边握着枪，一言不发却饶有兴致地看着。

就这么过了一会儿，我小心地说："角落里那个可是苹果酒压榨机。"

他看着立在后墙上那个已经散成一块块的机器。"曾经是。"语气里带着懊悔。

"像是被龙卷风扫过一样。怎么变成这样的？"

"你问题真多。"

"我就是碰运气，偶尔能得到回答。"

我觉得他差点就笑了。结果他说："就是时间长了，都散架了。"

鬼才信。这要不是有人用大锤砸烂的，我就不叫欧迪·奥班宁。缉私人员有时候会这么干，有人气疯了也可能这么干。

到了晚上，那个小的蒸馏器已经组装好，玉米糊也在发酵了。虽然还要等几天才能做第一批，但"猪也怕"还挺满意的。那天他打开马具室的门时，艾米给我们带来了一顿珍馐——烤鸡和烤胡萝卜。吃完之后，"猪也怕"又坐在马具室门口的干草垛上，艾米坐在他身边。他说："你能用口琴吹《再见老花马》吗？"

"就'离开夏延'那首？能啊。"

我掏出口琴，正要放在嘴上，"猪也怕"给我来了个惊喜。他从干草垛后面拿出来一把小提琴，顶在下巴上。

"来吧。"他说。

于是我吹起了那首西部的老歌，"猪也怕"随着我拉起了提琴。他拉得挺好的，我们的合奏也不错。我意识到整个过程中他的两只手都放在乐器上，没法管他的枪。但他不傻。

他把干草垛放在离我们很远的地方，即便是我们中动作最快的摩西也没法在他能拿起枪之前碰到他。但这还是给了我一点希望。

"你提琴拉得很好。"我说。

"好久没机会拉了。"他把乐器温柔地捧在手上，似乎短暂进入了另一个空间。"索菲以前总让我在晚上拉琴哄她睡觉。"这个名字让他从遐思中清醒过来，把琴放下了。

这首歌让我想起了马，于是我问："之前用这些马具的马都去哪儿了？"

"卖了，"他说，"很久以前就卖了。我本打算走向现代化，买个拖拉机的。"

"结果也没买？"

"你瞧这儿有吗，小子？"

"没有，我也没看到任何牲畜，除了鸡窝里那些小鸡。"

"以前有些山羊，""猪也怕"说，"基本都是索菲的宠物。"

这个名字又不小心从他嘴里冒了出来。说出来之后，它像个回飞镖一样，击中了他的心。他直起腰，从后口袋里掏出酒瓶，吞了一大口。

"那些羊呢？"我问。

"吃了。"他说。

"你把你女儿的宠物吃了？这可不对吧。"

"小子，你多大了？"

"十三。"严格来说，并不是。我还差几个月才十三岁，但这听起来好点。更成熟，更世故，也更坚强点。

"等再过几十年，"他用手指着我说，"你再来告诉我什么是对的。"他突然站了起来，抓起枪和小提琴，对艾米说："把那些鸡骨头和他们的盘子收起来。今晚就到这儿了。"

"他没有恶意。"艾伯特说。

"你觉得我在乎他有没有恶意吗，诺曼？丫头，走了。"他把艾米推出去，又锁上了马具室的门。

我躺在一片漆黑中思考"猪也怕"心中的苦涩和悲伤，我觉得这两者是相辅相成的。我想让他难受的也许不是爱，而是一种可怕的失去。这种失去，我们逃往基列河的一行人都了解。之前我看待失去是从我、艾伯特、摩西和艾米的角度，因为我们都失去了父母。但其实从另一个角度也是一样的。失去一个孩子，就跟把你的心脏剜掉一块一样。

渐渐地，"猪也怕"越来越像我刚认识法利亚那样了——对他的了解越多，他也就没那么可怕了。

从木板的缝隙中透进来的月光下，我看到摩西拍了下艾伯特的胳膊，做手势说，诺曼？

"五金店的老店员问了好多问题，"艾伯特解释说，"他问杰克，'这孩子叫什么名字？'我说我不是个孩子了。杰克说我也不是大人。所以我告诉那个老店员我叫诺曼。不是男孩也不是大人[1]。"

嘿，还挺机智的，我想。可是我在这种压力下，就只能想出西部片里傻乎乎的牛仔的名字。可是艾伯特想出了这么妙的名字。我决心下次有人问我，一定要想一个和诺曼一样妙的名字。

到了在"猪也怕"手下的第四个早上，我们终于干完了果园的活儿，他又派我们去给谷仓刷漆和打理大花园。除了每晚被锁在马具室，一天只有一顿饭之外，这跟我们在弗罗斯特农场干的活儿差不多。我们每天在晚饭的时候能见到艾米，她看起来状态还好。吃完饭，"猪也怕"拿起小提琴，我拿出口琴，两人合奏几曲。我觉得他不像是坏人，只是生活对他太残忍了。他也被他的龙卷风上帝造访了。

有天晚上我打听了他戴的眼罩。

"打德国佬的时候没的，"他说，"就那个结束一切战争的战争。哼！"

"你觉得一点意义也没有？"艾伯特问。

"诺曼，这世界上有两种人。一种人有东西，另一种人想要别人的东西。这世界上每天都有地方在发生战争，用一场战争结束所有战争？这就好像说用一种疾病结束所有疾病。唯一的可能性就是地球上所有人都死了。"

---

1 在英语中 Norman 既是人名，若分成 nor man，也有"不是大人"的意思。

摩西比画说，不是所有人都贪婪。

艾米给"猪也怕"翻译了他的话。

"小子，我见过的所有人都是把自己的最大利益放在心里，而对别人毫不在意。"他用那只好眼审视了我们一周。"说实话，你们要是有机会从我这儿逃跑，把我割喉了也在所不惜吧？"

虽然那时的我已经为了逃生杀死了一个人，但割开"猪也怕"的喉咙还是太可怕了。"我不会。"我说。

"小子们，我跟你们说，每当你觉得自己做不了什么的时候，这个想法出现在你脑海中的那一刻，即便只是想象，这件事就已经被做了。你的手什么时候完成它，只是时间问题。"

他抓住艾米，把她拽了起来，然后锁上了马具室的门，把我们关在了一片黑暗中。

第二天一直在下毛毛雨，"猪也怕"让我们在谷仓里干活——要磨快他的工具，再上油，还要照看发酵的威士忌糊，而他自己和艾米待在屋子里。我仔细研究了一下后墙上立着的那个支离破碎的苹果酒压榨机，它绝对是为一次暴怒当了出气筒。我一直在想前一天晚上"猪也怕"说的那句话，当一个可怕的想法进入你的脑海，什么时候实践只是时间问题。我没法钻到他脑子里或者心里去，但我觉得不管那里存着什么可怕的想法，"猪也怕"都能做得出来。我也在想阿吉、索菲和鲁迪，越来越好奇他们身上究竟发生了什么。与此同时，我也一直在想逃跑的办法。

那天，环顾谷仓四周，我终于想到了一个靠谱的办法。墙上那排手工工具中挂着一卷又重又硬的铁丝。我用一把钳子剪下来两英尺长的铁丝，在一端打了个结。

摩西朝我比画，干什么？

"瞧好吧。艾伯特，把我关进马具室里。"

我进去之后，他把门闩上，我把铁丝从一块变形木板的结孔穿过去，左右鼓弄，直到钩子钩住了门闩的把手。我小心地把铁丝连同门闩一起收回来，不到一分钟就逃脱了。

艾伯特和摩西都对我投来敬佩的目光。

什么时候逃？摩西比画。

艾伯特说："得等我们把艾米救出来。把铁丝放在马具室的干草下面。欧迪，做得好。"

雨天让"猪也怕"心情很糟糕，又或许是因为前一天晚上的谈话。不管怎么说，和艾米送晚饭来的时候他没怎么说话，也没带提琴来。我们一吃完，他就命令艾米收拾东西，然后又把我们关了起来。

雨终于停了，天空也放晴了。月亮升起来，亮黄色的光穿过谷仓墙壁的缝隙洒在马具室的地面上。我听到艾伯特和摩西已经打起了呼噜，但是我却睡不着。我躺在那儿想"猪也怕"，想他为什么心情很差，同时也为艾米担心。最后我还是把干草席底下藏着的铁丝拿了出来，悄悄走到门口。我把铁丝穿过木板孔，钩起门闩把手，慢慢往回收。门闩开了之后，我轻轻把门打开了。

这时，一只手放在了我的肩膀上，把我吓了一跳。我一转身，是摩西站在月光下。

去哪儿？

找艾米，我打手势，担心。

我也是。一起。

我去过的大多数农舍都有狗，但"猪也怕"的没有。我越来越觉得他是一个深陷在痛苦中的人，他吃进去的是痛苦，穿上身的是痛苦，呼吸的还是痛苦。他似乎不想要任何东西来减轻痛苦，连狗的陪伴也不想要。我不知道为什么会这样，但大概和失去老婆、女儿有关吧。或许只是失去索菲，因为从来没听他提起过他老婆。我、摩西和艾伯特对他来说只是免费劳动力，但艾米对他的意义可能不同。她可能代表着一种希望，但如果她无法实现这种希望，谁知道深陷痛苦中的"猪也怕"会做出什么事来？

我们溜进农舍，身后拖着自己的影子。开着的窗子里传来收音机放出的音乐声。我靠墙站着，慢慢越过窗台往里看。屋里只点着一盏煤油灯，"猪也怕"坐在一张软垫摇椅上，拿着一个品脱瓶喝私酒。等我们的蒸馏器工作起来，可能会为他省一大笔钱。他头向后仰，那只好眼闭了起来。我朝摩西打了个手势，我们就往屋后去了。

艾米房间的窗子还是被钉死的，但一束月光从那扇干净的窗户射进去，落在正在床上睡觉的艾米身上。

摩西微笑着比画，天使。然后又比了个魔鬼，朝前屋努了努嘴。

不是魔鬼，我想，但也许是一个会做出魔鬼般事情的人。

这时，艾米房间的门突然开了。灯光下是"猪也怕"的黑影站在那里。我立刻趴在地上，摩西也是。我大气都不敢出，祈祷着我们没有被发现。过了一会儿，我们头顶上的窗子发出嘎嘎声，我脑海里只有一个声音，跑！摩西准是感觉到了我的慌张，他把手放在我的手上，轻轻摇了下头。我们就这么待了五分钟，靠在屋子的后墙上一动不敢动。但什么都没发生。玻璃没有被打碎，我们也没有被"猪也怕"打死。我们放松了下来，又冒险看了一眼艾米的窗子。她还在床上睡觉，"猪也怕"不见了。

现在回去，摩西比画着。我开始跟着他往谷仓走。

还没等我们穿过院子，农舍的前门开了，"猪也怕"提着灯走了出来。他关上身后的门朝果园去了，脚步有点不稳。

救艾米？摩西比画说，现在逃跑？

我摇头，比画说，他可能很快回来。我们就有大麻烦了。我朝"猪也怕"走的方向扫了一眼。跟上，我比画。

摩西摇了摇头，打手势说，你疯了？

"猪也怕"走远了，于是我可以小声说："大半夜他出去干什么，摩西？"

撒尿，摩西比画。

"他在院子里就能撒尿。快走，来不及了。"然后我就跑了起来。

月光给苹果树之间刚被割过的草洒上了一层银光。我和摩西藏在苹果树的树影下面。"猪也怕"的灯光很容易跟踪，我们看着他往果园的最西边去了。我和摩西走到最后一棵树下，看着他在离我们50码远的一片荒地上，跪在一棵孤零零的橡树下面。他的身子整个俯下去，额头都贴到了地上。那深沉的啜泣声足以让石头流泪。看到如此直接的悲痛，让人无法不心生怜悯。我曾经听过林肯学校的孩子整晚地哭泣，我也听过摩西的哭声，但我从没听过一个男人这样哭。这让我觉得不管我们长多高，长多大，心里总还住着一个孩子。

摩西碰了一下我的胳膊，比画着，现在走。

我已经看到了我想看的东西，虽然并不太懂。我点点头，我们又溜回了谷仓。

第十九章

第二天早上，"猪也怕"心情出奇地好。也许他的眼泪像雨水一样冲刷了痛苦，即便只是暂时的。又或许是因为艾伯特带给他的好消息——玉米糊可以放进蒸馏器做第一次尝试了。当然也可能是完全不相关的其他原因。

木料间的存储很少了，艾伯特告诉"猪也怕"，要点蒸馏器或者在农舍的灶上做饭都得用木柴。艾米从鸡窝里捡了鸡蛋出来后——这是她的例行活计之一 ——他派她去帮艾伯特准备第一次酿酒。他从谷仓的墙上拿来一把双人锯递给摩西，自己又拿下来一把斧子。他指着角落里一辆木推车对我说："带上这个，你和那哑巴跟我走。"

他带路，手上还拿着那把永不消失的枪，穿过果园把我们带到基列河边。一路上"猪也怕"都开心地吹着《加农炮》的口哨，好像等待着我们的活儿很值得期待一样。他在一棵巨大的棉白杨前停下了脚步。那树早就死了，不过还立在那儿，树枝干枯了，树干上满是松鼠或者啄木鸟筑巢留下的孔洞。那棵树离我们藏在岸边灌木丛里的独木舟只有一步之遥，我和摩西对了下眼神，两个人都很担心。

"小子们，就是它了。早就想把它砍了，择日不如撞日。"

早上空气很清新，生长在河水和果园之间荒地上的西部红百合、野玫瑰和三花水杨梅飘来阵阵花香。我能感觉到那将是个大热天，在这天气里砍好几个小时的树，劈成给炉灶和蒸馏器生火用的小块柴火可不是什么令人愉快的事。但好在天气很好，"猪也怕"的心情也好。要是赫克托·布莱索不那么浑蛋的话，在干草地干活也不会那么煎熬。那天"猪也怕"兴高采烈的，这让干活的感觉都不同了。

他和摩西开始砍那棵棉白杨之前，"猪也怕"沿着树干底部绕了一圈，好像是在量尺寸。他在树的临河那侧蹲了下来说："我的老天。"他伸手从地上揪起了什么东西，放在手上给我们看。

"毒蘑菇？"我说。

他摇摇头："是羊肚菌，最好吃的蘑菇。我好久没去采羊肚菌了。来，拿着这个，去河边看看能不能找到更多。"

这东西是棕褐色的，4英寸长，像是格林童话里地精戴的破帽子。它外表看起来一点也不好吃，但找蘑菇对我来说可比为了那棵棉白杨做苦力好多了。

"你找到它们，""猪也怕"说，"然后立刻带回来。"他那只好眼冲我眨巴了一下。"我知道你在想什么，可以不用做苦力了。别担心，有的是活儿等着你回来干呢，我保证。"

我去了。背后传来锯齿啃进棉白杨的声音。

我沿着河边的树林慢慢走，仔细地搜寻地上长着的各种东西，又找到了几个那种奇怪的蘑菇。河水沿着果园转了个弯，很快我就完全在"猪也怕"和摩西的视线之外了。我专心地找蘑菇，眼睛一直看着地面，等我再抬起头才发现我已经来到了前一天晚上"猪也怕"哭得撕心裂肺的那棵孤零零的橡树旁。我回头看了一眼，确定没人看到我，然后就朝橡树跑去了。

那里有个小墓地，是那种家族墓地。我之前在农村见过，常常出现在埋葬法令管不到或者懒得管的地方。之前我见过的一些有围栏，但这个没有。几个木制的墓碑立在那儿，牌匾被阳光晒得褪色、风化了，上面写的字如今也都模糊不清。还有三个坟旁边没有墓碑，只是边缘被野苜蓿清晰地勾勒出来。我站在那儿想，也许这都是"猪也怕"的先人，曾经在这里耕作。如今整个农场只有他一个人，也许他是这个家族仅存的后代、最后的人了。我想着，这个独眼杰克，他得感觉多么孤独啊，生是一个人，死了也没有人记得或怀念。我身边有艾伯特和摩西，如今还有了艾米。而"猪也怕"身边一个人都没有。

但那三座没有墓碑的坟，再加上阁楼上的那一片充斥着怒火的狼藉，让我停下了这份感慨，离开了那片充斥着令人不安的黑暗猜想的墓地。

等我捧着满满的羊肚菌回去的时候，棉白杨已经被砍倒了，摩西和"猪也怕"正坐在倒在地上的树干上休息。他们脱下上衣，浑身是汗。"猪也怕"满脸笑容，似乎对这个活儿很满意。而摩西竟然也在笑。

"猎人狩猎归来。""猪也怕"兴致勃勃地说。看到我手里的蘑菇，他在我的背上拍了一下说："小子，收成不错啊。今晚的鸡肉有了它们味道肯定好。把它们放在木推车下面，准备开始大干一场吧。"

他们已经把树干锯成几节了，"猪也怕"让我把这些木段搬起来放到木推车上。这些木头重得很，把我累得够呛。我一边搬着，摩西和"猪也怕"一边还在继续锯那倒下的树干。

之后我们又歇了一会儿，"猪也怕"说："你叫什么？"

"巴克。"我说。

"我们的哑巴朋友呢？"

我看着摩西，他用手势拼了个名字，杰罗尼莫。

我告诉"猪也怕"，他大笑了起来。"可不是嘛，"他说，"哪个族的？"

"苏族。"我说。

"我给你们看个东西。"他从工装服里掏出一把小刀，从棉白杨上面砍下一条小树枝，给我们看那个切面。"看到里面那颗星星了吗？"

他说得没错，树枝中央真有个深色的五角星。

"你们苏人有个传说，"他告诉摩西，"他们说天上所有的星星都是在地底下造出来的。它们找到棉白杨的树根，钻到树里去，耐心等待。在棉白杨里它们平凡又暗淡，就像你看到的这个一样。然后，等天上的神灵觉得需要更多星星的时候，他就会用风力摇晃树枝，把这些星星放出来。它们飞到天上，在那里安家落户，闪耀着光芒，成为它们一直想要成为的发光体。"他看着棉白杨树枝里的那颗星星，脸上带着敬佩的神情。"我们也都是这样的。梦想都是摇晃出来的。不管是我，你们几个，还是所有大地上的人们都是这样。杰罗尼莫，你们族人，很有智慧。"

我从没见摩西笑得这么开心过。

"你不喜欢这个故事吗？""猪也怕"问我，因为我没有像摩西笑得那么厉害。

"还行吧。"我说。

"你喜欢待在这儿吗，巴克？"

"太多活儿了。"

"我看看你的手。"他看了看我手上的茧。"你已经习惯做苦工了。"

"不代表我喜欢啊。"

"一切都是苦工，巴克。你要是不能接受这一点，那生活肯定会折磨死你的。比如我，我爱这块地，爱在这儿干活。从来不去做礼拜。屋檐之下有上帝？我不信。你要是问我，上帝就在这儿，在泥土里，在雨中，在天上，在树、苹果和棉白杨的星星里，在你我的身体里。一切都相互联系，一切之中都有上帝。这些活儿确实很累，但这是好事，因为这些活儿把我们和土地连接起来，巴克。这是一片美丽之地、温柔之地。"

"这片土地刮起龙卷风，把艾米的妈妈害死了。你管这叫温柔？"

"我管这叫悲剧。但不要责怪土地。土地一直都是这样的，龙卷风也从来就是土地的一部分。旱灾、蝗灾、冰雹、火灾，一切把人赶跑甚至杀死人的东西，都是土地的一部分。土地就是土地，生活就是生活，上帝也就是上帝。你我也就是你我。没有什么是完美的，又或许一切都已经是完美的了，只是我们智慧不够，看不出来。"

"我们来之前那些果树一团糟。你要是这么爱这片土地，怎么就任由它们长成那样？"

"是我没做好，巴克，就这么简单。我没做好。我的错。但我能在那个老的盆栽棚里找到你们可是好福气，让我重新打起了精神。"

我在想，他还是那个把艾米房间的窗子钉起来、把酒瓶子砸碎在谷仓后墙上、在橡树底下哭得撕心裂肺的人吗？从某种角度上来说，他就像他爱的那片土地一样，一会儿是凶狠的龙卷风，一会儿又是晴空万里。也许是酒精改变了一切，也许他一直都是这样，所以阿吉才离开了他。其实我也不知道是谁离开了谁。

"我跟你说，巴克，"他说，"如果你想休息一下，就把木材用车推到谷仓里去。盆栽棚旁边有个劈柴墩，你之前见过。把那些木段扔在那儿就行，回来之前去水泵那儿把木桶盛满水带回来，我有点口渴。你做得到吗？"

"能。"我说。

"你觉得呢，杰罗尼莫？"

摩西笑了，点了点头。

"别磨蹭啊，巴克。活儿得干完。我还想听听蒸馏器那边情况怎么样了。"

我把羊肚菌放在车里，拉起车把手的时候，我真觉得自己抬的东西有五百磅重。我用尽全身的力气，车才终于动了。

把木料都扔在棚子旁边的墩子上之后，我拿起之前捡的羊肚菌，到谷仓里去看艾伯特的蒸馏器做得怎么样了。

我哥有点强迫症，做什么事都要做到位。他给"猪也怕"做的那个小蒸馏器——铜锅和铜管线圈——做得可漂亮了。被称作"爬虫"的铜线圈底端还放着一个干净的半加仑玻璃奶瓶，接滴下来的酒。

艾米和艾伯特在一起。那天她又穿了另一件衣服，蓝色的小连体衣。她跪在铜锅下面的小炉子前，火焰把她的小脸照得红通通的。

"我负责往里加柴火，欧迪。"她说。

我问我哥干得怎么样了。

他朝奶瓶努了努嘴，里面已经半满了。"妥了。你们那边怎么样？"

我给他讲了我发现的墓地，还有我和摩西前一天晚上跟他走到了那儿。

"我不知道应该怎么想，艾伯特，我有点喜欢他，但又有点害怕他。"

艾米说："他对我挺好的，但我还是希望他能让我跟你们待在这儿。"

"我就希望他能多给我们点吃的。"我说。

"他没多少食物，"艾米说，"他吃得不比我们多。"

"他手里拿着我们的钱。他应该花一点买口粮的。"

"也许因为是我们的钱，所以他不花。"艾伯特说。

要真是这样，我会更喜欢"猪也怕"的，甚至会决定不叫他"猪也怕"了。从现在开始，他就叫杰克。

我离开谷仓，把羊肚菌放在农舍门前的台阶上，又往木桶里盛满了水。不过我并没有立刻回到杰克和摩西干活的棉白杨那儿。和艾伯特、艾米的对话又让我有了新的想法。我在想杰克怎么处理我们从布里克曼保险柜里带出来的一枕套东西。我把木桶放在农舍门口，溜了进去，在里面站了片刻，思索着——如果我想藏起点什么东西不让他们发现，我会放在哪儿？

我先去了杰克的卧室，里面没有柜子，所以要么是在五斗柜里，要么就是在床底下。什么也没找到。我没去艾米的房间。我打开了厨房的橱柜，检查了柜子下面，以及会客区的家具背后。最终我的视线落在了通往被开膛破肚的床垫的梯子上。想到要再上去，我的胃都拧在一起了，但因为想找到那个枕套，我还是上了梯子。

中间的帘子还是把有床、床垫和夜壶的那一块分开了。我把阁楼的另一边翻了个遍，包括一个木制的皮箱。我打开箱子盖，在里面找到一床叠得整整齐齐的手工被子，一件被叠得规整、小心保存的婚纱，一本《圣经》，一双古铜色的婴儿鞋，还有其他过去的纪念品。再往下翻，我发现了一身军装和一个相框。照片里两个穿军装的男人站在军营前，一个是还没因为打德国佬丢掉一只眼的杰克；另一个人和他年纪相仿。他们俩面带笑容，杰克的一只胳膊搂着那个人，两个人像是哥们儿。照片底下用白色墨水写着"宁死不屈。鲁迪。"这让我想起了赫尔曼·沃兹在我们分别时说的誓言："我誓死保卫你们和我的尊严。"

我把东西都放回了箱子里，盖上盖子，然后把帘子拉起来。

　　肠子都翻出来的床垫还躺在地上。我又仔细看了一圈这块地方，还是没找到能藏枕套和里面东西的地方。我在这儿站的时间越长，就越坚信这里发生过什么非常可怕的事情。我踉跄着后退，飞快地下了梯子，逃离这个被诅咒的地方。下了梯子之后，我站了一会儿让自己平静下来。

　　这时我的目光被吸引住了——在厨房的一个角落里，有一块地板比其他的高出一根头发丝。我跪下来撬起了小贮藏柜的盖子，那其实就是屋子地下一个用来冷藏食物的小坑。里面没有吃的，但枕套就在这里，还有沃兹给的毯子和水袋。我检查了枕套里面，信、文件和线装书都在里面，但钱没了，一块也不剩。这倒在意料之中。如果我是杰克，我肯定也立刻就把钱都拿走。但令我惊讶的是，布里克曼的枪还在。我不知道当时被什么附体了——也许就是因为刚从见证过一场爆发的阁楼间下来——我拿走了手枪，把枕套扔回贮藏柜，盖上盖子。我快步回到谷仓，进门把枪藏起来，不让艾米和艾伯特看见。我把枪放在马具室的干草垫底下，旁边是我为了逃跑做的铁丝。然后我又急忙跑出去，抓起水桶放到木推车里，回到河边倒下的棉白杨那边去了。

第二十章

那个夜晚以庆祝开始。杰克邀请我们进了他家，我们坐在一个小桌旁，像一家人一样，一起吃了烤鸡，还有我采回来的羊肚菌。杰克把它们切成片，用黄油来煎，那真是我吃过最好吃的东西。当然，还有酒。杰克把清澈的玉米威士忌从半加仑的牛奶瓶里倒到他的杯子里，一边吃饭一边喝，还有说有笑的。

"这房子里很久没有笑声了。"他说，"诺曼，你谷仓里这个蒸馏器做得可真好。杰罗尼莫，我从没见过有人像你今天这样把活儿干得这么好、这么卖力。艾玛琳，谢谢你把这里收拾得如此整洁，让阳光重新照了进来。还有，巴克？"他用那只好眼仔细端详我。我很好奇他会怎么说。我既不像摩西干活那么卖力，也不像艾伯特能造出令人叹为观止的小蒸馏器，或是像艾米一样能给他带来安慰。"谢谢你把音乐重新带回我的生活。你和你的口琴拯救了我。"

杰克像连珠炮一样不停地说，好像一个在自己的静室里关了太久的人。但即便是这样的战友情谊，他还是把猎枪放在手边。晚饭后，我们收桌洗碗，杰克喝着他的玉米酒，对着我说："巴克，把口琴拿出来，咱们在谷仓搞个舞会。"

他拿起小提琴和枪，让艾米带上牛奶瓶，我们一行人就穿过了院子。血橙色的太阳牢牢挂在地平线上，夕阳长长的红光穿过谷仓墙板之间的缝隙落在棕色的土地上，像是一股股滚烫的岩浆。

"杰罗尼莫，拿几捆干草垛放在这儿。巴克，你坐一个，我坐一个。诺曼，你和艾米准备好嗨起来了吗？"

我哥没作声，但艾米大声说："我想跳舞。"

"好啊，丫头，你使劲跳吧。"

我们演奏了几首老民谣，有的是我爸教我的，有的是从一本歌谣集里学的。那是妈妈送给我的六岁生日礼物，之后不久她就去世了。艾米跳舞跳得很开心，摩西也跟她一起疯狂摇摆。他们俩像陀螺一样，一下贴在一起，一下又分开，脚下的尘土都扬了起来。艾伯特站在旁边，虽然没有跳舞，但一直跟着节奏拍手。杰克在曲间喝着他的小酒，眉毛上挂了不少汗珠，他的眼神也越来越疯狂。

天色渐晚，谷仓马上就要黑下来的时候杰克说："咱们来《红河谷》吧。"

"真的吗？"我说。

他生气地瞪着我。"按我说的做。"

又是这样，一会儿晴空万里，一会儿龙卷风来袭。

他举起牛奶瓶喝了一大口，把瓶子放在干草垛旁边的土地上，然后一把抓起琴弓，小提琴抵在下巴上，冲我点了下头。

我们开始演奏那天晚上节奏最慢、最伤感的曲子。艾米坐在谷仓的土地上，摩西坐在她旁边。艾伯特靠墙站着。天色太暗了，我几乎看不到谷仓的角落了，但能看到杰克的脸。拉这首曲子的时候，他闭着眼睛，但眼泪还是顺着脸颊流了下来。曲子奏完之后好长时间他都没说话，提琴还抵在下巴上。最后他终于睁开眼睛，看着坐在幽黑谷仓里的艾米。

"喜欢这首曲子吗，索菲？"他问。

"我是艾玛琳。"

这句话好像惊到了他。"我知道你是艾玛琳，妈的。"那一瞬间我以为他要把提琴冲她砸过去了。"夜晚结束了。"他抓起刚刚一直靠在干草垛上的猎枪，站了起来。"丫头，把瓶子拿着。你们几个小子，回马具室去。立刻！"

艾米赶忙按他说的做。我把口琴放回口袋里，开始往马具室走去。然后我听到牛奶瓶砰的一声，转头一看艾米和杰克站在那儿，低头看着地上倒着的瓶子，洒出来的酒把谷仓的地上的土变成了泥。

"妈的！"杰克大叫，"真他妈见鬼，丫头！看看你干了什么。"

"对不起，"艾米说，"天太黑了，我看不见。"

"借口，"他说着抓起她的胳膊，"我让你找借口。"

"放开她。"艾伯特说。

"闭上狗嘴，小子。"

"放开她。"艾伯特又说了一次，笔直地站在那儿，挡住了谷仓的门。

杰克放开了她，但双手举起猎枪，对准了艾伯特。"给我躲开，小子。"

"保证你不会伤害她。"

我看到摩西往放着工具的工作台那边挪。杰克的那只好眼也看到了他。

"站在那儿别动，印第安人。"

摩西站住了。然后我转身往里走。

"你，巴克，你去哪儿？"

"马具室，听你的。"

杰克哼了一声。"还算有个识相的。"

我从马具室里拿起早上藏在干草底下的枪，站在了门口。虽然我的手在抖，但我觉得杰克看不到我拿的是什么。

"躲开，"杰克冲艾伯特命令道，"小子，躲开，要么你连后悔的机会也没有。"

"艾米，"我说，"离开他那儿。"

杰克那只好眼向我看过来，这样他就没法盯着艾米了。在这个当口，艾米飞快地朝摩西跑去，摩西则挡在了她和猎枪之间。

"叛徒，"杰克说，"我收留了你们，给你们饭吃。你们呢？你们背叛了我，每一个都背叛了我。"

"我们要离开了。"艾伯特说。

"做梦。"杰克说。

我看着猎枪也想，做梦。

"别逼我，小子。"杰克警告道。他举起猎枪，把枪托架在肩膀上。他和艾伯特盯着对方，整个世界寂静无声。

躲开，艾伯特，我想这么喊。因为我知道，我确定，杰克会兑现他的威胁。他心里有一种野兽般的愤怒，从农舍阁楼被撕得稀碎的床垫中我已经看到了它的威力。

我想都没想就扣动了扳机。枪声把夜晚粉碎成了无数碎片。

艾米尖叫了一声，杰克应声倒在谷仓的地上。

失去每一刻都在发生。每一秒生活都在从我们身边溜走。过去的就再也不会回来。

我已经杀死了文森特·迪马寇，这对我造成的影响再也不能抹去了。不过你要是问我，即便到今天，我也可以说他死了我一点也不难过。但杰克不同。我知道那不是他的错，是他心中的怒火。我曾见过一个不一样的杰克，一个让我喜欢的杰克，如果在另一个情境下，我说不定还能跟杰克成为朋友呢。用枪打他就好像是打了一个得狂犬病的动物，不得已而为之。但当我扣动那个扳机的时刻，就失去了自己身上的某些东西，一些比我杀死迪马寇更重要的东西，现在想来那是我灵魂的一部分。开枪之后，我重重地坐在谷仓的土地上，后悔不已。

艾伯特弯下腰去看杰克，然后抬起头对摩西说："看起来是直接穿过他心脏了。"他朝我走来，但我几乎感觉不到他放在我肩上的手。"我们得走了，欧迪。"

他把我扶起来，带我走了出去，艾米和摩西已经在那儿等了。艾米给了我一个拥抱，把她的脸贴在我的胸口上。

"欧迪，你的心脏，"她说，"跳得像一个被关起来的野鸟一样。"

我看到摩西对艾伯特比画，钱呢？

"不见了。"我说。我的声音好像和身体分离了，感觉讲话的是别人。

我告诉他们枕套在贮藏室里，艾伯特和摩西到房子里去取。我一点力气都没有，只能坐在昏暗的院子里。我看着自己如今空空的双手，恍惚地想那把枪去哪儿了。

艾伯特和摩西从农舍回来了，拿着枕套、水袋和沃兹给我们的毯子，还有我们刚到这时艾米穿的衣服。

"到处都找遍了，"艾伯特说，"没找到钱。他可能已经花了。我们得走了。"

月亮已经升了起来，我们从果园穿过我俩修剪的那些树和摩西割的那些草。我们曾经也把自己的一部分投入了这里的土壤和上面生长的东西里，即便只是很短暂的一段时间，我也感到和这块地之间建立了一种亲密关系。这又让我想起杰克曾经说的，这是一块温柔之地。虽然那天晚上我做了很糟糕的事情，或许杰克也做过很糟糕的事，但我明白了那都不是这片土地的错。我也尝试着更进一步，像杰克说的那样，感受到上帝就在这里，就在我的周围。但我的心不在这儿，我只感到空虚和失落。

摩西和艾伯特把藏起来的独木舟从灌木丛里拉出来，放在了基列河的水面上。我还蒙着，艾米扶我上了船，坐在我前面。摩西站在船头，艾伯特在船尾，我们就出发了。我可以看到月光下奶白色的水面在我们面前展开。我听到船尾有个很重的东西扑通掉进了河里，不用问也知道艾伯特把什么扔在那儿了。

我们继续前进，朝着虽然越来越渺茫，但我曾经无比渴望的新生活进发。

第三部分

极乐之地

第二十一章

　　我站在几十年来积累的智慧之上，再回头看那四个沿着迂回曲折、通向未知的河流行进的孩子们。即便过了这么久，我还是会为他们揪心，替他们祈祷。我们过去的自己从未死去。就算他们听不到，我们还是会和他们对话，跟他们争论那些我们知道只会带来不幸的决定，给他们带去安慰和希望。"艾伯特，"我悄声说，"保持清醒的头脑。摩西，保持强壮。艾米，相信你的直觉。还有欧迪，欧迪啊，别害怕。我就在这里，在基列河岸边耐心地等你们到来。"

　　我们从林肯学校逃跑不过十天，却觉得已经过了一辈子。头顶变天了，我们在灰蒙蒙的天空下继续漂流。我们不怎么讲话，也不敢再怀抱希望。我们身后留下的记忆，到目前为止大都是死亡和绝望，像一个沉重的铁锚把我们拖住了。我们身上没了力气，被河水慢吞吞地推着走。

离开杰克那里的第二晚，我们在一个很小的镇子旁边停下过夜。我们听到了舞会的音乐声，有小提琴、吉他，还有手风琴。我特别想拿出口琴来吹，一起演奏那些让舞会里的人们精神振奋的旋律。那是些什么人呢？退伍军人协会，慈善互助会，还是教会？可是我们刚杀了人，因为害怕被发现，艾伯特禁止我吹口琴。

他等天快黑时溜进了镇子里，带回来一块还带点肉的猪腿骨和一堆土豆皮和胡萝卜皮，都包在一张报纸里，是从一个小饭馆背后的垃圾桶里捡的。拜一只骨瘦如柴的野狗所赐，他衬衣袖子被撕了个口子。那条狗当时在垃圾堆附近埋伏着，大概和我们一样饥肠辘辘。这也算不上是一顿晚饭，我们把最大的一份给了艾米。原来在包着这些吃的的报纸上，头条就是我们。不过谢天谢地，还不是为了杰克农场里的那桩谋杀案。据我们所知，这个罪行还没被发现呢。报纸叫《曼凯托自由日报》，发行这张报纸的是东边的一个城市，处于基列河带着我们行进的方向。头条标题是这么写的：盗窃和绑架！如今又有谋杀？

艾伯特给我们读了这篇报道。他们在采石场的悬崖底部发现了文森特·迪马寇的尸体。因为在采石场附近发现的一个蒸馏器被警方认为属于迪马寇，所以刚开始沃福德警长以为他是喝多了自己掉下悬崖去的。但后来官方尸检报告发现迪马寇的血液里没有酒精，而且迪马寇正是在绑架和盗窃发生的当晚失踪的，于是警长开始怀疑是谋杀。文章最后有一张比利·红袖的照片，说在发现迪马寇尸体之后的搜索中，一个之前失踪的印第安孩子的尸体被找到了。就这两句，再没有额外的解释了。不过是死了个印第安孩子。

"至少现在他的家人知道他的下落了。"我说。

"他们把沃兹的蒸馏器扣在了迪马寇头上，"艾伯特点出，"肯定是布里克曼夫妇的主意，把自己摘干净。"

"这样沃兹也安全了。"我补充道。这让我松了一口气。

还没提到我们，摩西比画着，把我、艾伯特和他自己比画了进去。

"我也不知道为什么，"艾伯特摇摇头，"但对我们来说是好事。"他把手伸进枕套里，掏出一顶破旧的棒球帽。我之前看杰克戴过，估计是艾伯特拿其他东西的时候顺便带来的。艾伯特总是这么有先见之明。他调了后面的带子，把帽子递给了艾米。

"从现在开始戴着这个。"他说。

"为什么？"她问。

"杰克从报纸的照片上认出了你，那别人也会认出你的。只要旁边有人经过，就把帽檐压下去盖住脸。"

那天晚上，小艾米枕在摩西的胳膊上不停地哭。我们问她原因，她也说不清楚，只是说觉得很孤单。我觉得我能理解。还记得刚到林肯学校的前几周，我和艾伯特似乎失去了一切，那时候我总是哭，而且和其他孩子一样，大都是晚上哭。我们很害怕，那是肯定的，但不只是害怕，我们还很伤心，但也不只是伤心。我们的身体承受着一种最深层的伤痛，就是灵魂的伤口，觉得你被所有人抛弃了，包括上帝，那是一种极致的孤独。受伤的身体会自我愈合，但会留下伤疤。看着艾米在摩西强壮的臂弯里哭泣，我想受伤的灵魂也是如此吧。我的心上已经有一个厚厚的疤痕了，但艾米心里的伤口还太新，没有开始愈合。我看着摩西在她的手掌上一遍遍地写，不孤单。不孤单。

转天晚上，我们在一个洼地里露宿，旁边完全没有光亮，我们觉得应该不会被人看到。艾伯特认为可以冒险生个火。于是我们收集起棉白杨和岸边其他树上落下来的树枝，对童子军手册上每一课都烂熟于心的艾伯特将树枝巧妙地堆在一起，生起火。黑夜让大家围坐在一起的篝火有一种特殊的魔力，能驱散心中的阴霾。我们围坐在那堆令人愉悦的火边，听着树枝燃烧爆裂的声音，看着火苗舞蹈。虽然那天我们完全没吃东西，但我能感觉到我们的情绪随着飘到星空中的烟气一起又高昂了起来。大家似乎都很久没有笑过了，能看到每个人脸上流露出轻松舒畅的表情，即便不是完全的愉悦，也已经很好了。

"给我们吹一首歌吧，欧迪。"艾米说。

我瞥了艾伯特一眼，他点了点头。

自从在谷仓杀死杰克之后，这是我第一次拿出口琴来吹。我选了《德克萨斯的黄玫瑰》，这曲子很欢快，而且大家都知道歌词。艾伯特和艾米跟着唱，摩西的手指跳起优雅的芭蕾。

　　然后我说"这首献给摩西"，接着吹了《带我去看棒球赛》。他笑得很开心，等我吹完，他比画着，想念棒球手套的味道。

　　"你的未来里会有棒球的。"艾伯特说。

　　艾米拍着手说："你会成为一个有名的棒球手，摩西。我能感觉到。"

　　摩西摇了摇头，比画着，能自由就很好了。

　　艾米说："欧迪，你能吹一首《情人渡》吗？"

　　我想吹些轻松的曲子，但我知道这首曲子对她的意义特殊，因为这对她妈妈意义特殊。于是我把口琴放在嘴唇上，吹出了这首忧伤又悦耳的曲子。那之后我们都沉默了，盯着篝火各怀心事。

　　"想知道我的愿望吗？"艾米突然说。她看看摩西、艾伯特，又看看我。"我想每天晚上都和你们围坐在篝火边，到我死去那一天。"

　　摩西笑了，比画道，把全世界的木头都烧光。

　　"艾米，想想那个烟吧，"艾伯特大笑着说，"会把整个天空都遮住的。"

　　火光之外传来一个声音。"印第安人相信烟气会把他们的祈祷带到天堂去。"

一个男人从黑暗中显形，是个壮硕的大块头，野牛一样宽的肩膀上飘着野牛毛一样的头发。他戴着一顶老旧的黑色牛仔帽，穿着按扣衬衫、脏兮兮的李维斯牛仔裤和磨旧的尖头靴。他一副刚赶了牛的样子，不过显然是个印第安人。他站在篝火边，肩上背着个麻布袋子，眼神让人捉摸不透。

"听到了音乐声。介意我加入你们吗？"

艾米赶忙挪到摩西身边，摩西用胳膊搂住了她。艾伯特不含糊地站了起来俯视那个男人。我眼睛往四周扫了一圈，找可以用作武器的东西，发现了一根棉白杨的大树枝正好够得到，以防万一。

"不知道你们饿不饿，"那个男人说，"如果你们允许我用火的话，我这儿有些东西能做饭。"他从麻布袋子里拿出了包在报纸里的两条鲇鱼。"我很愿意跟你们分着吃。"

他的提议似乎很友善，不过刚从杰克的囚禁里逃出来的我并不太乐意邀请一个陌生人加入我们温暖的篝火。但话说回来，我们过去两天基本上什么也没吃。我想了好几次要不要把右脚靴子里那两张五美元抽出来买吃的，但艾米那天晚上梦游给我钱的时候说，等用钱的时机到了我自然会知道，现在似乎还不到时候。于是，一餐热乎乎的美味鲇鱼让人垂涎。

艾伯特终于点头了。

印第安人从我们为了添柴收集起来的那堆树枝里抽出两根结实笔直的，拿起他已经收拾干净的鲇鱼，把树枝从鱼嘴插进去，穿过整个鱼身再插到地上，让鱼朝着篝火和木炭倾斜，然后在篝火的另一边坐了下来。

"你们现在就独立还有点小啊，"他说，"不过，我也是从十三岁起就出来独立了。"

"你是牛仔吗？"我问。

"曾经是。之前给南达科他一个人放牛。但现在没人买牛了，所以我被解雇了。然后决定回家。"

"家在哪儿？"我问。

他张开双臂："这儿。"

"就在这儿？"我拍了拍土地。

"对。那边，还有那边。"他指向基列河的两边。"这些都是我和我们苏人的地盘。我们没有地契能证明，但我们从来没卖过，就是被人拿去了。"

他格外有兴趣地看着摩西，对他说了一种我听不懂的语言。看摩西的表情，他也听不懂。但艾米回答说："是的。"

印第安人瞪大了眼睛，笑了。他又用那种奇怪的语言说了些什么，艾米也用同样的语言回答。

印第安人看到我们几个都看傻了，于是指着摩西说："我问你们的朋友是不是苏人。然后我又问那个小女孩为什么懂我们的语言。她说她也有苏人的血统。"

"我都不知道你还会说苏语。"我对艾米说。

"爸爸教的,但在林肯学校大家都不许我说。你记得这个规定吧,欧迪。"

我记得。我还记得那些忘了规定的孩子如何受了鞭刑还要在静室过夜。

渐渐熟悉起来之后,我问了印第安人一个一直困扰我的问题。"你的竿呢?"

"竿?"

"渔竿。"我朝火边的烤鱼努了下嘴。

"不是用渔竿和渔钩钓的,我手钓的。"

"手钓?"

"就这样。"他扭动起手指。"鲇鱼很傻,他们以为这是虫子。等他们咬的时候,我就抓住。"

这听起来很危险,让我想起赫尔曼·沃兹那四根半的手指。不过印第安人的十根手指是全的。

艾米还紧紧靠着摩西坐着,不过没缩在他的臂弯里了。她用苏语对话之后,她对这个印第安人的恐惧似乎消失了。她又用苏语跟他说了什么,他也回答了。

"她问我叫什么名字,"他给我们翻译,"我说我叫夜鹰,但大家都叫我福里斯特。"

"为什么叫这个?"我问。

"我的白人出生证上就这么写的。"

"你有两个名字？"

"不止。你们叫什么？"

"艾米。"艾米直接说。

我和艾伯特狠狠瞪了她一眼，但想要补救她天真的坦诚所造成的麻烦为时已晚。

"巴克。"我说。

"诺曼。"艾伯特说。

摩西比画出他的名字。

"哑巴？"印第安人问。

"有人把他的舌头割掉了，"艾米说，"他还很小的时候。他叫摩西。"

印第安人提了一下帽檐，摇了摇头。"这世界上的凶残没有尽头，不管你经历了什么，都可能更糟。但你拥有一样东西，摩西。你是个苏人，你身上流淌着善良高贵的血液。要坚信这一点。"

福里斯特从麻布袋里拿出盐和胡椒，给烤好的鱼调了味道。他用一把折叠小刀把鱼切成几块分给我们，提醒我们小心鱼刺。我们吃得狼吞虎咽，福里斯特看得津津有味。最后我才发现他自己只吃了一点点，大部分都给了我们。

"巴克，你能再吹一会儿口琴吗？"他说。

我拿出口琴吹起了《水牛女孩》，可能因为第一眼看到福里斯特就让我想起这种平原野兽。然后我又吹了《绕山而来》，包括福里斯特在内，大家都跟着唱起来。我们笑着叫着，好不快活。我正想着第三首吹什么，福里斯特从麻布包里拿出一个装着透明液体的玻璃瓶。他拧开瓶盖喝了一口，然后把瓶子放在身旁的地上。

是私酒。之前我对这完全不介意，但遇到杰克之后再看到这东西让我不安。我看到大家的脸上都多了一分警惕。

"《离开夏延》那首怎么样？"福里斯特说，"我认识一个俄克拉何马的牛仔用吉他弹过这首歌，唱得人心碎。"

我把口琴放在嘴边，福里斯特把玻璃瓶也放在了嘴边。

他既没喝醉，也没变得很凶，不像杰克那样。基本就是话变多了点。但最终，他终于口出惊人之语。

"你们几个的人头有赏金，知道吗？500美金。"

他等着看我们的反应。我们脸上的表情似乎让他很满足。他笑了起来，把手伸进麻布袋里。我紧张了起来，摩西和艾伯特也僵住了，准备好要扑上去。

结果福里斯特拿出了当天的《明尼阿波利斯星报》。他把报纸从火上递给艾伯特，我们目不转睛地提防着他。绑架艾米的事还在头版上，又加了一张她的照片。这次的报道是说布里克曼夫妇有酬征集艾米绑匪的线索。有任何信息直接联系席尔玛或者克莱德·布里克曼，没有其他要求。

"没错，我知道你们是谁。但你们别担心。看到这个了吗？"福里斯特指着从他的牛仔帽下面支出来的乱糟糟的头发。"我小时候身上也背了赏金,就因为我是个苏人。我得承认,看到这个报道的时候,我和大家一样很担心艾玛琳。但现在我看得出她很安全。报纸啊,"他反感地说,"为了多卖几份什么都说。"他又举起玻璃瓶喝了一口。"我得给你们竖个大拇指。把不少警察要得团团转啊。"

"比利小子[1]。"我说。

"什么?"福里斯特问。

"我们就跟比利小子一样,就是亡命之徒。"

"敬亡命之徒。"福里斯特为我们干杯表示赞同。

艾伯特此时变得沉默阴郁,他说时候不早了,我们得睡觉了。福里斯特把玻璃瓶的瓶盖拧好,放回了袋子里。他拿出一条卷起的毯子,铺在篝火堆的另一边。很快我就听到印第安人沉重的呼吸声,偶尔夹杂着呼噜。

摩西和艾米躺在一张毯子上,摩西搂着艾米睡了。我躺在艾伯特旁边,虽然筋疲力尽但心情不错。美味的鲇鱼、音乐、篝火,就和比利小子一样。

睡觉之前我朝我哥瞟了一眼。艾伯特一动不动地躺在那儿,睁大双眼盯着天上的月牙,像一个死了很久的人一样。

1　比利小子(Billy the Kid, 1859—1881),美国西部传奇人物,也是一个亡命之徒,一度传言他曾杀死 21 个人。21 岁时,他被抓获枪毙。

第二十二章

有人碰了一下我的胳膊，把我叫醒了。

在林肯学校，我们都知道迪马寇的恋童癖，所以大家睡觉都很轻，夜里任何一点风吹草动都是警报。我一下睁开了眼，想起身又动弹不得，刚要张嘴就被一只手捂住了，让我别出声。

在昏暗的月光之下，我看到艾伯特和摩西。艾伯特一只手指放在嘴上，让我保持安静。等我完全清醒过来，他示意我站起来。他拿起我睡的毯子，比画说，跟我来。摩西把靴子递给了我。

篝火的余烬中还有一些红色炭火的光，另一边的印第安人睡得正香。我们匍匐着经过他身边往岸边去，独木舟已经在水面上，艾米也在那儿等着了。艾伯特把我们睡的毯子叠起来和船中间的另外几条放在一起，枕套和帆布水袋也在那儿。摩西抓住船让我们坐上去，然后他跨上船尾，把我们推离河岸，顺基列河而下。

我不明白为什么这么做。摩西和艾伯特划船的时候,我苦思冥想哥哥为什么要这样带我们溜走。我喜欢福里斯特。他是个好人,而且和我们很像,都是随风漂泊的人。是因为私酒吗?艾伯特害怕杰克事件重演?

我等到离晚上露营的地方很远了才敢开口。

"艾伯特,我们这是干什么?"我小声说。

"离夜鹰远点。"

"为什么?"

"他会告发我们的。"

"你怎么知道?"

"那个装私酒的玻璃瓶。"

"怎么了?"

"是方的。"

"那又怎么样?"

"你见过方形的玻璃瓶吗?"

我之前没想过这事,他一说我才注意到。"没有吧。"

"我也没见过,直到布里克曼逼我和赫尔曼·沃兹给他酿酒。他买了特殊的方形玻璃罐装酒,说这样易于装箱。"

"福里斯特是从布里克曼那儿买的酒?"

"你可算明白了。"

"那他会为了赏金告发我们?"

"你说呢?你会不要那五百块吗?"

艾米蜷起身子睡下了。摩西和艾伯特划了一整夜。偶尔能看到远处有点点灯火，大概是农舍院子的灯光。我想艾伯特是对的。五百块确实是一大笔钱，但我愿意用所有的钱去换在这样的房子里安稳地生活。我想住在一个我能称之为家的地方。

我们在将近傍晚的时候停了下来。现在我们离福里斯特已经有些距离了。摩西和艾伯特已经筋疲力尽了。我们坐在河边高起的一个小山坡上，旁边一棵高大的梧桐树投下荫凉。山坡从旁边的平原上隆起，可以俯瞰整个地区。铁路和河道分开了，附近没有农舍、没有谷仓、没有篱笆，没有任何笨拙的人类创造。我们目之所及的地方只有野花野草，随风舞蹈，头顶是一大片白梧桐的繁茂枝叶。

真美，摩西慢悠悠地比画道。咱们多待一会儿。

"别走了怎么样？"我说。

"我们可以建个房子，"艾米说，"我们一起住。"

摩西比画，艾伯特能建。艾伯特什么都能建。

"我们不能留在这儿，"艾伯特说，"我们要去圣路易斯。"

我记得圣路易斯，但记不得多少了。妈妈去世之后我们去过一次，但之后再也没回去过。

摩西比画着，圣路易斯有什么？

"家，"艾伯特说，"也许。"

他把手伸进枕套，拿出他之前装进去的一沓信。它们还被绳子捆着，但不是之前布里克曼打的那种鞋带结，而是一个滑八字结。这是一种很复杂的结法，不用解开就能调整松紧，我们在童子军学过。我不知道艾伯特什么时候打了这个结，但显然他已经看过这些信了。他松开了绳结，抽出最上面的一封信递给了我。信是写给林肯印第安培训学校校长的。

"读出来。"艾伯特说。

我把信从信封里抽出来。

尊敬的先生或女士：

我近来得知贵林肯印第安培训学校照管的学生中有两个姓奥班宁的男孩。大的叫艾伯特，刚过了十四岁生日。另一个孩子叫欧迪，比他哥哥小四岁。我没有能力照顾这两个孩子，但我想时常寄些钱来，满足两个孩子的日常所需，买一些学校不负责提供，但能让他们在学校生活得更舒适些的东西。

由于个人原因，我希望这笔钱的来历不要让两个孩子知悉。随信附上 20 美元。

上帝保佑你为照顾这些孩子所做的善行。

这封信没有署名。我又读了一遍，然后看着艾伯特。"茱莉亚姨妈？"

他点了点头。"是茱莉亚姨妈。"

"布里克曼夫妇告诉我们她死了。"

"看看邮戳。"

信上没有寄回地址，但我仔细研究了一下褪色的红色注销章，看出上面写着圣路易斯和一个日期。"她两年前寄来的。"

"布里克曼可是在那之前很久就告诉我们她死了。"

我激动地伸手去够剩下的信。"还有别的吗？"

"只有这一封。"

"别的呢？她不是说会经常寄钱来吗？"

"不知道，"艾伯特说，"但这一封对我来说就足够了。刚逃出来的时候我不知道该往哪儿去，现在我知道了。"

摩西比画，是我们所有人的家吗？

艾伯特说："我们是一家人，不是吗？"

我们决定在山坡上过夜。这个山坡就像平原之海上凸出来的一个安全的小岛，受到梧桐树广阔枝叶的庇护。

我开始失眠，从我杀了杰克之后开始的。有时候根本睡不着，睡着了又会从噩梦中惊醒。我常梦到被关在杰克的谷仓变成的监狱里，在梦里，他会张开那只好眼，从谷仓的土地上盯着我看，眼神里满是谴责。我很想告诉他我很抱歉，真的很抱歉，但我的嘴好像被缝住了一样。这样挣扎着就会醒过来。

那天晚上我根本睡不着。我躺在那看着像屋顶一样的梧桐树枝，肚子饿得咕咕叫，而我脑子里一直在想一件事，家。我从不知道家为何物，至少不是真正知道。在去林肯学校之前，我们住在大街上，再之前住在一个有很多猫的老太太家的楼上，但关于这个我只是依稀记得一些片段。林肯学校给了我栖身之处，但那不是我的家。我努力不对圣路易斯和茱莉亚姨妈的事太过兴奋，但这就好像要求一个饥肠辘辘的孩子闻到饭香时别流口水。

我留其他人继续在梧桐树那里睡觉，自己离开了。然后我看到了一种无比美丽的东西，穿过八十几年的人生如今仍然历历在目——从山坡向远方延伸出去的草坪被萤火虫点燃了生机。在我目之所及之处，大地被千万个发光的小灯笼点亮了。它们一闪一闪、随意飘动着，像一片星海，像地球上的银河系。我曾在夜晚登上埃菲尔铁塔的顶峰，俯瞰这座"光之城"，但所有这些人造的美景和那个小男孩在六月夜晚的基列河边看到的奇迹相差甚远。

我感觉到自己的手被另一只手牵住了，低头一看，艾米正站在我身边。即便在一片漆黑之中，我也能看到她闪亮的双眸。"欧迪，我希望将来有一天能回到这儿来。"

"我们会的。"我向她保证。

我们手牵手站在这个奇迹的中央，虽然肚子空空，但心却是满的。

第二天早上装好船之后，我哥往西边看去，轻轻吹了个口哨。

"早晨的天真红啊。"他说。

在西边的地平线上，天空像是一片红肿的皮肤。摩西和艾伯特拼命划桨，想躲开坏天气，但自打两天前福里斯特给的鲇鱼之后他们就没吃过东西了，所以他们很快就累了。虽然云走得很慢，但到了傍晚的时候已经追上了我们。我们身后起了风，就在暴风雨将至时，我们来到了基列河和更宽阔的明尼苏达河的交汇处。雨下得很大，但我们还是继续前进，寻找岸边适合停靠的地方。最终我们找到一块藏在芦苇丛中的狭长沙地，靠岸卸了船。摩西和艾伯特把船抵在岸边的一棵树上，挂起一条毯子挡雨，我们都挤在毯子下面，浑身透湿，筋疲力尽。

明尼苏达河很宽，水流也比基列河湍急很多。我们看着粗大的树枝被河流迅速带走，最终被卷进凶猛的棕褐色的漩涡中。我浑身湿漉漉的，又饿又累，被湍急的河水吓得不轻，开始怀疑艾伯特沿着河水一路走到圣路易斯这个计划的可行性。

雨还在下，我们的士气也更加低落了。我看到大家脸上的不安，自己的心情也跌落到了谷底。现在家的愿景也没法让我开心起来了。

等到夜幕降临，雨才终于停了。远处的黑暗中传来音乐声，还有我这辈子听过的最美妙的歌声。

第二十三章

那是什么？摩西比画说。

"问住我了。"艾伯特说。

"是个天使。"艾米一脸真诚地说。

"不管是谁，声音可真好听，"我说，"你们听那个小号的声音。"

"加百列的号角[1]。"艾米说。

"这我不知道，但他很会吹。"我望向艾伯特。"我们应该去看看，不是吗？"

"不能所有人都去。"

"我可不要留在这儿。"我说。

"我也想去。"艾米说。

摩西比画，大家共进退。

1　根据宗教传说，天使长加百列吹号角以宣布审判日的到来。

艾伯特斟酌了一下。"好吧,"他终于还是投降了,"但是得小心。咱们头上可顶着 500 美元的赏金,就算是天使也可能受到诱惑。"

我们离开了沙地,爬上陡峭的河岸,穿过一排稀疏的树林。铁轨和路基的另一边是一片宽阔的草原,更远处有个小镇。天空还是阴沉沉的,镇上灯火的反射让低压压的云看起来像是烈火上升腾的浓烟。草原的中间立着一个大帐篷,四周围绕着一些小帐篷。大帐篷里面灯火通明,帆布墙里不时有影子在移动。还有好几辆车也停在草坪上。

"是马戏团?"我说。

"你听过哪个马戏团会演奏宗教音乐吗?"艾伯特说,"这是复兴会。"

"复兴会是什么?"艾米说。

"去看看。"我开始往前走。

艾伯特抓住了我的胳膊。"太危险了。"

西边吹来一股微风。我们的衣服都是湿的,风吹来冷飕飕的。艾米站在那儿瑟瑟发抖。

摩西比画说,艾米身上都湿透了,又冷,帐篷能暖和一下。

"满报纸全是她,"艾伯特说,"可能被人认出来,像夜鹰那样。"

我吸了吸鼻子。"你们闻到了吗?"

"食物的味道。"艾米说。

"很香，"我说，"肯定是从大帐篷里传来的。"

摩西兴奋地比画，复兴会给吃的吗？

"不知道。"艾伯特说。

"求你了，艾伯特。"艾米抬头望着他，满眼哀求。"我要冻死了，肚子也饿瘪了。"

艾米头上戴着艾伯特给她的棒球帽。"把帽檐拉低。"我对她说。她照做了，然后我说："艾伯特，你看，根本看不到她的脸了。"

我哥总算答应了。"我和摩西先去，如果没问题，我们给你们发暗号。"

我们穿过草坪的时候，大帐篷里面又传出音乐声，是之前布里克曼在林肯学校的运动场礼拜时演奏过的一首圣歌，叫《希望之主》。那个天使般的声音唱了起来，盖过了其他所有人和乐器的声音。这个歌声唱出了人类心灵深处的渴望，不只是帐篷里那些人的，还有我的。我和艾米在门口等着，艾伯特和摩西进去一探究竟。音乐声停了，然后我听到一个女人讲话的声音，这时摩西示意我们跟着进来。

帐篷里面用柱子上挂着的电灯照明，一排排长椅中间的走道通向一个高起的台子，上面摆着一架钢琴，几个音乐家拿着乐器坐在旁边的折叠椅上。台子上方挂着一个横幅，上面写着基甸之剑疗愈会。舞台中间站着一个女人，她一头丝滑的长发披下来，颜色和狐狸毛一样。她穿着一条飘逸的白色长袍，走动时长长的下摆拖在身后。帐篷里坐了一半多一点的人，大部分是上年纪的男人女人，身上穿的衣服比我们四个没好到哪儿去。人群中散落着几个小孩，足以让我们不太惹眼。艾伯特和摩西并排坐在中间走道左边的长椅上，我和艾米在对面找地方坐下了。帐篷里很暖和，但艾米还是紧贴着我坐，我感觉到她还在发抖。食物的香味——我确信是鸡汤——很强烈，但我并没看到。

"……所以我们都有恐惧，"穿白袍的女人说，"害怕饥饿、害怕失去、害怕今天会发生什么、害怕明天不会更好反而会更糟。在这些黑暗的日子里，我们害怕失去工作、失去家园，害怕我们的家庭会分崩离析。我们不敢应门，因为害怕门口站着的是手握止赎权的恶魔。我们双膝跪地，向上帝祈祷从一切痛苦中解脱出来。我们仰头望向天堂，希望能看到一个预兆，告诉我们一切都会变好。"

她站在台子的中央，明亮的灯光下她的头发像流光溢彩的火苗流淌着，长袍洁白如雪，眼睛十分明澈，即使在帐篷的最后面看也像嫩绿色的柳叶。她张开双臂，长袍的剪裁让她像是突然张开了翅膀。一个男人走上台前，递给她一个和她差不多高的木十字架。她把十字架握在手里，高举起来，这时帐篷里的灯光渐暗了下来，最后只剩她背后的一盏还亮着。她和十字架向长椅和坐着的人们身上投下一道长长的影子。

"预兆已经显现，"她用夜莺一样优美的声音大声说，"那是一个浴血的承诺，充满了痛苦和爱。'天父，原谅他们。'"她把十字架举得更高了，吟诵道："'天父，原谅他们。'"然后她把十字架放低，声音也随着放缓，温柔轻快地说："'天父，原谅他们。'弟兄姐妹们，上帝太爱这个世界了，他为了拯救我们献出了自己珍贵的独子。这个上帝永远不会拒绝帮助我们。在最黑暗的时刻，即便撒旦正在敲你的门，上帝也会在你身边。就算你觉得自己已经深陷罪恶无法自拔，觉得上帝已经放弃了你，但要相信上帝与你同在，他会原谅你的罪孽。他只要求你给予他全身心的信任。"

她露出令人惊奇的笑容，让艾米离开我身边朝她靠了过去，像是被某种看不到的强风吸过去的。

前面座位上的一个男人站起来大喊："伊芙修女，我们需要一个预兆。请给我们一个预兆，就现在，就今晚。"

"弟兄，我无法给你预兆。预兆只能来自上帝。"

"通过你啊，伊芙修女。我知道，我见过的。修女，请治好我的儿子，求你了，请治好我的儿子。"他弯下腰去抱起了一个年纪和我差不多大的孩子。那个孩子弓着身子，他的脊柱弯得厉害，几乎完全折了过去，甚至没法抬起头来。"我的儿子塞勒斯出生的时候被魔鬼骑在了背上，从生下来就是这样。我听说你能从人身上驱走魔鬼，伊芙修女。我恳求你，把魔鬼从我儿子的身上驱逐出去吧。"

此时那个女人脸上流露出深切的同情。她把十字架递回给男人，向那个驼背的孩子张开双臂。

"把他带到我这儿来。"

光是看着那个孩子走上台就让人心痛。在他爸爸的帮助之下，两个人终于站到了伊芙修女面前。男孩站着，但是背弓得太厉害了，抬眼看她都很艰难。于是她蹲了下来，让他可以平视。

"塞勒斯，你相信上帝吗？"

"夫人，我相信，"我听到他说，"我相信。"

"你相信上帝爱你吗？"

"我相信，夫人。我相信。"

"你相信上帝能够治愈你吗？"

"我愿意相信，夫人。"我听到他的声音哽咽了，虽然他背对着我，让我看不到他的脸，但我几乎确定他已经哭成泪人了。

"相信吧，塞勒斯。全心全意地相信吧。"伊芙修女伸出手，放在他畸形的背上，她雪白的长袍层层叠叠地落在他肩上。她抬起眼望向帐篷的顶。"以上帝之名，其神圣的气息充盈了我们的生命；以上帝之名，其爱的铁砧塑造了我们的心灵；以上帝之名，其无尽的恩典治愈了残缺之躯，我乞求疾病离开这个孩子，离开他的躯体，离开他的骨头，让所有不洁之物离开他，让这个孩子重新直立行走。以我们美好的主的名义，让他成为一个健全人。"

结果真邪门儿了，那个驼背的孩子开始慢慢直立了起来，像是一片叶子舒展开来。我发誓他的脊柱直起来时，我听到了每一节脊椎骨嘎吱作响。等到他完全直起了身子，帐篷里的灯又全都亮了，他转过身来面向在座的所有人，我的猜想被证实了——他泪流满面。他爸爸也哭了，并且拥抱了他。

"感谢上帝，上帝也保佑你，伊芙修女。"那个男人满怀感激地说。

"赞美主。"长凳上坐着的一个人高呼，剩下的人也跟着高呼起来。

也许那天本该有更多的疗愈，我无从知晓。说不定还有装满食物的盘子在观众之间传递呢，可就算有，结果也没来。倒是另一件事出现了。就在那个男人和孩子回到座位上时，观众们背后传来一声大喊："胡扯！"

所有人都转过头去，帐篷的入口处四个年轻人并排站着，他们哈哈大笑着，身体摇摇晃晃的。其中一个人手里拿着一个品脱瓶，里面装的是私酒无疑。刚才那声就是他喊的，接着他又喊了一句："胡扯，你这个虚伪的婊子。"

另外三个人大笑着，把酒瓶递来递去。

那个手里还拿着伊芙修女的十字架的男人把它放下，上台站在了她身边。他身材很魁梧，眉眼看起来很像打过最重量级拳击的选手。伊芙修女举起手让他不要靠太近，然后冲着最后那几个吵嚷的人讲话。

"你们知道今晚是谁把你们带到我这里来的吗？"她温和地说，像是在驯服受惊的动物。

"知道啊，我听说了你们的盛大表演，什么治愈鬼扯，我想亲眼看看。修女，告诉你吧，我在滑稽剧上看的表演都比这个强。"他大笑了起来，抓起瓶子喝了一口。

"你来这儿是因为你的灵魂需要照料。"她说。

"我这确实有给你照料的东西，修女，但肯定不是什么鬼灵魂。"他用屁股做了个淫荡的姿势，又醉醺醺地鬼叫了一声。

"滚出去，"有人大喊，"我们用不着你在这捣乱，你个醉鬼。"

底下人们轻声表示赞同。

"没关系的。"伊芙修女举起手平息底下这波怒气。"凡劳苦担重担的人都可以到我这里来，我会使你们得到安息。我心里柔和谦卑，你们当负我的轭，学我的样式；这样你们就可以在自己的灵魂上得享安息。"

"修女，我倒是希望在你的奶子上得享安息。"这又引得那帮人大笑。

伊芙修女离开了舞台，慢慢穿过走道，长长的袍子下摆拖在身后。当她经过时，每个人都转过身来，目不转睛地看着她走近后面那群醉汉。她站在他们面前，就像一只洁白的羔羊站在黑暗、饥饿的野兽面前。"牵我的手。"她把手伸给那个粗鲁的年轻人。

他吃了一惊，眼神中有些提防。

"牵起我的手，我会让你神清气爽。"

他盯着她伸出的手掌，没有动弹。

伊芙修女温柔地笑了。"你怕了吗？"

这激怒了他。他粗暴地抓起了她的手。

伊芙修女闭了一会儿眼，好像是在祈祷。当她再睁开眼睛，看他的眼神变得温暖，充满理解。"她去世的时候你多大？"

此时那个年轻人完全呆住了，好像她是用管扳钳在他两眼之间敲了一下。"谁什么时候去世？"

"你妈妈。当时你还很小吧？"

他猛地把手抽了回去。"别提我妈妈。"

"她死于一场火灾。"

"我说了别提我妈妈。"

"你看着她被火烧死。"

"你真该死！"他举起拳头要打她。

"你觉得这是你的错。"

"不，"他大喊着，挥舞着拳头，"不是的。"他又说了一遍，但没有刚才那么愤怒。

"你背负这个重担太久了。你如果愿意，我可以帮你把它卸下来。"

"离我远点，婊子。"

"放下这个重担，你就能重焕新生。你会感到自己又完整了，我保证。"

他放下拳头，眼睛瞪得巨大，就这么看着她，我觉得他脸上透出了乞求的神情。"我……我不行。"

"因为你觉得你满是罪。我们每个人都是如此，然而我们也都是被谅解的。我们只需要去相信这一点。来，牵起我的手，相信吧。"

他垂下头，眼睛盯着地面，好像无法直视她的双眼。

"牵住我的手。"她说，声音轻得让人很难听到。

他的胳膊非常缓慢地抬起来，像一个死了很久的东西一样。他再次把手放在伊芙修女的手掌上，然后跪在了她面前。他开始哭泣，深沉的呜咽让他浑身发抖。她也跪了下来，把他抱在怀里。

"你相信吗？"她用我听到过最抚慰人心的声音说。

"我相信，修女。"

"那让你的灵魂安息吧。"

她又抱了他一会儿，然后站了起来，把他也扶起来。"我的弟兄，现在平和地离去吧。"

他说不出话来，只是点了点头，然后转过身去。他看那三个同来的人的眼神让他们不由得退后几步。他们离开了帐篷，他也跟着走了。

伊芙修女对着我们所有人张开双臂。"餐桌已经准备好了。让我们感谢主，分享他的慷慨吧。"

帐篷一侧的帘子被拉开，里面一条长桌上摆着几个冒着热气的大锅，鸡汤的味道飘了出来，简直是天堂之味。

第二十四章

那天晚上，我躺在毯子上，再次睡不着。我听到几码之外明尼苏达河水穿过沙地边的芦苇丛潺潺的水声。我们离镇子很近—— 一个不知道名字的镇子——我偶尔能听到卡车底盘像金属骨骼一样在地上颠簸。河边的树蛙唱着一起一伏的自然的旋律，让我毫无困意。

我知道自己为什么睡不着，因为我理解疗愈活动上那个年轻的醉汉。他觉得自己的心里充满了罪恶，是永远无法被净化的。我当了两次杀人犯，如果一个灵魂要受到责罚，那一定是我。

这时我听到了一个天使般的声音，柔和到让我无法确定它是不是真的存在。我起身爬上河岸，穿过树林走到铁轨边。我站在可以看到大帐篷的草地上，帐篷后面就是镇子，其间还有星星点点的灯光亮着。之前大部分车都离开了，整个草地几乎空荡荡的。帆布帐篷里点着柔和的灯光，和之前我们看到的一大堆电灯发出的耀眼的光完全不同了，现在可能只有一两盏还亮着。音乐也不再是之前那种磅礴之作了，而是变得很安静，只有钢琴声、小号声和天籁般的歌声。

我穿过草地。帐篷入口处的帘子没有完全放下来，蹲下就能看到里面。

他们都聚在舞台上的钢琴边：小号手、钢琴手，还有伊芙修女。他们头顶上只有一盏灯亮着，伊芙修女脱下了白袍，现在穿着一件带按扣的西式衬衫。她的牛仔裤卷到了脚踝，我清楚地看到她脚上竟然穿着牛仔靴。他们在演奏一首我在科拉·弗罗斯特家的广播里听过的歌，叫《十分钱一支舞》。这是一首悲伤的曲子，讲一个被男人花钱要陪舞的女人想要逃离这一切的故事。小号声是长而悲伤的呜咽声，伊芙修女的歌声也像灵魂正在死亡，这曲子真唱出了我的心声。

一曲终了，他们都笑了起来，小号手说："伊芙呀，宝贝，你应该去百老汇的。"他很高，一头光滑的黑发，上嘴唇苍白的皮肤上留着一条铅笔粗细的小胡子。

伊芙修女从一个小银盒里抽出一支烟，小号手举起打火机给她递了个火。她吐出一大口烟，然后说："兄弟啊，光是上帝的工作就忙不过来了。"她从钢琴上拿起手边的玻璃杯，喝了一口。

"下一首呢？"钢琴手问道。他瘦得跟个吸管一样，焦糖色的皮肤，头上黑色的软呢帽戴得有点玩世不恭。

伊芙修女噘了一口烟，然后嘴唇噘成一个 O 形，吐出两个完美的烟圈。"我完全是格什温的粉丝，《拥抱你》就很是我的菜。"

这歌我知道，但不知道是谁写的。我感到衬衣口袋里沉甸甸的口琴，嘴唇也跃跃欲试。钢琴手刚按下前几个音符，我就走到黑漆漆的草坪中坐下，拿出我的口琴，跟着他们一起演奏起来。哦，这感觉太美妙了，好像是饿了很久终于吃到了东西，但这给我带来的满足和之前免费的鸡汤和面包又不一样。我从每个音符中都吹出了内心深藏的渴望。这首歌讲的是爱情，但对我来说讲的是对一些东西的渴望——也许是家，也许是安全感，也许是确定性。这种感觉很美妙，就像是我有时想象虔诚的信徒全身心去相信的那种感觉。

这一曲结束了，我坐在那里，因为成了曲子的一部分而感到周身温暖。帐篷的帘子被掀了起来，灯光映衬着伊芙修女的轮廓，她一动不动地站在那儿凝望着夜色。

第二天早上温暖明亮，但我们都起得很晚。艾伯特终于从毯子上起身，然后说："我们得出发了，拉开点距离。我还是很担心夜鹰。不过让我先去看看能不能搞到点吃的带着上路。"

"我们不能再多待一天吗？"艾米说，"昨晚的鸡汤太好喝了。而且我也想去镇上看看，艾伯特。"

"镇子长得都差不多。"他话说得有点凶,虽然我知道他不是这个意思。艾伯特就是这样,虽然都是为了大家好,但他一旦决定了什么事,就变成了一块滚下山的巨石,你要是挡了他的路,就自求多福吧。但他看到了艾米受伤的小表情,蹲了下来和她平视。"艾米,我只是不想让大家被逮住。你想吗?"

"不想。"她的嘴瘪下去,下嘴唇轻微地颤抖着。

"你不是要哭了吧?"

"可能。"她说。

艾伯特夸张地叹了口气,翻了个白眼。"好吧。你可以到镇上去,但只能待一小会儿,然后我们就离开,行吗?"

"万岁。"她说,表情一下就变了。

艾米的情绪总是很外露很真实,但很明显她把艾伯特耍了。我不知道这是不是件坏事,但我想,就现在这种情况,可能也无法避免。总和亡命徒混在一起,很难不沾染一点习气。

"我得去讨吃的,不知道会走到哪,可能又要斗恶狗,所以你最好不要跟我一起。但你又不能自己去。"他看了我和摩西一眼,迅速做了决定。"欧迪,你跟她去。注意一定让她把帽檐压低。如果被昨天疗愈会的人看到了,你们俩在一起也不奇怪。要是有人问,你们就是两兄弟,懂了吗?"

我冲着艾米笑了。"我一直都想要个弟弟。"

摩西比画，那我呢？

"得有人留下看船，"艾伯特说，"而且你是个印第安人，还不能说话。要是有人跟你说话，就会被发现，我们得低调。"

看得出这让摩西很恼火，不过他还是勉强接受了艾伯特的逻辑。

"我先去，"我哥说，"你们俩稍等一会儿再跟上来。"

艾伯特爬上河岸，穿过树林，消失了。

摩西坐下来，捡起一块石头往河里扔去。

"生气吗？"我问他。

当印第安人真烦，他比画。

我把棒球帽递给艾米，牵起她的手爬上了河岸。

很快我们就知道了这地方叫新不来梅。镇中心围绕一个广场建起，广场上有个大法院。我们沿着人行道溜达，站在绿色凉棚的阴凉里，盯着商店的橱窗看。我对于这样的自我暴露很紧张，但我们走得很慢，似乎没人注意，而且艾米又很开心。我们走过一间雷氏杂货店，旁边是一间糖果店。

"要是能给摩西买点甘草糖就好了。"艾米眼睛望着店里的糖果说。我们都知道甘草糖是摩西的最爱。

我们坐在小糖果店旁边的长椅上，看着驶过广场的汽车和进进出出店面的人们。新不来梅比林肯镇大多了，马路和人行道也更繁华。一群男孩子手里拿着棒球手套和球棒，打闹着穿过广场消失在了法院后面，往某个棒球场走去。

"我们可以住在这儿。"艾米说。

"是个不错的镇子，"我表示同意，"不过我们要去的是圣路易斯。"

"那里好吗？"

事实上，我们要去的是一个我基本没有印象的大城市，找一个我几乎不认识的女人，连她的地址都还是个谜。但这是一个寻家的机会，是我们唯一的机会，这比我们留在身后的一切都要好。

"那儿可好了。"我说。

杂货店的门开了，两个人笑着走出来。我立刻就认出了伊芙修女。这次她穿的既不是白袍也不是牛仔装，而是一条领子上镶着金边的绿裙子，还戴了一顶时尚的金色帽子，是我在杂志上见过的那种。她的鞋子和帽子很搭，脚踝上系着细细的带子。和她一起的是那个小号手，他穿着白色西装，戴一顶白色阔边草帽。往人行道走的时候，他从西装口袋里抽出几支粗大的雪茄。

他们往我们这边走来，伊芙修女的目光落在我们身上。她立刻冲我们露出笑容。

"嗨，你们好啊。我昨晚看到你们俩了。喜欢那个汤吗？"

"是的夫人，"我说，"汤很好喝。"

"你觉得呢？"她朝艾米弯下腰。

"嗯哼。"艾米说。

我想用胳膊肘碰她一下，提醒她把帽檐拽下来，但她已经抬起头看着伊芙修女了，满脸笑容。

那个女人两片嫩叶般碧绿的眼睛看了看我，又看了看艾米。"就你们两个吗？"

"是的，夫人。"我说。

"昨天你们也没人陪着。你们的妈妈呢？"

"死了。"我替我们两个回答。

"爸爸呢？"

"也是。"我说。

"哦，天哪。"

她和我们一起坐在长椅上。那个小号手看起来不太高兴，双臂交叉靠着杂货店的窗子站着。

"你叫什么名字？"

"巴克，"我说，"巴克·琼斯那个巴克。"

"那个牛仔。"她笑着说。"你呢？"她又问艾米。

我想替她回答，但她先我一步说了实话。"我叫艾米。"

"是埃米特，"我赶紧说，"不过我们都叫他艾米。他是我弟弟。"

"那谁照顾你们呢？"

"我们自己照顾自己。"我说。

"就你们两个？"

"就我们两个。"

她把手朝我伸过来，从我的衬衣口袋里掏出了口琴，会意地看着我。"你吹得很好。昨天晚上我听到你在草坪上吹了。"她把口琴放了回去，然后盯着艾米的脸看了好久。"亲爱的，把手给我。"她把艾米的小手放在自己的手中，闭上了眼睛。等她再睁开眼看着艾米，好像已经认识她很久了一样。"你失去了很多，但我看到你也收获了许多很棒的东西。我希望你今晚能再来一次疗愈会，我有一样特别的东西要给你。"她看着我，好像我是说了算的那个。"你能保证吗？"

当时空气中并没有风，但我却感到从伊芙修女那里吹来一股清风。前一天晚上她穿着长袍，长长的头发像狐狸毛一样，看起来比天使还要美。但如今我看到她脸上的雀斑和艾伯特一样多，左边脸颊靠近耳朵的地方还有个难看的疤，被她的长发挡住了一部分。她的眼神把我拴住了，让我没法移开视线。不只是因为这双眼睛无比澄澈，让我感到薄荷一样的清新，而是凝视这双眼睛让我觉得是在看一汪很深的水，我明知道自己即刻会被淹死，还是抵挡不住诱惑想要跳进去。

"我保证。"我听到自己说。

小号手看着手表说："伊芙，宝贝，我们得走了。"

"席德，先买糖，"她说，"你们想要什么？"

"柠檬糖。"艾米立刻说。

"巴克呢？"

我心里想着摩西，说："甘草糖，谢谢。"

伊芙修女抬头看着席德，他虽然翻了个白眼，还是走进糖果店买了糖果出来。

"巴克，咱们晚上见。"伊芙修女说，然后冲艾米会心一笑。"你可要做个听话的……小男孩。"她站起来挽着小号手离开了。

他们一走，我转身对着艾米尽可能严厉地说："你不能到处告诉别人你的真名。"

"没事的，"她说，好像知道什么我不懂的事一样，"我们可以信任她。"

我看着伊芙修女轻快地走远了。虽然我也说不清为什么，但我觉得艾米说得对。

第二十五章

"不行，"艾伯特说，"绝对不行。"

"我答应她了。"我争辩道。

"那又怎么样。我们得走了。现在就走。"

等我们回到河边的时候，艾伯特和摩西已经把所有东西都装到独木舟上了。摩西还因为没能去镇上有点闷闷不乐，不过甘草糖让他稍微打起了精神。当时已经快中午了，他坐在河边的树荫下吃他那黑乎乎的糖，我和艾伯特还在争论。我的小盟友艾米站在我身边。

"就多待一晚上，艾伯特。能有什么损失啊？而且伊芙修女说她准备了特殊的东西给我们。"

"对，手铐。"

"她不会这样的。我看得出来。"

"你要是错了怎么办？"

"不会的，艾伯特，"艾米说，"伊芙修女是好人。她不会出卖我们的。"

摩西笑了，比画着，出卖我们？你这口气像土匪似的，艾米。

"我们现在要走了，讨论结束。"艾伯特转身向独木舟走去。

"谁选你当上帝了？"我冲着他的背影喊。

他转过身来。"你想留在这儿？行啊。那你留下吧。我们剩下的人走。"

摩西坐在树荫下没动，艾米向我靠得更近了。

"我们投票怎么样？"我说。

"投票？"好像这是句脏话似的。

"我们生活在民主社会，是不是？咱们投票表决，大多数赢。谁想留下？举手。"

我举起手，艾米也是。艾伯特怒视着不着急投票的摩西，结果他也懒洋洋地举起了手。

"好啊，"艾伯特说，"到时候我去探监。"

他气冲冲地朝独木舟去了，装作要走的样子。但这就是表演。我了解我哥哥，他是不会抛下我们离开的。他站在明尼苏达河宽阔的棕色河水边，摇了摇头。

"记住我的话。你们会后悔的。"

等我们从河边去疗愈会帐篷时已经是傍晚了。草坪上停着的车比前一天晚上还要多。帐篷里大部分的座位都坐满了，我估计是因为伊芙修女治好了那个驼背孩子的事传开了。前一天晚上像个猛兽般，随后被伊芙修女驯服的那个年轻人坐在第一排。艾伯特和摩西坐在我和戴着帽子的艾米后面。那天晚上又热又潮湿，我旁边坐着一个邋遢的彪形大汉，他身上的味道明显表示他是刚打扫了马厩来的。和他同来的还有一个女人，她紧紧地靠在他身边，闭着眼睛。大概是睡着了吧，我想。但等到伊芙修女上台，她肯定就睡不着了。

突然，艾米悄悄对我说："你带口琴了吗？"

"在这儿呢。"我把口琴从衬衣口袋里拿了出来。

"你会吹《美丽梦中人》吗？"

"会啊，"我说，"干什么？"

她还没来得及回答，演奏者们就鱼贯而入，坐在了升起的舞台座位上。小号手站起来大声说："弟兄姊妹们，赞美主！赞美主！"

伊芙修女从之前供应鸡汤的地方进入帐篷，她身穿白袍，头发像褐色的水流垂到肩头。她来到舞台中央，又一次像拥有翅膀一样张开了双臂。

"耶稣说：'如果有人渴了，让他到我这里来喝水。'我的弟兄姊妹啊，让我们相聚在河边，从圣灵的活水中取水饮用，重新振奋精神。"

她身后的演奏者们立刻开始演奏，伊芙修女开口歌唱，动听的歌词流淌出美丽的画面："让我们相聚在河边，这里闪亮的天使曾经走过……"

我知道这个古老的福音歌曲。布里克曼夫妇经常放这首歌，我不自觉地就随着伊芙修女大声唱了起来，全身心投入这些字句，似乎完全相信了这些话。

那天晚上，她在舞台上跳舞，对底下所有坐在硬邦邦长凳上的人传递希望的话语。她的头发在脸上甩来甩去，帐篷里的热气和她传播福音的热情让她自己的活水[1]在汗水中流淌下来。她歌唱着，劝勉着，最后她张开双臂，邀请所有需要上帝疗愈触摸的人走上前来。

一个拄拐的男人蹒跚着走上台，后面跟着一个看不出明显疾病的女人。被伊芙修女的手抚摸过之后，那个拄拐的男人把拐杖扔掉了，几乎是一蹦一跳地下了台。没有什么外在问题的女人费力地向伊芙解释她的口吃问题，听她吃力地蹦字简直是一种折磨。伊芙修女扶住那个女人的头，两个手掌用力挤压，她以圣灵的名义乞求让这个女人能像上帝原本旨意的那样清晰地说话。当她移开双手的时候，这个女人用了一点时间组织语言，然后终于非常清晰地说出了"谢谢你，修女"。说完之后她自己完全惊呆了，像被大锤砸中的牛一

1　《约翰福音》中曾提到耶稣口渴时曾向一位撒马利亚女人要水时说："你若知道神的恩赐，和对你说'给我水喝'的是谁，你必早求他，他也必早给了你活水。人若喝我所赐的水就永远不渴。我所赐的水要在他心里头成为泉源，直涌到永生。" 后世有人认为"活水"指的是耶稣自己，也有人认为"活水"所指的是圣灵。

样。"赞美主,"她大声说,"上帝保佑你,伊芙修女,上帝保佑你。"然后她走下了台,她的眼睛像积雨云一样不断涌出泪水。

那个坐在我旁边气味难闻的彪形大汉也站了起来。他一只手上握着猎枪,另一只手把靠在他身上熟睡的那个女人拉起来。他用一只胳膊环抱着她,踏上了两边长椅中间的走道,然后费力地拉着她往前走,她的脚就在地上拖着。

我终于明白这个女人并非在睡觉。那股难闻的气味也不是从马厩来的。

男人走到舞台的台阶上停了下来,呆呆地望着伊芙修女。面对眼前的景象,即便她心里感到惊讶,也完全没有表现出来。

"弟兄,你需要什么帮助?"她问。

"是我妻子,她再也不跟我说话了。我听说你能把人治好。"

"你叫什么名字?"

"威利斯。"

"你妻子叫什么?"

"萨拉。"

"是《圣经》中一位圣女的名字。威利斯弟兄,你们两个都坐到我这儿来。"

她自己坐在了最上面一级台阶,长袍像白色的瀑布一样倾泻下来。那个邋遢壮硕的男人威利斯坐了下来，然后扶着他妻子的身体，让她立坐在自己和伊芙修女之间。然后他把猎枪支在伸手可取的台阶上。伊芙修女拿起已经死去的女人的手，放在她的两手之间，眼睛闭起来很久。终于再睁开眼睛时，她说："生活很苦，是吧，威利斯弟兄？"

"可不是。现在农民的日子可不好过，很长时间以来玉米的价格都很差。"

"你睡不着觉。"她说。

"因为担心，我夜里总是睡不着。银行已经给我们寄信来了。我之所以随身带着猎枪，就是怕他们突袭我。我是绝不会让出我的农场的。"

"萨拉也一宿一宿跟你一起夜不能寐，想给你一些安慰。"

"她是这世上唯一能让我坚持下去的动力了。但现在她不能跟我说话了，她失声了。所以我们才到这儿来，我听说你能把人治好。"

"我不能把他们治好，威利斯。是上帝把他们治好的，我只是那个媒介。"

"你为她祈祷。你得让她跟我说话。"

"威利斯，你相信上帝吗？"

"不能更相信了。"

"那萨拉呢？"

"她总是在读《圣经》，说这能给她以安慰。"

"然后她再给你安慰。"

他看了他妻子一眼，眼神中满是渴望。"能再听到她的声音就足够了。"

"但她不再和你说话了。"

他垂下头，眼睛看着地面。"我觉得是突然丢了魂。也许因为某些可怕的罪孽吧。"

"她的罪孽，还是你的？"

他没回答。伊芙修女靠向他，声音像说悄悄话一样轻。当时帐篷里一片寂静，我们甚至能听到围着伊芙修女飞的苍蝇的嗡嗡声。

"威利斯，告诉我那个罪孽。"

他的鼻孔里发出野兽般沉重的呼吸声。他用低沉骇人的声音清了清嗓子。"她……"他开口了，然后又摇了摇头，像是要理清思路，"她说她要离开我，回到她的家人那儿去。我很生气，气急了。我们都说了难听的话。"

"你打了她，"伊芙修女轻声说，"然后她就不再跟你说话了。"

"我跟她道歉了。我跪下来，求她原谅我，求她跟我说句话，说什么都行。"

"她再也不能跟你说话了，威利斯弟兄。你是知道的。这辈子说不了话了。但她已经在一个美好的地方等你了，那里没有烦恼，也没有痛苦。在那里，你得到的东西再也不会失去；那里只有爱，别无其他。"她伸出手，越过那个死去的女人。"威利斯弟兄，握住我的手。"

他看着她的手，好像被诱惑支配了。我确信她用前一天晚上驯服那个年轻人同样的方法，也能驯服眼前这个男人饱受折磨的灵魂。但他出乎了我的意料，出乎了所有人的意料，甚至连伊芙修女也没有想到。

"不。"他大吼一声，跳了起来。他抓起猎枪，枪托抵在肩膀上，枪管对准了伊芙修女的鼻子。"妈的，你把她给我治好，你让她跟我说话。你要是不帮我，我就把你脑袋轰掉。"

我这辈子见过无数次恐惧。虽然恐惧有许多种面孔，但却常常是无声的。伊芙修女盯着枪管，我能看到她非常恐惧，恐惧让她说不出话来。没有了语言，我估计她就无法创造出那个要杀人的彪形大汉想要的奇迹，或者任何奇迹了。

"吹，欧迪，"艾米低声对我说，"吹《美丽梦中人》。"

这完全说不通，但话说回来，在等待猎枪爆伊芙修女的头时，什么说得通呢？和所有帐篷里的人一样，我当时也确信即将看到一场残杀。一旦开始，它可能就不会止于伊芙修女了。我的嘴唇很干，嗓子像是砂纸做的，简直无法呼吸。我都不确定能不能吹出音来，但我还是把口琴从衬衣口袋里拿出来，放在了嘴唇上。艾米把她的小手放在了我腿上，她抬起头看着我，给了我一个微笑，好像在说她完全信任我。

我开始吹。虽然我吹的曲子很轻柔，但在帐篷的一片沉默和我自己的耳朵中，这曲子似乎震耳欲聋。大家都把脸转向我，威利斯也转向了我。我觉得他的枪杆也会转过来对着我。我吹了整整一节，心脏在胸口里狂跳。我正要停下，心里想着是时候结束这出闹剧了，这时一个天籁之声加入了进来——是伊芙修女。

美丽梦中人，为我醒过来。
星光与露水，等待你归来。
白天的喧哗已平息，
银白的月光放光彩。

那个壮汉因为愤怒而扭曲的脸渐渐松弛了下来，枪管也垂了下去。我继续吹，伊芙修女提起她空灵的嗓音，如一个安慰人心的天使一般歌唱。

美丽梦中人，我歌里的皇后，
我温柔求爱的歌声让你开怀。
生活的繁忙与忧虑不复存在。
美丽的梦中人，为我醒过来。
美丽的梦中人，为我醒过来。

这头巨兽眼中噙满眼泪，双膝跪地。他的头垂在死去妻子的腿上，哭得撕心裂肺。猎枪掉在了地上，前一天晚上被驯服的年轻人从长凳上一跃而起，一把抓起了枪。

汗水从我脸上滴下来，我感觉一阵眩晕。我放下口琴，低头看着艾米。

"欧迪，这是你吹得最好的一次。"她说。

第二十六章

"这是他妻子最喜欢的歌,"伊芙修女说,"《美丽梦中
人》。这可能是唯一可以抵达他内心深处的东西了。巴克,你
是怎么知道的?"

当时我们坐在莫罗酒家的一间包厢里,这是新不来梅最
好的酒店。桌上摆着一整只烤鸡,还有土豆泥、肉汁和芦笋。
虽然这里环境十分豪华,我还是坚持让艾米戴着她的棒球帽。
我们俩狼吞虎咽地吃东西,身边坐着伊芙修女和小号手。他
们吃得更慢,还就着菜小口小口地喝着"葡萄汁",不过我知
道那其实是红酒。伊芙修女此时已经换下了白袍,身穿一条
蓝色的裙子。小号手穿着一身翻领的灰色西装,红色的领带
上夹着一个钻石领带夹。

"我不知道,"我告诉伊芙修女,"是艾米说我应该吹这
首的。"

"他说的?"她好奇地打量着艾米,"你们两个孤儿住在

哪儿啊？"

"我们在河边有个营地。"

"你们住在那个营地里？定居？"

"也不是。我们是在去圣路易斯的途中。"

"圣路易斯有什么？"

"我有家人在那儿。我们有家人在那儿。"我纠正自己。

"圣路易斯还很远呢。"

"大概是吧，"我说，"但我和艾米能走到的。"

伊芙修女举起了酒杯，看着她的红酒。"我们也要去圣路易斯。不是直接去，得先去得梅因、劳伦斯和堪萨斯。"她喝了一口酒，不经意地说，"你们可以跟我们一起。"

小号手差点被鸡肉呛着。"伊芙宝贝，这得给我们添多少麻烦啊。"

"为什么？"伊芙修女说。

"别人可能当我们是在绑架。"他把餐巾纸在细细的小胡子上轻轻沾了沾。

"绑架？整个国家遍地都是被抛弃的孩子，席德。这事我还是略知一二的。"她又转向我，"我们可以把你送到你家人的门口。"

"先等一下。"小号手说。

"席德。"她瞪了他一眼，让他再也不敢说话了。

我扫了艾米一眼，但她帽檐之下的脸上完全没有表露出任何意愿，看不出她愿不愿意。我倒是乐意过上这种轻松的日子，但这由不得我。

"我们得想想。"我说。

"没问题。"

我没有喝任何带酒精的东西，但伊芙修女的微笑让我心醉神迷。

那天晚上我们回到河边时，艾伯特和摩西正坐在篝火边。

"你们吃饭了吗？"艾伯特问。

"吃得跟国王一样好。"艾米兴高采烈地说。

"鸡汤味道如何？"我问。

从进了帐篷开始，我们就没再和他们俩讲过话了。威利斯和他的猎枪基本上宣告了这次疗愈会的结束。当时参会的人中有个警察，叫上另外几个观众把那个大汉拖走了，走的时候他还在哭。剩下的人把他妻子的尸体搬上一辆皮卡的后车厢，送到停尸房去了。伊芙修女把大家都请到了餐桌前，桌上摆着鸡汤和面包，然后她找到了我和艾米。

摩西拍了拍肚皮比画说，没吃这么好过。

艾米坐在火堆边，脱口而出："伊芙修女想让我们跟她一起走。"

艾伯特说："我们要去圣路易斯。"

"她也要去圣路易斯，"我说，"先去得梅因、堪萨斯，然后去圣路易斯。"

"她总会吸引来一大群人，这是我们最要不得的。早晚有人会认出艾米的。"

"我们可以小心行事。"

"现在我们就是在小心行事。绝对不能跟复兴会混在一起。"

"是疗愈会。"我说。

"随便你叫它什么，就是不能跟他们扯上关系。"

要不是心里知道他是对的，我可能会要求投票。艾米似乎觉得怎么都行，已经准备点头同意了。

"这是个动人的梦想。"我基本是自言自语。

我们都躺下之后，我睡不着，看着满天繁星，听着芦苇丛里的蛙鸣，想起给伊芙修女伴奏的乐手们，不禁畅想如果我也在这个乐队里吹口琴会是怎样的。我试过几次——跟斯特拉顿小姐和杰克一起演奏——那感觉像是一种魔法，一个心灵的呼唤得到了另一个心灵的回答。

"别想了，欧迪。"艾伯特轻声说。

"她是个好人。也许我们会过得开心的。"

"她的工作是骗人。"

"为什么？"

"那些被治愈的人，都是托儿。"

"今天那个闹事的大汉不是。"

"那他被治好了吗？要不是你救了她，她已经掉脑袋了。"

我转过身去想看看我哥的脸。我不知道他的梦想是什么。我想当个乐手，或者讲故事的人，因为能赚钱，我也喜欢。艾伯特喜欢什么呢？他心底里的渴望是什么？我竟然完全不知道。

"欧迪，所有美好得不真实的东西，你基本就可以断定那不是真的，"他有点悲伤地说，"如果你对伊芙修女观察得足够仔细，你就会发现她身上有些东西经不住推敲。"艾伯特翻过身去背对着我。

第二天早上我睁开眼睛，看到了惊人的一幕：伊芙修女在沙地上，和艾伯特、摩西一起坐在篝火旁。她又打扮成了牛仔女孩的样子，和四周粗犷的景色很相配。篝火发出噼啪声，艾伯特和伊芙修女低声交谈着。后来摩西也加入了进来，艾伯特就给伊芙翻译他的手语。我坐了起来，光着脚走向他们的议事会。

伊芙修女冲我笑了。"早啊，巴克。又或者该叫你欧迪？"

"你来这儿干什么？"

"我本来是来告别的，结果遇到了这两个浑小子。"

摩西和艾伯特对于她的在场似乎毫无不适，听到她戏谑的称呼还笑了。这又让我想到了那个被伊芙修女征服了内心猛兽的年轻人。似乎她也用同样的魔力征服了我这两位同伴。

"我已经说服了你哥哥和摩西，相比走水路去圣路易斯，还是跟我们走更安全。"她拿起一个白色的袋子。"你想要一个吗？"

袋子里面是甜甜圈，又大又完美，刷着糖浆，让人垂涎欲滴。

"坐吧。"她说。

我坐在沙地上，吃了一个甜甜圈。我好像从没吃过这么好吃、这么柔软、香甜的东西。

"我的安排是这样的，"她张开双手表示解释和邀请，"我招了摩西和你哥哥帮忙疗愈会的工作，至少做到你们到达圣路易斯。我会把他们和其他工作的人分在一起。你和艾米跟我住在莫罗酒家。我会跟大家说你和艾米是我的侄子、侄女。我有几个大宽檐的草帽，回头给艾米，比这棒球帽强多了，一样能挡住她的脸。"

"你知道她是谁？怎么知道的？"

"这不重要。重要的是我们会保证你们的安全，并把你们送到你们想去的地方，我保证。"

"但就像那个小号手说的，这会给你们带来麻烦的。"

"席德总是爱担心。我这辈子都围着麻烦转。"

我瞥了艾伯特一眼。"你真的没意见？"

艾伯特耸了耸肩。"她说服了我。"

我看着摩西，他笑着比画，每天都有甜甜圈吃。

"你呢，欧迪？"她表情严肃，声音则让人难以拒绝，"你加入吗？"

我吞下最后一口甜甜圈，准备吞下伊芙修女所说的话了。"当然了。"

"要不要把艾米叫醒，问问她呢？"

艾米蜷着身子躺在毯子上，睡得正香。我轻轻摇了摇她，她翻过身来平躺在毯子上，睁开了眼睛。

"艾米，你醒啦？"

她轻轻答应了一声，但足够告诉我她能听懂我的话了。

"我们似乎要和伊芙修女一起生活一阵儿了。"

她睡眼惺忪地冲我眨了眨眼。

"我就知道。"她说着又翻了个身，继续睡了。

第二十七章

自打离开林肯学校那天起，我就再也没洗过澡了。站在干净、稳定的热水下面淋浴简直就是天堂。伊芙修女给我们拿来新衣服，把我们的破衣烂衫洗干净，就这样，我们进入了基督教疗愈会，开始巡回表演的生活。

我和艾米住进了伊芙修女在莫罗酒家租下的套房中的一间卧室。为了不让别人怀疑我们之间的关系，艾伯特和摩西在河边的营地多待了一天。等他们加入巡演团的时候，就住在男团员的帐篷里，女团员们住另一个帐篷。每个人都有至少一项工作，但大多数人手上都有好几个活儿。

摩西被分配在厨房帐篷，负责帮忙准备每次表演之后的餐食以及伊芙修女团员们的食物——加起来十二个人。厨师是个大块头的男人，光头像冰块一样光滑，左手前臂上有个裸胸美人鱼的刺青。他说自己叫迪米特里，虽然所有伊芙修女团里的人都知道这大概不是他的真名。他操一口浓重的希腊口音，摩西很喜欢他。迪米特里似乎能够无障碍理解摩西与人交流用的那些简单手势，他说摩西是他见过最棒的小工。

艾伯特和杂工们一起干活，他们大多兼任疗愈会的乐手。很快，他的机械本领和因陋就简解决任何问题的能耐让他赢得了赞赏。他们管他叫教授，因为他什么都懂。

钢琴手"小胡子"把我收入了他的羽翼之下。他很瘦，胳膊和腿细得像是饮料吸管，皮肤是焦糖色的。他年纪挺大了，至少在那个时候的我看来，当时可能有五十岁吧。他的眼睛看起来总是没精神。之前斯特拉顿小姐从没有时间像他这样教我音乐。我识谱，但没有和一大群乐手一起演奏过。小胡子教给我如何找准拍、聆听其他乐器，以及感受他所谓的"神圣泡泡"——就是当所有乐手的音符都和谐地交织在一起，使得整首乐曲无比动听，让它能抓住所有乐手和听众的精神，并毫不费力地把它们送上九重天。

"就像是在一个泡泡里。"我说。

"没错。"他笑着说，露出一口满是烟渍的牙。他拿起那个永远放在钢琴上的酒杯喝了一口。这个酒杯里永远有两指高的私酿威士忌，不管他喝多久，里面的酒似乎一直这么多。"巴克，这种情况不经常发生，但当它出现的时候，那感觉就好像是上帝把你放在手掌心里托了起来。"

他真名叫格雷戈里，但所有人，包括他自己，都叫他小胡子。"我妈以前总说我太瘦了，躲在猫咪的小胡子后面也不会被发现。这破名字。"其他乐手对我都很友善，但我看得出小号手席德一点也不喜欢我。我开始以为他觉得我们的出现把疗愈会置于险境，但小胡子向我揭示了另一种可能性。

"他那是嫉妒。"有天我们正坐在晚上发面包、鸡汤的长桌上吃午饭时他说。

"嫉妒我？为什么？"

"你有种天赋，从你的口琴里自然地流露出来，学是学不来的。也许你能成为一个音乐家，或者别的什么。谁知道呢？但你确实有天赋。而且，伊芙修女很喜欢你。你是她的侄子，她的家人。这让你胜了席德一分。那个家伙，伊芙修女对谁多点关心他都不乐意。"

对于小胡子的故事我知之甚少，大家都不太聊自己的过去，所以我们很容易就融入进来了。他说过他家是德克萨斯的佃农，从小他就一心想要从德克萨斯那块狭长的棉花地里逃出去。

"在那片跟煎饼一样平的硬地上干活很累，"他说，"这辈子没干过比摘棉花还苦的事了。"

我问他家人的情况，他说二十多年没见过他们了。

"你想他们吗？"

"我有了一个新家。"他对着疗愈会的帐篷张开双臂。

疗愈会每次都在傍晚时分开始，没用几天我就成了舞台上的乐手。伊芙修女滔滔不绝地赞颂主，我们用托举起灵魂的音乐给她以支持。那些怀抱希望的人们放声歌唱熟悉的福音音乐。最终，除了伊芙修女头顶那盏灯之外，所有的灯光都消失了。失明的、跛脚的、受伤的人们纷纷走上前来，跪在伊芙修女的脚下，乞求她疗愈的抚摸。没有一个人失望而归，即便失明的人没有重见光明，瘸腿的人没能正常行走，从他们的表情来看，伊芙修女都给了他们希望。

"他们像是吃燕麦粥里的糖浆一样如饥似渴，"我有一次偶然听到席德跟其他乐手说，"就算走的时候还是瘸腿也没关系，他们的心被一盏明灯照亮了，对那些可怜的家伙来说，这就是最重要的。他们打开钱包，钱就如雨水一般从天而降了。"

我听到这话应该引起警觉的。不过我想，他们给来疗愈会的人提供餐食，也要花一大笔钱吧。现在时局艰辛，对很多人来说，鸡汤、面包的晚餐可能是他们一整天吃的唯一一顿饭。为这些食物买单的是那些没有留下来吃饭的人的慷慨，他们手里有点钱，而且良心得到了伊芙修女的感召。

我最享受的时光是疗愈会结束，饥饿的人们也吃饱了饭之后，伊芙修女和席德围在小胡子的钢琴边，我也被允许加入进来，我们一起演奏一种教堂合唱团绝不会碰的音乐。伊伊芙修女对叮砰巷音乐[1]十分着迷。根据小胡子的解释，这种音乐有32小节——4大段，每段8小节。很多厄文·博林的曲子都是32小节的，他说。这些歌并不难演奏，常常流于伤感，伊芙修女很清楚如何把歌曲里的每一分情绪都榨出来。她会喝一口私酿的威士忌——他们都喝——抽一根烟，然后她的嗓音包裹住那首天鹅绒般柔软的歌曲，让你听了就想流泪。一般到了这时候，小艾米就已经在帐篷后面铺着的毯子上睡熟了。等这个夜晚终于接近尾声，席德会把她抱到车上，开车送我们回酒店，把她放在床上，然后在套房门口和伊芙修女道晚安。

"就像这样一路到圣路易斯？"有天晚上我听到他问，语气里满是渴望。

"是的，席德，"她说，"晚安，亲爱的。"

被她迷得神魂颠倒的不止席德一个。所有巡回团里的人都爱伊芙修女。他们是一群不合群的人、被遗弃的人、被击垮的人。如同她给了那些跛脚的人希望一样，她也让我们所有人都振奋起了精神。我想起林肯学校的那些孩子，在很多方面他们就像伊芙修女身边的这些人，都迷失而破碎。我想如果管理学校的人不是黑老妖席尔玛·布里克曼而是她，也许我们的生活会变得完全不同。

1　Tin Pan Alley, 20世纪上半叶白人中的主流音乐，以旋律优美、温婉抒情而受到大众喜爱。

伊芙修女告诉我疗愈会计划在新不来梅待两个星期。在我们加入后的第四晚，当所有人都陆续离开帐篷，有的回家，有的去长桌喝汤吃面包时，伊芙修女坐在舞台的台阶上。我坐在她身边。

"欧迪，我现在就想要根烟，再来口酒。"她用白袍裹着的屁股调皮地撞了我一下。

"这些人觉得你是完美的化身。你最好别被他们看到又抽烟又喝酒的。"

她笑了，一把搂我过去。"欧迪，只有上帝是完美的。我们剩下的所有人，都被他赋予了各种皱纹和裂痕。"她把盖住脸颊的头发撩了起来，给我看上面一条长长的疤痕。"如果我们是完美的，那阳光照过来就会直接被反射回去。但这些皱纹接住了光亮，而裂痕让阳光照进我们心里。欧迪，我在祈祷的时候从来不会乞求完美，我乞求原谅，因为我知道这是唯一能得到答案的祈祷。"

我经常去见艾伯特，但从不担心人们怀疑我们之间的关系。我们长得一点也不像。我觉得大概是因为红头发的艾伯特长相随了爸爸，而我随了妈妈。我经常和他一起坐在长桌边，摩西和其他在厨房干活的人给我们准备吃的。

"感觉如何，住豪华酒店？"他有天午饭的时候拿我打趣。

"艾伯特，我最近在想这事。我们如果不去圣路易斯找茱莉亚姨妈怎么样呢？我是说，我们甚至都不知道从哪儿找起。"

"船到桥头自然直。"

"但万一呢？"

"你有别的主意了？"

"嗯，我就是在想，也许我们可以留在伊芙修女身边。"

当时艾伯特正在吃红肠三明治。他朝着大帐篷望过去，穿过草原望向河边他藏独木舟的地方。

"这种生活太好了，不会长久的。"他说。

"为什么？"

"我们的人生什么时候这么轻松过？"

"但那不代表我们不能拥有轻松的生活。"

"听着，重击都是在你放松警惕的时候袭来的。别待得太舒服了。还有，小心席德。这家伙肯定跟你过不去。"

"伊芙修女能搞定他。"

"伊芙修女不能时刻盯着他。欧迪，记住我的话，他是个阴险小人。"

席德和伊芙修女每天都会花些时间在酒店里过一遍被她叫作"台本"的东西。除了吹小号之外，席德还扮演她经纪人的角色，负责付账单、为将去的小镇做好准备工作以及宣传工作。他肯定很擅长做这些，尤其宣传的部分，很多参加疗愈会的人都是从很远的地方来的，最远的甚至是双子城[1]来

1　指的是明尼阿波利斯与圣保罗两座城市，二者都位于明尼苏达州的中西部。前者是该州最繁华的城市，后者则是该州首府。

的。就连对席德完全无感的小胡子都得承认这一点。

"我最开始在德克萨斯跟伊芙修女搭档的时候，她做的东西还算不上是表演。当时她也像现在这样祈祷疗愈，但席德一来一切都变了。让她看起来像天使的那件白袍是席德想出来的。那些灯光，全套乐手，就连鸡汤和面包，也都是席德的主意。"

"他怎么成为这个家的一分子的？"我用了"家"这个词，因为我开始把这个疗愈团的大家当家人看待了。

"和我们所有这些迷失的人一样，伊芙修女发现了他。几年前我们在威奇托做了一场表演，当时他也在一个巡回演出团里，吹小号，还表演耍蛇。这家伙也像所有人一样，为伊芙倾倒了。"

"她是哪里人？"

"你不知道？她不是你姨妈吗？"他笑了，"我就知道你肯定也跟我们一样。她发现了走投无路的你们，一招呼你们就跟着她走了。别担心，巴克，我不会说出去的。"他摇了摇头。"不知道她是哪里人。看她对牛仔靴的痴迷，我觉得她肯定是西部来的。还有她一点也不怕蛇。"

"蛇？"

"对了，你还没看过她和席德耍蛇呢。来，这个值得一讲。"

"他们会对蛇做什么？"

"他们用蛇告诉人们，如果你能得到上帝的支持，那么撒旦也是可以被摆布的。这表演还挺神的。在北方很少有人做，但是到了南方，我的天哪，那些穷酸白人就爱看这个。"

"我能看看蛇吗？"

"看看也无妨。"

在疗愈会帐篷村里有个小帐篷就在厨房后面，伊芙修女每晚就在这里为表演做准备。小胡子撩起入口的帘子，示意我进去。里面放着一个带镜子的梳妆台，配一条带软垫的凳子。梳妆台旁边立着一个衣架，挂着的衣服里有好几件白袍。帐篷里还有个巨大的旅行箱，旁边还摆着好几双鞋，大都是伊芙修女在疗愈会上穿的那种平底白鞋，另外也有几双牛仔靴。帐篷后墙旁边一张窄长的矮桌上放着三个玻璃缸，叫作"养育箱"，在此之前我从来没听过这个词。每个养育箱里有一些植物和一两块大石头，我估计是为了让蛇在上面爬，或者躲在它后面。

"它们是什么蛇？"

"这两条看起来和珊瑚蛇长得一样。"他朝一个玻璃箱努了努嘴，里面有两条黑黄红色条纹的小蛇交叠着爬。"听说过珊瑚蛇吗？"

我说没有。

"有剧毒。看，那条叫曼巴。"他又敲了敲中间那个养育缸的玻璃，里面有条深灰色的蛇，身长三英尺。它立起身来，头和脖子那里的皮肤伸展开来，像是要攻击他。小胡子笑了。"真像眼镜蛇。"

"不是吗？"

"它们看起来很危险，实则不然，只是会被人们误认为是毒蛇。但这条，"——他朝最大的那个养育箱点了下头——"这条就不一样了。这条是真的有毒。我们管它叫路西法[1]。"

"路西法？"

他朝玻璃凑过去，那条蛇盘了起来，抬起头做攻击状。"这是一条货真价实的响尾蛇。路西法一摇尾巴，我跟你说，小兄弟，我就吓得浑身颤抖。"

"伊芙修女能耍所有这些蛇吗？"

"她能耍那条像珊瑚蛇的，还有曼巴。只有席德能耍路西法。他和那条蛇在一起很久了，我估计。伊芙修女发现他的时候他就已经在那个巡回团里演这个了。"

"他们从来没被咬过吗？"

"有时候也会。但是被珊瑚和曼巴咬了也没事，席德在耍路西法之前都会把它的毒液抽出来。"

那条蛇盘在一起，看不出到底有多长，但它的身子和我的手腕一样粗。它直勾勾地看着我，叉子一样的舌头一伸一缩，像是要尝尝我的味道。

1　在弥尔顿的《失乐园》中，路西法（Lucifer）是大天使没有堕落成为撒旦之前的名字。

"它吃什么呢？"

"我们主要是喂小鼠，它能整只吞进去。有时候在厨房帐篷里抓到小个儿的耗子，也喂给它吃。"

我想起林肯学校静室里的法利亚，想象着它被大响尾蛇一口吞掉的样子让我讨厌这条蛇。

"耍蛇的事你想都不要想，"小胡子告诫我说，"只有伊芙修女和席德可以。"

"别担心，"我从装路西法的箱子往后退，"我绝不会碰这些东西的。"

第二十八章

　　疗愈会是一家人。他们一起工作，相互信任，在相互的陪伴中找到生活的乐趣。在艾伯特和摩西加入之前，他们是六男四女。在艾米之前，团里没有小孩，所以所有人都像鸭妈妈一样把她呵护在自己的羽翼之下。虽然伊芙修女常常在艾米身边，但即便她一个人的时候也可以在小帐篷村里自由活动，尽可能为大家提供帮助，但主要还是带去欢乐。她一直都带着伊芙修女给她的宽檐草帽，一旦有外人进来她就可以把帽檐拉下来遮住整张脸。我明白疗愈团的所有人都知道她和伊芙修女没有血缘关系，但我觉得他们并不知道她的真实身份，或者知道了也不在乎。

　　团里有些男人长得挺吓人的。迪米特里，光头、超大胸肌、文身；另一个乐手火炬，头发像猫吐的毛一样；还有坪井，一个跟艾伯特差不多大的小男孩，整个右半边脸都被疤痕覆盖了，小胡子告诉我他是在扒火车的时候被扔了下去。

虽然疗愈会里没有小孩，但并非所有女人都没生过小孩。赛普拉斯是一个异域长相的女人，一头长发，颜色像是暗夜里的河水。因为酗酒，她的三个孩子都从她身边被带走。她现在不喝酒了，至少我没见她喝过，如今每当艾米来到她身边，她的眼神里都充满温情，好像有一团温暖的火焰在她心中燃烧。他们很少的一点财物都放在折叠床下面，随便是谁都能偷走，不过没人这么做。

某种程度上来说，他们和林肯学校的孩子们没什么区别，都是身无长物，被凑在了一起。但林肯学校是迪马寇、黑老妖和她那受惊的蜥蜴一样的丈夫掌管的，孩子们共有的就是恐惧。在疗愈会，伊芙修女的精神贯穿一切，让这里和林肯学校形成天壤之别。

每天都有例行的工作，很少有闲暇。所有的工作都在早上完成——削土豆皮、修帆布帐篷、清洁大帐篷和周围帐篷村的垃圾。几个男人会开着卡车到附近的镇上去张贴疗愈会的宣传单。等我们干完活儿，伊芙修女就会派我们去社区帮忙。我听说她先于疗愈团来到新不来梅，拜访了当地的官员和天主教牧师，并了解到有哪些教众亟须帮助。那里很少有农民雇得起帮手，只要有机会，伊芙修女就会派她的人，不论男女，提供免费劳动。自打加入疗愈团开始，我、艾伯特和摩西就开始出去帮忙。我们第一天帮忙修栅栏，第二天修谷仓的屋顶。几天之后，我给艾伯特打下手，帮助一个农民修好了一个他发誓再也用不了的拖拉机引擎。我们给玉米地割曼陀罗，第二天装运干草，就像给赫克托·布莱索干的活儿一样。不过这次感觉不同，因为我们是在帮那些真正需要帮手的人，所以就不觉得累。我想，如果在林肯学校我们帮布莱索干活就是因为他需要帮手，而不是因为他和布里克曼夫妇想用我们的劳动力发财，那感受会多么不同啊。

每天早上，席德在和伊芙修女过完台本之后就会消失几个小时，谁也不知道他去哪儿了。每天下午，伊芙修女也会消失一段时间，我用了好一阵儿才搞清楚她去干什么。

那个周末，摩西在厨房干活，艾米陪着他，艾伯特在修理每晚给复兴会的灯泡供电的煤气发电机。我们没有被安排去农户那边帮忙，于是我罕见地有了点闲暇的时间。我决定探索一下新不来梅。

我走到了一个有棒球场的公园，住在附近的几群孩子在那儿打上垒游戏。他们互相招呼、打闹着，人生中似乎只有玩乐和轻松的友谊带来的欢乐。我沿着一个陡坡下到河边的平地上，那里的谷物升降机在铁轨边上高高耸起，像是城堡里的防御塔。铁轨边还矗立着一座尖顶的白色教堂，旁边的泥土地上建着许多房子，比山上的那些看起来更小、更简陋。教堂开着的大门里传来管风琴的声音，有人在为接下来的礼拜练习圣歌。我沿着铁轨走到一座横跨明尼苏达河的木栈桥上。我坐在轨枕上，看着下面浑浊的果酒色的河水，想象着如果我生在新不来梅，过着这种平静的生活，那该是什么样啊。

结果我发现自己想象不了。倒不是因为我没有想象力，而是不敢做这种梦。我这辈子做的梦，一个都没成真过。

我从栈桥沿着一条被当地人踩出来的小路往河边走，说不定孩子们就是沿着这条路下去体验河水提供的各种冒险游戏。河的另一边是嫩绿的玉米地，玉米刚长到膝盖那么高，在它背后的便是仿佛撑起天空的群山。在那个闲适的夏日午后，置身河边和它流经的美丽河谷之中，我感到一种强烈的归属欲，我想要归属于这里，或者归属于哪里都行。

不知不觉间，我一路走到了我们来到这里的第一晚停船的那块草地上。我就是在这儿听到复兴会帐篷里天籁之音的呼唤。让我惊讶的是，我在这儿碰到了伊芙修女。她正盘腿坐在当时说服我们加入疗愈团的那块沙地上，旁边没有别人。她的头低下去，明显是在专心致志地祷告。我不想打扰她的冥想，于是转身悄悄地往河岸上走去了。

"欧迪。"她轻声叫住了我。

"抱歉，"我说，"没想打扰你的。"

"没有打扰，过来吧。"她拍了拍旁边的沙地。

"你就来这儿啊？"我问，"每天下午都来？"

"不管疗愈团去哪儿，我都会找个稍微远点的地方独处一阵儿。但不会总能找到这么美的地方。"

"为了祷告？"

"为了给自己充电，"她张开双臂像是在拥抱河水，"让我可以敞开心扉，去接纳所有神创造的美丽。如果你觉得这听起来像是做祷告，那就姑且这么叫吧。"

我难过地意识到她感受到了某种我感受不到的东西。这地方给了她某种美妙的、充盈的感受，却只给了我无尽的渴望。她抬起头冲着太阳，脸颊上的头发滑落下去，露出长长的疤痕。

"这让我想起奈厄布拉勒。"她说。

"那是什么？"

"内布拉斯加的一条河，我在那儿长大的。"

"我能问件事吗？"

"当然。"

我知道这有点冒失，但我实在太好奇了。"就是那道疤。"

但她似乎一点也不惊讶，我想也许很多人都问过这个问题了。

"记得我跟你说过上帝给了我们所有人裂痕，这样光才能照进我们心里吗？欧迪，这就是我的裂痕，是我受洗的那天给的。"

"受洗不就是把你放在水里吗？"

"我是被放在马厩的饲料槽里了。"

我猜这一定是个精彩的故事，迫不及待要听，但我还没开口，就听到有人在我们头顶的河岸边喊："伊芙修女，快来，艾米出事了。"

他们把她放在了女生帐篷里的折叠床上，团里大部分人都围在她身边。艾伯特俯下身看着她，摩西跪在她身边握着她的小手。艾米闭着眼睛，面色苍白。我进来就跪在我哥旁边。

"怎么了？"

"她又发作了。"

"什么发作了？"伊芙修女问。

"我们也不太懂，"我说，"她很久以前头磕在篱笆桩上了，从那之后就这样了，但她一般都能自己恢复。"

她的眼睛突然张开了，她盯着我看，眼神很茫然。

"他没事，"她低声说，"他没事。"

"是谁，艾米？"

她猛地抓住了我的手。"欧迪，别担心，"她说，"我们打败了那个魔鬼。"

然后她松开手，闭上眼睛，深深吸了一口气，又睡着了。

"把她带回酒店吧。"伊芙修女说。

大家让开一条路，摩西把艾米抱到席德经常开的那辆闪亮的红色德索托上。他把她放在后座上，伊芙修女给她盖上旁边叠着的毯子。我坐在她旁边，手捧着她的头放在腿上。摩西、艾伯特和伊芙修女一起坐在前面，她把我们载回了莫罗酒家。摩西小心翼翼地把艾米放在楼上的床上，然后他和艾伯特又回疗愈村去了。伊芙修女坐在艾米身边，握着她的手，让我关上门离开。我站在平常吃早饭的会客厅窗边，望着窗外的市政广场。看着人们来来往往忙着自己的事，知道我永远无法成为其中的一个。

通往走廊的门开了，走进来的是席德。他看我的眼神让我想起那条响尾蛇路西法是如何看我的。

"听说那个丫头的事了。"

"她叫艾米。"我说。

"我早就告诉过伊芙宝贝你们这帮孩子只会找麻烦。"

"所有人都有自己的麻烦，席德，包括你在内。"伊芙修女从艾米的房间出来，没有关门。

"她怎么样了？"我问。

"她没事，欧迪，现在醒了。她要找你。"

艾米坐了起来，背靠着几个枕头，冲着我笑。

我坐在床上。"你还好吗？"

她点了点头。"伊芙修女把发生的事告诉我了。"

我还没有完全把门关上，就听到另一间屋子传来高声的争吵。我从没听到伊芙修女和席德这样吵过。这让我很害怕，主要在于他们是因为我们——我、艾米和艾伯特，还有摩西——吵架。我从一开始就知道我们和伊芙修女一起的时光会变得和所有我拥有过的好事一样——长久不了。

席德说："等我们离开这个镇子的时候，就让这几个孩子走他们自己的。"

"我们做什么，不做什么，我说了算，席德。"

"你要是还想让我在疗愈会，那你就得把这些孩子甩了。"

"席德，你要是想离开，我不会拦着你。"

"听我说，伊芙宝贝，你还记得认识我之前你过的什么日子吗？你那表演就是个破杂耍。是我让你成为伊芙修女的。"

"是上帝让我成为伊芙修女的。"

"那圣路易斯的每周广播也是上帝给你的机会？"

"什么？"

"科尔曼给我发来一封电报。如果你想火遍全国，他能在圣路易斯给你提供一个大礼堂，他们每周日会把那里广播给上百万的美国人。"

"上百万？"

"是的宝贝，上百万。你会火遍全国的。"

"什么时候？"

"我们去得梅因，但取消堪萨斯那站，然后直接去圣路易斯。"

那个房间安静了。我和艾米面面相觑。

"席德，那几个孩子也去圣路易斯。我们带他们一起走，到了圣路易斯我帮他们找到家人，然后他们就不会再烦你了。成交吗？"

又是一阵沉默。"成交。"席德终于说。

我这辈子一直被骗，要是有人说谎，我立刻就会知道。

第二十九章

路西法打量着我，我也打量路西法。它比我有个优势，就是从来不眨眼。其他的蛇在玻璃笼子里都显得懒洋洋的，很温顺，但路西法总是做好了攻击的准备。它让我反感的同时又让我着迷。

自从小胡子给我看过响尾蛇之后，我就开始悄悄潜入伊芙修女的帐篷，只为了看看那个爬来绕去的家伙，确认它还被关在玻璃笼子里。路西法在夜里会爬进我的梦中，有时候追我，有时候立起来对我搞突然袭击，有时候它还会和被杀死的独眼杰克从黑夜中一起向我扑来，我就会惊醒，再也睡不着了。艾米会迷迷糊糊地安慰我说："欧迪，一切都会好的。"

她说得不对，我知道不会好的。

我生命中一切可能美好的东西都被那个龙卷风上帝毁掉了。虽然我对于童年只有很模糊的记忆，但我印象中是快乐的。然后龙卷风上帝来了，夺走了我的妈妈。再之后，虽然总是漂泊无定所，但爸爸、艾伯特和我还是努力建起一个家并快乐地生活。然后龙卷风上帝又往爸爸的背后射进三发子弹。总的来说林肯印第安培训学校可能算不上是个很糟糕的地方，但我心里知道龙卷风上帝诚心让布里克曼夫妇负责，为了把那里变成地狱。有短暂的一刻，我期待着自己的人生能被科拉·弗罗斯特拯救，但龙卷风上帝把她也抓走了。

所以我不信一切都会好的鬼话。龙卷风上帝一直在看着呢，我知道他兜里还有邪恶的、毁灭性的东西伺机待发呢。但这一次，我觉得自己占了先手。我知道这股即将抵达的妖风是从哪儿吹来的。肯定是席德。

人人都有秘密。我们的秘密就像松鼠手里的坚果一样，我们会把它藏起来，即便很苦，也是我们赖以为生的东西。如果你足够小心，就能跟着松鼠一路走到它的贮藏室。我想，对席德也是一样。于是我成了他身后的影子。

每天早上，他会和伊芙修女、我、艾米一起吃早饭，然后就开着那辆红色的德索托走了，直到中午才回来。谁都不知道那段时间他去干什么了。

我问过小胡子，他耸耸肩说：“好像总是要去哪儿，但从来没问过。那是他的事。”

我决心把这变成我的事。

我们跟着“基甸之剑疗愈会”——小胡子告诉我这名字

是席德起的，因为听起来是个"有气势、神圣、给人希望、安慰、令人欲罢不能的大援助"——也有一周多了，终于有一个早上大家都没有活儿，一群男人，有老有少，一起在帐篷旁边的草地上弄起了个棒球场。小胡子也上场了，我惊讶地发现他那小细胳膊却能投出刁钻的好球。他们把我放在了外场，因为觉得我在那不会坏什么事，这我倒是没意见。

刚开始大家为了摩西应该加入哪队争了一阵儿。那时候团里的所有人都已经看到了摩西的魅力。他像一头灵活健壮的雄狮，又像是个逍遥自在的水獭。所有人都喜欢摩西，也都想让他加入自己的队伍。艾伯特又是另一种情况了。我哥有的时候看起来很阴郁，虽然他对机械一类的东西很有一手，各种新奇装置都能信手拈来，但声称对体育运动没有兴趣。我觉得坐在林肯学校的替补席上让他对参加集体运动可能带来的危险产生了厌烦情绪。他开始拒绝参加，但那样两边人数就不均了。在摩西的大力劝说下，他终于同意了。和我一样，他也被"流放"到外场去了。

轮到我们队击球的时候，我发现席德在观赛。他早上基本都不在，所以那天很反常。但他的红色德索托就停在帐篷旁边，所以我估计他一会儿就会离开，去干他那神秘的事。比赛进行得热火朝天，摩西站上了本垒板。团里帮忙的女人们都目不转睛地看着，并为他欢呼，摩西回给她们一个大大的微笑。然后他指向左外野，示意他准备往那边打，然后他比画了个全垒打。简直像贝比·鲁斯和卢·格里克一样，我心想。

大块头的希腊厨子迪米特里在另外一边投球。他的胳膊有犀牛的大腿那么粗，丢的球又快又大力，每次坪井用那只薄旧的手套接球的时候，都会叫一声。迪米特里投了两次，摩西两次都没有挥棒就让球过去了。到了第三投，摩西用球棒劈开空气，球棒和球皮相撞的声音像一声枪响。球应声就飞了出去，在左外野上方蓝色的天空中变成了一个小白点。席德和所有人一样，被这精彩的一击，被不落的棒球以及摩西用尽全力像肯塔基赛马比赛里的雄马驹一样跑垒的那一幕惊呆了。我的机会来了。

我偷偷溜了出去，钻进了红色德索托的后座下面，把叠着的毯子从座位上拽下来盖在了自己身上。天热得让人喘不过气来，不过我没等多久就听到席德打开了驾驶座的车门。他握起方向盘，我们就出发了。他开了大概半个多小时才停下，熄了火之后就下车了。车门一关，我就坐起来扒着窗户往外看。我们现在到了一个城市里，停在路边，面前是一排房子，底下是店面，上面是办公室。我所知道的最近的城市是曼凯托。席德沿着人行道往前走，手里拿着一个棕色的皮袋子。走到半截停住了，放下袋子，点起一根烟，又继续走。

我从德索托上下来，保持安全距离跟在他身后。他消失在一个拐角处，我赶忙跑上前去，小心地四下窥探。他在街区中间一个咖啡馆前停下脚步，抽了最后一口烟，把烟头扔在马路上，走了进去。我悄悄溜到咖啡馆的窗子前。

席德正坐在里面的卡座上和人谈话。开始因为席德挡住了我的视线，我看不到对面的人是谁。他往南一指，好像是在指方向，然后打开袋子，掏出一个信封递了过去。他站了起来，说了几句话就转身走了。这时我终于看到卡座上坐的是什么人了，我知道艾伯特说的是真的。伊芙修女太好了，不能是真的。

回到新不来梅，席德把车停在莫罗酒家门前，抓起袋子就进去了。我从后面悄悄溜出来，跟在他身后。他径直走进了伊芙修女的套间，我等了几分钟之后也进去了。他们坐在伊芙修女的早餐桌上。她抬起头来，看到是我，松了一口气。

"欧迪，你在这儿呀。我们以为你丢了呢。"

"我就去镇上逛了一圈。"我说。

她仔细打量了我一会儿。"你还好吗？"

我不好。我气得想向她吐口水，想冲她发火，想冲他们两个发火。但我忍住了。

"我还好，"我说，"但我想去躺一会儿。"

我走进和艾米共用的卧室，关上了门，但留了条缝。我站在那条缝后面听着。

"我告诉他们在得梅因会面。"席德低声说。

"席德，我们没必要这么做。"

"伊芙宝贝，之前你一直听我的，我是不是让你出人头地了？"

"好吧。"她屈服了，但并不情愿。

"这是要给科尔曼签的文件。"

我从门缝里看到他从皮袋子里抽出一份文件，摆在了伊芙修女面前。

"我应该读一下吗？"

"签就是了，宝贝。等我们到圣路易斯的时候一切就都安排妥当了。"

她照他说的签了字，他拿走了文件，放回袋子里，然后把袋子放回了椅子边的地上。这时有人敲门。

"进来。"伊芙修女叫道。

门开了，我听到了小胡子的声音。"帐篷那儿出了点麻烦，席德。"

"怎么了？"

"警察来找人，说有逮捕令。"

"逮捕谁？"

"一个叫帕帕斯的男人。我估计是迪米特里。"

"咱们走。"

"我也跟你去。"伊芙修女说。

我还从门缝往外看，伊芙修女站起来往我们的房间走来。

我赶快跑到床上躺下。她轻轻敲了敲门。

"怎么了？"我回了一声，装作没睡醒的样子。

她把门轻轻推开。"我和席德要去下帐篷那儿，欧迪。你就在这儿等我回来，好吗？我们回来之前别出去，能做到吗？"

"当然，"我说，"出什么事了？"

"不用担心。在这儿待着就好。"

我听到他们离开了。他们一走，我立刻从卧室蹿了出来。席德的皮袋子还放在椅子边的地上。我把它拿起来放在桌上打开。里面装满了文件，有表演的宣传单，也有信封，和他在曼凯托的咖啡馆里给出去的那个一样。我打开了一个信封，看到里面有三张十美元的钞票。剩下的五个信封里也有金额不等的钞票——两个三十，两个五十，还有一个一百——都是十块面额的。在袋子的一个侧兜里，我摸到一把镀银的左轮小手枪。另一个口袋里有一个棕色的大搭扣盒。我解开搭扣，打开了盖子，里面是一个注射器和几小管透明液体。

我和艾伯特跟着爸爸到处送私酒的时候，经常去一个在开普吉拉多开非法夜总会的人那儿。最后一次去他那儿的时候，爸爸怎么也叫不起他来，砸了好久的门他才开。他站在门口晃晃悠悠的，看起来衣冠不整、神志不清。当时他一只手拿着注射器，另一只手拿着一管透明的液体。爸爸看到这个立刻赶我和艾伯特回到卡车上，然后马上开走了。我问他那个人怎么了，为什么不送酒了。爸爸生气地说："我不给瘾君子送酒。"

瘾君子，我心里念着，看着手上的搭扣盒。席德是个瘾君子。这我一点也不意外。

我想过把所有的信封都拿走，但我脑海中出现了艾伯特因为我偷东西而冲我大发雷霆的画面。于是我把钱放下了。但我拿走了装着注射器和毒品的盒子。至少我可以剥夺席德这个违禁的快乐吧。

我离开酒店，到基甸之剑疗愈会架设商店的草坪去了。我看到在大帐篷旁边，席德的红色德索托旁边停着好几辆警车。我离得远远的，潜伏在河边铁轨旁的棉白杨林里。过了一会儿，警察们出来了，迪米特里戴着手铐走在两个警察中间，席德和伊芙修女跟在后面。他坐上了一辆警车的后座，席德和伊芙修女跟警察交谈了一会儿，然后警车就都开走了。席德立刻回到了帐篷里，但伊芙修女自己在那儿站了一会儿，眼睛望着迪米特里离开的方向。她的神情像是一个牧羊姑娘看着自己的羊被狼叼走了。然后她也跟着席德消失在了帐篷里。

我想过去找艾伯特、摩西和艾米，告诉他们我在曼凯托看到的景象，跟他们说我们得赶紧离开，现在就走。但结果我走向了第一次扎营的那片沙地，在这里我第一次听到伊芙修女美丽动人的歌声的召唤，也是在这里她给我讲了她那条伤疤背后的故事。那天的一切都让人难以忍受——暑热、潮湿、背叛感，以及又一个破灭的梦。在河对岸的白桦林里聚集着一群乌鸦，它们的叫声像是尖酸的嘲讽不断传到我耳朵里，在这叫声里我也听到艾伯特的警告一遍一遍在我耳边回响："一个接一个。"

我恨伊芙修女。我相信过她。那些关于上帝、关于她疗愈的奇功、我们和疗愈团一起走向美好生活的这些鬼话我都信了。现在我终于看出她是个骗子，那一切都是假的。我怎么会这么傻？我要心碎多少次才能变聪明点啊？我坐在棉白杨树荫下，看着棕色的河水淙淙而过，不知不觉就哭了起来。那是滚烫的、愤怒的泪水，这么公然地哭让我觉得丢脸，幸亏身边没有别人。

不过很快就有人来了。

"欧迪！"

我听到艾米的叫声，一抬头，她、艾伯特和摩西正从草坪上帐篷村的方向朝河边走来。艾米向我跑过来，张开双臂搂住我，好像之前永远失去了我一样。

"哦，欧迪，我吓死了。"

我看到她也哭了。

"我没事。"我对她说着并赶忙擦眼泪，不想让艾伯特和摩西看到。

"你去哪儿了？"艾伯特走过来的时候质问我，"你从棒球场消失了。我们到处找你，哪儿都找遍了。"

"咱们得走了，"我没铺垫直接就扔出了这句话，"得离开这儿。"

摩西比画，为什么？

我气得声音都哽住了，说不出话来，于是我比画回去，因为我恨伊芙修女。

他们都瞪大了眼睛看着我，好像我突然长了鹿角，要么是长了第三只眼。

"但我们爱伊芙修女。"艾米说。

"你不知道我看见什么了。"

"你看见什么了？"艾伯特问。

"记得你跟我说过伊芙修女身上有经不住推敲的东西吗？我现在知道是怎么回事了。"

我给他们讲了我钻进席德的车后座，跟着他一起去了曼凯托，一路跟到咖啡馆的全过程。还有我看到他把装满了钱的信封交给了对面的人，等他从卡座里出来的时候，我看到了他们是谁。我顿了一下，整理情绪。

是谁？摩西着急地比画。

"你记得当时我们第一晚看表演，坐在头一排那个带着驼背儿子的男人吗？那孩子的背弯得都走不了路了，然后伊芙修女一摸，他的背就立刻直了起来。这两个人当时都坐在那儿。那个口吃得说不出整话的女人，记得吗？她也在那儿。

还有那个把拐杖扔了的男人？是的，他也在。他们都收了表演的钱，也可能是下一次表演的钱。伊芙修女不是要去得梅因吗？这些人也都跟着去。"

他们都盯着我，所有人都跟摩西一样说不出话了。

"还没听懂吗？"我冲他们喊，"她是个骗子。一切都是假的。"

"不对，欧迪，"艾米说，"她是个天使。"

"骗子天使。"我苦涩地说。眼泪又顺着我的脸颊流下来了，但我就任由它淌。

摩西比画着，还有个带着死了的老婆来的人呢？

"但她也没治好那个死了的老婆啊？要不是艾米让我吹口琴，伊芙修女的脸已经被打开花了，不是吗？是谁拯救了那个晚上？"

"但她治好了很多人，欧迪，"艾米争辩说，"不可能都是假的。"

"我看到了好多装着钱的信封。我估计席德每天早上消失，其实都是给帮伊芙表演的人送钱去的。"

那小胡子呢？摩西比画。坪井呢？所有那些人呢？她确实帮了他们。

"或者只是利用了他们，"我说，"直到他们把迪米特里抓走了。"

"我们应该去问小胡子，"艾米说，"他不会对我们说谎的。"

"你怎么知道？你就是个小屁孩。"我话说得很难听，这话从我嘴里一出来，我就看到艾米被伤到了，这让我很后悔。

艾伯特好一阵儿没说话。然后终于开口了："欧迪，小胡子是你的朋友。他要是说谎你看得出来吗？"

我说："我觉得如果我直接问，他是不会说谎的。"

"那就直接问。"艾伯特说。

"好吧，我去。但还有件事。"我从衬衣口袋里掏出那个搭扣盒。

这又是什么？摩西比画。

"席德是个瘾君子。"我打开盒子，给他们看了注射器和小药瓶。

"我不意外，"艾伯特说，"欧迪，把它扔了。"

"我是要扔掉。"

我把盒子扣上，拼命扔得很远。它掉进了河里，连个水花都没溅起来。

"咱们去要个说法吧。"艾伯特说。

第三十章

回到帐篷里，他们告诉我们伊芙修女和席德去警察局救迪米特里了，听说他是因为涉嫌贩卖私酒被抓的。对艾伯特和我来说，这根本算不上犯罪。小胡子一个人坐在大帐篷的舞台上，纤细的手指在琴键上飞舞着。他在疗愈会上弹琴的时候头上不戴东西，但是其他大部分时候，他都会俏皮地斜戴一顶黑色的小软呢帽。我们走上舞台的时候，他扬起紫色的嘴唇，给了我们一个温暖的微笑。

"嗨，巴克。我们很担心你来着，你怎么就不见了？"

"我就是离开一会儿去想事了，小胡子。"

他的手指离开了琴键，仔细看着我，眼睛旁边的皮肤都皱了起来。"不管你想的是什么，看来还没想清楚啊。"

"小胡子，我有个问题要问你，希望你能讲真话。"

他身子往后靠了靠，坐回琴凳上，环视了我、艾伯特、摩西和艾米一圈。当时帐篷里很热，他上嘴唇的小胡子上出了一层细汗，亮闪闪的。"欧迪，有时真相并不可知。"

"你会不会跟我说真话？"

"如果我知道的话。"

"伊芙修女，她真的有疗愈的本事吗？"

"这是哪门子问题？"

"回答就是了。"

"欧迪，我在这个帐篷里看到的奇迹数不胜数。"

"是真的奇迹，还是装出来的？那个脊柱弯了的小孩，还有那个口吃的女人都是假的。"

"啊，"他点了点头，"你觉得你识破了这些人，是吧？"

"我看到席德给他们钱了。"

"他们确实是席德的人。"

"那其他人呢？"

小胡子把手又放在了琴键上，轻柔地弹奏了起来。这首曲子我在广播里听到过，叫《善意的小谎言》。他演奏的时候低下了头，弹了几小节之后从软呢帽的帽檐下面看着我们说："你们得去找伊芙修女聊。"

"但她是个骗子。"

"她有很多个身份，欧迪，"他一边说一边继续弹，"但她不是骗子。"

"她说她能治病，但那都是席德的演员，这就是骗子。"

"欧迪，你还是个孩子，在你看来一切事情非黑即白，但其实不是这样的。去跟伊芙修女聊聊吧，我保证她不会跟你们撒谎的。"

"小胡子——"我还想继续说，但他打断了我。

"听我的，去找伊芙修女吧。"

于是我们到她的帐篷里去等她回来。趁没人在的时候，我自己溜进来过很多次了，但这是第一次和别人一起。他们看到小矮桌上养育箱里的蛇都惊得瞪大了眼睛，但我给他们解释了只有路西法是危险的，其他都是假的毒蛇。"又是谎话。"我说。

没等多一会儿，我就听到伊芙修女在外面和一个跟迪米特里一起做饭的女人说话。她向她们保证说席德会把这事解决的，迪米特里很快就会回来，然后就走进了帐篷。看到我们脸上的表情时，她露出了让人宽心的笑容。

"别担心迪米特里，席德会解决的。"

"我们不是为了迪米特里的事。"我说。

她认真地看了看我，又看了看他们几个。"怎么了？"

"你是个骗子。"这句话一说出来，泪水就在我的眼眶里打转了。我觉得我正在扼杀某些很美的东西，但我试图说服自己，人是不可能扼杀一个从不存在的东西的。

"骗子？"她接受了这个指控，点了点头，然后坐在了梳妆台前的软垫椅子上。"欧迪，把手给我。"

我像一块铁板一样站在那儿一动没动。

"别怕，"她说，"把手给我，对你能有什么坏处呢？"

外面传来做饭的声音，厨房的锅碗瓢盆叮当作响，大家正在给当晚来疗愈会的观众准备餐食。我听到迪米特里发号施令的声音，就知道席德已经把他救了出来。大帐篷里，几个乐手加入了小胡子，开始排练晚上会唱的圣歌《成为我异象》。但我还是没动。

艾米碰了碰我的胳膊："去吧，欧迪。"

伊芙修女把手举到我面前，停在半空中，于是我终于握住了她的手。她闭上眼睛，过了好一会儿才说："我明白了。"然后她放开了我的手，拍了拍椅子，让我坐在他身边。"欧迪，坐下。"

"我不想坐你旁边。"我说。

"我理解。你跟踪了席德，以为自己了解了真相，是吧？"

"我看到他和那些托儿在一起了。你并没有治好他们。"

"我从没说过自己能把人治好，欧迪。我一直都在说能够疗愈的只有上帝，而不是我。"

"那通过你疗愈，行了吧。但并不是这样的，并没有人被治好。你是个骗子，他们也都是骗子。"

"欧迪，你生气了。"她说。

"都是假的！"我冲她大喊，"和这个眼镜蛇一样假。"

我转过身朝放着养殖箱的矮桌走去，想都没想就把手伸进了玻璃箱里，那里面放着的是小胡子说叫曼巴的无毒蛇。我把它抓了出来，它在我手里扭动着，然后我走向伊芙修女，把蛇扔到了她身上。但她毫无反应。艾米尖叫了出来，她从我身边跳开，结果撞上了放着所有养殖箱的矮桌。她摔倒了，把桌子也一并撞倒了。我先是听到玻璃破碎的声音，再下一秒，就传来路西法可怕的响声。

我呆住了，但艾伯特立刻冲了过去。他跨过被撞倒的桌子，把艾米拽了起来交给摩西，摩西一把把她抱在怀里。就在他跨回到安全地带的时候，我听到他痛苦地叫了一声。

伊芙修女起身跪在艾米旁边。她把手放在艾米的肩膀上，快速地检查了一下。"咬到你了吗？"

"没。"艾米摇了摇头，两行眼泪顺着脸颊滑了下来。

"感谢上帝。"伊芙修女说。

然后一个低沉的声音出现了，好像能说话的石头会发出的那种声音。"咬到我了。"艾伯特说。

那一口咬在了他右小腿的上方，他卷起裤腿给我们看，两个红色的伤口在流血。路西法还在翻倒的桌子的另一边噼啪作响，但我们看不到它。摩西突然举起桌子，啪的一声扯下一条桌腿，我看着他在桌面后面一下一下地砸，直到路西法没有了动静。

艾米的尖叫声引来了一些疗愈团的人，其中就有迪米特里和席德。席德看到了被砸坏的桌子、摔碎的养育箱，还有艾伯特露出来的小腿。

"是路西法咬的？"

艾伯特点点头。

"天哪。"席德说。

"现在怎么办？"我哀求道。

"别慌，我有蛇毒血清。他不会有事的。伊芙宝贝，让他保持冷静，别乱动。我马上回来。"

"你去哪儿？"伊芙修女问。

"去酒店。蛇毒血清在我的袋子里。几分钟就回来。"

我突然站不住了。"那个棕色的袋子？"

"对，棕色的。"

"一个搭扣盒子，里面有个注射器和几个小瓶子？"

"对。"他严厉地瞪了我一眼，"怎么了？"

我艰难地吐出几个字。"不在那儿。"

"什么？那在哪儿？"

"在河里。"

"河里？"

"我扔进去的。我以为是毒品。"

"我的天啊，欧迪。"他抓起了我的肩膀。我以为他要一拳把我打倒在地了，结果他只是狠狠推了我一把，低声说："哦，老天啊。"

"席德，现在怎么办？"伊芙修女说。她的语气格外平静，好像在问"晚饭吃什么"一样。

"送医院。赶快。"

席德开车，艾米和摩西坐在前座，我、艾伯特和伊芙修女坐在后面。我能感觉到我哥的身体在抖，但我不知道是因为毒液，还是因为他跟我一样很害怕。

"艾伯特，对不起，"我不停地道歉，"我真的很抱歉。"我想求他说，拜托不要死，但我又不敢说"死"这个字。我甚至不敢想。但这个想法像一个大气球一样占据着我的脑海，把其他东西都挤了出去。我在心里无声地大喊，别死，别死，别死！

诊所就在新不来梅中心广场旁边，是一幢红砖的二层小楼，外面围着白色的尖桩篱笆，门前挂着一个牌子，上面写着：医学博士罗伊·P.菲佛 & 医学博士朱利尔斯·菲佛。我们依次下车，艾伯特在我们中间一瘸一拐地走了进去。门厅有一个小等候区，当时坐着一个穿着花朵图案家居服的妈妈和她的孩子。我们进去的时候门上的铃铛响了一下，很快走出来一个女人，冲我们微笑着。她很年轻，穿裤子。那个年代很少有女人这么穿，尤其在小镇里。看到我们这一大群人惊慌的表情时，她的笑容消失了。"谁是病人？"她问。

"他。"我说着，握起艾伯特的手。

她扫了一眼他那条卷起裤腿的腿，皱了下眉。"怎么了？"

"蛇咬伤，"席德说，"响尾蛇。"

这显然让她很吃惊，不过她很快镇定了下来。"把他带进来。"

她把我们带到一间有检查床的房间，让艾伯特躺下来。"我马上回来。"她说完就离开了。

房间里有个柜子，里面装满各种小瓶子，下面是个带抽屉的不锈钢桌子。旁边还有水池、带金属大灯罩的金属落地灯、木制写字台和椅子，墙上挂着几幅小的田园油画，一扇窗子可以俯瞰后院的玫瑰花园。窗子开着，外面飘来的玫瑰花香盖住了隐约的药味。我从没来过诊所。林肯印第安培训学校有个"医务室"，就是一个有四张床的房间，得了水痘、腮腺炎或者麻疹这些传染病的孩子传染期会在那儿隔离。我、艾伯特和摩西在的那几年里，还有几个孩子死在了里面。相比之下，菲佛医生家的检查室显得有希望多了。

很快那个女人就回来了，和她一起来的是一个约莫六十岁的男人。他穿着一件白衬衫，袖子挽到了胳膊肘，领口系着一个红底白点的领结。他的镜片很厚，镜片后面的蓝眼睛显得巨大。他灰白的头发乱糟糟的，好像刚被一阵大风猛吹过。

"我是菲佛医生，"他说，"这是你儿子吗？"他问席德。

"不是。就是……"席德一时找不到合适的词。

"他是跟我一起的，"伊芙修女说，"我们基甸之剑疗愈会的一个小员工。"

医生挑了一下灰色的眉毛，让我一下明白了他对于伊芙修女和她的疗愈团的看法。不过他说："响尾蛇咬的。确定吗？"

"我很确定。"伊芙修女说。

"孩子，咬在你小腿上了？"医生说着，才终于把注意力转向艾伯特。

"是的。"

艾伯特把腿转过来，让医生看那两道流血的伤口。虽然路西法把它的毒牙扎进我哥的腿上才过了没多久，但他伤口附近的皮肤已经变黑，肿胀了起来，一条毒液一样的东西爬上了他的膝盖，也朝脚踝流去。

"他需要蛇毒血清。"席德说。

"蛇毒血清，"医生干瘪地重复了一遍，"您叫……"

"卡洛韦。席德·卡洛韦。"

"卡洛韦先生，苏县几十年没出现过响尾蛇咬伤了。响尾蛇这东西，就算以前有过，也很久之前就消失了。据我所知，附近都没有蛇毒血清。你真的确定是响尾蛇吗？"

"相信我，肯定是响尾蛇。你怎么知道这里没有蛇毒血清呢？"

"因为这片地方要是有人被响尾蛇咬了就是大新闻，有人能治的话我肯定会知道的。不过，我会让萨米去打几个电话问问的。"他转过身去跟穿着裤装的女人说，"给曼凯托的德科斯泰外科医院打个电话，看他们有没有办法。"他又转身回来检查艾伯特的腿。"也许我们能把毒液吸出来。"他最后说。

他走到不锈钢桌前，打开最上面的抽屉，拿出了一把手术刀，接着从柜子里拿出一个药瓶。他把手术刀放在水池上方，又把药瓶里的东西倒在手术刀刃上。最后他从桌上的一摞白毛巾中拿出一条对折，走回艾伯特身边。

"孩子，把衣服撩到肚子的上面。"我哥掀起衣服的时候医生说，"会有点疼，可以吧？"

"可以。"艾伯特说。

菲佛医生把叠好的毛巾放在艾伯特的腿下面，然后在蛇牙印之间切了两个小口，形成一个 V 字形，鲜血一下就顺着我哥的小腿肚子狂流下来。菲佛回到桌边，从另外一个抽屉里拿出一个缺了针头的注射器一样的东西和一个连着橡胶管的小玻璃球。他把注射器连在橡胶管的一端，玻璃球牢牢吸在他之前做的切口上，然后开始抽注射器，把小玻璃球里面的空气抽成真空。小球里吸满了血，我们希望还能有蛇的毒液。医生把小球拉出来的时候，深红色的混合物涌到了折叠的毛巾上。医生把这个程序重复了三次，最后那条毛巾已经被血浸透了。

完成最后一道程序之后，菲佛给伤处涂碘——艾伯特疼得咬着牙呻吟——这时那个年轻女人回来了。"他们什么都没有，不过建议我给薇诺娜综合医院打电话。山村里还有响尾蛇，他们偶尔会治蛇咬伤。我打电话过去说明了情况，他们正派人开车带蛇毒血清过来。"

"薇诺娜，"菲佛医生说，语气并不抱什么希望，"那要四五个小时了。他们有说等着的时候能做什么吗？"

"试着把毒液吸出来，让他保持平静。"

"就这些？"他看着艾伯特肿胀发黑的小腿，厚厚的镜片后面的眼睛像是一个巨大的蓝色水池，里面装满了疑惑。他用纱布包扎了伤口，然后说："萨米，把他带到观察室去，让他待得舒服点。我亲自去给薇诺娜综合医院打电话。"

现在我哥几乎无法走路了。席德和摩西架着他，跟着那个叫着男人名字还穿裤装的女人，他们穿过一条不长的走道，来到一间有床的房间，让艾伯特躺下了。酷暑之下，他还在瑟瑟发抖，于是萨米给他盖了一条毯子。

过了几分钟，菲佛来到门口对伊芙修女说："能借一步说话吗？"

他们来到楼道上。我站到门边去听他们的对话。

"薇诺娜综合医院的医生跟我说，如果毒液进入他的心脏和肺部，那么他生还的可能性就不大了。即便我们能把他救过来，他的内脏也很可能受到永久性的损伤。他们建议说，如果我们想保这孩子的命，可能要考虑及时把那条腿截掉。"

"及时是什么时候？"

"我也不确定。如果我锯掉那条腿之后有好转，那我们可能就救了他的命；如果锯掉那条腿他还是死了，也没什么损失了。"

"我们不能等血清吗？"

"薇诺娜医院的人说要四五个小时才能过来，那孩子可能等不到那时候了。"

我想象着如果艾伯特只剩下一条腿，他的生活会是怎样的。我记起有一次和艾伯特还有爸爸在乔普林街上走的时候见到的一个人。他穿着一身老军装，只有一条腿，架着拐杖走路。我们经过的时候，他把帽子递到我们面前说："一战的时候，为美国打仗丢了一条腿。能帮帮我吗？"爸爸掏出口袋里的零钱给他，然后我们就继续走了。此时我脑子里全是艾伯特在某个街角举着帽子乞求人们施舍零钱的景象。

我走到走廊里说："不行。"

菲佛对我怒目而视。

"这是他弟弟，"伊芙修女解释道，"欧迪，这可能是救你哥哥唯一的办法了。"

"他不会想一条腿生活的，"我强忍着眼泪说，"那样他宁愿去死。你难道不会吗？"

菲佛看着伊芙修女。"这孩子没有父母能来做决定吗？"

"我们是孤儿。"我说。

"我们应该去问问艾伯特想怎么样。"伊芙修女提议。

"我觉得以这孩子现在的状态，不适合做这种决定。"菲佛回答说。

"问问看吧？"

她回到艾伯特的床边，像是要祈祷一样跪了下来。她握住艾伯特的手说："艾伯特，听我说。"

他把头从枕头上转过来看着她的脸。

"医生认为如果做截肢的话也许能救你的命。"

艾伯特过了好一会儿才回答说："如果不截肢我就会死吗？"

"有这个可能。"

"但他也不确定？"

伊芙抬起眼睛看着菲佛，他耸了耸肩。

"他不确定。"

"我想保住我的腿。"艾伯特说，声音颤抖着。

"好吧。"伊芙修女靠过去亲了一下他的额头。她站起来转头对着菲佛说："你听到了。"

菲佛说："我还得看其他病人，不过我会留意他的状况的。尽量让他舒服点，不要激动。有事叫我。"他和萨米走了，留下我们和艾伯特。毒液还在一步步爬向我哥的心脏。

第三十一章

1932 年夏天那个炎热漫长的午后，我们等待着救命的蛇毒血清的到来，时间的流逝完全成了折磨。

艾伯特的状况越来越差。黑色慢慢在他腿上蔓延，腿上的肉肿得吓人。汗水从他身上的每个毛孔里渗出来，把他的衣服和身下的床单都浸透了。他因为疼痛不停地发出痛苦的呻吟，快到太阳落山的时候，呼吸已经变得很费力了。

另一个医生来了，是菲佛医生的儿子朱利尔斯，刚刚出诊回来。菲佛叫他朱利。原来萨米是他老婆。要不是因为艾伯特的状况让我太过焦心，我一定会觉得他们俩很有趣，女的叫男人的名字，男的叫女人的名字。不过他们俩显然深爱着对方，而小菲佛医生对艾伯特的蛇咬伤也没有比他父亲更好的办法。他提议把艾伯特的腿用冰块包起来，减少肿胀。于是他和萨米一起做了冰敷，但似乎并没有什么用。因为艾伯特太疼了，小菲佛医生只得用吗啡给他止痛。这确实起了些效果，不过也让艾伯特变得昏昏沉沉的。

在艾伯特垂死的房间里，有三张椅子。随着艾伯特状况越来越糟，两个菲佛医生和萨米轮流坐在那儿，我们剩下的人——除了席德，他回到村里去张贴告示，通知大家当晚的表演取消——轮流坐在另两张椅子上。虽然开着窗，但屋里还是让人感到窒息，后院传来的玫瑰花香也无法掩盖死亡的味道。即便到了今天，每当我闻到玫瑰的味道，还是会立刻想到在新不来梅那个临终的画面。我们没在屋里陪艾伯特的时候，就和其他来看病的人一起坐在等候室里—— 一个女人带着个不停咳嗽的小孩；一个男人脖子一侧的甲状腺肿成了球；一对看起来不到二十岁的年轻父母，带着个刚出生的婴儿；还有个男人陪他老婆来，她眼睛上敷着一大袋冰，而他不耐烦地跟萨米解释说是她"在厨房犯傻"。那个男人说话的时候，伊芙修女正坐在我旁边。她开口说道："你踢了你的狗，还怪它长出了瘀伤？"

我实在待不下去了，那男的盯着伊芙修女看的时候，我站起来走出了大门，坐在门廊上挂的秋千上。西下的夕阳悬在地平线聚起的乌黑的云海上。

伊芙修女走了出来，和我一起坐在秋千上。她用脚轻轻地推了一下，秋千就荡了起来。她说："欧迪，你没跟我提。"

"提什么？"

"把艾伯特治好。"

"因为你那都是假的。"放在几小时前，我会把这句话像石头一样扔给她，但如今我心里那团怒火早就灭了，剩下一堆灰烬。

"因为你看见席德去见那些人了？"

"我大概一直都知道吧。艾伯特早就告诉过我，说你有些地方不对劲。你根本治不好病。"

"欧迪，我早就告诉过你了，我从来没说我能治病。我说的一直都是上帝能治病。"

"但并没有人被治好。"我以为我的怒火已经熄灭了，此时又觉得有余烬在燃烧。

"你看到跟席德见面的那些人，他们的那些病痛确实被治好了，只不过不是在那一刻被治好的。杰德和他儿子米奇是上帝在伊利诺伊的开罗治好的；洛伊斯的口吃是在密苏里的斯普林菲尔德消失的；还有古奇——那个挂拐的男人——他的腿在俄克拉何马的埃达又恢复了力气。还有很多你没见到的人也是这样。"

"我不明白。"

"在疗愈会上，你所看到的是他们经历的重现。这是席德的主意。他觉得我们每到一个新的镇子应该，用他的原话说，'驱动一下'。某种程度上来讲，他是对的。"

确实，自从我们第一晚坐在大帐篷里看到他们标榜的疗愈之后，观众就越来越多，如今每晚都座无虚席，有的人甚至得在座位边上站着。每晚都有更多人被治疗，活动结束后，伊芙修女会邀请大家一起去喝汤吃面包，即便是那些没有得到治疗的人离开时也满面红光的。

"欧迪，"伊芙修女继续说，"有的时候，为了让人们能触及并拥抱他们对上帝最深切的信仰，得让他们站在别人的肩膀上。这就是杰德、米奇、洛伊斯和古奇的作用。他们的经历就是其他人可以爬上的肩膀。欧迪，事实证明这是有用的。人们走上前来，握住我的手，我就能感受到他们的信仰有多么强烈。治愈他们的正是这种信仰，而不是我。他们的信仰是一种巨大的、神圣的力量。"

她用鞋尖荡着秋千，我感觉自己被秋千的晃动和她催眠的声音麻醉了。

"杰德、米奇、洛伊斯和古奇，他们都是没有工作、没有家、无以为生的人，和疗愈会一起巡演保证了他们的生计。不过我不得不承认，他们现在为我们做的事本身确实是个骗局。我为这个和席德争论过，但最后屈服的总是我。也许是时候停止了。"

我想起她握住我的手时的那种感觉，便问她："你握住他们的手，就能看到一些东西？"

"简而言之，是这样的，欧迪。我能看到他们去过哪里，现在过得怎样。我能看到他们失去的东西和他们想要寻找的东西。我能看到许多人认为他们的灵魂掉入的那个深渊，有时我可以把他们带回到一个有信仰照耀的地方。"

"怎么做到的？"我看了一眼她被一缕狐狸毛色的头发半遮的伤疤，"和你的受洗有关？"

"也可以这么说吧。"她的手指将过整条伤疤，"这是十五岁的时候，我爸给我弄的。当时我们住在农场，至少在内布拉斯加的沙丘上，那就算是农场了。我们在一片根本不适宜耕作的地上种玉米。他是个苦闷、绝望的人，总有魔鬼压在他的背上。有一天，魔鬼站在了他面前，他打了我妈妈。当我试图阻止的时候，他又打了我。他把一个玉米酒壶打碎在我的脸上，直接把我打晕了。等我再醒过来时，发现自己躺在一个半满的马饲料槽里，妈妈躺在旁边的地上，已经死了。我爸在谷仓的房梁上系了一根绳子上吊了。我离开了那里，走了很远很远，欧迪，然后我发现我爸做的事永远地改变了我。我获得了一种特殊能力，能看透别人的想法和生活。他从我生命中拿走了一些东西，但在不知不觉中也给了我另一些东西。"

"你真的能把人治好吗？"

"我还要告诉你多少次？能治好人的不是我，是信仰。有时我看透一个人的心，我就知道他们信仰不够，而我所做的就是给他们一些精神上的宁静或者洞察力，帮他们走上正轨。"

"就像对那个杀死老婆的男人那样？"

"没错，欧迪，就像对他。"

我把秋千停了下来，面对着她认真地问："如果艾伯特相信，真的相信的话，你能治好他吗？"

她笑得很美。"不是我。"

"行，上帝。"

"你相信上帝吗？"

"我想要相信，真的想。如果你能——上帝能——治好艾伯特，那我发誓，我什么都信。"

"你知道什么是麻风病患者吗？"

我点了点头。

"那你知道耶稣治愈了十个麻风病人的故事吗？"

《圣经》里的故事我知道一些，比如圣诞节、复活节、善良的撒马利亚人之类最有名的故事。但十个麻风病人的故事我还没听过。

"有一天，耶稣走在路上，十个麻风病人叫住了他，求他帮他们治疗。耶稣很同情他们，于是就满足了他们的要求。只有一个人为这个奇迹对耶稣表达了感谢。而耶稣对这个人说：'治好你的是你的信仰。'明白吗？耶稣不要占这个功劳。治愈他的是他自己的信仰。我相信艾伯特可以被治愈，但前提是他的信仰足够强大。而这是我没办法给他的。"

"也许我可以，"我从秋千上跳下来，"我会让他相信的。"

我立刻回到艾伯特躺着的房间里。小菲佛医生正站在他的床前给他检查脉搏。我没和医生打招呼，径直跪在床边，靠向哥哥，对他说："艾伯特，你能听到吗？"

听到我的话，他原本闭着的眼睛睁开了一道缝。

"听我说，这很重要。伊芙修女真的能把人治好，她不是骗子。她是真的有能耐，我向你发誓。艾伯特，你只需要相信就行了，相信上帝，用你的全心去相信。这就够了。艾伯特，告诉她你是相信的。拜托了，一定要告诉她你相信。"眼泪落在了被汗水浸湿的枕头上，我已经泪流成河了。我把艾伯特的手握在手里，狠狠地捏了一下。"你可以活下来的。告诉她你相信。"

伊芙修女跪在床的另一边，轻轻握住艾伯特的另一只手。他勉强睁开一条缝的眼睛又望向了她。她的语气很温柔，好像在哄一只容易受惊的小动物过来吃东西。"艾伯特，这是真的。你是可以被治好的。相信有一个仁爱上帝的存在，这个信仰就在你心里。我能看到你妈妈很早就把他放在你心里了，如今他依旧在那里，艾伯特。往你的内心深处望去，你会看到上帝就在那里，举着他能够疗愈的光明、抚摸和爱等待着你。艾伯特，相信他。用全身心、全部灵魂去相信他，你就会好的。"

艾伯特用无神的眼睛望着她，毫无反应。

"说呀，艾伯特，"我乞求着，"告诉她你相信。"

"艾伯特，放开一切黑暗吧，"伊芙修女低声说，"这会比你想象得容易，那感觉像是放下一个沉重的负担，长出了翅膀一样，相信我。"

"艾伯特，说出来吧。老天呀，快告诉她你信。"

我哥哥的下嘴唇动了一下。他张开嘴，在一声疲惫的长叹中吐出两个字："骗子。"

"不是的，"我大喊，"这是真的，艾伯特。她不是骗子。该死，快相信啊！"

可他又闭上了眼睛，把头转开了，没再说一个字。

"把他治好，伊芙修女，"我哀求着，用拳头擦眼泪，"你可以的。"

她无视我的哀求，对我哥悄声说："没有什么可恐惧的。你未尽的旅程将带你走向一个平和的地方。"

我知道她是在干什么。她探视了我哥哥的内心，知道他的信仰绝不够让他被治愈，于是她唯一能做的就是给他以安慰。她知道他必死无疑。

"别放弃他。"我冲她喊。

"欧迪，他的命运在上帝手中。"她的眼睛像一个柔软的绿色枕头一样，流露出善意。"只有上帝能掌控。"

可是当我跪在我哥的床前，我脑子里能想到的只有一个画面——牧羊人把自己的羊一只一只地吃掉。

白日将尽的时候，在地平线上积聚的暴风雨终于席卷了新不来梅。一道道闪电向城镇袭来，从天而降的雨水之大在诺亚之后就再没见过了。我看着雨水将道路变成河，菲佛医生绝望地看着怀表，我知道血清绝无可能及时到达了。

让艾伯特被蛇咬伤的是我，把死神召唤来的是我，恰巧我还是个可悲的懦夫，实在无法眼看着我哥哥死去，于是我逃跑了。

第三十二章

跑到明尼苏达河的时候，我全身都湿透了。我从诊所跑出来，脑子里空空如也，没有方向，没有目的地，也没有计划。我就是没法待在那儿，眼看着艾伯特面色惨白、毫无生气地躺在病床上。艾米在后面喊我，但我没有回头，甚至没有放慢脚步。我跑，是想逃离那把我撕裂的痛苦，但不管我的腿跑得多快，我也没能逃出去。等我跑到河边，天色已经因为暴风雨而提前黑了下来，湍急的黑色河水挡住了去路，我只得停下来。我坐在被雨浇湿的沙地上哭了起来。我哭干了所有眼泪，抬起头看着仍然电闪雷鸣的天空咒骂了起来："你个浑蛋。"我不用说出他的名字。他自己知道。

伊芙修女找到我的时候，暴风雨已经过去了，至少最大的那一阵儿过去了。天还在下雨，伊芙修女和我一样也浑身湿透了。她的头发全湿了，一缕一缕粘在脸上，雨水顺着她的眉毛、鼻子和下巴往下淌。她坐在我身边，什么都没说，最后还是我先开口了。

"你应该把他治好的。"

"我做不到，欧迪。"

"他说得对，你就是个骗子。"

"我和你说的全是真的，一句假话也没有。我说过我能治好你哥哥吗？"她抬头望着天，好像天堂的泪水掉在她脸上。"我握住他手的那一刻就知道我无法把他治好。"

河水上方的铁轨上开来一辆火车，车厢经过的重量和轰隆声震得我身子下面的沙子在动，火车开走时汽笛声像是一匹野兽痛苦的哀号。

当夜晚再次归于平静，伊芙修女说："现在你觉得自己失去了一切，我能理解。我能理解你此刻身处的黑暗。但即便在最黑暗的夜晚，上帝也会为你点亮一盏灯。你愿意握住我的手跟我走吗？有些东西你要去看看。"

我完全没力气抵抗了。我站了起来，把手交到她手里，像个僵尸一样被她带着走。我们穿过湿漉漉的草地，那里除了基甸之剑疗愈会的卡车之外空空荡荡；经过帐篷村时，我听到小胡子在弹奏一曲格外伤感的《我是否忧郁？》；我们爬上山坡往新不来梅走去，穿过空旷的广场，终于回到了我逃离的死亡之屋。我停了下来，把手抽回来，站在雨里不动了。

"我没法进去。"

"欧迪，我理解。但你必须进去。"

我还没准备好看艾伯特最后一眼。我还没准备好道别。

"我不行。"

她伸出手，雨水汇聚在她的掌心。"相信我。"

她带我进了诊所，穿过走廊回到那个小房间。艾米和摩西都在屋里，还有席德，以及站在艾伯特临终病榻边的小菲佛医生。他挡住了我的视线，让我看不到艾伯特苍白垂死的脸。听到我们进来，医生转过身来，退到了一边。

艾伯特躺在那里，还和我逃跑之前一样，头枕在枕头上，眼睛闭着。伊芙修女放开了我的手，我觉得我大概应该走到哥哥身边……然后呢？明明心里的声音在说这大错特错，你怎么能说出告别的话？明明你内心的一切都在尖叫要坚持，你怎么能放手？

我永远也不会知道答案了。因为下一秒，艾伯特睁开了眼睛，把头转向我说："嗨，欧迪。"摩西冲我比画，医生一直在说他也不知道艾伯特怎么坚持下来的。正常应该根本活不了。说这是个奇迹，没有其他解释了。

那时已经很晚了，暴风雨早就过去了，雨也停了，两位菲佛医生和萨米都去睡了，席德回到了酒店房间，只有摩西、艾米、伊芙修女和我留下来照看艾伯特。我刚逃跑不久，薇诺娜综合医院的车就到了，血清也注射了进去。他的腿还是黑的，但不像之前那样了。一些肌肉组织受到了损伤，导致他余生都会有点跛脚。他还很虚弱，呼吸有些急促，但至少还活着。他现在睡着了，睡得很沉。

萨米给我们几个拿来了折叠床。艾米和伊芙修女睡在艾伯特的房间，我和摩西把床搭在候诊区。我们旁边的桌上点着一根蜡烛，让我能看到摩西的手语。

"是个奇迹，"我小声说，"你相信上帝吗？"

我看得出他脑子里在思考这个问题。我不了解《圣经》里的那个上帝，他比画说。但我了解你、艾伯特和艾米，现在也了解了伊芙修女。我会想起赫尔曼·沃兹，还有艾米的妈妈。我懂得什么是爱。如果伊芙修女说的是真的，上帝就是爱的话，那我想我是相信的吧。

摩西睡了，我看着蜡烛燃尽，然后起身走到外面，坐在了门廊的秋千上。整个镇子现在一片漆黑，万籁俱寂。天空披上了黑色的衣服，用星星加以装点。法院的钟敲了一下。前门开了，伊芙修女走了出来，和我一起坐在秋千上。

"医生说艾伯特本来没法活下来的。他没有死绝对是个奇迹。你之前握住我哥的手，看到他的信仰不足以救他的命。当时你知道会发生奇迹吗？"

"我无法预知未来，只能看到你当时的内心。我能看到你去过哪里，想去哪里。我能看到你在人生的旅途中想要什么，但我看不到最终你能否得到它。"

"那艾伯特想要什么？"

"就是他一直以来想要的，保护你。他心里觉得自己没做到。"

"不是的。"我感觉到眼泪顺着脸颊滑下来，但这是感激的泪水，为有艾伯特这样的好哥哥。我擦干了眼泪说，"那摩西呢？你有没有握过他的手？"

"当然。"

"他想要的是什么？"

"知道自己的身世。"

我脑海中浮现出一个印第安男孩，倒在一个水沟里，旁边是已经死去的妈妈。他的舌头被人割掉了，也不知道自己来自何处。

"那艾米呢？"

"艾米还不知道自己想要什么，不过她以后会知道的。"

"你能看到？"

"我告诉过你我无法预见未来。我只知道我和艾米都了解上帝。"

我们每摇一下，秋千上的链子都会发出一点响声。我终于鼓起勇气，问出了我的下一个问题。

"那我呢？我想要什么？"

"欧迪，你是所有人里最容易看到的。你唯一想要的就是一个家。"

我们在对方的陪伴中轻轻地摇着秋千。我想，在艾伯特濒死而生的这个漫漫长夜之后，和伊芙修女以及她的基甸之剑疗愈会在一起，也许我终于找到了自己一直在寻找的东西。

第三十三章

第二天，艾伯特在菲佛医生的诊所里待了一天，我们轮流陪他。待得最久的是我，摩西和艾米偶尔来替我。那一整天里，只有下午一个多小时没人陪他。我趁着他睡午觉的功夫，跑到镇上的糖果店去了。我手里拿着萨米好心给我的25美分，她自己没有孩子。为了庆祝我哥哥活下来的奇迹，我给艾米买了柠檬糖，给摩西买了甘草糖，给我和艾伯特买了可可软糖。那天晚上，我在他房间里支了一张折叠床，但没怎么睡着。艾伯特辗转反侧，在噩梦中虚弱地叫了几声。我则整夜都在自责把席德装着蛇毒血清的棕色搭扣盒扔进河里的蠢事，好不容易等到天亮。

上午，两位菲佛医生准许艾伯特回到帐篷村去。席德和伊芙修女中午过来接他，并支付了医药费。摩西和艾米也一起来了。我们扶艾伯特上了红色德索托，往草坪开去。

疗愈团原计划在这里待两周的，但伊芙修女和席德决定当晚的疗愈会就是在这里的最后一场，然后我们就会收拾行装去往下一站。席德很激动，他想在最后一场疗愈会上利用艾伯特这个被伊芙修女救了命的小孩给大家炫耀。伊芙修女坚决反对，席德也没再坚持。我以为这事就算完了，结果我又大错特错了。

傍晚时分，小胡子带回来当天的《曼凯托自由日报》，艾伯特成了大新闻。头版讲的是补助金大军的事，一群老兵聚集在华盛顿特区索要政府许诺却迟迟未发的补助金。艾伯特的照片在第二版，旁边就是他被蛇咬伤却奇迹般生还的故事。报道中暗示是伊芙修女带来了这个奇迹。照片上的艾伯特在小病房里睡着，神色安宁，罗伊·菲佛医生站在他床边。这篇报道中唯一值得庆幸的是照片下面的说明上写着，出于保护隐私的缘故，这个孩子的名字被隐去。

我之前从没见过伊芙修女真的生气，但这次她对席德火冒三丈。当时他们俩在她化妆间的帐篷里。打碎的养育箱已经被清理掉了，那几条无毒的蛇也早就爬向了自由。帐篷不隔音，整场争吵我们都听得一清二楚。

"伊芙宝贝，我发誓，这事我完全不知情。"

"别说谎。这满篇都是席德·卡洛韦的味道。"

"好吧，好吧。我是给曼凯托的一个记者打了电话，我跟他说他的读者现在需要注入一点希望。他采访了两位菲佛医生，和他们确认了这个故事的真实性。他还想采访那孩子，不过被我拦下了。"

我猜这一切都是在我去糖果店的时候发生的，我又很后悔把我哥一个人留在那儿。

"不，你只是让他拍了那孩子的照片，然后这事就可以传遍整个南明尼苏达了。天啊，席德，你想什么呢？"

"我想什么？这种奇迹正是我们去圣路易斯所需要的。伊芙宝贝，你会比艾梅·麦克弗森[1]还出名的！"

"席德，我并不想出名，从来都不想。"

"是吗？我告诉你科尔曼和圣路易斯广播的时候，你真该看看你那时的眼神。它们像大钻石一样，对那个未来发出渴望的光芒。"

"席德，我渴望的是帮到更多人。不是为了自己，是为了他们。你还不明白吗？我从来都不是为了自己。"

"伊芙宝贝，听我说，遇见我之前你那就是个破马戏团，其他什么都不是。现在你要去圣路易斯了，就像你所希望的那样，你将被上百万人认识。你能走到这一步全是因为我，因为我知道怎么能得到这些乡巴佬的注意。"

"乡巴佬？你就这么看那些每天晚上来这里寻求帮助的人？席德，现在的世界在巨大的黑暗中，不管什么原因，上帝给了我一盏灯，让我成了一座灯塔。我所做的事情是神

1　艾梅·麦克弗森（Aimee Semple McPherson）是20世纪20年代至30年代的加拿大、美国五旬节运动传福音者和大众媒体名流，并以创建国际四方福音会闻名。

圣的。"

好长一段时间帐篷里只是一片沉默。

"伊芙宝贝，我大概做错了，"席德终于承认，"对不起。"

"你道歉的对象不是我，而是那些孩子，你让他们的未来变得岌岌可危。去吧，"我们听到她说，"我希望他们能原谅你。"

我始终跟席德都合不来，他浑身上下都散发着一种油滑虚伪的味道。他来到大帐篷找到了我们，站在艾伯特躺的折叠床边，手指摸了摸他那黑线一般的小胡子，盯着那片被来寻找希望或者奇迹的人们踩得奄奄一息的草坪。

"好吧，"他终于开口说，"我可能犯了个错。"

"你真是非插一脚不可，"我说，"可谢谢你了。"

"小子，我所有的注意力都放在如何帮伊芙增加追随者上。你不希望这样吗？她是有天赋的。"

"好让你揩走一大半的油水。"我指责说。

"你听着……"

坐在舞台的钢琴琴凳上的小胡子这时打断了他。"承认吧，席德。这孩子说得对。我们都是沾了伊芙修女的光。"

"小胡子，你别多管闲事，"席德厉声说，"我就是想说如果给你们带来麻烦了我很抱歉。不过现在看来还没惹什么麻烦。"

"关键是，还没。"我反驳道。

"好吧，我只是想说句对不起。"

他的道歉像敲破的钟声一样不走心，但我觉得继续讥刺他也没什么意义。他转身离开了帐篷，刚一走我就说："我们得准备离开了。"

"我太累了，"艾伯特说，"只想躺在这儿。"

"早晚会有人看到你的照片，"我告诉他，"然后黑老妖就会来抓我们的。"

艾伯特盯着帐篷的顶棚，虚弱地说："也不一定。"

他看起来太虚弱了，我都不确定他能不能站得起来。他不只是身体上虚弱，蛇咬伤虽然没有要他的命，但蛇毒蚕食了他的精神。一直以来，艾伯特都是那个驱使着我们向前的发动机。如今那黯淡的眼神和单调的声音似乎并非来自我哥哥，而是他仅剩的那具空壳。

"我们得离开这儿，讨论结束，"我说，"我去告诉摩西。"

他正和迪米特里干活，看到我的手语后点了点头，然后就转身对那个大块头的希腊人比画了个手势。那手势并不是我们教给他的，而是他和迪米特里一起发明的。那个希腊人说："你是我见过最棒的工人。"然后他伸出手来和摩西握了一下。"孩子，希望你一切顺利。"

等我们回到帐篷来，伊芙修女正坐在艾伯特折叠床边的草地上，握着他的手。她抬起头来，冲我们笑了。

"席德有缺点，但本心不坏。他和镇上的法官有些关系，现在已经过去想办法在明天离开前保证你们的安全了。我希望你们能留在我身边。"

"伊芙修女，那可是绑架罪，"我说，"席德能摆平吗？"

给他个机会？摩西比画说。

我摇了摇头。"太冒险了。要是不成，艾米会回到布里克曼夫妇身边，你、我、艾伯特得进监狱。我们必须离开。"

我朝艾伯特看了一眼，他曾经一直是我可以依靠的肩膀，如今却紧闭着双眼。

"把我们的东西都收拾好，"我模仿我哥那种命令的口吻对摩西说，"咱们得走了。"

伊芙修女看起来很伤心，但并没有再提出异议。"小胡子，你到我的酒店房间去把孩子们的衣服都放到我的箱子里带过来。"小胡子走后，她又说："摩西，去把你和艾伯特的所有东西都收拾好。我会让迪米特里给你们准备些吃的带着上路。赶快去。"

几小时后，我们都站在大帐篷里，准备离开。艾伯特被摩西搀着，几乎全身的重量都压在他身上。第一批来参加晚上疗愈会的人已经开车到了，伊芙修女和小胡子带我们从后面离开。我们在帐篷后面道了别。小胡子握住我的手，他纤细的手指很温暖，舍不得放开。"孩子，我会想你的。好好练口琴，听到没有？你有音乐天赋。"

伊芙修女跪在艾米面前，对她说："你身上有些非常美好的东西，有一天你会明白的。希望到了那天，我能在你身边。"她对摩西说："我从没见过比你更强壮的人。"她把手轻轻搭到他左侧的胸膛，然后给了他一个拥抱。她对艾伯特说："你会康复的，我相信到那时你就能够很好地带领他们前行了。"然后她亲了一下他的脸颊。最后，她递给我一个小纸袋，对我说："我放了些棉球、消毒剂、纱布什么的在里面。你得保证你哥的伤口不能感染。里面还有其他几样有用的东西。"然后她凑到我耳边小声说："有件事很重要，保证艾米的安全就靠你了。答应我。"我答应了。然后她又说："谨记，这是老生常谈了，但道理没错。你的心在哪儿，家就在哪儿。"

她也亲了一下我的脸颊。正当我们准备离开的时候，我看到了让我希望破灭的东西。那些停在草坪上的车子中间，有一辆我们再熟悉不过的银色富兰克林轿车，那辆车后面跟着弗里蒙特县警长的警车。

"黑老妖来了。"我说着，心怦怦直跳。

"快走，"伊芙修女说，"我来搞定他们。"

我们赶紧逃跑，虽然艾伯特因为太虚弱了，我们不能如我所希望的那样迅速。我们穿过草地和铁轨，躲进河岸边的树林里。摩西、艾伯特和艾米往河边走去，然后摩西朝着他和艾伯特藏独木舟的芦苇丛去了。我在树林中间看着克莱德·布里克曼，这条长了腿的蛇，他从车上下来，又走到副驾驶那边打开车门。然后我看到了席尔玛·布里克曼，干瘦、一袭黑衣，像一根烧焦的火柴一样，这个景象像冰水一样浇在我心上。警车上下来一个大块头、红脸的人，我认出这是恐吓了很多林肯学校逃跑者的鲍勃·沃福德警长。布里克曼夫妇和沃福德开始往大帐篷走，伊芙修女出来迎接了他们。

我看到这就离开了。我跳下河岸，摩西已经把独木舟放在了水面上。他把帆布水袋、毯子、装着布里克曼保险箱里的信和文件的枕套也放在了船里。行李箱里面装满了伊芙修女给我和艾米买的衣服，还有迪米特里给我们准备的一篮子食物，都被摩西扔上了船。艾伯特没法划船，所以他和艾米坐在船中间的毯子上，腿上放着那一篮子吃的。我坐在船头，摩西把我们推到水流中间，自己坐在了船尾。我们拼命地划桨离开这个地方。我希望伊芙修女能够成功误导黑老妖和她癞蛤蟆般的丈夫。

河流绕着新不来梅东缘曲折而过。我们经过了谷物升降机旁的房子和耸立在树林之上的白色教堂塔尖。独木舟从栈桥底下经过，那天碰到伊芙修女在上游祈祷之前，我就坐在这里。我们把这个小镇留在了身后。水流的帮忙，加上我们的划桨，让我们穿过一片片钻出玉米和大豆嫩苗的田地。太阳已经落到了肥沃的河滩边缘连绵起伏的山脊背后，我们穿行在山丘投下的巨大蓝色阴影中间，很久都没人说话。我想，这一方面是因为我和摩西拼命地划桨想逃离，我喘得厉害，根本没法说话。但我知道，另一方面也是因为我们再一次为失去而悲伤。如今我们或许早该习惯这种感受了，但真的有人会习惯心碎的感觉吗？

日光将尽时，我们来到了一个遍布树林的岛。我扭头对摩西喊："我们得停下来过夜。"

摩西用手里的船桨把我们引到岛最顶端的一片沙滩上。我跳出去，把独木舟拉上岸，然后扶艾米和我哥下船。摩西最后才下来，手里拿着毯子和一篮子食物。河流经年的冲刷在沙滩最顶端堆起一面浮木的墙，阳光把它们晒成了白色，看起来像一堆白骨。我在这面浮木墙的背风处给艾伯特铺了一张毯子，他立刻就躺了下来。艾米铺开另一条毯子，摩西打开了食物篮子，里面有火腿三明治、苹果，还有一小罐柠檬水，我们来不及尝味道就都吞下去了。我们坐在迫近的黑暗中，沉默得令人压抑。我感到了所有人心里的悲伤，觉得我得做点什么，于是收集了些浮木生起篝火。艾伯特有气无力地表达了反对——说"太危险了"——不过他实在没有争辩的力气。星星在我们头顶上一点点聚集起来，篝火散发出的光驱走了无边的黑暗。我用口琴吹了些轻快的曲子，似乎让大家稍微开心了一点。然后我把口琴收起来，对他们说："我给你们讲个故事吧。"

第三十四章

一个女人住在树林中的一块空地上。四周的树木又高又密，把阳光完全挡住了。树林里总是很暗，像黑夜一样。经年累月，女人的眼睛习惯了这种黑暗，于是她能够看到别人看不到的东西。她能看到梦想的影子和希望的鬼魂。什么都逃不出她的眼睛。

森林之外的土地上饥荒遍野，疫病丛生。

"欧迪，什么是疫病？"艾米问，蓝色的眼睛在篝火下瞪得大大的。

"就是各种可怕的疾病。"

"欧迪，这是个悲伤的故事吗？"

"你听就知道了。"

一天，四个旅行者来到了森林里的这片空地上，看到了女人住的小屋。他们管自己叫流浪者。

"什么是流浪者？"艾米问。

"就是无家可归的人。"

"跟我们一样。"

"没错，跟我们一样。"

他们中有一个强壮的巨人、一个巫师、一个仙女，还有个小恶魔。女人给了他们食物和住所。她问他们外面的世界有什么新闻，他们告诉她森林之外可怕的状况。他们给她讲巨人曾经如何掷出一块巨石击退恶龙，巫师如何运用法术，仙女如何诱惑猛兽，以及小恶魔如何总是让另外三个陷入险境。

"这故事有点耳熟。"艾伯特躺在那儿说。

流浪者们告诉女人，他们受够了流浪，问能否和她住在一起。但她一眼看到了他们的灵魂，知道了他们为什么会流浪。他们在寻找内心的渴望，每个人的都不同。她知道如果他们和她一起住在森林这个安全区里，他们就永远也无法找到自己寻找的东西了。

于是，她送他们踏上了一场奥德赛般的漫游[1]。

"什么是奥德赛？"

"就是一次漫长的旅行，艾米，充满了各种冒险。"

在森林的最远端有一个城堡，里面住着一个女巫。

---

1 《奥德赛》（*Odyssey*）是古希腊重要的史诗之一，讲述了希腊英雄奥德修斯在十年特洛伊战争结束后，漂泊十年回到故乡伊萨卡的故事。现在"奥德赛"一词在英文等许多语言中用来指代一段史诗般的征程。

"是黑老妖吗？"艾米问。

"不瞒你说，她只穿黑色的衣服。"

"我恨她。"艾米说。

"可以理解。"我说。

黑老妖把小孩锁在地牢里。她施了一个咒语，让自己在大人眼中长得很美。每当有孩子因为饥饿或疾病成为孤儿，他们就会被送到城堡来给女巫照顾。一旦他们进入了石墙之内，就无处可逃了。大人们不知道的是，女巫就是以吃孩子们的心脏为生的。虽然她已经吃掉了好多心脏，但她还是像甘草糖一样又瘦又黑，而且她对心脏的饥渴从不曾减少。在她关孩子们的地牢里，只有高处的石缝之间能透进一点光。每天有很短的一段时间，一小缕阳光会射进地牢，孩子们就会伸出手去感受阳光的温暖。这本不是坏事，但唯一的问题是，这会给他们以希望，而希望会让他们的心脏长大，那正是女巫想要的——被希望喂肥的心脏正合她巨大的胃口。

森林里的女人告诉流浪者们，他们应该摧毁这个女巫。于是他们一起出发去寻找她，同时，虽然他们自己并不知情，他们也在完成内心的渴望。出发前，她给了小恶魔一个药瓶，里面装着有魔力的迷雾。她告诉小恶魔，等到最黑暗的时候，把药瓶打开，放出里面的迷雾。

女巫因为拥有黑魔法，所以知道了流浪者们正在前来，于是她放出一队蛇军去攻击他们。其中一些是响尾蛇、眼镜蛇之类的毒蛇，通过毒液杀人；还有一些是大蟒蛇，它们用身体缠住猎物，把它们勒到眼珠子都蹦出来才罢休。

在到达城堡之前，流浪者们发现了女巫的军队。巨人打头阵，抡起他手里那根橡树那么粗的棍子，杀死了一大片蛇。然后巫师施了一个咒语，让蛇的毒液无法伤害到他们。仙女用翅膀飞到蛇军的上空，朝他们撒下仙土，将很多蛇变成了无害的小虫。但蛇军还是源源不断地袭来，眼看就要把流浪者们淹没了，情况看起来非常糟糕。

这时，小恶魔想起了森林女人给他的药瓶，他拔出塞子，将迷雾散入了空气中。小小的一团云变成了一片巨大的乌云，阻碍了蛇军的视线，于是四个流浪者趁它们看不到，迅速溜走了，把它们远远甩在了身后。蛇军什么也看不见，同时也非常困惑，它们开始内讧，互相厮杀，直到最后整个军队覆灭。

"这个冒险故事结束了。"我说。

"但黑老妖怎么样了，欧迪？"艾米问，"他们把她杀死了吗？"

我用手指碰了一下她的鼻尖说："他们的征程还没结束，但那是另一个故事了。"

夜深了，篝火快要熄灭了，一弯银色的新月挂在岛屿之上的天空中。艾米裹着毯子，安稳地躺在我和摩西之间。艾伯特刚走过鬼门关，还很虚弱，他躺在我的另一边，已经闭上了眼睛。过了一会儿，大家都发出了响亮沉重的呼吸声。我还受着从杀死杰克之后出现的失眠之苦，躺了一会儿，我就轻手轻脚地站了起来，穿过在星星和新月的照耀之下变成灰白色的柔软沙地。河面很宽阔，黑色的河水很平静，绕着小岛缓缓流过。穿过河岸边的树林，远处冒出小村庄的点点灯火。我想象着村屋里的人们，安稳地躺在被窝里，享受着朋友和家人的爱。我曾经很嫉妒他们，但现在不会了。和那些流浪者一样，我也不知道自己将奔向何处，但这不重要，因为我清楚地知道自己的心在何处。

第四部分

奥德赛

第三十五章

我们在明尼苏达河中间那个小岛上待了两整天，让艾伯特得以恢复体力。那面浮木堆起来的墙大部分是由洪水期间被汹涌的河水冲上岸的整棵整棵的树干组成的，如今为我们提供了庇护，也挡住了任何想要窥探的眼睛。不过我们在那儿的时候，河边一个人也没出现过。我又给艾米做了一个袜子玩偶，替代被杰克抢走的鼓鼓。这次我设计了兔耳朵，还拿出伊芙修女给我帮艾伯特清理伤口的棉球系在上面当小尾巴。我用水稀释了一些碘酒，在两个扣子眼睛下面点了一个点当粉色的小鼻子，鼻子两边用黑线缝了三条小胡子。我把玩偶送给了艾米，她很高兴，立刻给它起名叫彼得兔。

伊芙修女把那个装着医用品的纸袋交给我的时候说，她还在里面放了其他几件用得上的东西。我后来打开一看，是五张十美元的钞票，也许是从席德皮袋子里的某个信封里拿出来的。这跟我们在布里克曼保险箱里发现的横财实在比不了，但在那时也不是小数目了。在岛上的第二天早上，我揣着一张十美元的钞票，和摩西一起划船到了河对岸。我去晚上看到灯火的小村庄找到一个小市场，在那儿装满了水袋，买了些吃的。我看到有人在卖夜爬虫的鱼饵，就买了一些，并配了一卷钓线和一包鱼钩。我还买了最新的《曼凯托自由日报》，因为艾米又上了头版。这次是因为联邦绑架法案——也被大家称作"林白法案"——刚刚在国会通过了，也就是说绑架艾米成了联邦罪行，死罪一条。我们可能会上电椅的。

我把报纸递给艾伯特让他自己读，不要惊动艾米。我和摩西已经充分意识到了事情的严重性。唯一让我们稍微放松的是报道里并没有提到伊芙修女和基甸之剑疗愈会。报纸上说，还没有得到任何有关被绑架女孩艾玛琳·弗罗斯特的消息。席尔玛·布里克曼还接受了采访，谈林白法案对她个人悲惨状况的影响。她滔滔不绝地表达对心肝宝贝安全的担忧，说天知道那些变态会对她做出什么事。"不管是谁，"报道引用她的话，"这些罪犯一定是魔鬼的信徒，他们就应该得到这个新法案迅速且无情的惩罚。"

艾伯特说："我觉得我们的营地需要点生气。艾米，你能帮我们采点野花来吗？"

她很喜欢这个想法，蹦蹦跳跳就去了。

"我不明白，"等她走了之后我说，"布里克曼夫妇明知道是我们带走了艾米，为什么不直接说呢？"

"因为那样可能会给他们惹麻烦，"艾伯特说，"我觉得他们想尽可能低调地把我们解决掉。"

"怎么解决？搞埋伏然后把我们杀了？"我开了个烂玩笑，但我看得出艾伯特脸上的表情可不像是开玩笑。

"有件事我没告诉你，"他说，"把枕套递给我。"

我从独木舟上拿来枕套递给他。他把手伸进去，拿出一个黑皮面的小本打开。本子上每页都写满了人名、日期和金额。

"是个账本，"艾伯特说，"都是付款金。沃福德警长的名字在上面，林肯警察局长的名字也在列，还有市长。"

"付什么款？"

"我也不知道。可能是私酒，也可能是别的。"我哥把本子合上，脸色和蛇毒往他的心脏逼近的时候一样难看。"我猜镇上也有好多人希望我们最好永远消失，这个账本就再也不会回来折磨他们了。"

"先斩后奏，"我说，想起了警察曾经对独眼杰克说的话，"但我们现在不在弗里蒙特县了。也许我们应该到附近的警局自首，跟他们坦白一切。给他们看枕套里的那些信和账本，告诉他们艾米根本不想当黑老妖的女儿。"

"那你杀死两个人怎么解释？"

这并不是指责，只是对于我们现实处境的一句冷冰冰的提醒。

他是为了保护自己和我们才杀人的，摩西比画着。

"再加上绑架罪，谁会相信我们？至少会把我们都逮进去坐牢。"艾伯特用死亡之声说着，从被蛇咬伤之后他就一直这样说话。他扫了一眼报纸的标题："可能更糟。"

我们把报纸扔进了火堆。

我拿出蚯蚓和钓线，然后从浮木堆中找出三根直木棍当钓竿。艾伯特躺在一棵巨大的白蜡树的树荫下，它的枝叶伸到浮木墙的上边。我、摩西和艾米站在河边的沙地上。我在每条钓线上系一根小干树枝，当作浮标。艾米作为一个在农场里长大的孩子，将蚯蚓串在鱼钩上对她来说毫无障碍，她在我和摩西之前就把钓线扔进了水里。我们钓了整整一个下午，结果毫无收获。

最后摩西放下钓竿，比画说，我要手钓了。

我突然想起我们到新不来梅之前遇到的那个印第安人福里斯特说的，他给我们吃的鱼也是这样钓的。

摩西模仿虫子的样子摆动手指，给我们形象地展示了他的钓鱼计划。他沿着小岛的边缘，走到一棵被河水切断树根的棉白杨下面。树根露出的部分相互缠绕，形成了一个小洞，里面半灌着河水。摩西顺着一根粗树干爬了出去，身子趴得很低。他把手从树根之间伸进水里，停在了那里。我看不到他的手指，但我想象它们大概扭动着，在肥美的鲇鱼眼里很美味。

艾米一边看，一边担心地悄声说："鱼会吃掉他的手指吗？"

"我估计它们会想吃。"我说着，脑海里浮现出赫尔曼·沃兹那四根半的手指。我不太了解鲇鱼，但我希望它们的牙齿比带锯的那些要仁慈一点。

摩西非常有耐心。在我和艾米的注意力都飞远了之后，他还在那根粗树根上趴着。于是我们留下他一个人手钓，走进了覆盖这座岛的树林中。树的枝叶十分茂盛，宽阔的树冠下面灌木丛生。我和艾米走得很慢。我告诉她我们是在探索这个岛，因为我们是在冒险的流浪者。

"冒险去杀女巫吗？"艾米问。

"还有所有威胁小孩的怪兽。"我宣布道。

我抓起一根藤蔓，从连着的树干上把它拽松了。我试着像《人猿泰山》里的约翰尼·韦斯穆勒那样荡，那是我被允许在林肯学校剧场看的少有的几部电影之一。结果藤蔓经不住我的重量折断了。我一屁股摔在地上，正好落在漆树丛里。我有点呆住了，在那儿坐了一会儿，然后听到艾米担心地叫着我的名字。我转过身去往下一看，就尖叫了起来。

我身边一个骷髅头张着大嘴，用一个阴森的笑容向我打招呼。

第三十六章

摩西跑了过来。一分钟后，艾伯特也来了，还是弱不禁风的样子。他们站在我和艾米身边——我当时立刻从那个骷髅的笑容旁边跳开了——大家都瞠目结舌地看着我们在这个岛上唯一的陪伴。这是一具完整的骨架，从头到脚都完好无损。植物从肋骨中间和空洞的眼窝里生长出来。和岛顶端那堆浮木一样，这具骸骨也被晒成瘆人的白色。好长一段时间，我们就只是盯着看。

终于摩西打了个手势，谁？

艾伯特说："看不出。"

"不是很大。"我观察到。

"跟你差不多。"艾伯特说。

是个孩子，摩西比画着。

"你们觉得它为什么会在这儿？"我问。

"可能跟浮木一样，"艾伯特说，"被河水带到这儿的。"

我又凑近了那具骸骨，这次没那么害怕了。我蹲下来仔细观察了一下。"看。"我指着头骨一边的一处凹陷，旁边是错综的裂痕。"我不是警察，但我打赌是这孩子的头受到了重击。"

谋杀，摩西比画说。

"不要这么快下结论。"艾伯特说。

我又看到骸骨的脚边有个东西，把它拿了起来。这东西深棕色的、很脆，差点就碎在我手里了，但我们都看出了这是什么。

"莫卡辛鞋[1]。"艾米说。

"是个印第安孩子。"我说。这让我想起了比利·红袖。"我们该怎么做？"

"什么也不做。"艾伯特说。

我看着他，至少是他的躯壳。他可能还没从蛇咬伤里恢复出来，虚弱得没力气关心这个，但我觉得并不只是如此。在新不来梅，他一只脚已经踏进了坟墓。在和死亡对视过之后，我觉得他还心有余悸。

什么也不做？摩西比画着，我能看到他少有的怒火正涌上来。

"不管发生了什么，都是很久之前的事了，"艾伯特疲惫

1　一种软皮鞋，美洲原住民的传统鞋类。

地说，"谁知道呢？也许是一百年前了。现在我们什么也做不了。"

我脑子里全是比利·红袖的样子，他小小的身体被迪马寇扔下采石场，被遗忘在那里那么久。"我们不能就这么不管了。"

"那你想怎么办？"艾伯特语气已经很冷酷了，"要不咱们报告给警局？这可是个好主意。"

我们把他埋葬了，摩西比画。

"我可不要碰那些骨头。"艾伯特说。

摩西，一个从不与人起争执的人，此时对着我哥愤怒地打着手势，他是个印第安孩子，跟我一样。如果我当时跟我妈妈一起死在那个水沟里，我会想要个体面的安葬。所以我们现在要给他一个体面的安葬。骨头我来负责。

我和摩西用浮木墙上拿来的棍子在松软的土地上挖坑。挖了三尺之后，地下开始渗水了，于是我们停了下来。摩西把那具骸骨一块块移进去，放在小小的墓地里，按照我们发现时的样子大概摆了一下，让那个印第安孩子看起来像是安详地躺在那里。

我们正要用土把他埋起来的时候，摩西比画说，欧迪，说点什么吧。

我第一反应是，为什么是我说？不过艾伯特显然对此毫无兴趣，但这又是摩西的愿望。

"这个孩子，"我开口了，"就像我们一样。他喜欢映照在脸上的阳光，清晨草地上的露水，林间鸟儿的歌唱。他喜欢跳着石头过河，喜欢晚上躺在沙滩上望着星星做梦。就像我们一样。他也曾有过爱他的人，但有一天他离开了就再也没有回来，那些爱他的人悲痛欲绝。他们发誓不再提起他的名字，直到他回来的那一天。但那天再也没有到来。每天晚上他妈妈都坐在河岸边呼唤他的名字，如果你在夜里仔细听，还能听到拂过河面的风轻轻呓语着那个名字，让他永远被铭记。"

"什么名字，欧迪？"艾米问。

"听今晚的风就知道了。"我说。

摩西弯下腰，朝着墓地比画，我永远不会忘记你。然后他用土把骸骨埋了起来。

之前摩西的手钓被证实很成功，他带回来两条肥美的鲇鱼给我们当晚餐。他用艾伯特的童子军刀收拾了鱼，然后和两周前我们看到福里斯特的做法一样，他把鱼串到木棍上，然后向着篝火斜插在沙土里烤。我们就着我从村里市场上买的面包吃了鱼，还分了一条好时巧克力当甜点。

天黑之后，我们围坐在篝火边，各怀心事地盯着面前的火苗。我在为艾伯特担心，他现在就像个鬼魂一样。但我们埋葬的那具骸骨又让我想起爸爸，他被埋在了林肯镇公墓的穷人墓地里。据我所知，没有任何下葬仪式。他们把他扔进了一个坑里，然后埋了。

我去过两次他的墓地。第一次是在我和艾伯特到林肯印第安培训学校之后不久，被布里克曼先生带着敷衍地去看了一下。他把我们带到墓前，自己离开了一会儿，给我们几分钟独处的时间，然后又匆匆把我们带回了学校。那次我没表现出什么情绪，艾伯特也是。我们就站在那儿低头看着地上立着的一个小标记，像一块孤独的铺路石一样。我没哭，在布里克曼不耐烦的注视下我也哭不出来。

第二次去是我十二岁生日的时候。那时我已经基本记不得妈妈长什么样子了，爸爸的脸也开始变得模糊。我非常不想忘记他，于是从学校溜出来去了公墓。我费了不少劲儿才找到他的墓碑，因为穷人的墓没人打理，疯长的野草已经把墓碑都盖住了。我蹲下来把野草清干净，读出墓碑上的名字，也是墓碑上仅有的东西，然后用了一个小时回忆我所记得的关于他的一切。

他喜欢音乐，也喜欢大笑。我记得每次他弯下腰来抱我，硬硬的胡楂都扎在我脸上。晚上睡觉前他会给我们读故事，他的声音会随着不同的角色而变化。现在回想起来，要是在另一种人生里，他说不定能当演员。他曾经是酿私酒的，妈妈死后，他就帮其他更有权势的私酒贩跑腿。他在奥索卡山区长大，酿玉米酒在那边是个历史悠久的传统，他对于自己的谋生手段也毫不羞愧。他曾经带我们从密苏里一路到明尼苏达去送私酒，我们就在林肯镇外的基列河边露营。那天晚上，我和艾伯特留在河边，爸爸开着 T 型皮卡去镇上送酒，再也没有回来。警长的人马找过来，我们才知道他已经死了。他背后中枪而亡。警方没有解释动机，也没有找过嫌疑人。我爸是个罪犯，死不足惜；我和艾伯特是罪犯的儿子，对我们的刑罚就是受制于黑老妖的生活。为什么把两个白人孩子放到印第安学校？席尔玛·布里克曼的解释一直是："孤儿公立学校已经满员了，所以我们才主动接收了你们。你们应该为不必沿街乞讨而心怀感激。"但科拉·弗罗斯特告诉我们，布里克曼家因为接收了我们，每月都能从政府拿一笔钱。

虽然对我来说妈妈成了记忆中一个模糊的身影，但我还记得爸爸，艾伯特也记得他。我们知道自己来自哪里，知道我们在圣路易斯有个家，有个姨妈想给我们寄钱，用她力所能及的方式照顾我们。艾米对爸妈都有记忆，甚至还有一张全家福能让他们的形象在她脑海中始终如此鲜活。但当我看着摩西盯着篝火陷入深思时，我意识到大概他谁也不记得。我又想起伊芙修女说我们各自都在寻找什么时，摩西在寻找的是"他是谁"。

那天我们早早就躺下了。艾米和艾伯特很快就睡着了，但我还醒着，摩西也睡不着。过了一会儿，他站起来跨过篝火中还在闪烁的小火苗，走向河边坐了下来。我给了他一点独处的时间，然后起身坐在了他身边。

我不想吵到其他人，于是我对他打手势，你在干什么？

过了好一会儿，他终于朝我比画，在听。

河水拍打着沙滩像在低语，我们身后的树林里传来树蛙的歌声，偶尔还有篝火噼啪作响。一阵微风吹过河谷，但我只听到岛上树叶的沙沙声。

我有名字，摩西比画说。

摩西，我比画。

他摇了摇头。苏语的名字，他比画说，然后拼出阿－姆－达－查。

你怎么知道？

是伊芙修女。她握着我的手告诉我的。

是什么意思？

粉身碎骨。来自我一个舅姥爷的名字。他是个战士。

我听着夜晚树叶的沙沙声，想起杰克之前给我们讲过的那个棉白杨的故事。他说棉白杨里长着星星，夜空的神灵摇动树枝，把星星放出来。这么说来，那天夜里神灵一定很想要星星，因为夜空中群星璀璨。

我现在应该管你叫粉身碎骨吗？

他还没来得及回答，我们就听到身后传来一阵混乱。艾伯特大叫："是艾米。"

他搂着艾米，但她还在抽搐。我和摩西坐在她两边，一人握住艾米的一只手，我们也体会着艾米的痛苦。她的抽搐向来不会持续很久，但却让她小小的身体备受摧残，我们看着都是一种煎熬。

她终于停止抽搐，无力地瘫在那里。她睁开眼睛说："他们都死了。他们都死了。"

"谁死了，艾米？"

"我没办法帮助他们，"她说，"我尽力了，但还是不行，已经救不回来了。"

"她是在说那个印第安孩子吗？"我问。

"不止一个，"艾伯特说，"她说他们都死了。"

我低头看着艾米，她眼睛睁着但呆滞无神。"艾米，岛上还有更多死了的孩子吗？"

"我试过了，但毫无办法。"

"试什么？"艾伯特问。

她没有回答，闭上眼睛沉沉地睡去了。我们把她裹在毯子里，一直坐在她身边，直到小火堆完全熄灭，留了一地红色的木炭还发出微弱的光。

"他们都死了，"我重复了艾米的话，"她这话什么意思？"

艾伯特用一根木棍搅动火炭。"她发作时候说的话听起来都像胡话。"

也许不是的，摩西比画说。他转身看着黑暗中覆盖了小岛的树林，天知道那里还藏着什么。

"这地方让我起鸡皮疙瘩，"我说，"我觉得我们该离开这儿了。"

摩西点点头，比画说，明天一早就走。

那天晚上我只睡了一小会儿，但睡得很不安稳。虽然我记不清具体梦到了什么，但梦里充满威胁恐吓。等天蒙蒙亮，我和摩西起身，在第一抹蓝色的天光中收拾行装放到独木舟上。艾伯特也想帮忙，但力不从心。艾米睡得很沉，摩西把她抱起来轻轻放到船上，她也完全没醒。艾伯特坐在被蛇咬伤之前就坐的中间位置上，我坐在船头，摩西将船推离小岛，然后坐上了船尾。我们开始划船。

当时我们还不知道，明尼苏达河的水流将把我们推向让我们眼界大开的未来，那里比黑老妖还要黑暗。

第三十七章

这段河流旁边没有铁轨，目之所及也没有城镇，两岸只有茂密的树林，所以肯定没人能发现我们。第一个早上我们划了很远。艾米在桃色的朝阳中醒来，和往常一样对于前一晚的发作毫无记忆。她看起来精力充沛，满脸微笑，她的好心情以及和彼得兔生动的对话让我振奋了起来，连艾伯特的心情似乎都变好了。摩西没有作声，这是自然，但我察觉到他似乎还没有从发现那个印第安孩子骸骨的事里走出来。

接近中午，我们在一处岸边停靠，旁边有一条小溪流入满是淤泥的棕色河水中。我们吃掉了最后一点我从村镇集市上买的食物。

"你觉得我们逃离林肯学校多久了？"我问艾伯特。

他过了好一会儿才回答。"一个月吧，误差一两天。"

"我们离密西西比河还有多远？"

"还得几天。"他重重地叹了口气。

"离圣路易斯呢？"

"几周，甚至几个月吧。我也不知道。"

"几个月？那也太久了。"

"那你宁愿在布莱索的干草地上干活？"

"我宁愿在莫罗酒家吃饭，在他们柔软的床上睡觉。"

艾米叹了口气，但并不悲伤，倒像是小精灵的语气。"我想做一个骑天鹅的公主。"

"而且只吃冰激凌。"我补充说。

她举起袜子玩偶。"淋巧克力酱的那种。"彼得兔用小兔子的声音说。

"你呢，摩西？"我问。

他背对着我们，正往河里扔石头。他扔得很使劲，每块石头入水都像是一场小爆炸。他没回话。

"说嘛，"我说，"你想做什么？"

他转过身面对着我，脸上的表情吓了我一跳。他比画着，去追查杀了我妈妈的凶手。

这让这场游戏对话结束了。

我们一直划到傍晚，在一块陡岸下面的沙地上扎营。我再次尝试手钓，有了一点收获。我钓上来一条大东西，但绝对不是鲇鱼。那天晚上我做了一根钎子，把那条鱼穿在上面烤熟。那条鱼的肉是白色的，很紧实，非常容易从骨头上剥下来，味道比我吃过的所有鲇鱼都好吃。很久之后我才知道当时钓上来的是一条玻璃梭鱼，明尼苏达河的珍宝。

夜幕降临，我们看到东边的一点光亮，好像是火光。从前和爸爸在奥马哈南边露营的时候我也看过一样的景象，远方的城市把天空点亮了。

"那是曼凯托？"我问艾伯特。

"我猜是的。"他说。

"我们离得不远了，明早就能到。"

艾伯特摇摇头。"我们在这儿待到明天下午，然后傍晚过去。这样不容易被人发现。"

这是从前的艾伯特会提出的计划，这让我受到了鼓舞。唯一的问题是，我们得和心情很差的摩西一起等。我还是头一次见他这样，这让我们都很担心。我想也许我的口琴能帮上忙，于是我吹了些摩西最喜欢的欢快的歌曲，但他在周身建起的那个硬壳毫不动摇。艾米还跳了一段吉格舞，简直可爱极了，但摩西也毫无反应。他这种沉闷简直和艾米的发作一样让人担忧。

第二天早上大家的心情都很差。我在收拾玻璃梭鱼的时候留了一点内脏在河边的沙滩上没有清理干净，结果引来一群黑蝇。它们不仅朝那些内脏奔去，也朝我们袭来。艾伯特骂了我，我也骂了回去。艾米哭了，这激起了摩西的保护欲，他冲我和艾伯特激烈地比画着手势，我都怕他要把手弄折了。

"我才不要陪你在这儿坐一天。"我冲艾伯特发火。

"行啊，"他回呛，"你自己游到圣路易斯多好。"

我气冲冲地走了，先是沿着陡崖，然后穿过一片低矮的白桦树林，朝河岸的反方向走去。我在晚上听到过货车在铁轨上轰隆轰隆地往南去，还有远处汽笛的声音。我走了四分之一英里就走到了铁轨边，然后沿着铁轨往晚上看到光亮的那个城市走去。一路上我都在咒骂我哥，以及让我们不得不抛弃伊芙修女的坏运气，并且咒骂要几周、几个月甚至几年才能到达的圣路易斯，天知道我们还能不能到。我知道警察到处在找艾米，万一抓到我们，一切就全完了。我想也不用非得回去找他们，也许自己走更好。

我走了几个小时终于到了曼凯托，那里的河流和铁路突然转向了北方。这座拥有几千人口的城市沿着河流蜿蜒的两岸而建。河边矗立着大片仓库和工业建筑，一片漫长、高耸、树木茂盛的陡崖在城市之外隆起。市中心商业区建在陡崖之下的平原上，我上次就是尾随着席德来到这里，看到他和一次又一次被疗愈团"治愈"的托儿们见面并给了他们钱。我走进了繁忙的商业中心，看着汽车在路上呼啸而过。在独木舟上待久了，汽车的喇叭声和轰隆声对我来说简直像是袭击。那天中午很闷热，空气都凝固住了，滚烫的柏油马路的味道笼罩在城市上空。

我以前来过城市——圣路易斯、奥马哈、堪萨斯城——但那都是很久之前，如今我什么都不记得了。上次跟着席德到曼凯托时间又太短，我还没来得及搞清楚状况就离开了。在林肯那样的小镇待了那么久，又在新不来梅那个稍大点的小镇待了一阵儿之后，我觉得自己此时站在一个陌生的、毫无亲切感的地方。而且此时的我形单影只——这是我当时最强烈的感受，身边一个人也没有。当我生艾伯特的气的时候，我就想这么一个人待着，但当我真正了解这是什么感受之后，我的心沉了一下，我多么希望回到家人身边啊。

正当我决定赶快回到我们的宿营地的时候，前面的街上传来一阵喧闹声，此时好奇心占据了上风。我循声而去，转了一个弯，发现一大群人正聚集在当地军工厂门前。人群边上有警察在巡逻，我本该立刻转身离开，可是热汤和新鲜出炉的面包香味阻止了我。挡在前面的人墙让我看不到食物在哪儿，但我能从人头上方看到一个人站在军工厂的台阶上，用扩音器大喊着。

"伙计们，"他声嘶力竭地说，"咱们有多少人在法国的泥浆里挣扎过，有多少人在战壕的臭水里蹲过，又有多少人往德国佬的铁丝网上跳过？"

他的问题得到了巨大的回应和欢呼声。

"有多少人眼看着战友被屠杀？"

这一句并没有得到太多应和，但还是在人群中掀起了阵阵涟漪。

"他们当时对我们这些侥幸生还的人是怎么承诺的？说要

奖励我们酬金，来弥补我们所见的或者经历过的惨剧。但他们又说要等等钱。我们等不了。我们又没有工作，不是吗？"

人群中异口同声地呼喊着"是"，从他们的打扮也不难看出。

"我们没有地方住，一家老小都在挨饿，不是吗？"

这戳中了人群，他们举起拳头高呼："是！"

"现在我们需要钱。今天就要，等不到多年之后。妈的，等不到那时我们就饿死了！你们同意吗？"

从人群发出的赞同的呼喊中听得出，他们同意。

此时，警察介入了。他们手握警棍从小巷和便道涌入，把人群冲撞开。人们被分散开来，不知所措地乱跑乱撞。

"你，警官大人，你在法国打过仗吗？"那个拿着扩音器的人大喊。

我估计没有，因为被他叫到的那个警察直接用警棍给他脑袋来了一下，他应声倒下了。

场面一片混乱。我被逃跑的人群推着撞上了一面砖墙。我爬进一个安全的凹进处，原来是个印刷厂的门口，我蜷缩在那里直到整条街被清空了。有个人从店里探出头来，冲我喊："小孩，快走，别在这儿逗留。"

我赶快回到铁轨那里，顺着铁轨出了城，想赶紧回到早上离开我哥、艾米和摩西的地方。此时我只想回到家人的庇护之下，想得到家人爱的安慰。我们当然有时也会对家人生气，会对他们大喊大叫，但至少我们从不会用警棍互殴。

等我回到早上离开的铁轨时，已经接近黄昏了，影子被拉得很长。我回到前一天晚上在河边陡崖下面露营的地方，心中充满了重聚的喜悦。

可等我走到露营的那片沙地时，我身边还是空无一人。他们都不见了。

第三十八章

二十四岁生日那天，我蹲在法国布雷斯特一间被炸得只剩空壳的咖啡馆里，任凭德国子弹在我身边飞来飞去。当时我吓坏了，但说实话，和我十二岁那年站在明尼苏达河边那片空无一人的沙地上时感到的恐惧相比，这算不了什么。当时我以为自己失去了唯一的家。

之前点的篝火还在冒烟，沙子还保留着我们前一晚躺过的痕迹，但沙地上的人都不见了。我的第一反应是艾伯特太生气了，于是说服其他人抛弃了我。但他是我亲哥，这也不是我们第一次吵得不可开交了。不管我做了什么过分的事情，他都不可能就这么抛下我。我四下寻找一个标记，像摩西上次在基列河上留下的那种指路标。我没找到这个，反而看到了些令人不安的东西——河边潮湿的沙地上有许多大脚印，比摩西的还要大。我仔细观察沙地上的脚印——艾米的小脚丫很容易发现，艾伯特和摩西穿着一样号码的红翼靴，脚印跟我的一样，就是更大点。但旁边还有其他鞋印，看起来是大人的码数，还有狗的爪印。有人来过了，不止一个。出事了，艾伯特、摩西和艾米只好逃跑。

可是逃去哪儿呢？

我看着这条河，棕色的河水向东边的曼凯托流去，我猜这是他们唯一的去处了。

我用了整个下午沿着河走到曼凯托郊野，但还是没有找到我的家人们。那时候太阳已经要落山了。我又累又饿，也很沮丧。我已经一心认为哥哥、摩西和艾米并没有逃走，而是被抓走了。黑老妖动用了某种黑魔法找到了他们，但来抓的时候我正好不在。这可算不上什么好运气，只是让我孤身一人了。

我走上了横跨明尼苏达河支流的栈桥，往北几百码，能够看到河流交汇处。我坐在枕木上，把脚垂下去，想理清楚我现在的处境。艾伯特和摩西可能已经被关起来了，我想，直接放弃算了。他们能对我怎么样？能把一个十二岁的小孩送上电椅吗？如果艾伯特要上电椅，那我也一起好了。至少我们能一起死。

当我正陷入痛苦的深渊时，听到了让我心里轻快的声音——河流下游的树林里传来尖细的口琴声。我知道这曲子，叫《阿肯色旅行者》。我从衬衣口袋里拿出我的口琴，开始吹这首曲子的复调。另一个声音好像因为吃惊停了下来，然后又继续演奏起来，我们一直合奏到曲子结束。我从栈桥上爬下去，往传来音乐的树林里走去。

两条河流交汇处有一个临时建筑组成的小社区。建房子用的材料都可以在城市的垃圾堆里找到——纸板、金属片、波纹壁板、废木头、木箱子。有一些坡屋是用浮木搭的，油布做顶棚，四处还散落着一些帐篷。这个村子是在巨大的无奈下建起来的，村子的样式和建筑都是由富人遗弃的废品决定的。人们生火要么是在劈开的木桶里，要么直接在空地上，空气中弥漫着食物的味道。

口琴的声音还在召唤我，我在帐篷之间穿行，经过时人们会从他们的炊火上抬起头，或者透过他们简陋住所的门看我。

最后我来到一个印第安的圆锥帐篷前，长树枝搭成圆锥形的骨架，外面用帆布盖着，位于靠近大河的高草地上。帐篷旁边停着一辆老旧的皮卡，后车厢上堆满了家具之类的东西。帐篷门口有一个石头的生火圈，火烧得很旺，上面架着一口黑色的大锅。炊火周围有三个大人坐在矮木箱上，其中那个男人矮胖、光头，皮肤黝黑，正拿着口琴在吹。我的到来让他们都转过身来面向我，那个男人也把口琴放下了。他们盯着我，眼神里并没有敌意，反而像是预料之中一样。

"我也吹口琴。"我小声说着，拿出口琴给他们看。

"之前那个是你吗？"他问。

"嗯哼。"

他旁边坐着一个女人。他们两个看起来差不多是我父母的年纪，但她的脸比男人更饱经沧桑。她一头细软的金发披在肩膀上，脏兮兮的。她穿着一条布袋棉裙，虽然很旧但图案丰富，上面印着芭蕾舞演员和蝴蝶。她脚上是一双破旧的工作靴，似乎没穿袜子。

吸引我注意力的是一个很老的女人，满脸褶皱中两只深色的眼睛认真地看着我。她穿着一条到脚踝的裙子，外面披着一条披肩，嘴角叼着一支玉米棒烟斗。

"你一个人吗？"她的声音意外地温柔。

"是的，夫人。"我说。

"父母呢？"

"没了。"

"孤儿？"那个年轻点但很沧桑的女人说。

"是的，夫人。"

"有人和你一起来吗？"老奶奶问。

"没有，夫人。沿着铁轨走过来的。"

"当流浪者年纪也太小了。"另一个女人说。

"现在很多小孩都是一个人了，萨拉，"老奶奶说，"世道艰辛啊。孩子，你吃东西了吗？"

"今天早上吃了一点。"

"那你跟我们一起吧，汤快好了。"

"比尔奶奶。"那个男人说。

"鲍威尔，我们匀给这孩子点汤总可以。"老奶奶说。她下半张脸的皱纹变成了一个微笑。"他或许可以用音乐付点饭钱。"

后来我才知道，鲍威尔·斯科菲尔德、他老婆萨拉还有他丈母娘爱丽丝·比尔失去了他们在堪萨斯州斯科特县的农场，于是动身去芝加哥，因为比尔奶奶有亲人在那边，斯科菲尔德想去那儿找工作。后来卡车引擎出了毛病，但他们没钱修——甚至连加油的钱都没有——他们在这个拼凑起来的村子已经待了一周多了，他们说这儿叫胡佛村。当时到处都是胡佛村，这也是我后来才知道的。和这里的很多人一样，斯科菲尔德当初听说当地的罐头厂在招工才来的，结果却完全是谣言。现在他们被困在这里了。

斯科菲尔德太太搅动着黑色大锅里的汤说："鲍威尔，你去把梅贝斯和孩子们叫过来吧，告诉他们晚饭好了。再去告诉格雷船长一声，欢迎他也来吃，自带碗勺。"

那个男人站了起来。他个头不大，但看起来很结实，他的胸肌和手臂肌肉因为常年的农场劳作而十分发达。他步履沉重地穿过临建房，往孩子们玩耍的声音那儿走去，我刚到这时就听见了。

比尔奶奶警惕地看着我。"你叫巴克·琼斯是吧？"

我跟他们说这是我的名字。我现在有点喜欢这名字了。

"和那个西部片的明星同名？"

"是的，夫人。"

"这样啊，"她说着从头到脚打量了我一番，"你的衣服都很好，如果我没看错的话，那是双红翼靴吧，几乎是新的呢。多疑的人可能会觉得你是从家逃出来的。"

我也算是逃出来的，不过更像是个逃犯。

"我没有家可以逃，"我说，"我爸爸四年前死了，妈妈在这之前好几年就死了。"

"没有其他亲人了吗？"

"有个姨妈在圣路易斯。我们就是要去那儿，不，是我要去那儿。"我连忙改口。

"圣路易斯还很远呢。"她说。

"要好几周。"我表示同意。

"你就一个人，连行李都没有？"

"就我一个人。"

斯科菲尔德太太尝了一口汤，从裙子口袋里掏出一个小袋子，捏出点什么东西放了进去。"这听起来真是……"她顿了一下，手放在滚开的锅上方。"勇敢。"她终于说。

比尔奶奶笑了。"我想的是真是疯了。但看看我谨小慎微地活了 70 年，结果怎样呢？"她从嘴里取出玉米棒烟斗扔了出去，一条长长的抛物线划过胡佛村所有不堪一击的住所。

"看看他们。大多数人对于即将发生的事情毫无察觉。太多事情在我们的掌控之外了。"她对我露出微笑，"所以啊，巴克，我是最不该说你疯了的人吧。我只想说，愿上帝与你同在。"

斯科菲尔德先生带着三个孩子回来了，其中一个女孩跟我差不多大。她穿着一件男孩的衬衫，一条打了好几块补丁的男孩的棉布裤，光着脚。她冲我害羞地笑了笑，就立马跑去帮她妈妈做晚饭最后的准备去了。她叫梅贝斯·斯科菲尔德，虽然穿着一身男孩子的衣服，我还是觉得她是我见过最美的女孩。另外两个是双胞胎，八岁，叫莱斯特和莉迪娅。一个高个子的人隔着一段距离，跟在她们后面，一瘸一拐地往灶火这儿走来。等他走出树荫，完全暴露在晚上的光亮之下，我才发现这人我见过。他就是那个拿着大扩音器鼓动人群中的其他老兵起来反抗，去要本已承诺给他们的兵役补贴的那个人。他一边脸上有一道深色的瘢痕，让我记起他被警察用警棍狠狠揍了一下。但我不知道他为什么瘸了。

"在阿尔贡没的。"他说着敲了敲右腿的裤腿，听起来像是木头的声音。

我们那时已经开始吃饭了，我在饭桌上了解到斯科菲尔德家和鲍勃·格雷船长的故事。梅贝斯和双胞胎坐在篝火的另一边，她头发的颜色和妈妈一样，像是布莱索干草地上晒干的苜蓿那种浅金色，但她的头发比她妈妈的更柔软干净。每次我和她对上眼神，她都会立刻把视线移开。当时我还搞不懂为什么，但这个简单、矜持的动作俘获了我的心。

"这雨并没有像本应该的那样下。"斯科菲尔德先生说。他喝完了汤——非常好喝的蔬菜鸡汤——气呼呼地把一根木棍扔进了火堆里。"过去这两年，玉米就是长不起来。我没东西喂牲口，它们饿得皮包骨头。我去借款的时候银行让我滚蛋，然后就收走了农场。一群浑蛋。"

"也有别的原因。"比尔奶奶说。

"是啊，那才是关键，"他突然站了起来，"我还有事。"然后大步往黑漆漆的树林走去。

比尔奶奶看着他的背影说："他就会怪旱灾。"

"妈妈。"斯科菲尔德太太提醒她。

"我就是说我们也认识好多农民，人家就有办法。"

格雷船长——他喜欢别人这样叫他——给自己找了个任务，要去招募男人和他一起到华盛顿特区去，和其他上千名老兵一起索要应许给他们的补贴。

"明尼苏达有好多我们这样急需用钱的人。我们不是要施舍，而是本来就应给我们的钱。政府应该说话算话。"

"我觉得政府和组成政府的人表现得没什么不同，"比尔奶奶叼着烟斗说，"一说到钱，人们总是没教养、没良心。"

吃完饭之后，比尔奶奶说："孩子们，收拾饭桌。巴克，你答应我们要吹口琴。"

"你会吹口琴？"格雷船长说，"我包里有个手风琴，可以一起来吗？"

"可以啊，"我说，"要我帮忙收拾吗？"我问萨拉·斯科菲尔德。

"谢谢你，巴克，不过我们收拾就行了。你想想吹什么吧。"

我看着梅贝斯帮她妈妈收拾。她带着母亲般的耐心指挥那两个小的，动作像猫一样优雅，而且不知为何，她那双没穿鞋的纤细的脚丫，因为被太阳晒又沾满泥土而变成了棕黄色，可在我看来却格外美丽。我想找一首能打动她的歌，最好是可爱又抒情，但也要有点忧伤，有点孤独，因为这就是我当时的感受，我希望能传递给她。最终我选了《情人渡》。

格雷船长回来了，他不但带来了六角手风琴，还带回来一块很大的白木板，上面写着"胡佛村"这三个黑色的大字。但这几个字被红色的漆划掉了，底下改成了"望福村"。

"这个牌子在我屋边的树上挂太久了，"格雷船长说，"我觉得是时候起一个明快点的名字了。比尔奶奶，你觉得呢？"

"我觉得现在这个正好，格雷船长。"她说。

我们一起演奏了几曲。我会的曲子比他多，但也有几首我们俩都会。我们这边的音乐声吸引了不少人从他们的小屋里出来，聚在篝火旁。这时奇迹发生了，至少在当时的我看来是一场奇迹。有个男人拿出一袋姜饼发给了在场的小孩子，又有人拿出一大罐苹果汁。接着苹果片、芝士、面包都出现了。我和格雷船长一边演奏，几个听过曲子的人跟着唱了起来。聚在这里的大家，虽然都很贫穷，却也能互相分享食物。

终于，斯科菲尔德太太说："天不早了，孩子们该睡觉了。"

"最后一首，"我说，"一首特殊的曲子。"

"好吧，就一首。"

我按照心里的计划吹起了《情人渡》。在曲子的最后，我看了一眼篝火另一边的梅贝斯·斯科菲尔德。她的眼睛像两颗湿润的蓝色珍珠，还带着露水。她冲我莞尔一笑，我的心突然就敞开了。

第三十九章

莉迪娅和莱斯特回到斯科菲尔德家的圆锥帐篷里睡觉前，比尔奶奶拿出一本《圣经》。这是一个比较旧的版本，用红褐色的上好皮革装订，页面还镶着金边。

"巴克，你认字吗？"

"认字，夫人。"

"你能读一段来结束我们这一天吗？这是我们家的习惯。虽然现在的境况看起来很困顿，但我们觉得上帝还没有抛弃我们。"

当我在基列河上开始这段旅程的时候，我坚信有神的存在，但我信的是不一样的神，是那种会降下灾祸的神。如今我的恐惧还在，我觉得那个神依然存在，他黑暗、法力无边、伺机而动，他就是那个会吃自己羊群的牧羊人。但伊芙修女向我展现了另一种上帝供我思考，当比尔奶奶递给我《圣经》的时候，我不再觉得自己读出的是谎话了。我选了《诗篇》

第二十三篇，因为这是我最熟悉的一段。

读完之后，比尔奶奶说："选得非常恰当，巴克，很符合我们现在的处境。晚安，孩子们。"

斯科菲尔德太太把两个小孩赶到帐篷里去睡下。我在把《圣经》交还给比尔奶奶的时候，看到最前面的书页上有手写的名字和日期。

"这是我们的家谱。"老奶奶解释说。她把自己坐的箱子挪到我身边，手指划过每一页，给我解释她的家谱。从第一个名字和日期——埃兹拉·霍恩斯比，1804 年 9 月 21 日——到最近的名字——莱斯特·斯科菲尔德和莉迪娅·斯科菲尔德，1924 年 5 月 18 日。从她的解释中我还懂了一件事，就是那个圆锥帐篷的由来。她爸爸西蒙·霍恩斯比在达科他的苏族领地当圣公会传教士，所以她在那里长大，了解到了这种简单房屋的美和实用性。

我盯着这些纸页上牢固的家族地图，心生羡慕。这些人知道他们是谁，来自哪里，也明白他们的生活是如何被一张庞大的家族网编织起来的。而我呢，就像一根线无依无靠地飘着。

比尔奶奶把《圣经》放在腿上。"你今晚准备在哪儿过夜？"

我一直集中于整晚的各种活动，完全没想这件事。"我大概就找块茂密的草地躺下睡吧。"

"梅贝斯，拿条毯子来给巴克。"

"不行，夫人，我不能要。"我说。

"你可以，而且必须要。梅贝斯？"

女孩走进圆锥帐篷，拿出一条叠好的毛毯。正要递给我的时候，她爸爸摇摇晃晃地回到篝火边，一屁股坐在木箱上。我认得出这种眼神，而且他满身威士忌的味道。

比尔奶奶问："你拿什么买的？"

"什么？"他强装无辜地说。

她上下打量了他一下，他垂下了眼睛。

"我的口琴，换的。"

斯科菲尔德太太从帐篷里出来，看到她丈夫满脸懊悔地坐在篝火旁。我以为她要冲他发火，结果她却把他搂在了怀里。他像个小孩依偎着妈妈一样把头靠在她肩膀上，闭上了眼睛。她给了比尔奶奶一个眼神，当时的我还不懂这个眼神的意思，但如今想来那眼神中是深刻的母爱，是从深厚的忍耐中散发出的力量。走过一生，我才明白这种力量并非萨拉·斯科菲尔德所独有，我在其他女人身上也看到过。她们受尽苦难却从未失去希望，也没有失去宽恕那些心灵受伤的人的能力。

"宝贝，咱们去睡觉吧。"她说着，把他带进了帐篷里。

"梅贝斯，你去帮巴克找一块舒服点的地方过夜吧？"比尔奶奶说，"我在这儿等你，不要太久。"

我们走出了篝火的光，但并没走太远。那天只有四分之一的月亮，所以晚上很黑。岸边长得很高的草丛渐渐被沙子取代，我在斯科菲尔德驻扎地十几码远的地方找了块空地，把毯子铺在沙滩上。当时漫天繁星，银河系像是在天空中划出的一道柔和模糊的曲线。

"如果你愿意，我可以陪你一会儿，"梅贝斯提议，"这儿还挺吓人的。"

"我不害怕。"

"我没觉得你害怕。"她说。

我们坐在毛毯上，梅贝斯盘腿坐着，用手摸着膝盖上的一块补丁。

"我之前有条很漂亮的裙子，"她说，"蓝色的。但我送给别人了。"

"为什么？"

"贾妮·鲍德温比我更需要它。当时她在镇子里的一个花园里摘草莓，其实是偷，结果被一条狗攻击了，身上的裙子几乎完全被狗扯掉了。鲍德温家比我们家还穷。"

"你家人真好。"

她回头看了一眼篝火的光说："我很担心爸爸。"

我想起了我爸爸，他就是靠给鲍威尔·斯科菲尔德这样的人供酒为生的。我不知道该说什么。

"这颗星星是我的。"她指着北斗七星勺子最上面的那颗星星说。

"你的？它属于你？"

"是我认领的。天上的星星比地上的人多，所以足够分的。我要这颗是因为，如果你把它和下面的那颗连起来，顺着那条线就能看到北极星。它能告诉我我在走向哪里。哪颗星星是你的？"

"你那颗下面的，"我说，"和你的连起来就能找到方向的那颗。"

我们仰望着自己的那颗星星，直到梅贝斯说："我该走了。"

"谢谢你的毛毯。"

我以为她就要走了，但她又待了一小会儿。"你多大了？"

"十三。"我说，实际差得不算多。

"我也是。你知道《罗密欧与朱丽叶》吗？莎士比亚？"

我是从科拉·弗罗斯特那儿知道这个作家的。我模糊地记得故事情节，两个人相爱但并没得到好结果。

"朱丽叶当时就是十三岁，罗密欧也没大多少，"她说，"那个年代大概人们都很早结婚。"

那天晚上隔着篝火看梅贝斯·斯科菲尔德的时候，我就想亲她，而且已经在脑子里想象那会是什么感觉了。

"晚安，晚安。离别是如此甜蜜的悲伤，我将晚安一直说到天亮。"

在她话音落下后的一片沉静里，我望着那泛着星光的幽幽河水，再次想象亲吻梅贝斯·斯科菲尔特的感觉。

"巴克？"

我把脸转向她，她向我靠过来，把嘴唇贴在我的嘴唇上，但很快就分开了。然后她站起来，跑回她家的营地去了。

那天晚上，我躺着看天上那两颗在我脑海中再也不会分离的星星，心里充斥着从未有过的爱火，这种烧灼非但不疼，反而带来无尽的快乐。"梅贝斯。"我大声说出她的名字，舌尖感到无比甜蜜。

然后我想到艾伯特、摩西和艾米，就又害怕了起来，我怕自己永远地失去了他们。刺中我的不只是恐惧，还有内疚，因为和斯科菲尔德家一起时我竟然短暂地忘掉了他们。对他们来说，我算什么家人啊？

新改名为"望福村"的人们起得很早，我还在毯子上翻身的时候已经闻到了生火做饭的味道。我坐了起来，望着倒映着玫瑰色天空的宽阔河面，心里知道自己这一天该做什么。

斯科菲尔德太太自己生起了火，火上架着放了一半水的黑色大锅，炉火边的灰烬里放着一个焦黑的咖啡壶。其他人似乎都还没起，斯科菲尔德太太自己坐在那儿，手里端着一个蓝色的陶瓷杯，还冒着热气。她看到我就冲我笑了。

"巴克，你一直都起这么早吗？"

"有事要做的时候就会。"我说。

"你喝咖啡吗？"

我没喝过，但我现在快十三岁了，搁在以前都够年龄结婚了，那估计我也够年龄喝咖啡了。

"喝的，夫人。"我说。

"从卡车后面的红箱子里拿个杯子来。"

卡车的后挡板已经放了下来，上面放着一个红箱子，里面是各种锅碗瓢盆。旁边挤满了斯科菲尔德家从堪萨斯带来的各种东西。我从箱子里拿了个杯子，斯科菲尔德太太拿起焦黑的咖啡壶给我倒了咖啡。这东西很苦，完全不合我口味，但我把它当作珍馐一样露出满足的笑容，并向她表达了感谢。

"巴克，你有计划吗？"

"我要去找几个朋友。"

"在这附近？"

"可能吧，"我说，"我希望是。"

"你准备去哪儿找？"

我前一晚大部分时间都在想这个问题。如果警察真的把我家人抓了，那他们可能就会到附近的曼凯托来处理这个案件。我想去警察局一探究竟。除此之外，我并没有别的计划了。

"就这附近。"我说。

"附近也是好大一块地方呢。他们会在望福村吗？"

"我觉得不会，夫人。他们要是听到我的口琴声，肯定会立刻跑来的。"

比尔奶奶从帐篷里走出来，她灰白色的长发在睡了一宿觉之后乱糟糟的。大清早的她看起来像是一棵被暴风雨吹垮的老树。她直起腰来，骨头像鞭炮一样嘎巴作响。她看到我也冲我笑了笑。

"睡得好吗？"

"很好，夫人。再次感谢您的毛毯。"

"应该的，巴克。人们就得互相帮助。哎哟，哎哟，咖啡味道可真香。"

接着起床的是梅贝斯。她出来之前肯定梳过了头发，她的头发又长又柔软，完全没有刚睡醒的痕迹。

太阳刚刚升起来。新一天的阳光穿过树林，让梅贝斯周身散发着金色的光。看到此景，我的心脏又怦怦直跳。

"妈妈，我该干点什么？"她问。

"我们需要燕麦片和糖浆。"斯科菲尔德太太说。

梅贝斯朝卡车走去，比尔奶奶说："巴克，你帮她一下。"

我们站在放下来的车厢挡板旁边。梅贝斯说："我昨晚梦到你了。你梦到我了吗？"

"梦到了。"我并不是完全在说谎，虽然我没有真的梦到她，但我脑子里一直在想她，也一直在想象再亲她几次。

"那个箱子，"她指着说，"你能把它拉到这儿来吗？"

那是个瓦楞纸箱，里面放着各种罐头和罐装的保藏食物，都不是从商店买的。

"这都是你做的吗？"我问。

"主要是妈妈和比尔奶奶做的，但我也帮忙了。大多数都是我们在堪萨斯的院子里种的。"

她拿出一罐琥珀色的液体，是糖浆。

"还有那个箱子。"她指着另外一个箱子说。我把它拉到后挡板上，她从里面拿出了一个圆盒装的桂格燕麦片。

这时双胞胎也起床了。又过了好一会儿，斯科菲尔特先生才出来。他出现的时候比尔奶奶已经做过了饭前祷告，我们都开始吃饭了。斯科菲尔德先生一言不发地坐在了他妻子身边，她给他舀了一碗热麦片。

"巴克，"他说，"你今天能帮我个忙吗？"

"干什么？"比尔奶奶说。

"我得试试把那个卡车的发动机修好。"

我看到斯科菲尔德太太和比尔奶奶交换了个眼神，但她们都没说话。

"我不太懂发动机。"我说。

"我也不懂，巴克，但修不好的话我们永远都去不了芝加哥。"

我想起了艾伯特，他大概用他的神手修好过发动机，然后我又想起自己本来的计划，一个恐怕无望的计划。

"鲍威尔，"比尔奶奶说，"巴克可能有别的计划呢。"

"没有，夫人，"我说，"我能帮忙。"

但这个任务从一开始就注定要失败。骂了几个小时能让水手也佩服不已的街之后，他放弃了。发动机部件散落一地，即便本来有机会修好引擎，现在也不可能了。斯科菲尔德看着我们劳动的成果摇了摇头说："我得喝一杯。"

他连招呼都没跟家里人打，就走进了树林。

"梅贝斯。"斯科菲尔德夫人说。

"我明白，妈妈。"梅贝斯跟上了他。

"我能一起吗？"我说。

斯科菲尔德太太点了下头。

我们一起出发了。很快梅贝斯就牵起了我的手，我虽然还没找到自己的家人，但不再感到孤单了。

第四十章

望福村是个充满生机的地方。虽然住房简陋，但里面的生活却真实，具有生命力。虽然这个临建村里住着很多光棍，但也有几个家庭在这儿安营扎寨，这里孩子们的笑声和普通城镇里的稍有不同。

我和梅贝斯远远地跟着她爸爸。他绕过望福村旁耸起的一座被岩石和植被覆盖的小山丘，沿着铁轨往曼凯托走。很明显他有明确的目的地。一路上我们都没有讲话，但我感觉到梅贝斯看着他爸爸驼背的背影时心情非常沉重。到达一条和铁轨交汇的土路时，他右转，再走几百码，消失在一个我很熟悉的地方。很多人管这种地方叫低声酒吧[1]，但我爸把这种地方叫作"瞎眼猪"[2]，我也不知道为什么。我和艾伯特跟他

---

[1] 美国禁酒时期，一些地下酒吧为避免引人注意，要求客人放低音量，因此低声酒吧（speakeasy）成为地下酒吧的别称。

[2] 一些酒吧，为吸引来客，以展出稀奇动物为名、买卖非法酒精之实，展出来自格陵兰的猪或美国少见的老虎，因此 Blind pigs（瞎眼猪）、Blind Tigers（瞎眼老虎）也成为地下酒吧的别称。

去过好多次这种地方送私酒，如果我对斯科菲尔德先生的判断没错的话，他一时半会儿是不会出来的。

梅贝斯站在晨曦中，看着路边那个破烂的地方。"我不理解。"

"我爸爸说，对一些男人来说这是一种病，"我告诉她，"他们没酒活不了。"

"这才是我们失去农场的真正原因，"她说，"他怪天气，怪银行，怪所有人所有事，就是不会怪自己。"

现在她的语气不再悲伤，而变成了愤怒。

"他会在那儿待上一阵儿了，"我说，"我有点事要到镇上去，一起去吗？"

我在曼凯托找到一个报刊亭，看了当天的早报。我想如果警察抓到了我的家人，肯定会上头版头条的。结果报纸上并没有，但这并没有消除我的担忧。我问警长办公室怎么走，被指到了镇法院。那是个很气派的建筑，高耸的钟楼上矗立着一个巨大的雕像，是一个被遮住眼睛的女人手上拿着一个天平，象征公正。

我在镇上跑这些事的过程中梅贝斯一直很耐心，没有问任何问题。但这时她终于开口："我们这是干什么呢？"

通往法院台阶的路边有一张石凳。我们在那儿坐了下来，我定定地望着她的眼睛。"我能信任你吗？"

她的回答是靠向我，在我的嘴唇上亲了一下，这次是长长的一吻。

我告诉了她我的真名，以及过去几周发生的一切，但杀人的事我没说。你如何能开口告诉你爱的女孩，其实你是个冷血杀手呢？

"你觉得他们就在里面？"

"如果他们被警察抓了，那可能就是。"

"你准备直接走进去问吗？"

"我也不知道。"

"他们在找你，对吧？"

"我的名字从来没出现在任何报道里，所以也许并没有。"

"但你一问就暴露了。"

她或许是对的，我望着法院石刻的外墙，不知道怎么才能得到答案。

"我来问。"她说。

听了这话我又想亲她。然后我就亲了。

"这可能很危险，你会给自己惹麻烦的。"

"我想帮你。"她站起来，低头冲我笑了。"别担心，我会回来的。"

她朝法院走去，上了台阶，没入了司法大厅的巨口。

我等了很久，钟楼上的表告诉我将近半个小时。那时我几乎确信她一定是出事了，她一定是找错了人，问错了问题，现在她跟我家人一样，被关起来了。而这一切都是我的错。我盯着那个石砌的堡垒，觉得自己没道理继续留在牢狱之外，于是我站起来，沿着小路上了台阶，就在我准备走进大门的时候，梅贝斯出现了。

她拽着我回到了石凳上。

"我问了一个在警局工作的女人，但她不是警察，"梅贝斯很懂行地说，"她负责打字之类的工作。她说有大事在发生，说是追捕逃犯。我就问出了这些，但没有关于你家人的消息。"她脸上的恐惧也映出我的恐惧。"你是逃犯吗？"

逃犯，我心里掂量着这个词，就妄自断定我心中最大的噩梦成真了。他们抓住了艾伯特、摩西和艾米，现在来找我了。

"大概是吧。"

"你打算怎么办？"

"我不能把家人留在那里。我得把他们救出来。"

"怎么救？"

"我也不知道。我得好好想想。咱们走走吧。"

我们沿着曼凯托的马路走啊走，不知道走了多久，梅贝斯一直默默陪着我。我绞尽脑汁想找到解救家人的办法，但结果总是回到我只是个一无所有的无名小卒的事实上。

"我得回去了，"梅贝斯终于说，"妈妈和比尔奶奶会担心的。走吧，欧迪。"

"巴克，"我说，"我现在叫巴克。"

听到我冷冰冰的回答，她往旁边挪了一步，但并没有弃我而去，而是牵住了我的手。"当你找不到其他可以相信的东西时，就相信奇迹吧。"

我看着她打补丁的裤子，用麻绳当鞋带、跟儿都快磨没了的鞋子，还有被太阳晒得发白的薄衬衫。我想到他们在堪萨斯失去的农场，还有她那个流连于"瞎眼猪"的爸爸，大概正喝光着他们仅剩的一点财产。斯科菲尔德家失去了一切，但梅贝斯仍然相信奇迹。

她温柔地拉了一下我的手。"跟我来吧，我们一起会找到办法的。"

我还能去哪里？于是我和她一起转身往回走。

在回望福村的路上，我们遇到了一个死者纪念碑。在被铁栅栏围起来的一小块草坪上立着一块巨大的花岗岩，这块石头被打磨得很光滑，形状像一块墓碑。石头上刻着：

此处

曾绞死

38 名

苏族印第安人

1862 年 12 月 26 日

"我的天啊，"梅贝斯说，"太可怕了。发生了什么？"

"不知道。"

我看着那块记载了某次人类大灾难的灰色纪念碑，想起了艾米。我想起上一次发作之后，她在沉入自我恢复的睡梦之前说的话。她说："他们都死了。他们都死了。"我知道这有点牵强，但我还是忍不住想，她看到的是这个纪念碑吗？如果是，她怎么知道的呢？

我的思绪又飘回到艾伯特、摩西，尤其是小艾米的身上。在那个可怕的时刻，站在这样一个被严肃、清楚地记载的悲剧面前，我发觉自己做的一切都只是在不断令人失望。我杀死了杰克，让艾伯特被蛇咬伤了，我曾经答应伊芙修女会照顾好艾米，保证她的安全，而今她大概已经回到黑老妖的毒手中了，艾伯特和摩西进了监狱，我却对一切都无能为力。

"走吧。"梅贝斯说着拉起我的手。

我们回来的时候，斯科菲尔德太太正在两棵树之间的绳子上晾洗好的衣服，生起的灶火旁放着一大盆热水。和望福村的所有人一样，斯科菲尔德家做饭洗衣服的水也是从植被覆盖的小山丘另一边一个大公园的水泵里取出，再走很长一段路运回来的。有时候取水很让人发愁，因为镇里的人都憎恨望福村，一旦在公园碰到他们，就会被他们谩骂，甚至有时候还会被扔石头。有人会对梅贝斯做如此残忍的事情，只是想想就让我生气。

当时已经是下午了。比尔奶奶正坐在木箱上做针织活，双胞胎在莱斯特画在地上的一个圈里玩弹珠。她们一看到梅贝斯回来了，就叫她一起玩。

"等一会儿，"她拒绝了，"我们跟着爸爸……"她开始给比尔奶奶讲事情的经过。

"他已经回来了。"老奶奶恼火地叹了口气。她朝圆锥帐篷努了努嘴，里面正传来响亮的呼噜声。"这次用的是你妈妈的珍珠胸针。"

"反正我很多年没戴过了。"梅贝斯的妈妈在晾衣绳下面说。

"萨拉，他至少可以用来换油钱啊。"

"换来的油钱够把我们带到哪儿去？绝对到不了芝加哥。"

比尔奶奶的视线转向了卡车，零件还散落一地。"现在我们永远去不了了。"

"他尽力了，妈妈。"斯科菲尔德太太说。

比尔奶奶的表情很严肃，但声音却很温柔："你们俩孩子饿了的话，我这儿有点面包和奶酪。"

就在这时，格雷船长一瘸一拐地走到斯科菲尔德的营地来。"警察正在望福村扫荡，说是要找个人。"

"找谁？"比尔奶奶问。

"不知道。但他们把所有东西都翻了个底朝天，最好别跟他们作对。"

说着我就听到远处有狗叫声，好像还有好几只。

斯科菲尔德先生摇摇晃晃地从帐篷里出来，两手还在系皮带，眼神很迷离，似乎还没醒酒。"出什么事了？"

"警察来了，"比尔奶奶说，"在找人。"

"快走，巴克，"梅贝斯说，"快跑。"

所有人都看着我，表情充满惊讶和怀疑。我听到狗正朝我这边跑来，可我还定在那里，犹豫不决。

"快走，"梅贝斯推了我一把，"我会找到你的。"

对此毫无头绪的比尔奶奶说："快走吧，孩子。愿上帝与你同在。"

我沿着明尼苏达河的河岸逃跑了。跑到一百码开外的地方，我躲在一丛茂密的漆木后面，还能看到望福村的情况。警察拉着被拴了绳的狗在营地之间飞速穿行，把人们从棚屋里赶出来，朝他们大喊大叫，他们的声音和狗叫没什么分别。如果有人反抗，下场就是一记闷棍。我感觉难过和愧疚，我知道是我给这个生活已经一团糟的地方带来了更多混乱。我看着三个警察带着一只狗走近了斯科菲尔德家。我原本希望孩子的在场能让这个家庭幸免于难。但当格雷船长挡在警察和斯科菲尔德家之间时，他被推倒在地，一只狗咆哮着扑了上去。斯科菲尔德太太大叫起来，想过去帮忙，但被警棍打倒在地。她那还没系好裤子的丈夫像是为了保护妻子朝警察走去，结果裤子掉了，他被绊倒摔在斯科菲尔德太太身上。梅贝斯冲过去帮她爸妈，结果被警察一脚踢到了肋骨。比尔奶奶把双胞胎拉进自己的怀里，用她年迈的身体保护她们。

我看不下去了，没法站在那儿袖手旁观而不去帮助这些对我敞开心扉、敞开大门欢迎我的善良的人。我被怒火冲昏了头脑，顾不得害怕，站起来准备跑过去帮忙。我也没想好自己该做什么，但我不能眼看着这出闹剧继续下去了。

还没等我迈出步子，一只有力的大手从后面握住了我的肩膀，一个低沉的声音怒吼着："抓到你了。"

这只手把我的身体转了过来。出现在我眼前的是夜鹰的脸。

第四十一章

我极力想要挣脱，但这个印第安人死死地抓住了我。

"放手，浑蛋。"我踢了他。

"小孩，别闹，"他说，"别乱喊了。他们正在等你呢。"

"谁？"我又试着踢他。

"阿姆达查。"

"那是谁？"

"粉身碎骨，你管他叫摩西。他、你哥哥还有那个小女孩在等你。"

我听到这话惊呆了。"在哪儿？"

"河对岸。快去，别让那些恶霸看见我们。"

"我不能就这么抛下他们。"我绝望地看着斯科菲尔德家的营地，争吵还在继续，梅贝斯倒在她爸妈旁边，捂着被踢到的地方，双胞胎尖叫着"血腥谋杀"，比尔奶奶给了这些穿卡其色制服的年轻人一顿好骂。

"你帮不了他们，"印第安人说，"他们要是能建起圆锥帐篷，就有办法渡过这个难关。可如果你被执法的人抓到了，巴克，那你就再也无法重见天日了。"

一个警察走进了圆锥帐篷，然后大叫着些什么走了出来。他把狗从格雷船长身上拽走，然后继续往前走去，朝我们走来。我和印第安人在漆树的掩护之下匍匐着，然后一起开始跑，一直跑到一座跨河的桥上才停下来。

我们在距离望福村下游四分之一英里的一片茂密低矮的杨树林里找到了他们。独木舟被拖进了树林里侧放着。从河上和另一边的岸上是完全看不到这个营地的——除非生火可能会吸引别人的注意，但那边完全没有生火的痕迹。地上柔软的灌木上放着几条毯子，看得出他们是在这儿过的夜。

一看到我和印第安人，他们就飞奔了过来。好吧，是艾米和艾伯特飞奔了过来。摩西坐在那儿抬了下头，用看陌生人的眼神看着我，好像对我毫不在意。艾米给了我一个拥抱，流下了开心的泪水，连艾伯特这个平常和工具钳一样木讷的人都给了我一个大大的微笑并拥抱了我。

"福里斯特，你在哪儿找到他的？"我哥哥问。

"河对面，跟我们想的一样。"印第安人说。

"我昨天回到了我们的营地，但你们已经走了。"我说。

"我们听到狗和警察来了，"艾伯特说，"所以不得不走。"

"我们甚至没法做指路标通知你，"艾米说，"当时我们得赶紧跑。"

"刚才我们又听到狗叫声了，"艾伯特说，"从河岸那边的贫民村传过来的。出什么事了？"

"警察来抓我了，搞得天翻地覆的。"

"不是来抓你的。"福里斯特说。他悠哉地躺在地上的毯子上。

"那是抓谁？"

"下游几英里之外有一个关精神病罪犯的公立医院。两天前有个疯子逃跑了。他们说情况很危险。"

"你怎么知道的？"我问。

"我在河对岸留心听到的。不过绑匪先生，他们要是正好抓到你也是立了一大功啊。"

"但对我们就糟糕了。"艾米说着又抱住了我。

摩西正在嚼一根长长的野草，阴郁地沉思着。

"他怎么了？"我问艾伯特。

"自从发现了那具骸骨他就变成这样了。"

"他现在都不跟我们说话了。"艾米说。

"别责怪他，"福里斯特说，"他需要做一件事情。现在巴克也回来了，是时候让他完成这件事了。"

"什么事？"我问。

福里斯特不肯说。他起身走向摩西，坐下来，跟他悄声说了好半天的话。摩西听着，等福里斯特说完，他点了下头。

福里斯特回到我们其他人面前说："我们离开一会儿。"

"需要我们跟着去吗？"艾伯特问。

"这是阿姆达查和我之间的事。你就在这儿别动，等我们回来。"

福里斯特朝树林外面走去，摩西跟着他，甚至没回头看我们一眼。他显然陷入了一些个人的烦恼中，我只希望他往日的和善只是暂时藏了起来。

等他们走了，我问道："你们是怎么和福里斯特搞在一起的？你不怕他告发我们吗？"

"欧迪，他一直在等我们，"艾米说，"我们把船划到这儿的时候，他冲我们招手。艾伯特不想停下的，但摩西坚决要停下。夜鹰说他一直在等我们。"

"就在这儿等？"

艾伯特说："他在报纸上看到我被蛇咬了，他自己也没什么事做。不过他最担心的还是摩西。"

"为什么？"

"大概因为摩西和他一样，也是苏族人吧。"

"我们以为昨晚听到你吹口琴了，"艾米说，"但当时已经天黑了，福里斯特说我们应该等到早上，他会去找你的。这样我们就不会被抓了。他是个好人，欧迪。"

"你那边又发生了什么？"艾伯特问。

我一五一十地告诉了他们，但没提梅贝斯和我接吻的事。那是属于我一个人的记忆珍宝。说完之后，时间就过得格外缓慢。主要是因为脱险之后，我满脑子都是梅贝斯和斯科菲尔德一家，很担心他们的安危。我终于还是忍不住了。

"我得回去，"我告诉艾伯特，"我得去确认一下斯科菲尔德一家没事。"

"我们不能再分开了。"

"我会回来的。我发誓，艾伯特。"

"不行。"艾伯特想用他一贯的威严镇住我，但原来那个钢铁意志的他还没回来。

"我要去。"我站了起来。

艾伯特也站了起来，但动作很缓慢。"不能去。"

"别吵架，"艾米说，"艾伯特，如果他必须得去的话，就让他去吧。这和他上次负气离开不一样，这对他很重要。"

艾伯特似乎没力气争执了，但他刻薄地说："你要是不回来的话，我们也不会去找你的。"

"我在天黑之前就会回来。"

我回到了望福村，穿过那些简陋的临建房，看到警察走后留下的一片狼藉。坡屋被推倒、纸板围墙被撕开、钢琴箱薄板做成的房子被劈成碎片。棚屋边的瓦楞铁皮被扯下来，门也被从临时的门闩上扯下来。我觉得警方是利用搜查为借口，想要粉碎这个社区的精神，甚至驱逐他们不喜欢的居民。

我来到斯科菲尔德家时，他们的圆锥帐篷已经被推倒，死一般地躺在地上。不过前一天晚上一起分享食物和音乐的那些熟悉的脸庞已经聚集在了这个小营地上，正努力按照比尔奶奶的指示把油布从长杆上拉下来，准备重建帐篷。

梅贝斯向我跑来。她双臂紧紧抱住我，以为再也见不到我了。"噢，巴克，我为你担心死了。"

我放开她，把手轻轻放在她身体一侧被踢到的地方。"你还好吗？"

"有点疼，但没事的。你安全了就好。"

"你妈妈还好吗？"

斯科菲尔德太太正和双胞胎一起坐在被掏空的皮卡旁边。她把她们俩搂在怀里，低声安慰着。

"她说警棍打在身上跟堪萨斯的冰雹也差不多。我妈妈很坚强。"

但她爸可不是这样。我没看到他，不用问也知道他去干什么了。等他从"瞎眼猪"回来，重建工作也差不多完成了。

我也加入大家，帮忙把圆锥帐篷搭起来。比尔奶奶看到我冲我笑了。"我还想着你会不会回来呢。巴克，很高兴再见到你。"

等帐篷重新立起来，比尔奶奶对在场的所有人说："晚饭我会做炖菜和饼干，欢迎所有人来吃。"

"我得走了。"我告诉梅贝斯。

"为什么？"

"我找到我的家人了，我得回去了。"

"所以你们要继续前进了吗？"

"现在还不走。我走之前会来告别的，我保证。"

"告别。"这个词从她嘴里说出来，像是柔软悲伤的钟声。"我不喜欢这个词。"

我也不喜欢。我走过傍晚被拉长的黑影，努力不去想象那个告别的时刻。

福里斯特一个人回到了营地。

"摩西呢？"我问。

"你的朋友有事要做。"福里斯特说。

"他还会回来吗？"

"也许会，等他准备好了。"

他带了吃的回来——面包、芝士、苹果，还有一大块红肠，还灌满了水袋。

"他从哪儿弄来这些吃的？"我小声问艾伯特。

"我给了他一些伊芙修女给的钱。"

我瞪大了眼睛看着我哥。"你把我们的钱都交给他了？"

"我没办法，"艾伯特说，"你不在，我不能留艾米一个人待着。而且他把找回来的零钱都交给我，一分不差。"

我们都变了。这趟旅程刚开始的时候，艾伯特多疑到了极点，让他相信一个陌生人比让他加冕英格兰国王还不可能。

摩西这个我见过最随和的孩子，如今对我们不理不睬。我呢，陷入了爱河。我们在河上才漂了一个月，就都变成了我在林肯印第安培训学校想都不敢想的样子。

第四十二章

转天，摩西也没有回来。艾伯特、艾米和我都很担心，但福里斯特向我们保证他不会有事的。我并不太确信。即便他没有什么危险，我也从没见过他处于如此阴暗的情绪中。快中午的时候，我回到斯科菲尔德家的营地去找梅贝斯。她当时不在，她妈妈说她去晾衣服了，但很快就会来。斯科菲尔德先生也不在，但我知道他大概去哪儿了。还在抽玉米棒烟袋的比尔奶奶邀请我在她旁边坐下来。

"巴克，你看起来不是很开心，"她观察到，"不像是陷入爱情的男孩子该有的样子。"

"我没有陷入爱情。"

她叼着烟袋的嘴笑了起来。"那好吧。遇到什么难事了？"

我给她讲了摩西的事，当然我没有讲出我们完整的、不可见人的故事。

"我和苏族人一起生活了很久，"比尔奶奶说，"这是一个经历了很多痛苦的民族，在我眼中他们都坚毅且善良。如果他们坚持古老的传统，就会尤其如此。"

她吸了一口烟袋，思考了一会儿。

"过去，"她继续说，"当一个苏族男孩长到十一二岁的时候，就要独自离开去寻找一种幻象。他们管那叫hanblecheyapi，意思大概是，求梦，为了和被他们称作Wakan Tanka的造物主取得精神上的联结。当我还是个小女孩的时候，草原上的草有一人多高，我经常跑到很远的地方坐下来，四周被草围绕着，这样我就只能看到头顶上的蓝天。我会闭上眼睛去感受 Wakan Tanka，等待幻象的到来。"

"那来了吗？"

"我经常感到深深的平和。也许这就是上帝，就是 Wakan Tanka，也许就是寻找幻象要达到的感受。巴克，在我看来，如果你能找到内心的平和，那上帝就并不遥远了。听起来你朋友的人生并不容易，也许他正在寻找内心的平和，他需要独自一个人去找到它。"

梅贝斯从河边回到营地来。她穿着一件我之前没见过的衬衫，还有一件没什么补丁的裤子。她梳过头发，她的脸很干净，被晒成褐色，满脸笑容。最明显的是，她身上没有炭火的味道。在望福村，因为大家都在户外生火做饭，人们衣服上总带着浓重的炭火味。艾伯特、摩西、艾米和我因为经常在河边生活，身上也是这种味道。当身边的人身上有这种味道，你就不会察觉。但梅贝斯那天身上是象牙皂的味道，像喷了香水一样。

"嗨，巴克。"她说，语气好像完全没预料到我会来，但非常惊喜。

"巴克失去了一个朋友，"比尔奶奶说，"他需要一些安慰。"

"我们走走吧。"梅贝斯提议。

我们在望福村里散步，途经的人们还在修补前一天警察造成的破坏。虽然身边一片混乱，但我几乎都没注意到。我们沿着一条小路爬上了棚屋村之间耸起的一座植被覆盖的小山丘，在阴凉下找到一块平滑的石头坐下，还能俯瞰明尼苏达河的美景。梅贝斯牵住我的手，我们接吻了。

我对梅贝斯·斯科菲尔德的爱相比罗密欧对朱丽叶的爱也毫不逊色。在1932年那个夏天，警察正穿越明尼苏达南部，到处寻找艾米和把她抓走的我们；斯科菲尔德家在芝加哥开始新生活的希望搁浅了；我们身边弥漫着大萧条带来的绝望。可那时我的眼里只有梅贝斯，她的眼里也只有我。

等我们再回到斯科菲尔德家的营地时，梅贝斯的爸爸已经回来了，虽然还是晃晃悠悠地，但他又钻到旧皮卡的发动机下面去了。他嘴里念念有词、骂骂咧咧的，比尔奶奶不耐烦地看着，斯科菲尔德太太则不时表达鼓励。

"巴克，你能去帮帮他吗？"她恳求道，"我怕他会伤到自己。"

"夫人，我恐怕帮不上什么忙，但我知道有个人很会修发动机。"

"是吗？你能把他带过来吗？"

"我去问问，但得看他愿不愿意。"

"问问吧，巴克，拜托你了。"

"我尽量下午回来。"我说。

我和梅贝斯一家道别，回到了我们的营地。福里斯特已经走了，艾伯特和艾米正用一副旧扑克玩钓鱼，这副牌也是艾伯特从布里克曼的保险箱里找到一并扔进枕套的。我跟他讲了斯科菲尔德家的情况，请他去帮忙。但从他的冷脸上我立刻就知道这是一场硬仗。

"太危险了。"他说着，放下了手里的牌。

"我们不能永远这么战战兢兢的。"我说。

"不是永远，到圣路易斯就好了。"

"谁知道能不能到。"

"你觉得去找茱莉亚姨妈是个错误吗？"

这不是个错误。爱上梅贝斯·斯科菲尔德才是错误，这改变了一切。

"我只是觉得我们不能永远躲着。而且这些人真的很需要我们的帮助，需要你的帮助。"

艾米开始收牌了。"你得去帮帮他们，艾伯特。"她的语气好像她是大人，艾伯特是个小孩。

"为什么？"

"因为你知道这么做是对的。"

艾伯特抬起头望着天，思考了一会儿。他无奈地摇了摇头，最后终于同意了。"好吧，但我一个人去，你们俩待在这儿。这样我们被发现的可能性小点。"

"艾伯特，谢谢你。"我说着，心想我哥也不算是个坏蛋，而艾米的智慧超出她的年纪，但我想的最多的是梅贝斯一定会很感激的。

艾伯特一瘸一拐地走了，他的腿还是会疼，结果一个下午都没回来。福里斯特也没回来。天知道摩西消失到哪里去了。我开始担心了。他们要是都不回来怎么办？只留下我和艾米两个人怎么办？这时我想起摩西在我们的旅程开始之初，为了安慰艾米一遍遍写在她手掌上的话：不孤单。

他是对的，我们并不孤单。艾米和我，我们还有彼此，现在还有斯科菲尔德家。也许芝加哥比圣路易斯更好，主要是因为这样我和梅贝斯就可以在一起了。这对我来说是个好主意，我想。

"我想摩西了。"艾米说。

我也是。不是那个抑郁、坏脾气的摩西，而是那个永远微笑的摩西。他虽然不能唱歌，但心里好像总哼着小曲儿一样。可是在我们发现了那个印第安孩子的骸骨之后，一切都变了。

艾米用树枝搭起了小房子，我问她："你记得跟我说过他们都死了吗？"

"谁死了？"

"你上次发作的时候说'他们死了，他们都死了。'记得吗？"

"不记得。每次都像一团迷雾一样。"她推倒了树枝搭的房子，无聊地说，"给我讲个故事吧，欧迪。"

夕阳西下，杨树的影子被拉得很长，鸟儿们栖息在枝头，似乎在等待夜晚的降临。

"故事是这样开始的。"我说。

和女巫的蛇军一战之后，四个流浪者又走了很远的路。他们很累，决定在河边露营。远处可以看到一座城堡的高塔。

"是女巫的城堡吗？"艾米问，"就是地牢囚禁着很多孩子的那个？"

"不是，这是另一个城堡。你继续听。"

这座城堡让流浪者们有点担忧，这也是情理之中。整片大地都被笼罩在黑老妖的阴影之下，流浪者们知道不能随便相信任何人。于是他们抽签决定谁走进城堡去一探究竟。小恶魔抽到了最短的那根。他和同伴们道别，独自一人沿河而上，城堡就在河对岸耸立着。他来到一座已经废弃的桥上，上面长满了藤蔓。过了桥之后，他发现对岸的路很难走，四周都是丛林，一路延伸到城堡的城墙下。城堡的大门敞开着，两边也没有守卫，于是小恶魔小心翼翼地走了进去。

在城堡里面，他发现有人在走路。但他们像死人一样，眼里无神，身体像冰棒的棍一样瘦。他们在挨饿，但这还不是最糟糕的。黑老妖偷走了他们的灵魂。他们活着，但却没有生机。小恶魔想和他们说话，结果就像是对着城墙的石头讲话一样。他们既不想，也没有力气说话。他们在一片死寂中走着，却又没有胆量离开城堡，于是就无用地绕圈，一圈又一圈。

小恶魔有一只有魔力的口琴，是他爸爸老恶魔很久之前给他的。

"就和你的口琴一样。"艾米说。

"不一样，"我说，"那是一只有魔法的口琴。"

"你吹的时候就像有魔法一样，欧迪。"

"嘘，"我说，"听我讲完这个故事。"

他掏出口琴，想给这个阴沉的地方带来一曲希望之歌。正在他吹奏的时候，一个动听的声音从最高的城堡高塔上传来，配合着他的口琴声歌唱。那歌声听起来也像是有魔法的，和他的口琴一样。他循着这个声音走上了一个很长的旋转楼梯，来到了最后一个房间。一个无比可爱的公主站在那里。

"她叫什么名字？"

"梅贝斯，"我说，"梅贝斯·斯科菲尔德。"

"梅贝斯·斯科菲尔德？那可不是公主的名字。公主应该叫——埃斯梅拉达之类的。这才是公主的名字。"

"这故事是你讲还是我讲？"

"好吧，就梅贝斯·斯科菲尔德。"但她脸上一副吃了可怕东西的表情。

他问公主发生了什么事，她给他讲了黑老妖给那些人下的诅咒。就像吃孩子们的心一样，她也吃掉了城堡里所有人的灵魂。

"但没有吃你的？"他问。

"她留下了我的，为了折磨我。眼看着我的子民们日渐消瘦、虚弱、越发绝望，这让我心痛。"她对小恶魔说，"但当我听到你的口琴声，我就很想唱歌。我向窗外望去，看到人们都变了。他们脸上重新漾起了生机，眼里又出现了热情。如果你能一直吹，我一直唱，也许我们能拯救他们。"

于是他们就这样做了。他吹着魔法口琴，她用动听的声音歌唱。这歌声之所以动听，是因为她对子民爱得深切。渐渐地，所有城堡里失去了灵魂的人都醒了过来，他们的身体里长出了新的灵魂，他们重新变得完整快乐起来。

"小恶魔和公主结婚了吗？从此以后就幸福地生活在了一起？剩下的流浪者呢？"

还没等我回答她的问题，艾伯特回来了，手上都是黑乎乎的机油。

"你把卡车修好了吗？"我问。

"修好了。但没有油，修好有什么用？他们还是哪儿也去不了。"

他从枕套里拿出一块肥皂，到河边去洗了。这时福里斯特也回来了，但还是没有摩西的踪影。

"他人呢？"艾米问。

"你猜呢。"印第安人无所谓地耸了耸肩。

"你不知道？"

"如果一个人需要独处，他会找到最适合自己的地方。我从昨天就没见到他了。"

"你根本就不在乎。"我说。

"我是不担心，"他回答，然后笑了一下，"你不是也消失了一阵儿吗，巴克，但现在你这不是回来了。要对你的朋友有信心。"

我们吃了一顿冷饭，没生火就睡了。那是七月初，晚上很热。我躺在毯子上睡不着，脑子里想着摩西，感觉我们似乎在很多层面上失去他。我还想到了梅贝斯和她家的困境，以及公主和小恶魔的故事最后又会如何收场。

我在夜色中起身，拿着手电和伊芙修女给我们的最后一点钱，趁着其他人还在睡着，离开了营地。

第四十三章

斯科菲尔德家的篝火还燃着。我本以为所有人都去睡了，但斯科菲尔德先生还弓着背坐在将尽的火边，像一个失去灵魂的人一样。

"你好啊，巴克。"

"晚上好，斯科菲尔德先生。梅贝斯在吗？"

"她已经去睡了。我估计现在睡着了。"

我本来也没什么计划，但所有人里斯科菲尔德先生是我最无话可说的人，于是我就尴尬地站在那儿。他抬起头来看着我，估计是等着我离开，或者说出一个留下的理由。

"坐吧，巴克。"他终于说。

他往篝火里扔了几根树枝，火立刻就旺了。加柴火本身就是个欢迎的姿态了，再加上斯科菲尔德先生悲伤但真诚的邀请，让我完全无法拒绝。于是我坐在了一个翻倒的箱子上。

"睡不着？"他说。

"是的，先生。"

"我也是。谢谢你找你哥哥来帮我修卡车，他可真神。"

"他是我认识的最聪明的人。"

"你们俩要去哪儿？"

"圣路易斯。"

"谁在圣路易斯？"

"一个姨妈。"

"亲人是吧？这很重要。"他朝圆锥帐篷看了一眼。"这是世界上最重要的东西。相信我，巴克，只要有家人，就算你失去了一切也还是个富足的人。"

我们在沉默中坐了好一会儿，我觉得有点难受，但斯科菲尔德先生似乎完全不介意。他只是呆呆地盯着面前的火，陷入自己的思绪中。

"他们觉得是因为我喝酒，"他突然说，"但其实不是。"

"您说什么？"

"我们失去农场不是因为我喝酒。你种过地吗，巴克？"

"没有，先生，没怎么种过。"

"那是最苦的活计了，一切都不在人的掌控之中。雨水、阳光、温度、蚱蜢、萎蔫病、烂根病、黑穗病、枯萎病……你向上帝祈祷——干旱求雨水、洪灾求晴日。春天祈祷结霜不要太晚，秋天祈祷结霜不要太早，你祈祷冰雹不要毁掉玉米秆。你不停地祈祷。如果祈祷没有用，我告诉你巴克，大部分时候都没用，那你就只能两手空空向上帝大吼，有时向酒精求得一点安慰。"

"龙卷风上帝。"我说。

"那是什么？"

"上帝是一场龙卷风。"

"没错。"

"我之前这么认为。"我说。

"巴克，现在也可以这么认为。我发誓我不认识其他样子的上帝。"

"还有给你梅贝斯的上帝，给你斯科菲尔德太太、莱斯特和莉迪娅的上帝。还有比尔奶奶，虽然她对你有点凶。你刚还说一个人即便失去了一切，仍然可以很富足。"

"还真是，是吧？"他笑了两声，"知道上帝还给了我什么吗？你和你哥哥。你们也给斯科菲尔德家带来了一缕阳光，我想让你知道我非常感激。"

他把我当作自家人一样拍了拍我的背。

"巴克，能跟男人聊聊天，这感觉真好。这对我来说太难得了，我简直住在女生宿舍里。"

当我离开河对岸熟睡着的家人来到斯科菲尔德家的时候，我也不知道自己要干什么。那时我大概希望梅贝斯还没睡，但现在，坐在这里和她爸爸像两个男人一样聊天，让我做了一个决定。

"斯科菲尔德先生，你想出带大家到芝加哥的办法了吗？"

他突然又垂头丧气了起来。"一想到这个我就想去喝一杯。"

"我有东西给你，先生。"

我把手伸进口袋，掏出从枕套里拿的钱，递给了梅贝斯的爸爸。他的眼睛瞪得像篝火里的两个煤球那么大。

"搞什么啊？"

"这是四十多美元。我希望你拿着它，带一家人到芝加哥去。"

"你哪儿来的四十多美元？"

"不是偷的，"我说，"我保证。"

"我不能要你的钱，巴克。"

"收下吧，先生。你和你的家人比我更需要这些钱。"

"我真不知道说什么好。"

"就说你会收下的。保证你会用这些钱，所有这些钱，把大家带到芝加哥。"

他的视线从我递上的一沓钱上抬起来，严肃地发誓："我保证。"

他接过钱，揣进口袋里。在火光的映照下，他脸颊上滑下一行泪水，然后又一行。看着一个大男人哭，让我很难受，我把目光转向了黑暗中的望福村。在其他燃着的篝火边，也围坐着失去灵魂的人们。把钱给了斯科菲尔德先生让我感觉很愉悦，我沉迷其中，要是有更多的钱，我真希望帮助他们所有人。

"你去哪儿了？"艾伯特坐了起来。在手电筒的光下，他用责备的眼神瞥我一眼。

"没去哪儿。"这个谎话让我良心不安，于是我慢慢坐在了我哥身边。"我把我们的钱给别人了。"

"什么？"

"我把我们的钱给别人了。"

"所有的？"

"所有的。"

"给谁了？"

"斯科菲尔德先生。他带家人去芝加哥需要钱。"

"我们去圣路易斯也需要钱。"

"我们总能到圣路易斯的。"

"你做蠢事之前是从来不经大脑的吗？"

"伊芙修女把这个钱给我们是希望它能帮到人。我这么做也是一样。"

我哥把身子蜷起来，抱住了膝盖，无奈地摇了摇头。"欧迪，他会把钱都喝光的。你记住我的话，这钱绝对是打了水漂。该死，现在我都不知道我们怎么去圣路易斯了。"

那天晚上我和往常一样，没怎么睡。我担心也许艾伯特是对的，我所做的事只会让斯科菲尔德家的情况更糟糕。想到梅贝斯我就觉得心疼，爱和担忧拧成了一条带刺的绳子缠在我的心上。

天一亮，福里斯特就起床了，他生了点火，把燕麦倒进一个大锡罐里，从标签看这个罐子原来是装桃子的。其他人还在睡觉，但我起来和他一起坐在篝火旁。

"你昨晚可是赌了一把大的，"他一边搅燕麦一边说，"四十美元呢。"

"你听见了？"

"夜晚很静，"他说，"我耳朵很好。"

"你为什么说是'赌'？"

"让人改变本性，就像要豹子改变斑纹一样。酒是个难以降服的恶魔，我见它击倒过很多好人。不过巴克，问题是，如果你不下这种赌注，就永远无法看到它可能带来的好事。"

"所以你不觉得这是个坏主意？"

"像你哥说的，结果这钱可能就是有去无回了。但我欣赏你选择相信。"

艾伯特睡醒之后，还是不断向我投来恶狠狠的目光，他筑起一面寂静之墙，躲在墙后面吃完了燕麦。我本可以告诉他我们至少还有几周前我在靴子里藏的两张五美元，但我又一想，去他的吧。

吃完早饭我站了起来。"我去斯科菲尔德家看看。要搜一下我的口袋吗？"我对我哥说。"看我是不是又偷了什么东西。"

看得出他努力压抑着自己的怒火。"我们还有很长的路要走。我只是想尽量保证我们的安全。"

其实我明白，虽然我绝不会在那个时刻告诉他，但其实我对此心怀感激。

第四十四章

望福村慢慢苏醒了过来。我在这个棚户村穿行的时候，人们开始生火做饭，男人们抽着一天中的第一支烟，所有人都伸着懒腰，揉着惺忪的睡眼。几个已经认识我的人跟我亲切地打了招呼，他们也许不知道我的名字，但至少看我面熟。

当我走到斯科菲尔德家的帐篷时，比尔奶奶坐在一个翻倒的箱子上，正搅动着架在火上的大锅里的东西。

"是麦片粥，巴克，"她看到我说，"欢迎你也来吃点。"

"我已经吃过了，"我说，"但谢谢你的好意。"

斯科菲尔德太太领着双胞胎从帐篷里出来。两个孩子直接往河边走去，在清晨的斜阳中像炙热的金子一样。她们的妈妈来到篝火旁，冲我笑了一下，但很匆忙的样子。

"有他们的消息了吗？"她问比尔奶奶。

"还没有。"

"梅贝斯呢？"

"她去找她爸了。"比尔奶奶说。

"他去哪儿了？"我问，脑子里有个不祥的预感。

她们没回答，但脸上的表情印证了那个悲伤的事实——钱都打了水漂。

"天知道他用什么付的酒钱，"比尔妈妈说，"他已经把所有值钱的东西都卖了。"

"妈妈，也许不是我们想的那样。"斯科菲尔德太太说。

这话不是表态，倒像是一句辩解。想到我在她丈夫这一次的令人心寒的自我毁灭中扮演的角色，我心都碎了。

比尔奶奶没有回答，只是继续搅拌着那锅热乎乎的麦片粥。

"她回来了。"斯科菲尔德太太说。

梅贝斯是一个人回来的，这足以说明结果了。但她整个人的姿态——脑袋耷拉着，肩膀垂着，走得很慢——更加清晰地显示了她的失败。

"我找不到他，妈妈，"她走到我们跟前说，"我到处都找遍了。"

我想象着她独自一人到"瞎眼猪"和类似的地方去，徒劳地寻找自己的父亲，当时给他钱时我心中涌起的善意如今全部消耗殆尽了。我想过坦白我如何成为造成他们痛苦的帮凶，但我实在是没有勇气说出来。

"等他把他抵押的不知道什么东西都喝光之后，会回来的，"比尔奶奶说，"现在，这锅燕麦粥正好吃。梅贝斯，你去把双胞胎叫回来吧？"

吃麦片粥的时候大家都陷入了忧郁的沉默，连平常很闹腾的双胞胎似乎都感受到了家里的绝望气氛，一句话也没有讲。我努力想要抓住希望，这是从和伊芙修女的相处中得到的一种精神。可结果我的脑子却一直在想河里那座小岛上埋葬的那个印第安孩子的尸骨，沉入一个我们无法触及的黑暗地带然后消失的摩西，我在突发奇想的愚蠢慷慨中给出去的那些钱，以及我还是个离终身监禁只有一步之遥的逃犯。当黑暗笼罩住你的灵魂时，可不是浅浅的幽光，它像没有月光的漆黑夜晚一样降临。我在篝火旁女人们的脸上看到被遗弃的茫然，我知道这都是我造成的。

"我会找到他的。"我说，心想我也许能找到办法赎罪，同时也想借此机会逃离这群绝望的人。

"我跟你一起去。"梅贝斯说。

于是我们起身离开了。

"他一般不会这么早就开始喝酒的，"我们一边走着，梅贝斯说，"是这个处境造成的，被困在这儿又不知道怎么才能离开。他其实是个好人，巴克。"

我真希望自己能相信这个解释，但我知道事情的真相。我给了她爸爸改变家庭困境所必需的资金，他却拿了钱就跑了。钱打了水漂。我真讨厌艾伯特又说对了。

"我可能从没这么沮丧过，"她说，"看着妈妈和比尔奶奶这么努力地操持这个家，我太心痛了。结果爸爸就去做这种事。"

我牵着梅贝斯的手。虽然她脸上愁云密布，但仍然是我见过最美丽的风景。她的痛苦就是我的痛苦，我的良知尖叫着让我坦白，但我的心又因为害怕失去她的好感而畏缩。我想帮忙，但在那个当口又不知道该怎么做。于是我就做了最自然的一件事。我拿起口琴，吹了一首曲子。我选择了我能想到最欢快的一首，格什温的《我找到了节奏》。

吹了几个小节之后，梅贝斯开始跟着唱，我没想到她竟然知道歌词。

此时她脸上又出现了笑容，唱着"你为何看不到老男人在她门口惹麻烦"，她的脸比任何时候都要好看。然后她的眼睛瞪圆了，我也听到了她听到的声音——她爸爸正用醉醺醺的男高音唱着歌。他的声音就在不远处望福村里的某处。我继续吹，斯科菲尔德先生跟着唱，我们循着高声颤音找到了坐在立起的水桶上的他。他背靠着格雷船长靠纸板搭成的小屋粗糙的外墙，坐在船长旁边。看到我们他脸上露出了一个巨大的笑容，张开双臂欢迎我们。

"船长，你看到没有？我最喜欢的两个年轻人，在晨光中像天使一样闪闪发光。"

"爸爸，"梅贝斯说，语气很沉重，"我找你都找遍了。"

"显然没有找遍，"他嬉皮笑脸地说，"亲爱的，我就在这儿呀。"

"又喝醉了。"她说着，冷冷地看了一眼，把船长也捎上了。

斯科菲尔德先生举起手庄严地发誓。"我今天滴酒未沾。如果说我醉了，那就是沉醉于幸福之中，因为他。"他用手指着我。

虽然发出了严正声明，但他显然是喝多了。可当我凑近却完全闻不到酒味，闻到的只有汽油味。

"梅贝斯宝贝，这是我们的大恩人。这是他慷慨解囊换来的。"她爸爸弯下腰去，摸了摸一个带嘴的五加仑装红色汽油桶，边上写着斯凯利的字样。"这是我们离开望福村的车票。下一站，芝加哥。"

梅贝斯显然一脸不解："你没喝酒？"

"我说了，滴酒未沾。我早上去找加油站了。然后又去了个商店，给所有人买了礼物，也有你的。"

他弯腰从一个装得满满的棕色纸袋里掏出一件让梅贝斯惊喜得倒吸一口气的东西—— 一条蓝色的连衣裙。

"这和我给贾妮·鲍德温的那件几乎一模一样。"她大叫着接过裙子，在自己身上比，好像是在照镜子看穿起来效果如何。我想她穿起来一定很美。

"巴克，希望你不介意我用你的礼物给其他人买礼物。"斯科菲尔德先生说。

"这现在是你的钱了。"我告诉他。

"那我猜你不介意我给格雷船长也买了个小礼物，一笔正好够他去华盛顿特区的车票钱，这样他就能参加补助金大军的集会了。"

我不知道一张到华盛顿特区的车票多少钱，我只希望斯科菲尔德一家还有足够的钱到芝加哥去。

斯科菲尔德先生笑了："看你的表情是担心我把钱都花光了。巴克，别担心，我已经算好了，剩下的钱足够我们一路到芝加哥去。"

格雷船长伸出手跟我握手："我从心底里和这条木腿的芯里感谢你，巴克。"

梅贝斯不可置信地看着我："你有钱？"

"现在没了，"我说，"我把钱全都给了你爸爸。"

我以为她要责怪我把钱给了一个"瞎眼猪"的常客。可结果，她凑了过来，当着她爸爸、格雷船长和所有在场的人的面，亲了我——嘴对嘴的。亲了很久。

"行了，行了。"斯科菲尔德先生说着从水桶上站起来，提起他的汽油桶。"跟我来，梅贝斯。我们有好多东西要打包呢。"

他朝斯科菲尔德家的圆锥帐篷去了，梅贝斯也转身跟着去了。

这时，我才意识到自己究竟做了什么。梅贝斯要走了。梅贝斯将离我而去。

第四十五章

离去。离去。离去。

这句话像丧钟一样在我的脑袋里回响。陪斯科菲尔德一家回帐篷的路上，我脑子里全是这个声音。梅贝斯一只手拿着蓝裙子，另一只手牵着我的手。她走得很轻快，而我的腿却像灌了铅一样，心都要碎了。

离去。这个词如此地不可更改，像是语言的墓碑，意味着一切的终结。

斯科菲尔德太太从火边站了起来，比尔奶奶警惕地看着我们走近。看到汽油桶的时候，斯科菲尔德太太满脸讶异地看着她丈夫。

"这是……"她试探着问。

"足够把我们带到下一个加油站的汽油。"他说。

"这是怎么……"

"是巴克做的好事，都是因为他的善心。"

比尔奶奶皱起眉头看着我。"你买的汽油？"

"不止如此。"斯科菲尔德先生说。

他把手伸进纸袋，抽出一条五彩缤纷的花围巾，递给了他妻子。

"萨拉，去芝加哥的路上这个可以帮你挡风了。"

斯科菲尔德太太把围巾包在头上，在下巴底下打了个结，歪着头说："好看吗？"

"像天使一样。"她丈夫说着，亲了一下她的脸颊。

"双胞胎呢？"斯科菲尔德先生说。

"在河边玩呢。"他妻子回答。

"我给她俩买了一盒蜡笔和一本《小孤儿安妮》的填色书。"他扫了一眼岳母，"也给你买了东西，比尔奶奶。"

他从纸袋里拿出一小卷橡皮筋捆着的现金，递给了老妇人。

"我这个人有很多缺点。这是巴克慷慨解囊剩下的钱。如果你能接下这笔钱，在到达芝加哥之前负责我们的财务，那我不胜感激。"

她抬起手，郑重地接受了他的提议。

"谢谢你，鲍威尔。"然后她看着我说，"我不知道一个普普通通的孩子哪儿来的这么多钱，还全都用来给别人家脱离困境了，但我也不会问你。我愿意相信你是靠诚实的手段得到这些钱的，我只想说谢谢你，感谢主。"

然后她给了我一个惊喜。她站起来，绕过篝火来到我身边，给了我一个巨大的、触及灵魂的拥抱，我的脸深深埋在她的怀里。

"好了，"她说着放开了我，巡视了营地一圈，"我们该开始准备了。"

消息很快就传开了，人们纷纷来斯科菲尔德家帮忙。梅贝斯在准备离开的整个过程中蹦蹦跳跳的，虽然我能理解她去芝加哥的激动心情，可还是有点伤心，她似乎一点也没意识到这对我、我们俩来说意味着什么。圆锥帐篷的油布和里面的毯子被取走了，但大家决定把帐篷的骨架留下，以便其他人在这里居住。

一切都基本准备就绪的时候，梅贝斯冲我开心地笑着说："你可以跟我和双胞胎一起坐后座。"

这让我大吃一惊。"你以为我会跟你一起走？"

"不是吗？我以为你给我们汽油，就是为了让我们一起去芝加哥呀。"

"他们是你的家人，梅贝斯。我的家人在别处。"

"不，巴克，你得一起来。不然咱们俩怎么办？"

"我不能走。我很想和你一起走，但我不能。"

"那带上你的家人也一起。"

"然后呢？把家具都扔了给我们腾地方？别忘了，我们还是通缉犯呢。我不能冒险让你们所有人都惹上麻烦。我要去圣路易斯。"

一颗泪珠从她脸颊上滑下来。"那我就不想走了。我想和你在一起。"

"你爸妈不会同意的，那会伤他们的心。他们也需要你，你知道的。再说了，我们的独木舟上也没地方给你坐。"

"哦，巴克。"

她两只胳膊抱住我，我们站在空荡荡的帐篷旁边。现在帐篷上只剩下支架了，像一个只剩黑骨架没有肉的庞然大物。

斯科菲尔德已经把最后的东西装上后车厢了。"梅贝斯。"斯科菲尔德先生叫道。

"让他们俩再待会儿吧，鲍威尔。"比尔奶奶说。

梅贝斯牵着我的手，我们走到可以看到远方的河水交汇的地方，这是我的过去，也将是我的未来。空气中弥漫着早上炊火的味道，这时一阵微风从水面上吹来，打在脸上凉飕飕的，闻起来有明尼苏达河带来的淡淡的泥沙味。它会将这些泥沙一路带到密西西比河，然后再流入大海。梅贝斯面对着我，亲吻了我，然后把头靠在我的肩膀上小声说："你会给我写信，我也会给你写信的，我们不会失去彼此。"

"寄到哪儿去呢？"

"我姨妈的名字叫明妮·霍恩斯比。她住在西塞罗，就在芝加哥旁边。"

"那你的信寄到哪儿呢？"

"圣路易斯的邮件候领处。"

我心里觉得这样做没用，但如果这能让她开心点，也可以。

我们走到了卡车旁边。双胞胎已经坐上了后座，依偎着斯科菲尔德家还剩下的家当。斯科菲尔德先生已经坐在驾驶座上了，他妻子坐在他身边。比尔奶奶站在开着的副驾车门旁。我扶梅贝斯上了后车厢，她找了个上面放着枕头的旅行箱坐下了。

比尔奶奶把手臂轻轻搂在我的肩膀上。"巴克，人心是个橡皮球，不管被压得多扁，都能恢复原状。记住这个：斯托特街 147 号。"

"那是什么？"

"我妹妹明妮在西塞罗的地址。你自己多保重，听到了吗？"

"是的，夫人。我尽力。"

她上了车，斯科菲尔德先生启动了引擎。艾伯特把车修得很好，发动机发出了隆隆声。车开走的时候，那些因为际遇成为邻居又变为朋友的人挥手道别。我站在他们中间，心里的橡皮球被压扁了。斯科菲尔德慢慢开到通往曼凯托的土路上，那是我看到梅贝斯的最后一眼。她一只手在空中高高地举着，另一只手在抹眼泪。

第四十六章

并没有什么东西相当于一切，但失去真爱却给人这种感觉——吞噬一切的，一个最黑的洞，宇宙中最空虚的地方。梅贝斯离开了，我觉得我的人生也结束了。

如果你从未陷入爱情，尤其是从未陷入年少时的爱情，那你可能无法理解分别的痛苦，也无法理解我站在斯科菲尔德家圆锥帐篷的骨架旁，身边是他们熄灭的炊火，看着望福村的人们慢慢回到日常生活中的那种感受。

格雷船长握住我的肩膀说："巴克，现在他们会没事的。还有啊，谢谢你所做的一切。"然后他也和其他人一起离开了。

此时我完全孤身一人了。我站着的地方刚刚还充满了生机、歌唱、欢笑、热乎乎的食物的味道、家里温暖的毛毯，还有梅贝斯。现在，一片空荡。一切的一切，都变成了虚无。

我被脚带着走，到今天我也不知道那时走去了哪里。我不知不觉走回杨树丛里的营地时已经午后了。我当时离开了艾伯特、艾米和福里斯特，回来的时候让我惊讶的是摩西竟然也在。

但他不是原来那个摩西了。原来的摩西是风中的一片羽毛，不管生活是怎样的狂风，他的心都很轻盈，心情总像在舞蹈。现在的摩西自己一个人坐着，和旁边人坐得很远，他身上散发出一种可怕的黑暗，看到我回来的眼神中满是煎熬。

"饿了吗？"福里斯特说。他似乎毫不在意摩西这朵乌云。他从我们可怜的储存中扔给我一个苹果和一块奶酪。"诺曼，把水袋给巴克让他润润嗓子。"

我坐在艾米旁边，她的表情说明了一切，小脸上满是担忧。她瞟了我一眼，冲摩西轻轻点了下头，然后稍微耸了下肩膀表示无法理解。艾伯特假装忙着捣鼓一个分成两半的金属锅，上面还带一个旋转把手。

"那是什么？"我问他。

"军用炊具。昨天——那时我们还有钱——在北曼凯托一个商店里买的，这样我们就不用拿那个破锡罐做饭了。"他把两半对在一起，将锅把手拧好，然后举起来给我看。

"有什么了不起。"我说。

"至少我花钱的时候，是给我们自己。"

"你可真是心胸宽广啊。"

"至少能照顾好大家。"他说。

"我能照顾好自己。"

"行。那艾米怎么办？"

"我没关系的。"她说。

"那是因为你有我们。"艾伯特说。

他是在生我的气，可是却把火撒在艾米身上了，她的表情马上就变难过了。

一块石头砸在了我和艾伯特中间的地上，扔过来的力气很大，石头直接从地上弹到树林里去了。我们抬起头看见摩西站了起来，狠狠盯着我们，浑身紧绷着，好像要跟我们打一架。

你们两个太渺小了，他比画说，你们的头脑太自私了。

我朝福里斯特望去，但他似乎对于摩西的突然爆发毫不意外。

你们只能看到眼前的东西。你们只关心自己。

我可以辩解说我刚刚帮了一大家子人，或者说我们正在尽一切努力保证艾米的安全，还可以提醒他我们就是为了帮艾米，人头才被标了价，我们距离监狱只有一步之遥，生死都不知道。但当时他脚下还有石头，我觉得他有可能再扔一块，很可能就会冲着我来，毕竟他已经这样弄死一个人了。眼前的摩西我不认识，我也不知道他会做什么。

"摩西，你看到了什么？"艾米问他。看得出，她并不是出于害怕，而是出于关心才问的。

历史，他比画。我看到了我是谁。

我想问"那你是谁"，但说实话我不敢。结果还是艾米问了出来："给我们讲讲吧。"

摩西考虑了一下，脸上还带着一层愠怒。然后他放松了下来，昂起头来对我们比画，跟我来。

我们排成一队跟在他身后，除了福里斯特，他只是看着我们离开，没跟着一起去。我感觉他和摩西之间有某种阴谋，但我不知道目的为何。那时我摸不准这个新摩西，福里斯特也是一个巨大的谜团，我对于我们将走进的地方充满警惕。我感觉到艾伯特也是一样，他一直警惕地回头看我和艾米。

自从我们在那个岛上碰到骸骨之后，一切都无法回到以前了。我怀疑我们是不是被诅咒了。我以前在故事书里看过这种事，有人打扰了死者，结果付出了惨痛的代价。又或许是因为摩西的苏族血统，让他被某种复仇之魂附体了。不管真相是什么，我都想回去。我想回到河边，想回到过去。我想回到基列河边那棵梧桐树下，萤火虫像漫天的星星，艾米在我身旁牵着我的手。在那个瞬间，我感到完全的自由和发自心底的幸福。

"他们都死了。"艾米说。

这话让摩西突然停下了脚步。他慢慢转过身来，深色的眼睛盯着艾米。然后他比画着，三十八。他看着我和艾伯特，好像我们应该明白一样，但他看出我们显然不明白，于是又转过身继续向前走。

摩西把我们带到一个我之前和梅贝斯去过的地方，那一小块被栅栏围起来的草坪。草坪中央立着一块墓碑一样的花岗岩石板。摩西定定地站在石板前，好像他自己也是从一块花岗岩上割下来的。他盯着石头上刻着的字：

此处

曾绞死

38 名

苏族印第安人

1862 年 12 月 26 日

"全都死了。"我重复了艾米说过的话。这话她不只几分钟前说过，几天前癫痫发作后也说过。

"你之前是一直待在这儿吗？"艾伯特问。

摩西摇了摇头，比画说，我一个人，在思考，在图书馆。

"在图书馆？"我说。"干什么？"

了解我是谁。

艾米说："你是谁？"

是摩西，他比画。也不是摩西。然后他拼出阿－姆－达－查。粉身碎骨。

"是福里斯特带你来的吗？"我问。

摩西点点头。

"他给你讲了那些被绞死的苏人？"

讲了一些。我自己了解了整件事，在图书馆。

"整件事是怎么样的？"艾伯特问。

摩西比画，坐下。

我不会把摩西那一整个悲伤、冗长的手语故事都复述给你们听，但大意如下。

到了1862年夏末，苏族在南明尼苏达世代生活的土地大部分被言辞模糊的协议，或者通过公然无视协约被偷走了。那些被任命为印第安代理人的白人太过贪婪，本来应许给苏人的钱和物资都没有兑现。饥饿的妇女和儿童最终不得不去乞求其中一位代理人给一点吃的。

你知道结果代理人怎么说吗？摩西比画道。他垂下双手，脸上痛苦的表情让我不确定他还会不会继续说下去。他让他们去吃草，他顿了一会儿终于继续比画。

他们食不果腹、衣衫褴褛，处于愤怒和绝望之中，一些南明尼苏达的苏人选择了战争。冲突只持续了几周，但双方都死了几百人。士兵把那个地区几乎所有的苏人都围了起来，即便那些压根和战争无关的人也没能逃脱，然后把他们送进了集中营。在接下来的冬天里，病死了几百人。那些侥幸活下来的分散在各个印第安人保留区或定居点，最远的到了蒙大拿。

将近四百名苏族男人为他们在这场血腥冲突中所做的事受审，有的是真的，有的只是猜测。审讯只是个幌子。没有一个苏族人被允许使用律师，他们完全没有机会对指控进行辩护，而其中许多指控都是假的，一些审讯只持续了几分钟。最终，超过三百人被判处死刑。亚伯拉罕·林肯总统给所有人减了刑，除了三十九个重刑犯。在1862年12月26日——圣诞节第二天，摩西苦涩地比画说——其中三十八个犯人被押上了一个制作精良的正方形绞刑台，一起被同时处决了。

他们的手绑在背后，头上套着头罩，摩西比画着，他们看不到对方，所以开始大喊自己的名字，让其他人知道他们都在这里，他们的身体和灵魂都在一起。他们被判了刑，但没人能将他们分开。阿姆达查就是其中的一个。

摩西抬起头看着天空，强忍住泪水，有一刻讲不下去了。

然后他继续：一大群白人来看。到了指定的时间，随着斧子落下，全部三十八个都被绞死了。而那群兴致勃勃的白人观众，应声欢呼了起来。

摩西讲出这个故事的时候，泪水也从我的脸颊上流下来。所有这一切——惨无人道的暴行、不合情理的误判——就发生在我过去四年生活的地方，但林肯印第安培训学校的所有课程中，从来都没讲到过这一点。时至今日，我也说不清我当时是为那些被冤死的人哭泣，为让我感同身受的摩西哭泣，还是为我心中沉重的罪恶感哭泣。我和摩西不是一种人。我的肤色和那些为阿姆达查的死而欢呼的人一样，和那些对整个部落民族做了丧尽天良的事的人一样，我感到他们罪行的污点也在我血液中流淌着。

这时，一辆警车开了过来，慢慢减速。

"咱们得离开这。"艾伯特看着警车经过，小声对我们说。

他拔腿就跑，我和艾米跟在后面。摩西还留在原地，他低着头，泪水洒在墓碑旁的草地上。

第四十七章

我在黄昏时分又往望福村去了。随着夜幕降临，昏暗的树林中人们生起的炊火像一个个发光的绿洲，欢迎的小岛。我心里还在想斯科菲尔德一家，想着他们当时在看到非亲非故的小孩之后立刻就接纳了我，向我表达善意、慷慨和爱。我想紧紧抓住这些，而唯一能想到的办法就是回到他们的营地上。某种程度上，这就像回家一样。

我正沿着河边走，黑暗中一个人匆匆向我走来。我的心怦怦跳着，希望有奇迹发生，是梅贝斯回来了。但很快，我从这个人一瘸一拐的姿势就看出了他是谁。

"巴克，"格雷船长气喘吁吁地说，"我就猜你可能会回来。你得赶快离开这儿，马上。"

"为什么？"

"今天有人来找你了。其中有个警察是个县警长。"

"沃福德？一个红脸的大块头？"

"就是他。"

先斩后奏警长，我心里想。

"其他人长什么样？"我问。

"还有个男的——高高瘦瘦的，黑头发，黑眼睛。"

"是克莱德·布里克曼。是不是还有个女的？"

"对，应该是他老婆。你认识他们？"

"对，他们来没好事。"

"他们说听说有个吹口琴的孩子住在营地上。想问他的消息，还有一个可能和他一起的小女孩。"

"你告诉他们什么了？"

"我什么也没说。但他们给钱，看村里人的窘境，肯定有人会说的。你得躲起来。"

"谢谢，"我说。然后我问，"等你去华盛顿的时候，可要给他们好看。"

"我会的。"格雷船长庄严地点了下头。

我赶快回到营地上。当时我们扎营在曼凯托的郊外，因为在杨树丛附近一个人都没看到，所以我们有点放松了警惕。我看到艾伯特已经生起了火。他把军用炊具放在火上，我闻到了煎汉堡肉的味道。

"把火熄了。"我说。

他抬起头，又绷起脸来准备跟我吵。"为什么？"

"布里克曼夫妇来了，还有沃福德警长。"

艾米当时正盘腿坐着，看艾伯特做饭。我听到她一下屏住了呼吸。摩西坐在炊火的另一边，现在每当他跟我们在一起都要保持距离。他正弓着背若有所思地盯着炊火燃烧，但一听到布里克曼和沃福德的名字，他身体立刻僵直了起来。

福里斯特平静地说："我猜你们又要上路了吧。"

艾伯特熄灭了炊火，我们坐在压抑的沉默中吃掉了珍贵的白面包做的汉堡。我不知道其他人是怎么想的，但我本来已经开始希望我们已经逃出了布里克曼的手掌心，至少他们已经不愤怒了，回到林肯学校，满足于用恐惧支配剩下的孩子们。如今，围坐在灭掉的炊火旁的黑暗中，我想也许我们永远无法挣脱他们了，不管我们逃到哪里，他们都能找到我们。

"天一亮，我们就上路，"艾伯特说，"我们在任何人来探查之前就离开这儿。"然后他说了句话好像打了我一闷棍。"摩西，你跟我们一起走吗？"

在黑暗中我看不清摩西的脸，但我看到他举起手比画说，不知道。

那天晚上，我没怎么睡。并不是因为平常的失眠，而是我所熟悉的世界正分崩离析。我起身走到河边，坐在一块大石头上，看着天上那两颗连起来永远指向北方的星星，梅贝斯的和我的。那就是河水将带我们去的方向。月亮还没升起来，河水在黑暗中流淌。我曾以为这条河流给我们带来自由的承诺，如今看来，它带来的只有无尽的失望。

然后我头脑中闪过一个无比阴暗的想法，我甚至能尝到其中的苦涩：我们到底为什么要离开林肯学校？在那儿的生活很惨，没错，但它至少没什么变数。至少我们没被警察追捕。布里克曼夫妇是恶魔，但我们知道如何对付他们。艾伯特和摩西都快要毕业了，然后就能做任何他们想做的事了，我也能熬过剩下那几年。可现在，在河上漂着，一切都是不确定的，唯一确定的是布里克曼和警察不抓到我们决不罢休。和前方等待我们的麻烦相比，在静室里关禁闭简直就是小菜一碟。

在黎明来临之前那老鼠般灰色的天光下，我们起床悄悄装好了船。摩西也帮了忙，但没有表态到底会不会跟我们一起走。我很害怕他的回答，所以也没有问。最后还是艾米提起了这件事。

"求你和我们一起走吧，阿姆达查，"她叫了他的苏族名字，"我们是一家人。"

摩西看了她很久，又看了河很久，最后他比画说，确定你安全我再离开。

我明白了他同意跟我们走只是为了艾米，而不是艾伯特或者我。家人？已经和我们出发时的希望一样落空了。

"福里斯特，你准备怎么办？"我们要离开的时候艾伯特问。

"我也不知道。"

"你可以和我们一起走。"艾米提议。

福里斯特冲她感激地笑了笑，但摇了摇头。"你们的独木舟上盛不下我了。再说了，这就是我家，我的家人也在这里。是时候去看看他们了。"他转头看着艾伯特，"你们现在是去圣路易斯，但还得途经另一个'圣'，圣保罗。我在那儿有认识的人，很好的人，他们会愿意帮助你们的。"

他从衬衣口袋里拿出一张纸条和一根短铅笔，写了些什么，然后递给了我哥。他和艾伯特握了手，也跟我握了手，最后揉了揉艾米的头发。

他转身面对摩西，现在叫阿姆达查了，把手放在他肩膀上。"Wakan Tanka kici un。"

艾米小声告诉我："愿造物主保佑你。"

阿姆达查抓住船尾，艾伯特爬到船头，我和艾米坐在小船的中间。然后阿姆达查踏进船里，拿起了船桨，福里斯特把我们推入了河流中。

第四十八章

我们从林肯学校逃走到现在已经过去一个月了，我受够了逃跑的生活。那一整个早晨我都坐在独木舟里闷闷不乐的。大家都很安静，连艾米和彼得兔都没有说话。岸边的景色也很无聊，让我们提不起精神。两岸满是洪水留下的痕迹——干枯腐烂的碎片挂在两岸低矮的树枝上，每个河流转弯处的岸边都堆满了浮木。很久之前从谷底被整棵拔起的棉白杨树干已经变白，停在沙洲上，如今像恐龙的骨头一样在河流中央支起。也许是这些灾难留下的痕迹让我们沉默，又或者大家只是感到像这些被拔起的树一样绝望和不得其所。

大约中午时分，我们在沙滩上一棵大榆树的树荫下停留，从所剩无几的食物储备中拿出一些当午饭。

"你们看。"艾米指着河对岸一棵棉白杨的树干，大概离地面 10 英寸的位置，树干被劈成了两半。那里一个又脏又烂的床垫卡在了树身的分权处。"它怎么跑到那儿去的？"

"因为洪水。"艾伯特说。

"这么大的洪水吗？"

"这条河就是因洪水而生的，艾米，"艾伯特说，"一万年前北方有个湖，比现存的所有湖都大，叫作阿加西湖。有一天绕着它的土地和碎石墙开裂了，所有的湖水都涌了出去，形成一条名叫沃伦河的巨大洪流。一个河谷被它从中间冲开一条几英里宽的河道，从明尼苏达一路延伸到密西西比。现在我们走的这条河就是那个巨大洪流冲刷而留存至今的。"

我哥总喜欢炫耀他从书里读到的东西。虽然我觉得这还挺有意思的，但我绝不会告诉他。

"咱们在河上的时候会有洪水吗？"

"有可能，如果雨水足够多的话。"

拜托千万别下雨，我心里想。

但艾米好奇地睁大了眼睛。"我想看。"

摩西——我还没习惯他现在是阿姆达查了——和我们分开坐，虽然坐得不算太远，但明显感觉到和我们分开了。

"欧迪，你一直没告诉我小恶魔和公主结没结婚。"艾米看到我疑惑的表情说，"你故事里的小恶魔和公主，他们最后结婚了吗？"

我正思考该怎么回答，一块长长的浮木漂了过来，它被卷进一个漩涡开始旋转。

我还没有跟他们任何人说过梅贝斯和我的事，一句都没说。当艾伯特去帮斯科菲尔德先生修卡车的时候，我说我就是恰好认识这家人，他们需要帮忙。我也不知道我为什么对我和斯科菲尔德家的关系以及对他们女儿的深情如此保密。我努力说服自己这是因为我希望梅贝斯——即便只是对梅贝斯的回忆——只属于我一个人，无须向任何人解释，也不必忍受艾伯特对我初恋的刺探。

但当我看着那块浮木一圈圈地旋转，我终于接受了一个事实。我已经感觉到我、艾伯特、艾米和摩西之间生出了嫌隙，我害怕我们会四分五裂。在那个糟糕的时刻，我忍不住想，自己是否跟随了错误的家庭。这想法把我自己都吓了一跳。

"小恶魔和公主没有结婚，"我对艾米说，"公主留下帮助她的臣民，小恶魔自己继续上路了。"

"噢。"她说，表情很难过。

"爱情不总能开花结果。"我跟她说，自己朝河里扔了块石头。

我们一路行进到傍晚，来到一个镇子的郊外。

艾伯特说："福里斯特给我讲了这条河大概的流向。前面应该就是勒苏尔了。今天咱们就在这儿停下吧。"

我们在一个小河湾里扎营。刚安顿下来，就听到镇子那边传来枪声。

"是谁在开枪？"艾米问。

"在向谁开枪？"我也问。

艾伯特支起脑袋听着，然后脸上露出笑容。"不是枪声，是烟花。今天是独立日。"

虽然林肯学校从不允许放烟花，但每年独立日我们都会到镇上去，和其他人一起到尤利西斯·S.格兰特公园看青年商会放冲天火箭、火炮弹和飞天炮。现在想来，逼着那些没有自由、几十年前就被剥夺自由的孩子参加这种活动多么不合时宜。但事实上我们当时都很喜欢这些令人目眩神迷的空中表演，宿舍熄灯之后，我们还会窃窃私语，重温那些最好看的片段以及壮观的结尾。

勒苏尔的烟花表演在日落后不久就开始了。公园肯定离河不远，因为烟花在空中的绽放和爆炸声在时间上离得很近，我们周围的空气都在震动。

"哦，快看。"艾米看到一朵巨大的洋红色菊花在一片金色的烟花雨中绽放时，大叫了起来。她在激动之下抓住了阿姆达查的手。我看到他缩了一下，然后放松了下来，露出了微笑。我很惊讶，也松了口气，我已经太久没见他笑过了。

"吹个什么吧，欧迪。"等夜晚重归宁静，艾米恳求道。

我的心情变好了点，但并不特别有爱国情绪，于是我把我的和来口琴放到唇间，吹了一曲《漫步河畔》。这首歌是艾米的妈妈教的，它的曲调和歌词总能让我振奋精神。

艾米立刻就听出了这首歌，认真地唱了起来："我要让困倦的头躺下，躺在河边……"

艾伯特在几小节之后也跟着唱起来："再不思考战争，再不思考战争……"

到了第三段，阿姆达查也开始比画歌词。

那天晚上我们冒险生了火，坐在火边小声聊天，和我们曾经在河边度过的许多夜晚一样。我开始感到那些碎片又慢慢拼凑到了一起，但我知道一切都不可能完全和过去一样了。每经过河的一道弯，我们都在改变，成为不同的人，我也第一次意识到我们的这趟旅程不只是为了到达圣路易斯。

艾米把头靠在我肩膀上睡着了。我把她放到毯子上，但她惊醒了，一下抱住了我，于是我躺下来陪她。

艾伯特和阿姆达查留在渐熄的篝火旁，微弱的火光映照着他们的脸庞。

"我很抱歉。"艾伯特说。

为什么？阿姆达查比画。

"我见过我的爸爸妈妈。我知道我是从哪里来的。"他之前一直盯着篝火，说到这里抬起了头。"我从没想过这对你来说有多难。"

现在最重要的是"我是谁"。

艾伯特拿起一根树枝搅动炭火，几簇火苗又烧了起来。"我之前很担心你不会跟我们一起走。"

我会回去的。未来某天。

"因为你现在是阿姆达查了？"

粉身碎骨，我想。

阿姆达查抬头看着夜空，想了一会儿，微微耸了耸肩，然后比画说，得了，你还是叫我摩西吧。

第五部分

洼地

第四十九章

又走了两天，圣保罗才进入我们的视线。最先映入眼帘的是宏伟的斯内灵堡，石制的灰色城墙占据了明尼苏达和密西西比河交汇处的峭壁。

从这个雄伟的城堡下面经过时，摩西抬起头看着它，眼里满是仇恨。杀死我们族人的士兵就来自这里，他比画着。他看着河底小径沿线的树和倒影，像是在找什么东西。他们造了一个监狱，把两千名妇女儿童和老人关了进去。接下来的那个冬天里死了几百人。

对摩西来说，在我们离开新不来梅之后发生的一切把他的灵魂撕裂了。我们划船前往圣保罗的这几天里，白天我看着他被撕裂的痛苦折磨，晚上我听着他在睡梦中含糊不清的哭喊。所以我觉得我能理解经过这些石墙时他心里的愤怒，因为它标志着他生命中一切被夺走的东西。

我们在日落时分驶入了密西西比河，河面宽广，河水像

443

镜子一样平缓，最后一抹夕阳将水面照得波光粼粼。艾伯特把我们带到河边过夜。我们把独木舟清空，移出水面，在树林里扎营，然后开始收集浮木生火。其实生火就为了有点光，因为我们完全没有食物吃了。我们已经一天多没吃东西了。我开始考虑用靴子里的五美元去买吃的，但艾米告诉过我该用的时候我会有感觉的，那时我觉得时机还没到。

我们在明尼苏达河上遇到过载着好多东西的拖船，但我们在宽广的密西西比河上最先看到的两艘船就有之前的两倍长，一个拖着十艘驳船，另一个八艘。它们驶过后留下的波浪猛拍向岸边，要是我们的独木舟不巧跟在它们后面，很可能会沉。

我们刚踏上这趟旅程的时候接近满月，那天晚上又是一个满月。我躺在河底小径旁的树林中，看着月亮上的那个人，他的脸被枝叶的影子割得破碎。我睡不着。我们终于来到了通往圣路易斯的密西西比河。可是还要走多远，还有多少个满月在等着我们，我心里没底。

我听见摩西起身，然后看到他悄悄溜走了。我以为他是去解手，可是过了好久还没回来，我就开始担心了。我穿上靴子，从毯子上起来，顺着他之前消失的方向走入河谷深处。我在一小块空地上找到了他，他盘腿坐着，望向夜空的脸被月光照得很白。他低声地吟唱着，因为没有舌头唱不出歌词，但显然是念念有词。我猜想也许福里斯特教给了他某种祷词，或者他只是唱出了心中的想法。他发出的声音忽高忽低，像这片黑夜之海上的波浪。他举起双手，像是在祈祷，或是在庆祝。我哪懂得？我感觉自己闯入了禁地，看到了一些不该被别人看到的东西，于是悄悄离开了。

转天早上，我们装好独木舟，准备驶入圣保罗。我能看到上游崖壁顶上的点点房屋，有些看起来非常宏伟。

"你看那里住的是王子和公主吗？"艾米看着那些豪宅说。

"肯定是有钱人，"艾伯特说，"有钱人总是住在可以俯视别人的地方。"

"我也想变成有钱人，"艾米说，"也住在那样的大房子里。"

艾伯特说："你知道住那样一座大房子要付出什么吗？"

艾米摇了摇头。

"你的灵魂，"他说，"来吧，咱们上路吧。"

我们几乎一早上都在划行。河岸边的景色变了——工厂取代了树林，小房子整齐地排列着一路建到山顶，接着几座石塔映入眼帘。这是我见过最高的建筑，它们一个挨一个矗立着。还有个圆顶的大教堂建在背靠石塔的山顶上。我们从一个看起来无比高的桥洞下面驶过，最终艾伯特把我们领进了一个长岛和河南岸之间的狭窄河道里，我们把独木舟停靠在了所有那些市中心宏伟建筑的对岸。

刚一下船，艾伯特就从口袋里掏出一张纸。我认出这是福里斯特给他的，上面写着他说能帮到我们的人的名字。我不知道我们需要什么实际的帮助，但我们真该好好洗个澡了。自打离开伊芙修女那里，我们就再也没有洗过了，相互之间都能感觉到对方身上腐臭的味道。

"'西岸洼地，格蒂·海尔曼，'"艾伯特读道，"'问谁都行。'"

我从他肩膀上面看到除了那个名字之外，弗利斯特还画了一幅河流示意图，在西岸洼地那儿画了个叉，这大概就是我们所在的地方了。

"现在干什么？"我问。

"我去找格蒂。"

"那独木舟怎么办？"

"你们留在这儿，你们三个。我自己去。"他看了摩西一眼说，"保证别出事。"

摩西庄重地点点头，然后我哥爬上河岸就不见了。

从我的经验来看，铁轨和河水像是一对亲兄弟，它们到哪儿都一起走。我们停船的地点上面有好几条铁轨。等艾伯特回来的时候，有一辆很慢的货车经过，往下游去了。那辆车的车厢都是空的，一些车门也没关上。偶尔我们能看到一两个人百无聊赖地坐在里面。他们经过的时候，我们盯着他们看，他们也茫然地看着我们。我在想，他们要去哪儿呢？

他们自己知道吗，在乎吗？

最后一辆车厢经过之后，铁路的另一边出现了三个小孩，跟我们一样，手揣在口袋里，好奇地看着站在独木舟旁边的我们。

"你们是印第安人吗？"最高的那个孩子问。他皮肤黝黑，头发乱糟糟的，一对大耳朵，身上的衣服跟我们的一样脏。我估计他跟我差不多大。

"我们看着像印第安人吗？"我冲他喊。

"他像，"他指着摩西说，"而且你们有个独木舟。"

"我们是流浪者。"我说。

"流浪者。你们是哪个国家来的？"

"就是这儿的。"

"呵，我们这儿有阿拉伯人、墨西哥人、犹太人，就是没听说过流浪者人。你们叫什么名字？"

"巴克·琼斯，"我说，"这个是阿姆达查，这个是——"艾米没叫过别的名字，于是我犹豫了，想起个合适的名字给她。

"艾米。"她自己说。

"我有个妹妹叫艾玛，名字差不多，"高个男孩说，"我叫约翰·凯利，这是穆克，这是奇里。"他看了看河的上游。"你们是划船过来的？"

"是的。"

"从哪儿？"

"你们问题真多，"我说，"你们住在附近吗？"

"我们住在洼地。"

"你们认识格蒂·海尔曼吗？"

"所有人都认识格蒂。怎么了？"

"我们在找她。"

"她很容易找到的。"他好奇地看着我们的独木舟，"从来没坐过这个。很晃吗？"

"会划就不晃。"

"我们能坐一次吗？"

"以后有机会吧。"

"你们会在这儿待一阵儿？"

"还不知道呢。"

"巴克·琼斯，"约翰·凯利说，"和那个电影明星同名。"然后他咧嘴笑了。"我信你个鬼。回见，巴克·琼斯。"

他转身离开了，另外两个孩子也跟他走了。

几分钟之后艾伯特回来了。"上船。"他说。

"我们继续走？"

"还得往下游走一段。"

我们又划了半英里到岛的最边上，狭窄的河道在这里又变成了宽阔的河面。棚屋沿岸而建，几艘我后来才知道叫作篷船的船也停在那里。我们最后来到了一栋巨大的砖楼前，楼侧面有白漆写着"摩根船厂"的字样。几个制船码头伸到河里，那儿也停着几艘大船。有几艘带桅杆，有几艘流线型的快艇，还有一艘尾轮拖船。一个男人站在及膝的棕色河水里，弯腰对着一艘稍大的帆船检查水面上被胶合板草草补起来的洞。艾伯特带我们划到离那个男人几英尺远的地方时，他听到了我们的桨声，转过身来。

"我来找伍斯特·摩根。"艾伯特说。

"我就是。"他几乎没有头发了，但上嘴唇上却留着华丽卷曲的黑色八字胡。他穿着一件蓝色的工装衬衫，袖子卷到保龄球一般结实的肱二头肌上。

"我刚从格蒂·海尔曼那边过来。她说我们可以把独木舟留在你这儿。"

"她说的是吧？好吧，咱们不能让格蒂说话不算话。把船抬起来，我们找个地方放吧。"

伍斯特·摩根蹚着水过来，看着我们把东西从船上卸下去，然后我哥和摩西把独木舟扛在了肩膀上。"这边。"他说着，招手让我们跟上。

船厂里面是个巨大的房间，放着车床、磨具，以及一大堆我见都没见过，也不知道干什么用的工具。屋子里还有许多焊接设备，椽子上挂着粗链子，上面的钩子足够吊起一条鲸鱼。一只小船被放在木块上，船身上装着刀片——后来我才知道，这是一条冰上帆船。船厂里充满着机油、乙炔和新

449

锯末的甜味。艾伯特的眼神完全被这些机械装置勾住了，看得出来他觉得自己走进了天堂。

伍斯特·摩根摆好几个锯木架，让我们把独木舟搭在上面，然后问了我们的名字。我们告诉他最近这些天用的化名。

"格蒂跟你们说了我这个轮船酒店的规矩了吗？"摩根问。

"没有，先生。"艾伯特回答。

"你们可以在这儿放一周。一般我要收一美元，不过看在你们是格蒂朋友的分上……"他顺了顺自己的八字胡，打量了我们一下，"你们几个男孩跟我握个手，那个小天使亲一下我的脸颊，就算给钱了。"

我们穿过西岸洼地，七八个正方形街区里，楼和楼之间紧紧挨着，连我和艾米从中间穿过都有困难。实际上，不少楼房看起来并不比望福村那些临时建筑结实多少。所有房子的厕所都建在屋外，目之所及没有自来水，没有草坪，仅有的几棵树也半死不活。而就在这一片狼藉之中孕育出了一个社区，从我们见到的人来看，还是个挺热闹的社区。女人们把衣服晾在绳子上，隔着篱笆互相招呼；穿着破衣烂衫的孩子们在泥土地院子里玩耍；男人们驾着马车去干活——有收旧货的、有送冰的、有修理工。街上也偶有几辆汽车，但很少。我们转去费尔菲德街，道路两旁布满了商店——肉铺、布店、杂货铺，还有几个理发店，一个铁匠店，顾客进进出出，互相亲热地打招呼。

在林肯学校，我们有自来水，有淋浴，头顶上有个一般来说不会漏雨的房顶。我们有草坪，还有好多树。一日三餐，有床睡觉，老实说生活得也算舒适。但在这个拥挤、混乱的社区里，我能看到两样我们在林肯学校被剥夺的珍宝：快乐和自由。

"就是这儿。"艾伯特指着一个破旧的二层角楼，一面窗子上写着"格蒂家"三个字。

门开着，我们跟着我哥走了进去。里面很狭窄，摆满了桌子。椅子被倒放在桌面上，椅子腿朝上。空气中弥漫着香喷喷的饭味。

小餐厅一角上架着一个折梯，一个男人正站在上面修房顶上的洞。听到我们在木地板上的脚步声，他转过头来看着我们。他戴着工人手套，一身工装和靴子，破得像是去过一次非洲。他从梯子上下来，朝我们走过来。我看到他右边脸上有一道很深的伤疤，几乎让他睁不开眼睛。虽然这个旧伤对他现在没什么影响了，但看着就让人难受。他摘下手套，双手握拳叉腰，认真打量了一下我们每个人。等他一开口我才明白，虽然穿成这样，但眼前这并不是个男人。

"你们好啊，"她说，"我是格蒂。"

第五十章

"先说重要的事。"

格蒂把我们带到厨房，有个女人正站在炉灶边，看着两个沸腾着的大锅里面的东西。我一进来闻到的香味就来自这里。

"芙洛，"格蒂说，"有客人来了。"

女人转过身来。锅上的水汽把她的金发蒸得软塌塌的，脸也红通通的，但这一点不影响她的美丽。她的眼睛是湛蓝色的，见到我们立刻露出了一个巨大的微笑。

"孩子们！"

"这个诺曼说，"格蒂说，"是福里斯特让他们来的。"

"福里斯特？他怎么样？"芙洛的语气里充满惊喜，"他人呢？"

"失业了，在曼凯托呢。"格蒂完全没给我们说话的机会。

"回明尼苏达了啊，"芙洛说。她脸上的笑容似乎就僵在那儿不动了。"我们会见到他吗？"

虽然这问题是冲我们来的，但结果回答的又是格蒂。

"他要在家那边待一阵儿，但我了解福里斯特，他早晚会到这儿来看他弟弟的。"

芙洛的蓝眼睛像夏日的天空一样温暖地扫过我们每个人。"你们会在我们这里待到……？"

"他们要去圣路易斯，就在这儿歇歇脚，"格蒂说，"我今晚让他们住棚子里。"

芙洛穿着一条到小腿的花裙子。她把裙摆提起来，蹲下去平视着艾米，对她说："你真是我见过最可爱的小孩了。你叫什么名字？"

"艾米。"

我一听不禁翻了个白眼。她到底什么时候能长记性啊。

芙洛抬起头来看着我。

"我叫巴克，"我说，"巴克·琼斯。"

"和那个电影明星一样。你呢？"她问艾伯特。

"诺曼。"他说。

"那你呢？"

摩西低头望着她，我觉得就算他有舌头也说不出话来，他已经变成她的崇拜者了。

"他叫阿姆达查，"艾伯特说，"他是个苏人。"

"跟福里斯特和卡尔文一样。"芙洛说。

"卡尔文？"

"福里斯特的弟弟，他没跟你提过？"

"没有，夫人。他就让我们来找格蒂。"

"那可能是因为他不确定卡尔文在不在。现在是河上的忙季。你们的父母呢？"芙洛问。

"我们是孤儿，我们几个都是。"艾伯特说。

"真抱歉。"她的笑容收回去了一点。"这种日子肯定不好过。"

我肚子咕咕叫了起来。我已经两天没吃东西了，锅里飘来的味道让人无法忽视。

"饿了吗？"芙洛问。

"我现在能吞下一匹马。"我说。

"他们就待一个晚上，"格蒂唐突地说，"我们今晚给他们晚饭，让他们睡棚子里。他们帮我们做晚饭作为报偿。"

"好的。"芙洛点点头表示同意。

"跟我来，"格蒂说，"你们安顿一下，我给你们点吃的，然后……"她严厉地打量了我们一番，"然后洗澡。"

我们是在一个石头建筑里洗的澡。那是个公共澡堂，在河对岸市中心的边缘，在没有自来水管道的底层人中间颇为流行。看着澡堂里人头攒动，同病相怜的人可真不少。

我们回到洼地的时候已经将近傍晚了。格蒂家还没有开门供晚饭，但已经有几个人坐下了。我们一进门，他们转过头来看着我们，好像我们是擅自闯入的。

"格蒂家还没开始营业呢。"其中一个男人说。

他身材高大，肩膀很宽，一头油腻的棕发，下半张脸被胡须的阴影盖住了。他的眼睛和芙洛的一样，是湛蓝色的，但眼神中一点善意也没有。

另外一个男人是印第安人，我立刻意识到他准是卡尔文，福里斯特的弟弟。他至少比福里斯特小十岁，头发编成了辫子垂到肩膀下面一点。他的表现和同伴们有些不同，尤其当他那双核桃色的眼睛看到摩西的时候，他端详起他来。

艾伯特替我们回话，大胆地说："我们是今晚给格蒂干活的。"

"她没提起你们。"那个肩膀很宽的男人说。

"因为我做什么跟你们没关系，"格蒂从厨房走出来说，"特鲁[1]，你们在船上干什么是你们的事，我在这儿干什么是我的事。我不喜欢你这种语气，尤其别这样跟我的手下说话。"

那个叫特鲁的男人面前放着一个玻璃杯。里面液体的颜色和上面浮着的一点泡沫告诉我，他喝的是啤酒。从他的语气和看我们的那种暴躁的眼神来看，这肯定不是他的第一杯。

---

1 特鲁（Tru）为特鲁曼（Truman）的昵称。

芙洛在格蒂后面也走了进来，用赞许的眼光上下打量了我们一下。"可爱极了。"她说着从卡尔文和那个坏脾气的男人坐着的桌下拉出一把椅子。"不顺利吗，特鲁？"

他吞了一大口啤酒。"伍斯特·摩根说至少要一周，可能两周。说他得找到发动机的部件。贝伦森的拖索给了库珀，那个浑蛋。天知道等那时候我还能不能接到活儿。"

"你修不好吗？"

"也许行，如果摩根能借给我工具的话。"

"他已经说了等结了冰就给你。"卡尔文露出一个平静的微笑。

"噢，特鲁，我不是跟你说了别太情绪化。"她把手轻轻放在他肩膀上，"会有办法的。"

"我只希望到那时我的船员没走光。麦克·库珀已经传话出来了，说他欢迎所有愿意给他干活的人。"

"忠诚很重要。"芙洛说。

"胡佛当政的时代，钱更重要。"特鲁回答。

"卡尔文，这些孩子是你哥哥让来的。"芙洛说，然后把我们一个个介绍给他。

"福里斯特怎么样？"那个印第安人问。

"我们离开的时候还挺好的。"艾伯特说。

"在哪里？"

"曼凯托。"

"准是找不到牛仔的活儿了。他提到自己之后有什么计划了吗？"

"没有，先生。"艾伯特回答。

卡尔文往后一靠："我要是修不好'海乐'号，也去曼凯托算了。"

"'海乐'号？"

"我哥哥拖船的名字。"芙洛说。

原来是兄妹。现在我明白了。

"其实叫'海尔'号或者'海沃德'号，"芙洛说，"我们就简称'海乐'了。"

"要是修不好那个破发动机，没法继续拖船，那这名儿也叫不了多久了。"她哥哥说。

"特鲁，你就准备坐在这儿喝到我们开张？"格蒂叉着腰，眼睛盯着那个坏脾气的男人。

"我宁愿吞一条死鲇鱼，也不吃你的猪食，格蒂。"

"随便你，今天是芙洛做的扁豆汤。"

"我一会儿回来，"特鲁说着，喝完了酒，"走吧，卡尔[1]。看看码头上有什么活儿。"

他们走后，芙洛说："他是个好人，不过现在陷入了困境。"

---

1 卡尔（Cal）为卡尔文（Calvin）的昵称。

"我认识他的时候他就在那困境里了。"格蒂说。她打量了我们一下，然后说："你们洗得挺干净的。赶紧准备一下，今天晚上好多活儿呢。"

某种程度上说，这是我的第一份正式工作。事实证明，我人生中再也没有做过像那晚一样的工作。

第五十一章

格蒂每餐只供应一种菜品。那天晚上是扁豆汤和面包，爱吃不吃。这让上菜很容易。格蒂家是极简风格，没有华丽的装饰，没有桌布，墙上也没有漂亮的相框或者绘画。这就是个提供物美价廉的家常菜的餐厅。芙洛负责在餐厅装盘，我和艾米上菜，艾伯特收桌，摩西负责洗碗碟杯子，格蒂负责收钱和保证餐厅正常运转。

所有人都认识格蒂，格蒂也认识所有人。她大部分主顾都是男的，而且很多人显然都在走背字。"我这不是慈善餐厅"是她常说的一句话，但我从没见她不给饭吃就把谁打发走。

她五点钟准时开餐，但却没有具体的闭店时间。什么时候汤没了就结束营业，在这里吃得盆干碗净从来不是问题。

等我们把餐厅收拾干净，碗碟也都洗好放好之后，芙洛拿出一条面包、一块奶酪、一些冷牛肉片、番茄和生菜，给我们做了三明治。我们在窗旁边的桌上坐下来。当时已是黄昏，傍晚的夕阳像金色的波浪透过玻璃射进来。窗外人流、马车和少有的汽车带来的喧嚣都渐渐褪去，留下一片宁静。

"你们干活很卖力，"格蒂说，"而且也不抱怨。可以留你们多干一阵儿的。"

"所有人都在打听埃尔默和贾格思，"我说，"他们是谁？"

"两天前，他们还干着你们现在干的活儿。现在他们正坐在河对岸的县监狱里。"

"出了什么事？"

格蒂说："喝多了，和不该混的人混在了一起，得关十五天。"她又认真打量了我们一会儿，"你们接下他们的活儿怎么样？很着急去圣路易斯吗？"

艾伯特说："工钱怎么算？"

"食宿，外加一美元一天。"

"每人一美元？"

格蒂笑了："我也没那么需要你们。所有人加起来一美元。"

艾伯特跟我们每个人对视了一下，知道没人反对。给我们四个一天一美元，十五天之后钱就够让我们离圣路易斯更近了。他对格蒂伸出手："成交。"

这时门开了，特鲁和卡尔文回来了，把几把椅子翻倒在桌上。

"什么也没剩。"格蒂说。

"三明治看起来挺好吃的。"特鲁说。

"我给你们俩弄点。"芙洛起身去了厨房。

"所以，发现什么了？"格蒂问。虽然她的语气很尖锐，但我感觉到她是期待好消息的。

"如果我下周能让'海乐'号下水的话，克莱斯克（Kreske）可以给我一船粮食拖。这本来是铂金斯的活儿，但他因为之前为莫林装了满满一船的酒被抓了。克莱斯克的货要运去辛辛那提，我从那儿可以再运磷酸盐回来。"

"你来得及修好'海乐'号吗？"

"我也不知道。你觉得呢，卡尔？"

"那得看你和伍斯特·摩根了。你对他态度好点，他说不定会借我们工具。但即便这样……"他不置可否地耸了耸肩。

"让特鲁曼·沃特斯去求人？"格蒂说，"我可真想看这一幕。"

门又开了，一个孩子匆匆跑进来。我认得他。约翰·凯利，就是那天早些时候在铁轨旁跟我们说话的孩子。

"格蒂，"他喘着粗气说，"要生了，我妈搞不定了。"

"她让你来的吗？"

他摇了摇头。"是奶奶，她觉得我们需要个医生。"他扫了一眼，看见了我。"嗨，巴克。"

"你们俩认识？"格蒂问。

"下午认识的。"约翰·凯利说。

"你，"格蒂瞪了我一眼，"跟我们走。"她站起来对剩下的人说："别把我吃破产了。芙洛！"她朝厨房喊："我要走了。戈尔茨坦太太要生了。"

芙洛用围裙擦着手走到厨房门口。"你根本不懂怎么接生，格蒂。"

"她哪次被不懂拦住了。"我听到特鲁小声说。

"等把戈尔茨坦家的事处理完我们就回来。"格蒂大步出了门，我和约翰·凯利努力跟在后面。

我们没跟她一起去约翰·凯利家。到了马路尽头，她命令道："你们俩去找韦恩斯坦医生。希罗莫，你知道他住哪儿吧？"

"知道，斯塔特街上。但是妈妈说她没钱请医生，格蒂。"

"这个我来处理，你就负责把他带来。"

"希罗莫？"和格蒂分开后我问，"我以为你叫约翰·凯利。"

"那是我的小名。"

"小名？穆克和奇里才是小名。"

"太复杂了，我回头再给你解释。走吧。"他跑了起来。

约翰·凯利——我从没想过他会叫希罗莫·戈尔茨

坦——猛砸斯塔特街上一户人家的门，终于一个瘦瘦的女人开了门。当时天已经快黑了，她看起来很疲惫，但还是很有耐心地问："怎么了，孩子？"

"我妈妈正在生产，情况不好。"

"你妈妈？"

"第三街上的罗西·戈尔茨坦 (Rosie Goldstein)。"

"谁啊，艾斯特？"一个看起来比那个女人还疲倦的男人出现在她身后。

"这孩子的妈妈在生产，西蒙。他说出现了一些困难。"

那个男人窄窄的鼻头上架着一副眼镜。他从眼镜上方打量我和约翰·凯利。"现在谁陪着她呢？"

"我奶奶和我姐。"

"没有产婆？"

"只有她们。但格蒂已经过去了，她让我们来找你。"

"格蒂·海尔曼？你怎么才说？妈妈，把包给我。"

戈尔茨坦家住在一幢歪歪斜斜的复式的楼上，外墙上两英尺高的地方划着一条黑色的水线。

"这个？"被我问到的时候，约翰·凯利说，"为了洪水。洼地几乎每年春天都有。"

一进屋我就听到戈尔茨坦夫人痛苦的叫声。两个女人出来迎接我们，她们是楼下的邻居，两个未婚姐妹伊娃·科恩和贝拉·科恩。"韦恩斯坦医生，谢谢您能来，"伊娃说，"我们也想帮忙，但情况有些不对头。"

"女士们，让一下。"医生说着就上了楼。

"你们俩，"贝拉说，"就待在下面。希罗莫，你妹妹艾玛在里面呢。我们给你们弄点吃的。"

科恩姐妹给我、约翰·凯利和他妹妹艾玛拿来米布丁吃。我从来没吃过这东西，味道还不错，但还不足以把我的注意力从楼上的哭喊声中转移开。即便多年后我负伤待在法国的战地医院里，也没听过任何像那个漫长的七月夜晚在圣保罗的西岸洼地，约翰·凯利的妈妈分娩时那种撕心裂肺的尖叫声。她的叫声持续了好几个小时，最终贝拉哼着歌哄艾玛在破沙发上睡着了，给她盖了一条阿富汗针织毯。她让我和约翰·凯利也睡一会儿。但约翰·凯利睡不着，他盯着天花板看，好像那个婴儿随时都会穿透天花板掉下来一样。

"科恩小姐，你有纸牌吗？"我终于问。

"有啊，巴克，"伊娃说，"我去拿。"

我对约翰·凯利说："你会玩疯狂八吗？"

"当然了，这谁不会。"

于是我们玩疯狂八一直玩到第二天凌晨，女人的叫声终于停息了，但另一种叫声开始了，声音更高更微弱。

贝拉·科恩之前一直坐在摇椅上不时打着瞌睡，此时她夸张地拍了下手说："孩子出来了。"

约翰·凯利扔下牌，猛地跳起来，从科恩家外面的楼梯跑了上去。我对两姐妹的照顾表达了感谢，然后跟着他上去了。走到最上面的台阶，我遇到了格蒂，她的脸色和我们吃的米布丁一样苍白。她怀里抱着一捆床单，可能本来是白色的，但如今上面满是斑驳的红色污迹。

　　"是个男孩。"她说。

　　我看着那些床单说不出话来。我对于分娩一无所知，格蒂怀里的东西吓到了我。"她死了？"

　　格蒂摇了摇头，疲惫地笑了。"没有，巴克，就是难产。这个叫臀位分娩。孩子出来的方向错了。"

　　"生孩子是都那么……吵，那么一团糟吗？"

　　"不都是，我觉得。"

　　"你看过很多孩子出生吗？"

　　"说实话吗，巴克？我这是第一次。"

　　"我希望我永远也不用看。"我眼睛还盯着那些血淋淋的床单。

　　"是个男孩。"格蒂的目光越过我对在我后面上来的科恩姐妹说。

　　两姐妹笑了起来，互相说着意第绪语，我也是后来才知道的。"这些床单，"伊娃说，"交给我们洗吧。"

　　"谢谢！"格蒂把床单递了过去，"还有件事，巴克。希罗莫还要去送报纸，你能跟他一起去吗？昨晚对他家来说太煎熬了，我觉得有人陪他的话他会开心的。"

我说可以，格蒂谢过我又回到戈尔茨坦的房间去了。过了几分钟，约翰·凯利出来了，他的样子像是有人刚把一架钢琴从他胸口抬走。

"我得走了，"他说，"送报纸要迟到了。"

"介意我一起去吗？"

"你真是个好人。"他说着一把搂住了我的肩，好像我们是多年的死党一样。

第五十二章

洼地上没有路灯，但月光照亮了我们的路。我们跨过了密西西比河上的一座石拱桥，脚下的河水泛着银光，但远处的河水又变成黑色，流入广阔的黑夜。我们沿着空旷的街道，在圣保罗市中心气势恢宏的建筑物之间穿行。我很多年前去过圣路易斯，我记得那里满是高耸的建筑，但我在林肯学校住了太久，那个小镇真是吐一口吐沫就能横穿整座城，如今我觉得这个空旷、没有尽头的城市大道令人紧张。

那天晚上要消化的东西很多，我们一路走着都没有说话。最终我还是问出了从坐在科恩姐妹身边就一直萦绕在我心头的问题。

"你爸爸呢，约翰·凯利？"

"他是个卖破烂的，永远在捡东西。我大概每个月才能见到他一次，就是他回来卖东西的时候。他现在在南达科他。"

"那他不在的时候谁照顾家呢？"

"我们齐心协力，但爸爸说我是家里的男人。你呢？你爸妈呢？"

"死了，很久以前。"

"抱歉。"

"你为什么管自己叫约翰·凯利？"

"这样安全点，容易点。"

"什么意思？"

"那些警察，大多数都是爱尔兰人。他们要是发现你是犹太人，很可能让你不好过，甚至小命都不保。你看格蒂。"

"你是说，她的脸？"

"对，是警察弄的。"

"为什么？"

"就是我说的，他们一知道你是犹太人，警棍立马就拿出来了。我听说是，格蒂当时想去帮几个快被警察打死的呆瓜，于是他们也打了她。"

我们沿着小路走上了装货码头，码头在一幢楼后面，当时几乎没人了。一个体壮如牛的男人站在那儿，叼着个烟蒂。

"小子，你他妈跑哪儿去了？"他气冲冲地说。

"折腾了一晚上。"约翰·凯利装作强硬地说。

那个男人把用绳子捆住的一捆报纸扔在了他脚下。"你赶快把报纸送出去，听见没有？我可不想收到投诉。"

"我的顾客有人投诉过吗？"

"别跟我耍嘴皮子，小子。小心我满城追着你打。"

"好吧，好吧。"约翰·凯利说。

他拿起那捆报纸，我们穿过市中心，爬上一个又长又陡的山坡，终于到了教堂附近。这里建起了好多大房子，有我见过最大的房子。每个街角的路灯都很亮，约翰·凯利停在一盏路灯下，拿出一把折叠刀割开了绳子。他想把报纸都夹在一条胳膊下，但是不行。

"我家里有个帆布包方便带报纸，今晚太匆忙忘了拿。"

"给我一半。"我说。

我们一起走了他的路线，穿过一条条街，那些房子都带着白色的柱子、绚丽的装饰、花哨的百叶窗、精巧的铁栅栏，一切都散发着财富的气息，这让我想到当时我所熟知的世界。在我看来世界上有两种人——有钱的人和没钱的人。有钱人就像布里克曼夫妇，他们的一切都是从没钱的人那儿偷来的。是不是所有住在教堂山那些大房子里的人都像布里克曼他们一样呢？如果是的话，那我宁愿当没钱的人。

我们送完了最后一份报纸，东边的天空露出第一缕微光。正在这时，一个嘶哑的声音叫住了我们。我们在一盏路灯下停了下来，一个大块头的警察从一棵枝叶繁茂的大榕树树荫下走了出来。

"你们两个小混混干什么呢？"

"送报纸。"约翰·凯利回答。

"是吗？那报纸呢？"

"送完了。我们现在要回家了。"

"你如果是报童的话，你的包呢？"

"忘了带。今晚出了好多事，我妈妈几小时前刚给我生了个小弟弟。"

"是吗？他叫什么名字？"

"还不知道呢，妈妈决定之前我就走了。"

"你叫什么名字，小子？"

"约翰·凯利。"

"你呢？"警察说着，他的尖下巴朝我这儿伸了一下。

"巴克·琼斯。"

"和那个电影明星一样，是吧？"

"是的，先生，"我说，"我妈很喜欢他。"

"他不是真那样，"警察说，"那些演员都不是真那样的，小子。家住哪儿？"他问约翰·凯利。

"康尼马拉园地。"

"那好吧。赶紧走吧，别磨蹭。"

"康尼马拉园地？"和警察分开一段距离之后，我问道。

"好多爱尔兰佬住在那儿，"他回头看了一眼，"如果我告诉他，我叫希罗莫·戈尔茨坦，住在西岸洼地，那我们俩现在就都被揍了。"

我们在费尔菲尔德大街分手，那里已经开始热闹起来了，大多是一脸疲惫的男人坐着车马赶去上早班，他们是有工作的幸运儿。

"巴克，你今天下午干什么？"约翰·凯利问。

"没什么安排。"

"有安排，你要跟我一起去做件事，"他露出调皮的神色，"我一会儿来找你。"

他吹着口哨走了，手插在褪色的工装裤兜里。他是大哥，是家里的顶梁柱，是我新交的最好的朋友。

回到格蒂家餐厅，食物的香味把我引到了厨房。芙洛正在大炉灶上用一个平底铁锅炒培根和鸡蛋。她抬起头，把一缕长长的、凌乱的金发从脸上拂去，对我说："格蒂把昨晚的事仔仔细细给我讲了一遍，真不容易。"

我并不想说听约翰·凯利的妈妈分娩时几小时不停的尖叫声有多折磨人。

"你帮希罗莫送报纸了？"

"都送完了。"

"那你肯定饿坏了。"

"我还好。"其实我现在能生吞下一头大象，但我不想让芙洛给我做早饭。

"不可能。我再放点培根，再加个蛋。你想要吐司吗？喝咖啡吗？"

我们坐一起吃了早饭，就我们两个。感觉很亲密，很特殊。

"格蒂呢？"我问。

"她给戈尔茨坦家送薄卷饼去了。"

"薄卷饼？"

"一种犹太烤饼，里面卷东西的。"

我爸以前送酒的顾客里有犹太人，但并不知道那意味着什么。

"洼地住的都是犹太人吗？"

"不都是。"

"你和格蒂是犹太人？"

"我不是，我是正儿八经的天主教徒。你要是去问格蒂她是不是犹太人，她可能会否认。"

"她不当犹太人了？"

"我不觉得你能简单地不当什么人。她就是不再去犹太会堂了。"

"犹太会堂？"

"就是犹太人去的教堂。"

"你还去教堂吗？"

"有时去。"

"你还没有放弃信仰？"

"你问题真多。你有信仰吗，巴克？是因为这样才这么多问题的吗？"

"信仰？"

我思考了一下这个词。对当时的我来说，信仰就是布里克曼搞的那种虚伪的礼拜。他们把上帝描绘成照顾羊群的牧羊人。但就像艾伯特一次次尖刻提醒的那样，他们那个上帝是个吃羊的牧羊人。即便是伊芙修女无比深信的那个仁爱的上帝也一次又一次地抛弃了我。我决定不相信某一个神，但我相信有很多神，他们互相打架，最近似乎是龙卷风上帝占了上风。

"不，"我想了很久才说，"我没有信仰。"

这时格蒂送完卷饼回来了。"我刚见到希罗莫了，"她说，"他看起来很累。你看起来也需要补个觉，吃完饭去睡会儿吧。别担心吃早餐的客人，我们没有你也应付得来。"

"你也应该去睡一觉。"芙洛说。

格蒂摆摆手："晚点再说吧。"

我把盘子和叉子拿到水池去洗了，等我转过身来，惊讶地发现芙洛把格蒂搂过来，温柔地抱了一会儿，然后给了她一个深情的吻。

第五十三章

我们呼入爱也呼出爱。爱是我们存在的本质，是我们灵魂所需的空气。我躺在格蒂家后面那个旧棚屋的床铺上，想着那两个女人，琢磨起我刚见证的那种感情的本质。芙洛是一支漂亮的花，格蒂是一个强壮的獾妈妈，我想搞清楚她们之间的爱是怎样的。那时我不知道女人之间也可以有我对梅贝斯的那种爱。自从离开林肯学校后，在河上每转过一个弯，世界都变得开阔了一点，它的奥秘变得更复杂，可能性也变得无穷无尽起来。

格蒂把我哥、摩西和艾米叫起来帮忙做早餐，但我被允许继续躺着。棚屋的味道让我想起杰克，那个"猪也怕"，囚禁我们的那间马具室。这个房间比马具室大一倍，里面有张上下铺。埃尔默和贾格思被关进县监狱之前就住在这里。摩西和艾伯特睡一张，艾米睡另外一张，不过现在她已经让给了我。我能听到洼地传来的声音，收破烂的人的吆喝声——

"收破烂咯！收破烂！报纸！骨头！"——马车轮吱呀作响，马儿嘶鸣，偶尔还有汽油发动机的轰鸣和汽车底盘在凹凸不平的土路上经过时被弄出的响声。费尔菲尔德大街上人们经常讲意第绪语，但因为西岸洼地是圣保罗的第一个移民区，这里偶尔也有西班牙语、阿拉伯语和其他外语的叫喊声传入我的耳朵，我感觉自己好像是从一百万英里外的弗里蒙特县来的。

我睡着了，但睡不踏实，因为我能感觉到身边人们为各种事奔忙着，好像我是整个蜂房里唯一一只不干活的小蜜蜂。我终于还是起来了，从格蒂家后面的棚屋里出来，去看大家都在做什么。

艾米和芙洛正在厨房里准备午饭。

"早啊，瞌睡虫。"艾米欢快地说。

"诺曼呢？"

"他早就走啦，巴克，"芙洛说，"你哥似乎拥有我哥急需的能耐。"

"烦人的能耐？"我说。

"能这么说你哥吗？"

"你哥从来不让你生气？"

"经常啊。但咱们得原谅他们，对吧？"芙洛冲着一把刀和一堆胡萝卜点了下头，"洗手，然后帮我切东西。"

我一边干活一边问："所以你哥需要诺曼干什么？"

这时艾米插话了："他去帮特鲁修船了。"

"他去试试。"芙洛谨慎地说。她端起一碗燕麦糊，艾米把糊糊舀进开着火的平底锅里。

"艾伯特什么都能修好。"我说，"那摩西呢？"

"摩西和卡尔文也一起去帮忙了。"

"格蒂呢？"

"去买晚饭的材料了。今晚我们做炖牛肉。"

我切完蔬菜之后，芙洛就放我走了。但走之前她说："我们一个半小时之后开午饭。到时候回来，巴克。"

我问她能不能给我一张白纸和一个信封写信。她拿给了我，还给我削了一支二号铅笔。我走到密西西比河的拱桥上，坐下来，想着梅贝斯·斯科菲尔德。

自打离开望福村，我每天都想着梅贝斯。我常常在河边花上好几个小时重温我们的吻，紧紧攥住她坐在卡车后面跟着家人前往芝加哥时最后悲伤地向我挥手的画面，想象着如果我当时跟他们走了，现在会过上怎样的生活。我心里知道我是绝不会抛弃自己的家人的，但另一种选择的可能性还是让我心痒痒。

亲爱的梅贝斯，我写道，我在圣保罗待上几周，和格蒂·海尔曼以及她的朋友芙洛住在费尔菲尔德大街。我希望你们一路顺利。我每天晚上都会看我们那两颗永远指向北方的星星，然后想你。

我考虑了是否要在信里提起我们的吻，不过我最后决定等梅贝斯写信的时候先提。希望等我到了圣路易斯的时候，她的信已经在等我了。如果她在信里提起了这件事，那我就会把心里的感情一股脑儿地倾倒给她。但与此同时，我觉得最好还是不要把事情搞复杂了。于是我结尾只写了我之后会再写信的。请替我向你爸妈和比尔奶奶问好。我想了很久该怎么落款，最后写的是你永远的，欧迪。

你永远的。我想这是个暗号，意思是我爱你。

我把信叠起来，放在信封里，写上地址：伊利诺伊州西塞罗市斯塔特街147号，梅贝斯·斯科菲尔德收。我决定不写寄信人地址，因为等梅贝斯回信的时候，我大概就不在圣保罗了。我不知道邮局在哪儿，也差不多要回去帮格蒂家上午餐了，于是我把信放进衬衫口袋里，以防我哥窥探和问问题，然后就回到洼地去了。

我回来的时候，摩西已经回来了，但还没看到艾伯特、特鲁或者卡尔文。

在修船的发动机，摩西比画说。他还没来得及解释，格蒂就已经把门打开，安排我们去干活儿了。

两小时后，她给午餐客人准备的豆汤和玉米面包就一扫而光了，只剩下一点是芙洛给我们、格蒂和她自己留的。我们围坐在窗旁的桌上吃了午饭，有点像一家人。

"'海乐'号修得怎么样了？"格蒂问摩西，"伍斯特·摩根同意帮忙了吗？"

他比画道，他说死也不帮特鲁曼·沃特斯，但艾伯特和他聊了一下。他喜欢艾伯特，同意让他用设备和工具了。他可能以为艾伯特就是瞎折腾，但艾伯特已经有些进展了。

我给格蒂翻译了这些，她听了摇摇头。"特鲁曼是个固执的混球。不过不得不承认，他是真在乎'海乐'号和他的船员。"

芙洛说："他对老爹承诺过他会照顾好那艘船的。"

"老爹？"我说。

"我们的爸爸。他死的时候把'海尔'号或者'海沃特'号传给了特鲁。我们世代都是河上人家。对特鲁来说，负责'海乐'号是一个神圣的使命。"

格蒂嘲讽地哼了一声，作为回应，芙洛柔声说："格蒂，每个罪人都有成为圣人的可能。"

收拾完厨房，摩西又回船厂去了。看起来疲惫不堪的格蒂终于在芙洛的坚持下同意去躺一会儿。芙洛让艾米帮她一起烤晚饭配烩牛肉的饼干。我正想着和格蒂一样去眯一会儿，约翰·凯利进来了："你想去干点好玩的事吗？"

我从来没跳过火车，但约翰·凯利是老手了。

"你看，他们穿过洼地的时候都会慢下来。"

我们在铁轨穿过密西西比河的拱桥边等机会。刚错过了一列火车，但约翰·凯利说很快就会再来一列。

"你妈妈和小宝贝还好吗？"我问。

"好得很，"他说，"妈妈像牛一样强壮，而且看得出莫迪跟我很像。他的铁肺和收破烂的人一样强。"

"莫迪？"

"莫迪凯·戴维（Mordecai David），但莫迪更适合他。"这个骄傲的哥哥说，"不过说实在的，要是没有格蒂，我真不知道我们能不能撑过去。她不断给我们送吃的来，这样奶奶才能照顾好妈妈，妈妈才能照顾好莫迪。"他指着铁轨说："它来了。"

火车头从我们身边经过，后面拖着一节节车厢。我们偶尔能看到衣衫褴褛的人透过开着的车门往外看着我们。这时一辆空车厢开到和我们平行的位置，因为压在铁轨上的重量而有点摇摆。约翰·凯利大喊："这个！"然后把自己发射进开着的车门。我站在那儿看着那些咆哮的巨大铁轮，心里想，我要是滑倒了，最后就会像一片抹了草莓酱的吐司面包一样。

"来呀！"约翰·凯利冲我大喊。

我得跑着去追火车，跳的时候约翰·凯利接住了我，把我安全地拉到他身旁。"我们这是去哪儿？"我气喘吁吁地问。

"就到河对岸去。如果我们搭上了对的车，那就爽了，芝加哥、圣路易斯、丹佛，想去哪儿就去哪儿。火车从这里开向四面八方。"

火车在河对岸慢下来的时候，我们在一片铁轨和空车厢中间跳下车。约翰·凯利很利索，但我绊了一下摔倒了，我给梅贝斯·斯科菲尔德写的信从衬衫里滑了出来。我掸了掸身上的土，把信捡了起来。

"那是什么？"约翰·凯利问。

"你看是什么？"

"梅贝斯，"他越过我的肩膀看到，"你喜欢的女孩？"

"差不多吧。"我说。

"想寄出去吗？"

"当然，但我需要张邮票。"

"小意思。"他说。

他把我带到市中心一个巨大的灰色石楼前，楼上各处都是角楼，还有一座我见过最壮观的大钟楼。约翰·凯利告诉我，这是联邦法院，同时也是中西部上区的邮政总局。这座大楼气势恢宏，作为法院，里面肯定满是法官。约翰·凯利大摇大摆地走了进去，好像这是他的地盘一样。虽然我很惶恐，但还是跟进去了。

大楼内部用大理石和红木进行装潢，人来人往。我在人流之中穿行，他们都面色凝重，心事重重，有的脸上还带着泪痕。法律是一股强大而无情的力量，而我正在它眼皮底下。我让自己变得足够渺小，不被人注意到。

约翰·凯利把我带到邮局区，窗口前排了几支队。我们站在一支队的队尾等。两个穿便服的警察从我们身边走过。虽然我理智上知道他们不可能是在找我，但我还是低下头，把脸藏了起来。

我正盯着光溜溜的地板，一只大手抓住了我的肩膀，一个低沉的声音说："天啊，是你。"

我看到这人是谁的时候，脑子里全乱了。站在我面前，用一只眼睛瞪着我的，正是杰克，那个"猪也怕"，那个被我在弗里蒙特县的谷仓里一枪打死的人。

第五十四章

我被一个从棺材里起来的独眼魔鬼攥住，完全动不了了。

"嘿！"约翰·凯利用一个十三岁孩子能发出的最粗哑的嗓音说，"放开他！"

其他人都朝我们这边看过来，虽然我很害怕"猪也怕"，但我更害怕吸引别人的目光。这栋楼里有警察，我最不想看到的就是和法律纠缠在一起。

"我……我很抱歉。"我含糊地说。

"抱歉？"杰克说，"为什么？你救了我，巴克。"

他的左胳膊吊着绷带，表情却全然不生气，反而是一种真挚的快乐。

"救了你？"我说。

"没事吧？"旁边队里的男人问。

"见到了老朋友，"杰克告诉他，"对吧，巴克？"

"没错。"我小心地说。

杰克亲切地提议："咱们找个地儿聊会儿吧。"

我们出了大门，走到马路对面的公园里。一路上我心里像果冻一样黏作一团，我的大脑一直让我逃跑。我可能会跑的，可我又很好奇他是怎么死而复生的。坐在一棵大榆树树荫下的长椅上，杰克给我讲了他的故事。

"我在谷仓里醒过来，"他解释说，"衬衫上都是血，胸口上有个洞。"他用没受伤的右手解开衬衫的扣子，给我看了缝合的伤口。"大夫说子弹离心脏太近了，没法保证安全地取出来。说再往里半英寸我就死定了。"他把衬衫系上，抬头看着阳光从枝叶间射进来，像金子一般洒在他脸上。"那半英寸简直是个奇迹，"他小声说，用那只好眼看着我，"巴克，我是这世界上最不配奇迹的人了，但奇迹真的发生了。"

"你在这儿干什么？"我问。

"我是个洗心革面的人了。我拿了把斧子把你哥给我做的酿酒器砸了，然后把自己收拾干净，就到圣保罗来找阿吉和索菲了。"

"找到她们了吗？"

"感谢上帝的恩典，找到了，"他满脸笑容地说，"我们现在都住在她姐姐家，等阿吉把事情处理完我们就一起回家，再过一两天吧。可是我的天啊，竟然碰到你了。剩下几个人呢？"

在我把他一枪打死——至少是以为把他打死——之前，我在杰克身上看到了他变成一个好人的潜质，但结果他变脸了。我知道这种黑暗的转变可能和酒精有关，但我不知道他的双重性格还被什么因素驱使着。所以我决定先不告诉他真相。相反，我说："我们离开你家之后就分开了。我们觉得分开走安全些。"

"这真让人难过，巴克。他们是你的家人。一个失去家人的人，就失去了一切。小艾玛琳还好吗？"

"她挺好的。"我又想起了杰克阁楼上被撕成碎片的床垫，他那么做的时候一定有杀人的冲动。"那鲁迪呢？"

"鲁迪？"杰克悲伤地摇了摇头，"我完全误会他了。我以为他想夺走我的阿吉和索菲，但其实是酒精让我心理扭曲。其实他就是怕我会伤害她们。他把她们送到阿吉姐姐家之后，就去法戈了。他有家人在那儿。"他的表情突然阴郁了下来。"巴克，其实我很后悔之前那样对你们，把你们像牲口一样关起来。我很惭愧为了不让农场被抵押还拿了你们的钱，我之前喝酒那么凶也是因为农场。当时我想，反正你们的钱也是从林肯学校的人那儿偷来的，但这不是借口。我也不知道怎么才能还给你们。"

我想到我给斯科菲尔德先生的钱，希望它能做点好事。如今洗心革面的杰克站在我面前，我明白他拿去的钱也帮助了他的转变。而且说实话，之前压在我肩膀上的杀人的罪恶感如今消失了，这让我感觉轻飘飘的。

"就像你说的，这起初也不是我们的钱。我很高兴它能做些好事。"

杰克的注意力一直集中在我身上，一直没注意到我的同伴，说到这儿他才冲约翰·凯利笑了笑："这是谁？"

"他是……"我正要开口，但因为在他谷仓里那次急转直下的情况，跟他说实话似乎不是最明智的决定，我又犹豫了。

结果还是约翰·凯利接过话头说："里科。"

"里科，是吧？好啊，里科，"杰克伸出手，"很高兴认识你。"

约翰·凯利给了他用力地一握，朝我眨了眨眼。

独眼杰克站在那儿。"我还有事，先走了。你们如果去弗里蒙特县，我家永远都欢迎你。"他没有立刻离开，而是闭上那只好眼，嘴角向上，在那儿站了一会儿，好像在吸入某种甜蜜的香味。他抚摸着胸口上被我子弹射入的地方，笑了。"生活比我想象的更奇怪，更美好。巴克，谢谢你的礼物。"

他和我握了握手，然后离开了。

"里科？"我们过河回洼地去，在桥上我问他。

"你看过《小恺撒》吗？爱德华·罗宾逊演的，里面那个里科？他可是个厉害的家伙。"

因为碰到杰克，我回格蒂家晚了。回去的时候摩西和艾米已经在干活了。格蒂立刻吩咐我帮忙为开餐做准备，于是我完全没机会跟他们几个讲我遇到那个死而复生的人的事。准备晚饭让所有人都手忙脚乱，但当我们围坐在桌边吃着给自己留下的炖牛肉时，我就准备跟他们说杰克的事了。但还没开口，艾伯特、特鲁和卡尔文兴致勃勃地回来了。

"真是天才，"特鲁拍着我哥的肩膀宣布道，"我们这儿有个机械奇才啊。芙洛，快给他准备吃的。还有，格蒂，我觉得我们得喝杯啤酒庆祝一下。"

芙洛立刻站了起来，但格蒂没动。她阴沉地看了特鲁·沃特斯一眼。"庆祝什么？"

"我觉得我们搞成了，"特鲁说，"'海乐'号再过一两天就能下水去拖船了，等着瞧。"

格蒂望向卡尔文寻求确认。"这孩子真能耐，"他说，"就连伍斯特·摩根都很佩服。他想招诺曼来船厂工作。"

"休想，"特鲁说，"这孩子是我们这边的。"

芙洛拿出炖牛肉，格蒂拿出两杯顶着泡沫的东西。

特鲁说："格蒂，给诺曼一杯。"

她看了我哥一眼，他冲她非常不"艾伯特"地坏笑了一下，说："来杯啤酒就完美了。"

我知道在林肯学校的时候艾伯特就帮沃兹一起卖私酒，但我从来没见他喝过。那天晚上他喝了，还喝了不少，一杯接一杯地。

我本想晚上告诉他们杰克的事，但艾伯特喝太多了，直接倒在他和摩西一起睡的床上，立刻鼾声如雷。艾米也累了一天，头沾上枕头就睡着了。艾伯特的鼾声让摩西根本没法入睡，他终于还是站起来走到屋外的月光里去了。我本希望知道自己没有杀死杰克就可以结束我的失眠，但我的脑子里东西太多，又让睡觉变得不可能。于是我也站了起来，走出去与摩西一道分享月夜的宁静。

　　洼地上弥漫着一股味道，像是什么东西腐烂了。这气味的产生部分是因为每年春天密西西比河的洪水涌到岸上，漫到那些破败的房子里，所以很多房子都像约翰·凯利家一样画着最近一次洪水的高水位标记。春天时一切都被浸透了，到了夏天就在暑热里缓慢腐烂。我站在一片腐烂的恶臭中，看到格蒂家上方亮着一盏灯。我和摩西一起，看着拉起的窗帘里面走来走去的人影。

　　我喜欢他们，摩西比画着，月光下他的手是奶白色，十分优雅。他们让我想起艾米的妈妈。都是好人。

　　"福里斯特送我们来这儿真是很明智，"我说，"他弟弟很像他。"

　　好人。他比画着，我喜欢这儿。艾伯特也喜欢这儿。

　　我认识摩西很久了。我经常能从他脸上的表情和他打手势的方式读出如果他能发声的话，他说这话的语气。这次我读出的语气吓到了我。

"什么意思？"我小心地问。

特鲁希望我们加入他们船队。他给了我们工作。

虽然我听特鲁曼·沃特斯说过，但我以为他只是说说而已。他这么头脑发热只是因为艾伯特修好了他的拖船，让他比原计划更早开工，并且花了更少的钱。

"他是认真的吗？"

很认真，摩西比画说。

"给你们两个工作？"

给我们两个。卡尔说我们应该接受。说如今找到工作几乎不可能。

"你喜欢卡尔？"

他是我们的人。

"我以为艾伯特、艾米和我是你的人。"

也是。我心里能放得下你们所有人。

"那圣路易斯怎么办？"

我不了解圣路易斯，但现在我正在了解洼地，能在这儿定居下来也不错。格蒂和芙洛很喜欢艾米，她也喜欢她们。现在听你说起来，你在这儿也有了个朋友，最好的朋友。

艾伯特一直是我最好的朋友。但现在他在变。看得出他坐在特鲁曼·沃特斯旁边，像哥们儿一样跟他一起喝酒的时候有多骄傲。自从被蛇咬伤那次濒死的经历之后，他就变得有点不同了。我感到一种深切的悲伤，好像看到了我们之间关系的终结，至少是我们曾经拥有的关系的终结。

屋里艾伯特的鼾声停了，摩西比画说，早饭很早就开始了，抓紧睡会儿吧。他把手放在我肩膀上，让我觉得他非常居高临下，好像是大人催小孩去睡觉一样。这个简单的动作让我很伤心。

我甩开他，他自己回棚屋去了。

我很想哭，但那只能让摩西更加确信我还是个孩子。结果我把一切情绪都转化成了愤怒。要我说，洼地不过是又一个终将破碎的承诺。我们再次被一种获得归属感的可能性吸引了，但如果我们留下来，这一定会毁掉我们，至少毁掉我们对彼此的需要。我们对彼此的意义就此终结，我们会停止对真正家园的寻找。我还不知道具体该怎么做，但我发誓要确保洼地不是我们旅程的终点。我们是朝着圣路易斯启程的，上帝保佑，我要保证我们到达那里。

第五十五章

"给我讲讲圣路易斯和茱莉亚姨妈的事。"第二天早上我对艾伯特说。

当时我们坐在格蒂家的桌子上吃早餐，吃完饭我哥、特鲁和卡尔就要去船厂。当时天还没大亮。

"为什么？"他喝着黑咖啡问，因为昨天和特鲁曼·沃特斯喝到宿醉，脸色很糟糕。

"说了有段时间了，有时候我记不得了。"

这是实话，但其实并不是我问的原因。我是想把他带回正轨上来，让他知道圣路易斯才是我们的终点，家人才是我们此次旅行真正的目的。我准备无缝接入茱莉亚姨妈和我爸妈的记忆，拨动艾伯特的心弦，直到渴望之音让他重新找回理智。

他垂着头，盯着桌上的盘子，我很怕他非但没有回忆过往，反而要吐在自己的炒蛋上。

结果还是艾米有用。她眨巴着大眼睛问："圣路易斯大吗？"

"嗯。"艾伯特微微点了下头，我心里想，他是怕自己的脑袋会掉吗？

"关于茱莉亚姨妈你还记得什么？"我问，"我只记得她对我们很好。"

艾伯特放下叉子，闭上了眼睛。等他终于开口时，话说得很费劲。"我记得她很漂亮，身上闻起来有花香，丁香花。我们只见过她一次，是妈妈死了之后，但我记得她对我们很好。"

"我记得她的房子很大，是粉红色的。"

"在河边。"他说。

"你记得那条街吗？"

他摇摇头："好像是个希腊名，但我记不得了。我记得街角有家糖果店，她给了我们几便士去买牛奶软糖。"

"我记得那个糖。"我说。

"那是我吃过最好吃的。"艾伯特说。

他回忆起这些事时，眼中流出忧伤的神情。

"摩西说你们要给特鲁打工。"我小心翼翼地说，并望向摩西确认。他举起满满一叉子炒蛋正要送进嘴里，顿了一下，点了个头。

"是吗？"我问。

"是啊，为什么不呢？"艾伯特说。

"因为待在这儿很危险。"

"你什么意思？"他说。

我在这时给他投下了重磅炸弹："我见到了独眼杰克。他还活着。"

艾伯特那双惺忪、布满血丝的眼睛突然聚起神来。"你说谎。"

"没有。"

摩西把叉子放下，比画说，你怎么不告诉我们？

"我没有机会，但现在告诉你们了。我们得离开这儿。"

门开了，特鲁和卡尔走进来，尤其是特鲁，朝气蓬勃的样子。

"啊，你在这儿呢。"他说着，爽快地拍了一下我哥的后背，差点把他那天早上吃下去的一点东西都给拍出来。"诺曼，今天我们还有好多活儿要干呢。"

摩西比画道，晚点说。

他们拉了两把椅子坐到我们桌前，格蒂和芙洛给他们端来早饭。特鲁一直在讲话，他给我们讲了如何计划下周就拖一批货去下游。"你们要学的还很多。"他对艾伯特和摩西说，"这活儿很累，但你们会学到如何在水上生活。我向天发誓，孩子们，再也没有比这种日子更棒的了。"

芙洛在倒咖啡，听到这话她笑着对我们说："我和特鲁

492

是在河上长大的。我们在大泥河 [1] 上来来去去过多少次都数不清了。"

"看太阳从密西西比河上升起，那真是绝美的景色，诺曼，"特鲁说，"河水如火般流淌，整条河上只有你和你的船。我发誓，在这样的早上站在驾驶室里，你就会知道国王从他的城堡里望向外面他的国土时的感觉了。"

"可这条河不是你的，特鲁。"卡尔提醒他。

"有时感觉就是我的，"他把手放在我哥的肩膀上，"诺曼，等着瞧吧。"他转过来冲我微笑。"我们也会找到让你忙起来的事，巴克。"

我看着我哥，他眼睛充满血丝，脸色苍白，像个傻兮兮的男仆一样，听到什么都狂点头。那一刻，我恨特鲁曼·沃特斯这个抢走了我哥哥的人。

下午我出发去给梅贝斯寄信，但先去了"海尔"号或是"海沃特"号停泊的船厂。踏上拖船的甲板时，我看到摩西和卡尔正在驾驶室里。透过打开的轮机舱门，传来金属撞击的声音和艾伯特、特鲁曼·沃特斯的交谈声。甲板上散落着发动机的零件，有些被清洗得锃光瓦亮，有些还沾满了油渍，像是被开膛破肚的动物内脏在七月的骄阳下腐烂着。

1　密西西比河因多泥沙而别称大泥河（Big Muddy）。

"卡尔！"我听到特鲁从里面喊，"把右舷的活塞杆拿来！"

但驾驶室里的卡尔听不到。

"卡尔！"特鲁又叫了一声，还是没有回音。他大声骂着脏话，从轮机舱里走到甲板上时看到了我。他竟然笑了，似乎很高兴看到我一样。"你好啊，巴克。来帮忙的吗？"

"就想来看一眼。"

"那进来瞧瞧吧。"他用一只沾满油渍的手招呼我。

轮机舱是间狭窄的小屋，里面放着拖船的心脏，一个巨大的机器—— 一个长长的锅炉水箱上面接着杆、活塞、气缸和泵交错的网。艾伯特仰面躺在地上，盯着那张钢铁的网，满身油污，手里拿着一个月牙扳手，脸上挂着我见过的最大、最开心的笑容。显然，我哥在这个机械的世界里如鱼得水。被蛇咬伤的经历动摇了他，让他有点迷茫，但我知道在那艘拖船的肚子里，他重新找回了自我。我很想为他开心，但我那颗愤怒的心建起了一座高墙。他全部的注意力都在干活上，根本没注意到我来了。

我离开"海乐"号，往拱桥走去。但我在半路停了下来，仔细观察午后阳光下屎黄色的密西西比河。桥的西边露出一座名叫哈里特的大岛，公共海滩上有一座很大的浴场，但并没有人在这里游泳。那个年代密西西比河变成了一条臭水河，虽然这座城市后来更好地管理了这里珍贵的水资源，但在

1932 年的时候，即便最勇敢的人也不敢在这条河里游泳。

　　我往高地望去，那里的豪宅俯瞰着肮脏的洼地，我不明白为什么芙洛、格蒂、特鲁、卡尔文、约翰·凯利，还有生活在洼地的所有人，会满足于这种拮据的生活。

　　我看着底下的船厂和闲置的"海乐"号。虽然我已经在河上漂了一个月，但又大又笨的拖船对我来说还是很陌生。还是给我独木舟吧，我心想。

　　市中心某个钟敲了四下，我才意识到得回格蒂家去准备晚饭了。我还没寄出给梅贝斯的信。结果，这封信再也没能寄出。

第五十六章

"今晚我在苏宝上搞个庆祝派对，"那天晚饭后特鲁宣布。"欢迎你们来。"

"苏宝？"艾米问。

"我的篷船，"特鲁跟她解释道，"我和卡尔就住在那儿。"

把碗碟和厨房都清洁干净之后，我们走到河边，看到岸边一排饱经风霜的篷船漂在水上。它们甚至比洼地街道上那些东倒西歪的房子还破，但或许有一点优势，每年春天发洪水的时候，这些篷船会被涨起的河水抬起来，不会被淹。人们——都是一家老小——坐在甲板上向经过的特鲁和卡尔打招呼。

特鲁从冰盒里拿出私酿的啤酒大方地请大家喝。大人们都喝了，但艾伯特明智地回绝了，和艾米、摩西和我一样喝起了根汁汽水。特鲁的甲板上有个铁桶，从中间截掉了一半。等到黄昏褪去夜幕降临，他在桶里生起了火。岸边停着的船上都亮起煤油灯，我们意识到自己正身处在洼地之下的一个小团体中。

艾米、芙洛和格蒂一起坐在倒过来的空箱子上，旁边坐着摩西和卡尔。特鲁拽着我哥哥，在他耳边滔滔不绝地讲着大泥河上的冒险故事。我自己坐在一旁陷入了深思，直到卡尔从甲板的另一边站起来坐到我身旁。

"你可真是格格不入啊，巴克。每次你看特鲁那眼神，好像要朝他扔石头一样。他是个好人。"

"他太爱喝酒了。"

"他拖船的时候从不喝酒，非常清醒专业。他是这条河上最棒的船长之一。"

我低头喝根汁汽水，没有作声。

"有件事可能对你有启发。那些打了格蒂的警察后来被人打得半死。他们声称不知道是谁做的，也不是没可能，但洼地上的所有人都知道是谁让他俩付出了代价。你猜是谁呢？"

"特鲁？"我不情愿地回答。

"他对芙洛很忠心，因为芙洛爱格蒂，于是他对格蒂也忠心。你别看格蒂那个态度，其实她也很爱特鲁。"

"那他们表达爱的方式挺特别啊，整天吵架。"

"你吃过核桃吗？撬开坚硬的壳，才能吃到里面甜糯的果肉。"

芙洛轻声叫我："巴克，你能用口琴吹两首吗？"

"我不太想吹。"我说。

"那讲个故事吧。"艾米坚持道。

"讲个故事吧，巴克。"特鲁曼·沃特斯说着，举起了啤酒表示鼓励。

"讲故事？"我说，"好吧，那就讲个故事。"

从前有四个流浪者。

"仙女、巨人、巫师和小恶魔，"艾米欢快地说，"他们正进行着一场奥德赛般的旅程，去杀死黑老妖。"

"没错。"我说。

他们艰苦跋涉了很久，虽然黑老妖派了很多敌人来跟他们搏斗，但他们都没有受伤，因为他们四个人在一起的时候无人能敌。他们之间有一种魔法让他们保持强大，他们知道没人能够打败他们，黑老妖一切邪恶的法术也拿他们无可奈何。

虽然他们自己没意识到，但这其实也是他们的软肋。他们太自信了。

黑老妖意识到了这一点，她明白派军队去打他们是没用的，还有另一个办法能打败他们。

我为了故事效果，特意顿了一下，篷船甲板上的人们都没出声，最后还是艾米着急地喊："什么办法？"

她派一只小飞虫在他们熟睡的时候到他们耳边说悄悄话。

飞虫对巨人悄声说：你很强壮，不需要其他人；对巫师说：你很聪明，不需要其他人；对仙女说：你有魔法，不需要其他人。但等飞虫想和小恶魔说的时候，他一巴掌把它拍死了。

第二天早上，巨人起床看着他的朋友们，心里想，我要这些人干什么？我自己就足够强大了。巫师睁开眼睛想：我要这些人干什么？我自己就足够聪明了。善良的仙女醒来想：我的魔法很有威力。为什么需要其他人呢？

只有小恶魔一个人看穿了黑老妖酝酿的阴险计谋。"伙伴们，"他大喊，"别被骗了。想要战胜这片土地上的所有邪恶，我们必须齐心协力。"

但小飞虫的悄悄话发挥了作用，其他几个流浪者都对小恶魔的请求充耳不闻。

巨人说："我自己去杀死黑老妖。我不需要你们的帮助。"

巫师说："我要去杀死黑老妖。"

仙女说："不，我才要去杀死黑老妖。"

三个流浪者先是充满怀疑地看着对方，然后就转为满腔怒火。他们打了起来，最终三个人都死了。只有悲伤地站在那里束手无策的小恶魔活了下来。

他知道他凭一己之力是不可能杀死黑老妖的。他余生都在那片地方孤独地游荡，咒骂黑老妖，也为死去的同伴哀伤。

大家沉默了一会儿，只听见被拦腰砍断的铁桶里的火在噼啪作响。终于特鲁曼·沃特斯大声说："靠，这结局可不怎么好。"

"并不是所有故事都有好结局。"我说。

这个压抑的故事达到了我想要的效果，在苏宝上举行的庆祝派对被蒙上了一层阴影。格蒂站起来说："我们都该睡觉了。天亮得早，饿肚子的人们也来得早。"

我们走回格蒂家，艾伯特、摩西、艾米和我回到棚屋过夜。艾伯特点起一支蜡烛，我们都坐在床上。

"小恶魔，"艾伯特说，"现在把独眼杰克的事一五一十地告诉我们吧。"

我给他们讲了在邮局的偶遇，以及我和杰克在公园的谈话。

摩西比画，子弹打中了他的心脏，可他没死？

"他死了，"艾伯特说，"我发誓看见他死了。"

"只是看起来像死了，子弹离他心脏只差半英寸。"

"他并不恨我们吗，欧迪？"艾米问。

"事实上，他还很感激我们，说我们改变了他的人生。但问题就在这里。如果杰克这个无意找我们的人找到了我们，那黑老妖和她那癞蛤蟆老公肯定也能找到我们。我们得继续行船，去圣路易斯找茉莉亚姨妈。"

在闪烁的烛光下，我试图去看清大家的表情。我觉得曾经——也就是不久以前——我还能通过他们的表情读出他们每个人的想法。但如今他们对我来说都像陌生人，他们的想法也成了谜。

"所以呢？"我说。

"我要留下，"艾伯特说，"我要跟着特鲁工作。"

摩西点点头，比画道，我也留下。

艾米像是怕伤到我一样，很小心地说："我也想留下，欧迪。我喜欢芙洛和格蒂。"

"杰克发现我了，"我说，"在这个有一百万人口的城市里，他竟然发现了我，他甚至都没在找。布里克曼夫妇可在找我们，拼命地找。"

艾伯特说："下周，我和摩西会跟着'海乐'号到密西西比河下游去。也许你和艾米可以和我们一起去。我们这段时间能保证安全。"

"但那也只是暂时的。黑老妖绝对不会放弃的，这你知道。"

"我不知道，你也不知道。布里克曼他们俩最终会忘掉我们的。"

"黑老妖不会的。她什么都不会忘。"

"那好吧，"艾伯特说，"是你坚持说要民主的。同意留下来的，举手。"

不用投票我也知道结果。等艾伯特吹灭蜡烛，我就气鼓鼓地躺在那儿，根本睡不着。

我起身离开了棚屋，漫无目的地在洼地的街上走，两边的房子都是漆黑的，商店里空无一人。夜晚的空气凝固住了，又热又闷，衬衫黏在我汗涔涔的背上。出这么多汗可能是因为天气太潮湿，或者我走了太多路，又或者是因为我心里的一切都扭曲了，都不确定了。我预感到可怕的事情就要发生了。为什么其他人看不到呢？

这时我突然明白了。我一直不愿面对的真相——杀死迪马寇、向杰克开枪、让艾伯特被蛇咬，还有布里克曼夫妇无情的追捕。这一切都是我造成的，都是我的错。这是对我的诅咒。我终于明白，早在龙卷风上帝降临杀死科拉·弗罗斯特、毁掉艾米的生活之前很久，那个复仇的灵魂就附在了我身上，一路跟着我。妈妈死了，爸爸被杀。我生活中一切痛苦都由我造成，所有我爱的人都是因我而死。都是因为我。我痛苦地意识到如果我继续和我哥、摩西和艾米在一起，我早晚也会毁掉他们。这个现实让我悲痛欲绝，我一个人站在那里，害怕得喘不上气来。

我跪下来，想向伊芙修女敦促我拥抱的那位仁慈的上帝祈祷，我拼命地祈祷我可以从这个诅咒中解脱出来，祈祷可以给我一些指引。但我只感到孤立无援，感到一种巨大的无助感。但当我跪在皎洁月光照耀下的西岸洼地时，一个阴暗冷酷的想法渐渐笼罩了我。当我最终从那条不规整的土路上站起来的时候，我已经很清楚自己要做什么了。

第五十七章

"嘿，巴克·琼斯！"约翰·凯利在黑暗中朝我跑过来，"想帮我一起送报纸吗？"他拍了下我的背打招呼，然后才看到我的脸。"你还好吗？"

"我要走了。"我说。

"去哪儿？"

"圣路易斯。"

"那另外几个人呢？"

我想到我哥、摩西和艾米。他们觉得自己已经找到了家，他们现在很快乐。我知道如果他们和我一起走的话，我准会毁掉这份快乐。

"我一个人走。"

"那你打算怎么去？"

我考虑过放在船厂的独木舟。我很熟悉这艘船了，它像是个朋友一样，但我知道我一个人在密西西比河这么一条宽阔且未知的河上是无法驾驭的。

"你说铁路站场有车去圣路易斯。"

"是啊，"约翰·凯利开始喜欢起我这个计划了，"你可以跳车。"

"你知道哪辆往哪儿开吗？"

"不知道，不过如果我们在站场那儿问问，肯定有人能告诉我们。"

"我们？你不能跟我去。"

"我不去，但我得确保你安全才能让你走。咱们是哥们儿啊。"

"谢谢，"我非常感激地说，"我得先去格蒂家拿点东西，行吗？"

我悄悄溜回棚屋，走到艾米睡的床边，把手伸到薄薄的床垫下面，那是我藏细软的地方。我从底下掏出口琴，还有那封写给梅贝斯的信。我把这些贵重的东西放进裤子口袋里。我低头看着艾米，她还像仙女一样可爱。经过我们漫长的征途，她已经不再是科拉·弗罗斯特留下的那个小孤儿了。她成了我妹妹，我可爱的小妹妹。我很想弯腰在她额头上亲一下，但又怕吵醒她。我转过身看着和艾伯特睡在一张床上的摩西。他的表情很平和，让我想起原来那个永远面带笑容、天真善良的印第安大男孩。后来他对自己的了解，以及对他降临的这个世界的了解，让他的笑容减少了，但并没有完全消失。我相信他仍然宽容善良，只是再也不会那么天真了。

　　然后我端详着我哥。从我出生以来一直陪在我身边的只有一个人，那就是艾伯特。我所有的记忆里都有他的身影，我所有的旅途都有他的陪伴，他无数次把我从危难中解救出来，他比世界上任何人都了解我。伊芙修女曾经告诉我，我哥最深切的愿望就是保证我的安全。这就是他的一生，他始终都在为了我做出牺牲。我也因此非常爱他。我身上的每个细胞都爱他，这种爱太过强烈，甚至动摇了我的决心。我想像以前无数次做过的那样，把头靠在他的肩膀上，让他搂住我，告诉我一切都会好的，告诉我我是安全的，我们会永远在一起，因为兄弟之间就得这样。离开艾伯特是我做过最艰难的事。我亲了一下自己的手指尖，然后轻轻在他心脏的位置按了一下。我擦干眼泪，走出了棚屋，约翰·凯利还在外面等我呢。

　　站场上一群男人聚在一个小火堆旁，其中有个人告诉我说："南边。所有往那个方向的车都去圣路易斯。"他指了指铁轨和河水并排消失在夜色中的那个点。"车要是往东边或西边拐的时候，你得跳车，换一辆。一直往南走，孩子。一直往南就行。"

　　约翰·凯利和我肩并肩站着，等一辆驶来的列车。没多久，就有一列从洼地的方向慢慢过了桥，要往刚才那个男人指的方向去。约翰·凯利握了握我的手，以男人的方式和我道别。

"祝你好运，巴克·琼斯。"他说。

"谢谢，约翰·凯利。但你得答应我一件事，我哥他们肯定会跟你打听我去哪儿了。我希望你替我保守秘密。"

"没问题，哥们儿，我谁也不告诉，"他的目光越过我，"开着车门的车厢来了。做好准备。"

货车车厢经过的时候，我从一个开着的车门翻上了车厢。站定之后，我探出头来，向约翰·凯利示意我安全上车了。他在月光下像一座银色的小雕像，抬着的手以道别的姿势定格在那里。

我靠着背后的墙，透过四敞大开的车门看着河对岸一片漆黑的洼地。那里现在还没有路灯，但以后会有的。未来的某一天，路会被铺平，有自来水的好房子会取代这些摇摇欲坠的破屋。不过毁灭性的春洪还是每年按时到来，三十年后圣保罗市决定，为了保证市民们的最大利益，这里将会被夷为平地。那些生长在洼地的人看着他们的过去被销毁，什么都做不了，只能站在那里哭泣。

但在1932年夏天，还差一点就十三岁的我并不知道这些，只是看着一切我所爱的东西慢慢留在了我身后，成为过去。火车缓慢地驶出了圣保罗，渐渐提速，随着汽笛声响彻夜空，我知道它正以比独木舟快很多的速度带我走向伊芙修女曾说过的那个一直在我心里的地方。我的一切问题都会在那里得到解答，我也将停止流浪。

它正把我带向家的方向。

第六部分

伊萨卡

第五十八章

根本睡不着。我坐在货车车厢里，整夜盯着老人河[1]，这成了我长久的伙伴。城镇来来去去，但河一直都在，月亮也一直都在，像一只白色的、不眨动的、洞悉一切的眼睛。我记得摩西对艾米的承诺：不孤单。我一遍遍把这句话说给自己听，对于河流和月亮的陪伴心存感激。

快天亮的时候，我在车厢的地上睡着了。我肯定睡得很沉，因为醒来的时候车已经停了。我坐起来，用硬木板当床垫睡得我浑身疼，透过车门，我向外望去。我们停在了一个铁路站场上，和我前一天晚上离开的那个没什么不同。不过这附近有高高的谷物升降机耸立起来，像一个个城堡的高塔。远处有个人正沿着一列车厢快速地走来，检查每个车厢底下和开着的车厢门里面。是个铁牛，我心想，脑子里浮现出之

1　密西西比河的别称。

前听过的那些被在铁路站场巡逻的暴虐铁路警察暴打的故事。我从车厢里下去，赶紧逃跑了。

那个铁路站场和大部分城镇都坐落在一个高高的悬崖下面。我在铁轨旁一条脏兮兮的街上找到一家小饭馆，那里飘出煎培根的香味，把饥肠辘辘的我勾了进去。艾米在迷糊的梦里告诉我，我会知道用靴子里的钱的正确时机，当时我很饿——而且很孤独——我决定时机到了。我坐上了吧台旁的一个高脚凳。吧台后面是个高个子的金发女人，她看起来很疲倦，但看到我坐下来就露出了一个好看的微笑。她伸出手来，帮我掸掉衬衫上的一点干草屑。

"宝贝儿，你昨晚睡哪儿了？干草垛吗？"

"差不多吧。"

"饿吗？"

"饿死了。"

"想吃什么？"

"鸡蛋和培根，"我说，"还要吐司。"

"蛋要怎么做？"

"炒蛋，谢谢。"

"谢谢，"她说，还微笑着，"要是我的顾客都这么有礼貌就好了。"

"这是哪儿啊？"

隔着几个座位的男人说："你在爱荷华州的迪比克，孩子。"他朝吧台后面的女人眨了眨眼。"不是干草垛，罗伊娜。这孩子准是睡在货车车厢里了，说错了我不叫欧迪斯。"

"真的吗，宝贝儿？"罗伊娜说，"你是坐火车来的吗？"

我不知道他们会作何反应，所以我没回答。

"你爸妈呢？"罗伊娜问。

"死了。"

"噢，可怜的孩子，这真可惜。"

"你上次吃饭是什么时候，孩子？"男人问。

"就昨晚，吃得挺好。"

"好吧，"男人说，那语气好像知道我在撒谎但又理解我。"罗儿，他的早餐我买单。"

"这怎么行。"我说。

"孩子，我告诉你，我有个儿子跟你一般大。他要是自己一个人在外面，我也希望能有人帮他一把。"

"先生，谢谢您。"

"先生，"他微笑着说，"你很有教养啊。"

我离开小饭馆的时候心里被填得满满的，不只是被食物填饱了肚子，还有那些陌生人的善意。我忍不住想，要是艾伯特能跟我一起经历就好了，等我们晚上围在篝火边就可以心怀感激地谈起这些。我很想他，而且好事总是在和人分享的时候变得更美好。但每次我想起艾伯特、摩西或者艾米，我的快乐总会被乌云笼罩，因为我不知道自己这辈子还能不能再见到他们。

我搭上一辆南去的火车，因为前一晚几乎没睡，那天很快就睡着了，临近傍晚才醒。当我从车厢望出去的时候，我看到列车正疾速穿过一片玉米地，直奔向落到地平线的红色的太阳——我们正在往西走。我已经在这个错误的方向走了多久，我不知道。我真是恨死自己了，我大声咒骂着，祈祷火车能赶紧停下。但它并没有。它驶过了夕阳，又驶过了月升，直到视野里出现城市的灯光才慢下来。

火车开到一片交错的铁轨网和一堆停着的车厢之间才停下来。我赶紧跳到地上。我想摸清楚状况，看有没有连着火车头的车厢要往我刚来的方向去，但那里的铁轨纵横交错，而且天太黑了，我迷了路。

在一百码之外的站场边缘，我看到了一小簇火光。我想起望福村那友好的篝火，还有圣保罗地铁站场上围在火边给我指路并友好地建议我往南去的人。我穿过站台走向一条浅浅的水沟，沿着里面的细流走到了一个暗渠边，火就生在那里。

篝火旁坐着两个衣衫褴褛的男人，一个睡在毯子上，另一个坐着，身子靠着火，手里拿着一个瓶子。那个瓶子本该让我引起注意的。我慢慢靠近，不想惊扰到他们，但那个拿着瓶子的男人突然转向了我，绷起身子像是要打架。

"抱歉，"我说，"不好意思吓到你了。"

他上下打量了我一番，然后松弛了下来。"一个小毛孩吓不到我。"

一听到他那毫无人性的动物般的吼声，我就知道自己犯了大错。

在毯子上躺着的男人也坐了起来。

"有人来了，乔治。"拿着瓶子的男人说。

乔治也看了我一眼，他眯着眼的样子告诉我他也喝了那瓶子里的东西。"不过是个小毛孩，曼尼。"

"是啊，"曼尼似乎觉得是件好事，"坐吧，小子。"

"我只是经过。"我往后退了一步。

"我说让你坐。"

乔治站了起来，转到了我背后。

我又往后退了一步。

乔治没有我希望的那样醉。他的脚步像丛林狼那么快，一下就死死地夹住了我的胳膊。我想挣脱开，但他比看起来还要强壮，把我的胳膊别在了我身后。我用靴子向后踢，踢到了他的小腿，但他还是没放手。我的举动让他更生气了，他把我像个破布娃娃一样甩了起来，大吼着："小子，敢再踢一次，我拧断你的脖子。"

曼尼站起来，翻了一遍我的口袋。"这是什么？"他掏出我的口琴，还有装着我写给梅贝斯的信的信封。他用口琴吹了个刺耳的音，残忍地大笑了起来。他把信封扔进了火里，我眼看着它变成棕色，然后被火吞噬。他紧紧贴着我的脸，威士忌的味道加上太久没清洁过的令人作呕的口气直冲我而来。

"有钱吗，小子？"

我想到藏在右脚靴子里那两张五美元，但我死也不会给他们的。

"没有。"我说。

那个人把我从上到下粗略地拍了一遍。"他没说谎，乔治。他什么也没有。"

"不是什么也没有。"乔治说，发出了猪叫声。

"没错。"曼尼说。

眼前这两个男人脸上令人作呕的欲望和在采石场的最后一个晚上迪马寇给我讲比利·红袖时脸上的表情是一样的。我想挣脱乔治，但他的两只手像铁镣铐一样。我朝曼尼踢了一脚，但他向后跳开了。乔治松开一只手，朝我的头狠狠来了一下子，打得我耳鸣。

"到火边来。"曼尼说。

乔治把我拽过去，甩在地上，两个人像丑恶的豺狼一样俯视着我。每当我想起比利·红袖时，我都尽量不去想象迪马寇结束他的痛苦之前对他做了些什么可怕的事情。但这两个人从高处冲我奸笑的那几秒，那些画面残忍地向我袭来，我的胃扭结得让我想吐。也许这会是个好办法。但当时我选了另一个办法。

"我有钱。"我连忙说。

"有个鬼。"曼尼说。

"我发誓。十美元。"

"在哪儿？"乔治厉声问。

我把手伸向右脚的靴子，解开了鞋带。那两个人紧盯着我。我脱下靴子，把手伸进去，掏出两张五美元的钞票。那两个人的眼睛发出另一种渴望的光，曼尼伸出手来正要抓钱，但我的手晃开了，我把钞票放在火苗上方。

"我要把钱烧了。"我威胁到。

"你敢。"乔治说。

"你们把口琴给我，我就把钱给你们。"

"照他说的做，曼尼。"

我一拿到口琴，就把钱扔到了火里。两张钞票像干枯的落叶一样飘向了熊熊燃烧的火苗。他们俩跌跌撞撞地去抢救烧着的钞票，我则在一团混乱中跳起来，拼命地跑出了那个暗渠，手里拿着靴子和我的口琴。我朝着纵横的铁轨和闲置的车厢跑去，等我再冒险扭头看的时候，四下一个人都没有了。我没停下脚步，一直跑到一辆开着门的车厢前，翻进去，躺在那儿大口大口地喘。

过了好一会儿我才完全感受到这次遭遇的威力。然后我就开始哭，努力憋着不哭出声来。我以前也一个人待过，但那天是我第一次明白我是如何彻底被抛弃了。一种空虚感在我身体里蔓延，似乎能够吞噬整个宇宙。

"艾伯特，"我轻声说，"艾伯特。"

第五十九章

我在两天后到达圣路易斯。这个城市是我一直以来的目标，我本以为自己会感到这是个重大的时刻。结果，我发现自己不过是又一次站在了一个陌生的地方，脚下的铁轨像蜘蛛网一般纵横交错，高楼锯齿状的影子投射下来，背后的天空灰得像一枚旧硬币。

我完全不知道自己能去哪儿，从哪儿开始找茱莉亚姨妈。自从妈妈死后来过的那次，我再也没来过圣路易斯了。但如今我对密西西比河很熟悉，于是我又走到了河边。在那里我发现了一个临建城，一个超乎想象的胡佛村。这里的居民比我待过的望福村多一百倍。河流下游整整一英里的洼地都被棚屋覆盖了，房子建在山丘的碎石之间。眼前的一切看起来都弱不禁风，我想象着如果灰色的天空突然裂开，雨水倾盆而下，这些棚屋怕是全都会被冲到河里，被河水卷走。

我走在临建房之间的小路上，空气中弥漫着强烈的腐烂味。整趟旅程中，我都将圣路易斯想象为一个遥远的、闪着金光的地方。我带着沮丧的心情想，走了这么久，经历了这么多，都是为了什么呢？

"嘿，小子！"

我抬起头来。我内心的沮丧一定写在了脸上，因为一个长着松萝铁兰般胡须的男人从一个颜色和天空一样忧郁的破软帽下面看着我。

"孩子，你是在流浪吗？饿吗？"他指了指下游，"桥下面有个免费食堂，叫惠康旅店。"

"谢谢。"

"你会习惯的。"他说。

"什么？"

"你要是现在不懂，那很快就会懂了。"他走进了一个和钢琴盒子差不多大的棚屋，外面用焦油纸盖着。

我找到了惠康旅店，一群穷困潦倒的人排成一条长队，等着领要发给他们的随便什么东西，队伍里还有女人和孩子。我虽然也挺饿的，但暂时还不想加入那条队伍，于是沿着河边继续往下游走去。

河水表面带着油光，泛着荧光，一种不自然的、难闻的味道扑面而来。河对岸，工厂的烟囱中冒出的滚滚黑烟飘进了土灰色的天空中，天知道那些工厂往密西西比河里倾倒的又是什么东西。在上游的圣保罗，河水就很糟糕，从那儿到这里中间又流经了上百个城镇。背后一群人乞求施舍，眼前是恶心的密西西比河，我来到的这个地方似乎也是地狱般的存在。

"我应该跟梅贝斯走的。"我说出了声。说出她的名字让我痛苦不堪，但想到我们承诺一有机会就给对方写信，我又开心了起来。我写的那封信还没寄出去；也许梅贝斯的运气好些。

我在胡佛村里问了三个人，才找到一个人给我指路。不一会儿我就来到了市中心的邮局，远没有圣保罗的那个气派，但也一样忙碌。我排进一条队伍，到窗口前问有没有候领邮件。

柜员透过夹在鼻尖上的眼镜片看着我："叫什么名字？"

从林肯学校逃跑以后，我一直很注意不透露真名，以防我的恶行传播开来。

"叫什么啊，孩子？"

但这是为了梅贝斯，于是我说，"奥班宁，奥德修斯·奥班宁。"

"奥德修斯？我找找。"

他离开了一会儿，回来时摇了摇头。"没有，孩子。"

"那巴克·琼斯呢？"

"牛仔明星那个巴克·琼斯？"他笑了，"你这些名字都很有名啊。我找找。"

这个名字也没有信。我正要走，又想到了一件事。"我在找我姨妈。她住在一条有着希腊名的街上，街角有个糖果店。"

柜员抬头望着天花板思索，但看得出他并没有印象。结果我后面排着的一个人，看他的肚腩并没怎么受到大萧条的影响，他接话说："我知道那条街。那家糖果店就在荷兰城里伊萨卡和百老汇街交叉口，不过去年关门了，也是困难时期的受害者。"

柜员在一张纸条上给我写下路线，我精神焕发地离开了邮局。现在我又有了新的目的地。就快到家了。

橱窗上白色的字写着"埃默森软糖店"，里面除了空货架和空柜台之外什么都没有。我往伊萨卡走了半个街区，然后我找到了。我对这里记忆犹新—— 一个三层的砖楼，就在一面刷了粉漆的高高的铁栅栏之后。但房子比我印象中的小很多，而且早就该重新刷漆了。房子旁边有一片空地，丛生的杂草已经爬出了栅栏，侵入了需要修整的草坪。所有窗子都拉着窗帘，整个景象给了我一种冷漠的感觉。我打开门，合页因为缺油吱呀作响。我从小路慢慢走上台阶，敲了大门。等了半天，一位身材纤细、穿着红色丝绸睡袍的黑人女人来开了门。她很漂亮，但看起来很困，看到一个小孩站在门口之后非常不悦。

"什么事？"还没等我开口，她就问。

"我找个人。"我说。

她叉着腰，很不屑地问："是吗？谁啊？"

"我姨妈茱莉亚。"

她用眉笔画的眉毛挑了一下，疲惫的表情消失了。"茱莉亚？"

"是的，夫人。她是我姨妈，之前住在这儿。"

她上下打量了我一番，轻轻摇了摇头，好像我的出现令她难以置信。"你在这儿等一下，宝贝儿。"

我分不清她突然变好的态度是真心的，还是在嘲笑我。她关上了门，我站在小门廊上，抬头望着天。此时天空不再是灰色的，而是出现了奇怪的绿光。我对于这道光记忆深刻，龙卷风上帝撕裂弗里蒙特县，夺走艾米妈妈的那天，出现的也是这道光。在我旅程中的每一步，龙卷风似乎都虎视眈眈地等待着，我很担心它一直以来的终极目标就是让我得不到一个美好的结局。

门又开了，可我并不认识站在门口的那个女人。但她眼中满是惊奇，红宝石般的唇中吐出轻柔的话语："我的老天啊，是你，"她伸出手抚摸我的脸颊，惊诧地低声说，"奥德修斯。"

第六十章

　　我们坐在最里面的一个房间里，很像科拉·弗罗斯特农舍那个舒适的客厅。屋里有个小壁炉，壁炉架上摆着一只古色古香的时钟。整整一面墙都是书架，上面摆满了书。房间各处的花瓶里装着五颜六色的鲜花。茉莉亚姨妈叫那个穿红色丝绸睡袍的女人给我们拿来三明治和柠檬水。三明治里夹着火腿、奶酪，柠檬水里有冰碴。我一天没吃东西了，很想把它们大口吞下去。但茉莉亚姨妈举止非常得体，我不想冒犯到她，于是我和她一样吃得很矜持。

　　我这辈子就见过她一次。大多数时候，茉莉亚姨妈都是妈妈讲童年故事时会提到的一个名字。即便如此，我还是想象这次重聚会让大家情绪非常激动，会充满温暖的拥抱和许多泪水。完全不是那样的。她把我请进来，带到里屋的小房间里，我们在一张咖啡桌上面对面坐下来，进行了尴尬的对话。

"你……你是怎么找到这儿的？"

"坐火车。"

"跟流浪汉一样？"

"现在大家都这样。"

"我的天哟，"她皱了下眉，然后笑了，"不过很安全，你安全到达了。一路从……？"

"明尼苏达。"

"从学校？那个印第安学校？"

"是的，夫人，就是那儿。"

她一点点咬着三明治，然后她那对和另外一个女人一样被画上去的眉毛拧了起来。"但你不可能已经上完学了吧？你才十二岁。"

"快十三了。"

"还是太小了。"

"我是逃跑的。"

她往后靠了靠，背直了起来。"这听起来可不大好。"

"他们对我们很不好。"

"学校生活就是不太好过。"

"他们会打我们。"

"别胡说了，奥德修斯。"

"有个孩子死了。他叫比利·红袖。"

这话让她顿住了。思考了一会儿之后，她说："艾伯特呢？"

"他留在明尼苏达了。"

"还在学校？"

"他在圣保罗找了个工作。"

我一进屋，绿色的天空就裂开了，大雨倾盆而下，重重地打在窗子上。我想起胡佛村的那些人，想象着他们所拥有的一切都被冲进了河里。

茱莉亚姨妈望向外面的暴风雨，似乎对眼前的景象很迷茫。"好吧，"她以一种假装欢快的眼神看着我，"那你打算怎么办呢？"

我艰难地咽下了正在嚼的三明治，接下来我要说出的这个提议让我喉咙很干涩。

"也许我可以住在你这儿。"

"住在我这儿？这恐怕不行，奥德修斯。"

"我没有别处可去。"这是真的，但我承认我极力说得很可怜。

"你确实没有，"她的语气充满了同情，似乎还为自己的迟钝而非常自责，"好吧，那只能这样了，直到我们想出如何解决你的问题。"

"谢谢您，茱莉亚姨妈。"

她一言不发地打量了我好长时间，终于说："上次我见你时，你还只有现在一半高呢。我对你的印象还停留在那儿。

你长大了，快长成个男人了。"

快长成个男人了。她这么说的时候很骄傲，好像她也为我长大出过力一样。我能理解她为什么这么想。自从我们唯一一次见面之后，她一直寄钱给布里克曼夫妇，想帮助我们健康成长。她并不知道，在我们偷拿之前，那些钱从未用在我和艾伯特身上。

她站起来往门口走去，然后大叫道："莫妮克！"

穿红色丝绸睡袍的女人回来了。虽然她们声音压得很低，我还是听到莫妮克说："这天气，今晚大概不会太忙。"

她们又说了几句，最后茱莉亚姨妈说："那就阁楼吧。"

我走进阁楼的那一刻，记忆就把我拖回了杰克农舍里那个床垫被开膛破肚的阁楼。这地方虽然没有那么乱，但仍然给我一种被挡在别人视野之外的感觉，好像我是个逃犯。这我承认，我确实是个逃犯，但我并不想被自己的姨妈这样对待。

"你待在这儿蛮好的，"从我一来她就一直用这种假装欢快的语气说话，"看，你还有个窗子。"

这扇窗俯瞰着一个荒废的后院，正下方有个石头天井，还有房子后面的一条小路。所有这一切在如注的大雨之下都显得令人沮丧。房间里有一张窄床、一个五斗柜、一个落地灯，屋里弥漫着一股发霉的气味。

"谁住在这儿？"我问。

"很久没人住了，"她欢快的语气中出现了一丝悲伤。突然她想起一件事，"你没有包，也没有箱子？"

"我没时间收拾行李。"

"我们得解决下这个问题，"她说，"明天弄吧，今天你就休息吧。你肯定累了。"

"我得用下卫生间。"

看得出，这事让她很发愁。

"下面每层楼都有个卫生间，但你最好不要用。那是……"她顿了一下，思考措辞，"那是给其他客人用的。"

"其他客人？这是个旅馆吗？"

"不算是，我晚点和你解释，奥德修斯。地下室里有个卫生间，走后楼梯下去。"

可真行，我心想，专门给我和蜘蛛准备的。

"你就把这里当作家一样，你吃饱了吗？"

"好的，夫人，没问题。"

"拜托别叫我夫人，显得我很老。叫茱莉亚姨妈就行。"

她下楼去了，我听到阁楼的门关上了，我又是一个人了。屋里很闷，我把窗户打开一条缝。雨水沿着窗台哗哗地流进来，滴在木地板上，但至少有点新鲜空气了。我想尿尿，可我并没有一路走到地下室去，而是把窗子开得更大了一点，直接在大雨中释放了自己。然后我又把窗子关小了，只留下一道缝好让空气能进来点。我坐在床上，感觉和坐在空车厢里一样孤独。只不过车厢里没有床垫，而我身子底下的床垫却十分柔软。茉莉亚姨妈说得对——我真的很累。很快，我就进入了梦乡。

一个女人尖厉刺耳的笑声从楼下传来，把我吵醒了。阁楼的房间很暗，几乎全黑了，但我还能听见打在窗子上的雨声。我从床上下地，脚碰到了水。我赶忙把落地灯打开，发现暴风雨让屋里进了好多水。

我手边找不到擦地的东西，于是顺着阁楼的楼梯下到走廊去。笑声停了，但我还能听到关着的门里传来低语声。我还没来得及走开，门就开了。里面走出一个男人，穿着一身很高级的西装，但没系好领带。他身后走出一个年轻漂亮的金发女人，穿着一件粉色的睡衣，刚刚盖住大腿根。她头发乱糟糟的，口红也蹭花了。那个男人没看到我，弯下腰给了女人一个长长的湿吻。

"下周来，麦克？"她说。

"你走运的话也许更早。"

"我感觉自己挺走运的。"她俏皮地拍了一下他的屁股。

男人沿着走廊往主楼梯去了，没再回头。等他走了，那个女人的姿势立刻变了。她瘫颓下去，倚在门框上。一只手抚摸自己身体左侧，脸上做了个表情，好像摸到了某个柔软的地方。然后她看到了我。她并没有改变姿势，但脸上露出一阵诧异。

"就是你啊，茱莉亚的孩子。"

"她侄子。"我说。

"对，对，"她说，"你要干什么？"

"雨水从我窗子进来了，我需要一条毛巾。"

"我帮你找找，宝贝儿。"

她朝走廊上的一个小壁橱走去，伸手进去拿出一条松软的白毛巾。"这行吗？"

"行，谢谢。"

"很有礼貌，我喜欢。你叫什么来着？"

"奥德修斯。"

她伸出一只手，指甲涂着魅惑的深红色。"多洛雷丝，很高兴认识你。"

茱莉亚姨妈从那个男人刚刚下去的楼梯上来时，多洛雷丝还握着我的手。一看到我和多洛雷丝在一起，她突然黑脸，加快了脚步。

"我不是让你待在楼上吗，奥德修斯？"

"他就是来要条毛巾。"多洛雷丝说。

"雨水从窗子里进来了。"我解释道。

"那就把那破窗户给我关上。多洛雷丝，你赶紧把衣服穿好。"

"好的，茉莉亚。"她冲我眨了下眼，回房间去了。

"上楼。"茉莉亚姨妈说着，跟我一起上去了。

借着台灯的光，她看着打开的窗子下面地上的一摊水。

"房间太闷了，"我说，"我就是想换换气。"

"把毛巾给我。"我递过去，她蹲下来擦地上的雨水。

"我来就行。"

"不是你的错，奥德修斯。我该想到的。"她跪坐在地上说，"很抱歉对你发火了。我只是想找一个合适的时机跟你解释这一切。"

"没关系的。"

她看着手里湿漉漉的毛巾。"有太多事你不明白。"

"我没事的。"

"明天吧，"她说着又继续擦地，"明天我们聊。"

她又把我一个人留在了房间里，温柔但坚定地说："你今晚就待在房间里。"

她没锁门，但我还是忍不住感觉，除了一层干草被换成了床垫，这里和林肯学校的静室也没什么区别。

第六十一章

夜里，我要去尿尿。我放弃了一路下到地下室在蜘蛛们中间小便，而是再次打开窗子尿在了底下破旧的石头天井里，然后一觉睡到天亮。我起得很晚，没法再开窗尿了。像茱莉亚姨妈指示的那样，我从后楼梯下去，路上听到女人们在厨房里的声音。

地下室让我大吃一惊。完全不是我想象的那样满地爬虫，而是铺着瓷砖，十分明亮，里面还放着一个我听过却从未见过的东西——电动甩干机/洗衣机。在林肯学校，衣服和床单全靠女生们手洗。那些湿衣服挂在外面长长的绳子上风干，即便在冬天刺骨的寒冷中也是这样。在那种天气里，女孩子们洗完衣服后经常因为手指几近冻伤而哭泣。地下室里放着三排空着的晾衣架，我估计足够晾整栋楼里的床单了。有了这个就不用把任何东西晾在寒冷的室外，在这样的雨天里也不用担心耽误晾晒。

让我非常欣慰的是，厕所很干净，也很现代化，甚至还有个小淋浴间。我上完厕所出来的时候，多洛雷丝正把要洗的东西放进洗衣机里。她转过身来，脸上没化妆，但还是很漂亮。不，比化了妆还美。

"早啊，瞌睡虫。"她说。

"早。"

她打量着我身上穿的衣服："这些洗过吗？"

"很久没洗了。"

"闻出来了。你要是穿着这些睡觉，那床单也得洗了。"

"我没穿着睡觉。"

"把衣服脱了，跟这些一起洗了。"

"我没有其他衣服穿。"

她笑了，好像觉得我的回答很搞笑。她说："在这儿等着，亲爱的。"

几分钟后她带着一件粉色的毛巾布长袍回来了。

"衣服干之前穿这个吧。"

我在卫生间脱了衣服。多洛雷丝跟我差不多高，那个袍子，我估计是她的，我穿着很合适。她接过我的衣服扔进了洗衣机，那里面已经放了热水和肥皂，开始滚动了起来。

"让洗衣机在这儿洗吧。你饿吗？"

"是的，夫人。"

"夫人？得了，我比你大不了多少。你洗个澡，然后到厨房来吧。”

等我过去的时候，厨房里热闹极了。有几个和多洛雷丝一样年轻的女孩正忙着做早饭，有的还穿着睡衣。我估计这是个女生宿舍之类的地方。我听说过城里有这种地方。几个年轻的女孩跟我开着姐妹之间的玩笑，让我觉得挺温暖的，我和她们一起坐在饭厅的大桌上吃了早饭。有些食物很常见——炒蛋、火腿、覆盆子果酱吐司——但也有玉米粉和油炸绿番茄这些我从没吃过的东西，但我一下就爱上了。

“早餐都是这样的吗？”我问。

“我们以前有个厨子，”一个名叫韦罗妮卡的红发女孩说，“但我们不得不让她走。”

“洗衣女工和女仆也是一样，”多洛雷丝说，“这可恶的经济。”她看向莫妮克，“昨晚一共就十个客人吧？比周日还惨。”

“有暴风雨。”莫妮克说。

多洛雷丝望着窗外，大雨还在下，让早上的天也阴沉沉的。“要是这大雨继续下的话，今晚也好不到哪儿去。”

这时茱莉亚姨妈进来了，大家都安静了。显然她在这个女生宿舍里占有特殊的位置。看到我她显然很惊讶，充满疑惑地看了一圈。

“他起来了，我们就邀请了他。”多洛雷丝说。

“这袍子呢？”

534

"是我的，"多洛雷丝说，"他的衣服正在洗。"

茱莉亚姨妈扫了一眼饭厅窗外阴沉的雨天。"奥德修斯，我本想今天带你去购物的，不过看这天气我们怕是要再等等了。姑娘们，"她说着坐在了桌边唯一一张空椅子上，"今天该打扫卫生了。"

我被派到地下室帮多洛雷丝洗衣服，主要是些床单。自从洗衣女工兼管家被解雇了之后，姑娘们就开始轮流做这项工作，出于一些我不明白的原因，床单每天都要洗。

"你让我想起我弟弟。"多洛雷丝往晾衣架上挂床单的时候说。

"他住在这附近吗？"

"在梅维尔，乔普林旁边的一个小镇。你多大了？十三四岁？他就那么大。"

"你上次见他是什么时候？"

"我离开家那天。五年前了。我那时跟你差不多大。"

"你在这儿做什么？你有工作吗？"

她停下手里的活儿，奇怪地看着我："你不知道这里是哪儿吗，奥德修斯？"

"女生宿舍吧。"

"对，"多洛雷丝说，"是个女生宿舍，没错。"

雨完全没有要停的意思，到了下午，活儿都干完了，茱莉亚姨妈让我到阁楼去，说她很快上来。我站在阁楼的窗前，看着外面，想着那些住在河边洼地的人。他们平常走的那条小路现在大概全是泥，还有在惠康旅店外面排队的人们也会被浇成落汤鸡。我知道自己很幸运，甚至有点愧疚，虽然阁楼很闷，但至少我有个栖身之所，不会饿肚子，还有个关心我的姨妈。

我听到她上楼梯的脚步声。她端来一个银盘子，上面放着两杯柠檬水和一碟姜饼。她把盘子放在床上，拍了拍床垫。"来，坐。"她说。

"这是你的房子吗？"我喝了一口柠檬水，吃了一口饼干，然后问道。

"是的。"

"你肯定很有钱吧？"

"你可不知道我为这房子付出了什么，奥德修斯。"

"我只来过一次。"我说。

"但你还是找到了。我上次见你是罗莎莉死后不久，"她说的是我妈妈，"齐克来告诉我这个消息。"那是我爸爸，伊齐基尔·奥班宁。"你还记得吗？"

"不太记得了。我只记得你给了我和艾伯特几个便士去买牛奶软糖。"

她笑了，好像我给她带来了美好的回忆，"没错。"

"她什么样？我妈妈？"

"你不记得了？"

"不怎么记得。"

"罗莎莉是个好姐姐，对你也是个好妈妈。"

"但她是个什么样的人？"

"作为一个听不见的人，她很能说。我还记得爸妈把她送去加劳德特的时候我非常伤心。等她圣诞回家来，见到她就是给我最好的礼物了。"

"加劳德特？那是什么？"

"一个聋人学校。但她没待太久。第二年爸爸去世了，妈妈找了个教书的工作，挣钱很少，于是罗莎莉就回来帮家里维持生计了。我从小很有时尚天赋，会给自己做衣服，我在镇上一个女装店找了份工作，尽可能存点钱。后来妈妈也去世了。齐克从小就爱上了罗莎莉，对她来说跟他结婚似乎是最好的选择。而我呢，拼命想要离开令人窒息的奥索卡小城。我走了，结果……"她环顾四周，摊开双手，指着这个不透气的房间和整栋房子说，"结果就到了这儿。"

"你把这房子买下来了？"

"在我之前的房主进监狱了。"

"为什么？"

"他杀了人。进监狱之前，他把这房子转让给了我。"

"你们结婚了？"

"就是……好朋友。回到你妈妈的问题，罗莎莉很聪明，博览群书，也很善良。我小的时候就想成为她那样的人。"

"为什么……？"

"什么为什么？"

"我爸爸死了之后，你为什么没把我和艾伯特带回来和你生活？"

"我过了很久才知道你爸爸的死讯。我听说你们俩在明尼苏达一个学校被照顾得很好。我寄了钱去帮衬一下，但在当时的情况下我也只能做这些了。"

"我会很乐意住在这个房间里的，艾伯特也会。"

"我以为你们和其他孩子在一起更好。"

"那是个地狱。"我说。

"噢，得了吧，奥德修斯。也不至于那么差。"

"学校里有个房间曾经是监牢，他们把不按要求做事的孩子关在里面。他们管那个房间叫静室。"这些话从我嘴里说出来的时候带着苦涩。"那里冬天很冷，夏天又很热，还住着一只老鼠。那老鼠已经是那房间里最好的东西了。被关进去之前，他们还会用鞭子抽你。负责抽鞭子的是一个叫迪马寇的人，他可享受了。"

"你也被关进去过？"她问。

"我基本上就住在里面。"

"他们真的打你吗？"

我看到她眼睛里噙着泪水，于是缓和了语气。"我只是想说，要是和你住在一起就好了。"

她哭着抱住了我，虽然我说的一切都是真的，但还是很愧疚把这些告诉了她。

"我会补偿你的，奥德修斯，我保证。"

"让我留在这儿就行。"

她擦了擦眼泪，脸上浮现出微笑，像是那天的第一缕阳光。她说："你当然可以留下来。从现在开始一切都会变好的，我保证。"

雨不但没停，反而越下越大了，怕是要赶上诺亚那个时候了。我坐在风景阴郁的窗边无事可做，拿出口琴吹了几段我之前最喜欢的曲子自娱自乐。不一会儿，几个女孩子就跑到阁楼来点歌了。最后多洛雷丝问："你会吹《情人渡》吗？"

吹这首曲子时，我看到她眼中流露出悲伤，这让我想起了科拉·弗罗斯特和艾米，想起这首歌对她们的意义。我对多洛雷丝的喜爱超过了其他女孩子，因为这首曲子，还因为她有点像梅贝斯·斯科菲尔德。

茱莉亚姨妈也来了，听完《我狂野的爱尔兰玫瑰》之后笑着说："你爸也会吹这首歌。"

"这是他的，"我举起我的和来口琴，"这是他留给我的唯一一样东西。"

"姑娘们，"茱莉亚姨妈说，"我和奥德修斯需要单独待一会儿。"她们走了之后，姨妈挨着我坐在床上。"你还没告诉我你是怎么到这儿来的呢，我想知道这个故事。"

于是我把一切都讲给她听了，把所有的罪行和过失也和盘托出——关于迪马寇的真相、艾米和绑架案、向杰克开枪、艾伯特被蛇咬伤、梅贝斯·斯科菲尔德、龙卷风上帝、还有我为什么离开圣保罗。等我把一切都倾吐出来，完全卸下了自己的负担后，她却做了一件让我惊得说不出话来的事。她在我面前跪下来，把我的手放在她手中，我们好像互换了身份，她成了罪人，而我成了倾听告解的神父。"原谅我。"她乞求说。

第六十二章

　　那天深夜，雨终于停了。转天早饭后，茱莉亚姨妈叫了一辆出租车，让多洛雷丝带我去购物。

　　"她年轻，知道你穿什么好看"是她给的理由。但等我们坐上出租车，多洛雷丝说："茱莉亚从来不出门，那个房子像是她的监狱一样。她把自己关在房间，里面传出来的只有织布机的声音。"

　　"织布机？"

　　"我们都买衣服穿，但茱莉亚穿的衣服都是自己设计、自己制作的，非常时髦。我要是有她的能耐就好了。"

　　当时的我完全没注意到这一点。我才十二岁，一直住在农村。在那边，只要不是麻布袋做的衣服都算时尚。

　　"你跟她一起生活很久了吗？"我问。

　　"跟她一起生活？"她看我的眼神好像我说的是阿拉伯语一样。她摇了摇头说："你还太嫩了，奥德修斯。我估计，你很快就会明白的。"

"叫我欧迪吧。"

"那叫我德莉。我的任务是给你买整套的新行头。"

"鞋就不用了，"我说，"我的红翼靴基本还是全新的呢。"

"我听说过红翼，还挺贵吧。你哪儿来的钱？"

当时我们聊得很开心，于是我就给她讲了我是如何在明尼苏达韦斯特维尔的一家布店里买到这双高级靴子的。我像一个讲故事的人那样，透露了几个细节，但又省去足够多真实的信息，让她无法得知我是个绑匪，或者杀人犯。最后，她被我逗得哈哈大笑，一直在旁边听的出租车司机也大笑起来。

"你讲的这个故事真棒，欧迪，"她说，"有没有想过把它写下来？"

"也许以后会的。"

她让司机把车开到了圣路易斯市中心一个名叫"斯蒂克斯、贝尔和富勒"的百货商场，有整整一个街区那么大。我从没见过一个地方有这么多琳琅满目的商品，可奇怪的是，这却熄灭了我的热情。商场人并不多，不知道是因为这是周初的工作日，还是因为所有人都在咒骂的经济形势。德莉说她的任务是保证我每种衣服都买几件——裤子、衬衫、内裤、袜子和鞋。我试了几件，然后就告诉德莉我不想买了。

她觉得我在说胡话："你不想要新衣服吗？"

说实话，我一点也不在意这些。我跟她说，我现在穿着的裤子、衬衫、内裤和袜子都是干净的，也完全没破。不过我还有另外一个原因。

"德莉，我能给你看样东西吗？"我说。

"当然，什么东西？"

"不在这儿，得走一阵儿。"

"走走也好。"

走过几个街区后，我们站在河岸边洼地的上方。向下望去，上千个棚屋挤在一起，惠康旅店前排着很多领食物的人们。前一天的大雨让我很担心这些人和他们的临建房会遭遇怎样的麻烦。我并没有看到胡佛村的任何东西被冲进河里卷走，但所有人都在泥地里艰难跋涉。尽管暴风雨过后阳光明媚，人们走起路来还是缩头躬身的，好像依旧有大雨朝他们倾泻下来。

"你以为我不知道这个吗？"德莉的语气很不悦，甚至有点恼火。

"我就是想告诉你为什么我不想买那些新衣服，穿那些会让我很愧疚。"

"那你觉得我也应该为我穿的衣服而愧疚吗？"

她穿着一条白色波点的蓝裙子，褐色纽扣，宽边衣领上镶着配套的花边。我觉得这裙子很漂亮，她穿着也漂亮。

"你知道我为了穿这样的衣服做了什么吗？"此时她眼里冒火，脸紧绷着。她像醉酒的水手那样绘声绘色地大声告诉我她具体是做什么的。

我目瞪口呆地站在那儿，像是被扔进了一个我从未想象过的世界。不过我总算明白了所有在我来到伊萨卡这栋房子时就该明白的迹象。

"茱莉亚姨妈，也是吗？"

"是的，你那宝贝的茱莉亚姨妈也是做这个的。醒醒吧，欧迪。这就是个操蛋的世界。"

"我走回去。"我说。

"随便你，我都能想象茱莉亚会说什么。谢谢你干的好事，小子。"

她气哼哼地走了。我一个人站在那儿，看着下面我唯一熟悉的世界。而我今早醒来的那个世界如今陌生又罪恶。

我走进胡佛村，在棚屋间的泥沼里跋涉，看着无聊地倚在门上的人们。说是门，其实不过是纸板或者捡来的木头搭起来的，有的甚至就挂了块挡雨的破布。每个人的脸上都写着困苦、失望和无奈。

突然，我在这个黑暗的时刻看到了一丝希望——电线杆上贴着一张传单，上面用粗体字写着"基甸之剑疗愈会"。

帐篷村搭在了一个叫河岸公园的地方，离胡佛村还挺远。

我听到大帐篷里传来钢琴声，一进去就看到小胡子在弹。他见到我格外高兴，嘴咧得比密西西比河还宽。

"巴克·琼斯，真没想到。"他没有只是和我握手，而是用麻秆一般的胳膊一把搂住我，给了一个温暖的拥抱。"剩下那几个呢？"

"我们分开了。"我说。

"真抱歉。口琴还在吗？"

我拿出来给他看，问他伊芙修女在哪儿。

"刚才她往厨房帐篷去了。你留在这儿吗，孩子？"

我告诉他我还不确定，然后赶忙到厨房帐篷去了。在那儿没找到伊芙修女，倒是迪米特里热情得差点握断我的手，还在我背上激动地拍了一下，肺都要被他拍出来了。

"那个印第安大个儿呢？"

我不想给所有我见到的人都解释一遍，所以我把刚跟小胡子说的那句又说了一遍。我问他伊芙修女在哪儿，他给我指去了更衣帐篷，可她也没在那儿。我想起她在新不来梅跟我说的，不管去哪儿都会找个离疗愈活动远一点的安静的地方，让她可以听到上帝的声音。

一片俯瞰河面的山坡上有个亭子，从远处看好像没有人。在那里，我发现伊芙修女闭着眼睛坐在洒满阳光的长凳上。在我这样一个亟须帮助的人看来，她的脸好像在发光。

她沉浸在自己的遐想里，于是我悄声说："伊芙修女。"

她睁开眼睛，好像一直在等我一样地说："欧迪。"

我们谈了一阵儿。我和她讲了从新不来梅逃跑之后发生的一切，以我对茉莉亚姨妈的最新发现作结。

"你觉得这就是关于她的全部事实了吗，欧迪？"

"她是……"我说不出口我想描述她的那个刻薄的词，"她完全不是我想象的那样。"

"你怎么想象的？她会是一个收留你的圣人？"

"嗯……是的。"

"她没有收留你吗？"

"她把我塞在阁楼了。"

"你祈祷过安全抵达圣路易斯吗，欧迪？"

"祈祷过吧。"

"但你觉得在这里不是你祈祷的那样？"

"家，伊芙修女。我祈祷要一个家。茉莉亚姨妈的房子不是家。那完全不是我祈祷的东西。"

"我以前告诉过你，据我所知只有一种祈祷一定能得到回应。你记得吗？"

因为那个祈祷简单又给人抚慰，我永远都不会忘。"你说祈祷原谅别人。"

"你觉得茉莉亚姨妈需要被原谅吗？你的内心能提供这份原谅吗？从你跟我说的这些来看，在当时的情况下她已经尽力了。"

从亭子的角度看河水是有欺骗性的，蓝天的倒影遮住了河水原本污秽的颜色。我盯着河水看，想要原谅，却发现我的心像石头一样坚硬。

"我没法住在那个房子里。"我说。

"你愿意的话可以回到疗愈会来。小胡子可想念你和你的口琴了。"

她的话正是我在寻找的帮助。我说，愿意，愿意，然后感激地拥抱了她。

"我需要确保艾米没事，"她严肃地说，"她很特别，欧迪。"

我想我明白她的意思。独自一人从圣保罗出发后，我常想起艾米，把那些稀奇古怪的事情联系了起来。在布里克曼家的时候，她怎么知道要在房间等我们？她当时穿好了衣服，好像知道要离开那里似的。那个发疯的男人用枪威胁伊芙修女的时候，她又是怎么知道《美丽梦中人》能挽救局面？还有，很久很久之前，她就知道我靴子里的五美元会派上用场。我终于也发现了伊芙修女第一次牵起艾米的手就看到的东西。

"你能看到过去，"我说，"而她能看到未来。"

伊芙修女点了下头，但她说："也许比这还要特别，欧迪。"她双手交叉，定了定神。"我要说的话可能听起来完全不可能，但我见过不可能的事情真的发生了，所以你听着。她那些癫痫发作，我觉得可能是她在和她所看到的未来做斗争。她也许是想要改变她所见到的未来。"

这话让我惊呆了。"她能改变未来？"

"可能只是微微扭转。就像一个擅长讲故事的人能够重写最后一句一样。"

我在心里消化这个猜测，思考艾米的癫痫。杰克抓住我们之前她发作了一次，好了之后她说："欧迪，他没死。"艾伯特被蛇咬之前她也发作过一次，醒了之后她说："他没事。"还有在那个发现骸骨的岛上，她在发作之后说："他们都死了。"还有"我没法帮他们。我试了，但是不行。已经发生了"。是因为她看到了摩西族人们的悲剧，但因为发生在过去，所以她无法改变吗？

我看着伊芙修女。"我本来会杀死杰克？艾伯特本来会因为蛇咬伤而死？但艾米成功改变了这些事？"

"我听说时间是流动的，欧迪，就像我们面前的河水一样。我得到的能力是逆流而行，也许有的人可以划行到所有人前面。如果有这种可能的话，为什么未来的事不能被改变一点呢？"

"她在新不来梅发作那次你握住了她的手。当时看到了什么？"

"好像是在凝视一片迷雾。我问了她，但她似乎不知道我在说什么。如果我的猜测是真的，有可能是她自己也没有完全搞懂，至少当时还没有。她还太小了，欧迪，我想确保她是安全的。"

"芙洛和格蒂会照顾好艾米的，"我安慰她说，"艾伯特和摩西也在。他们绝不会让她遭遇不测的。"

她似乎得到了安慰。"那就好，"她说，"那就好。"她歪着头打量我。"现在要干什么？"

"我应该回去告诉茉莉亚姨妈我要走了。"

"要我和你一起去吗？"

"能载我去吗？"我说，"我走了一整天了。"

"没问题。"

我们一起走回帐篷，席德正和小胡子在钢琴那儿说话。他看到我面露不悦。

"小胡子说你回来了，跟个瘟神一样。"他看了伊芙修女一眼，"他不会留在这儿吧？"

"他会重新加入我们，席德，已经决定了。我需要德索托的钥匙，我要送巴克一程。"

"去哪儿？"

她看了我一眼，等我说。

"伊萨卡街，"我说，"在荷兰城。"

"就五分钟的路，"席德说，"伊芙宝贝，你认识路吗？"

"巴克可以给我指路。"

席德从口袋里掏出车钥匙，扔在伊芙修女张开的手心上，最后又忧心忡忡地看了我一眼。"老天啊，你这次可别惹麻烦了。"

"要有希望，席德，"伊芙修女柔声说，"人们到我们这儿来都是因为心怀希望。"

我们很顺利就找到了茉莉亚姨妈的房子。"你能找到，我一点都不意外，"伊芙修女看着房子粉色的外墙笑着对我说，"要我跟你一起进去吗？"

"我自己可以的，但可能要过一阵儿。我这边处理完了去疗愈会找你，行吗？"

她看了我好一会儿，眼神温柔却认真。"你相信自己是在找家，欧迪。这就是你的信念把你带到的地方，但这不意味着它就是你旅程的终点。"

"从现在开始，不论去哪儿，我都想和你一起。"

"那好吧。"她在我的脸颊上轻吻了一下。

我走到门口按了门铃。德莉来开了门，看得出还在生我的气。

她的语气冷冷的："你的姨妈在等你。"

我跟着她上了阁楼，茉莉亚姨妈正坐在床上，两侧摆了两排照片，大部分都镶了框。房间里很凉爽。雨停了之后，我一直开着窗，既为了让微风吹进来，也为了半夜不用一路跑到地下室去解手。

"谢谢了，多洛雷丝，"她说，"没别的事了。"

德莉走了，她身后的空气都冷飕飕的。

我站在茱莉亚姨妈面前，已经做好了她会发火的准备。因为我没接受她送我的新衣服，并且负气出走了而生我的气。但最让她生气的可能是我从德莉那儿知道了真相，而她却没有机会给我做思想准备。

　　但事情是这样的：我已经原谅她了。我不在乎她是什么人，也不介意她是如何维持生计，又是如何满足了粉房子里这些女孩子的需求。我杀过人。之前还以为自己杀了两个人。我撒过无数次谎。我还算得上偷过东西。我犯过太多错。不管我姨妈怎么样，我都不比她强。

　　所以我已经做好了准备，不管她说多难听的话，我都会接受。但茱莉亚姨妈又出乎了我的意料。她举起一张照片给我看。

　　"你知道这是谁吗？"她轻声说。

　　"一个婴儿。"

　　"婴儿是谁？"

　　我耸了耸肩。

　　"是你，奥德修斯。"

　　我似乎从未见过自己的照片。我和艾伯特到林肯学校的时候，身上什么也没有。没有照片，或者任何能将我们带回过去的东西。她把照片递给了我，但照片上的东西像是一只奇异的动物，跟我毫无关系。

　　她又从床上拿起一张照片。"这张呢？"照片上是一个小孩子骑着儿童木马。"这是你三岁的时候。这张是你四岁，"
她指着另一张照片，"五岁。这是我手里最后一张你的照片。
你当时六岁，是你来的那次拍的。直到两天之前，那就是我
最后一次见你了。我把这些照片都放在我的房间里。"

她把那张婴儿的照片从我手里拿了回去，被那个孩子脸
上的微笑迷住了。虽然那就是我，但我一点感觉都没有。

"是我爸妈寄给你的？"

"罗莎莉寄的，几乎每年都寄。"

"怎么都没有艾伯特？"

她似乎没听到我的问题，还沉浸在那张婴儿的照片里。
这照片对她好像意义深刻。"我还记得你出生的那天，就像是
在昨天。"

"你在场？"

"哦，是的。就在这个房间里，你就出生在这张床上。"

这可真是新闻。面对这么令人震惊的消息，我都不知道
该说什么。

"我给你起名叫奥德修斯，因为我和罗莎莉从小就听妈妈
读荷马史诗。你知道叫这名字的是谁吧，奥德修斯？"

"一个希腊英雄。林肯学校有个叫科拉·弗罗斯特的老师
告诉过我。"

"他是个伟大的领袖，我知道将来有一天你也会长成一个
领袖。但我给你起这个名字还因为你出生在伊萨卡街。这是

个预兆。"

这也太离谱了。"我的名字是我妈妈起的。"我坚定地说。

她看着我，一言不发。我的脑子里突然嗡嗡作响，好像有只苍蝇一直在盘旋，找不到出口。

最终，我和她对视了。我脸上的表情一定告诉她我明白了是怎么回事。她点了点头，轻声说："对。"

第六十三章

"这不是养孩子的地方。"茱莉亚姨妈解释说。

不对，不是茱莉亚姨妈，是妈妈。我在心里试着这么叫她，但听起来太奇怪了。

她说出这个惊天秘密之后就坐立不安。我坐在床上她刚才坐的地方，而她站了起来，一边踱步一边说，不时瞟一眼我的反应。她恐怕很难看出我的想法，我惊得一句话也说不出，像个稻草人一样麻木地坐着。

"罗莎莉已经有一个孩子了，我看到她把艾伯特养得有多好。我肯定没法像她一样把你养好，尤其在这种地方。唉，我大概也可以离开这儿，找个其他的门路养活咱们俩，但我没什么本事，也没上过学。这……"——她张开双手把这个房间、这栋房子，还有这整个境遇抱在怀里——"这是我唯一会做的事。而且，奥德修斯，他们对你很好，艾伯特也是个很好的哥哥。"

"所以……是谁呢？"我终于开口。

"谁？"

"我爸爸。"

她听到这个停下了踱步。她垂着头站了一会儿，身体僵住了，整个人像是从花岗岩上刻出来的一样。"我真希望能告诉你。"她抬起眼睛看着我，揣摩我的反应，"奥德修斯，在这种地方，即便做了预防措施，有时候也可能会怀孕。"她像个求施舍的乞丐一样对我摊开手掌。"但那已经过去了。他是谁并不重要了。重要的是你来了，如果你愿意的话，我会好好照顾你的。"

"为什么？"

"什么为什么？"

"我爸爸被杀的时候……"说到这儿我停下了，这说得不对，他不是我爸爸，"我姨父被杀的时候，"我纠正过来，但还是觉得不对劲，"你那时候怎么不接我们过来？"

"我已经告诉过你了。事情发生了很久之后我才知道。那时候，似乎不要再改变你们的生活比较好。我和懂这些事的人聊过，他们跟我说林肯学校是个很好的学校。"

"我一个白人孩子在一群印第安孩子中长大。"

"感觉很糟糕吗？"

"糟糕的是他们对待我们的方式。"

"奥德修斯，这些事我完全不知情。我向你发誓。每年我都会收到校长寄来的信，说你们表现有多好。"

"黑老妖。"

她原本又开始踱步了，听到这话停了下来。"什么？"

"这是我们给她起的外号，就是那个校长，布里克曼夫人。叫她黑老妖是因为她对我们太狠毒了。"

她垂下了头，因为紧张而动来动去的那股劲儿终于消耗殆尽了。"奥德修斯，我很抱歉，真的。但现在你就在这里，我能让你获得更好的生活。"

"我不会留在这儿的，我在圣路易斯有朋友。"

"什么朋友？"

"一个叫基甸之剑的疗愈会。"

"那是什么？一个教会？"

"差不多吧。"

茱莉亚姨妈——我还是没法把她当成我妈妈——走过来把照片收拾起来，坐在我身边。沉默良久，她说："你能原谅我吗？"

又来了，正像伊芙修女说的那样，一切最后都归到了原谅上。

"也许吧，"我说，"但要思考的东西太多了，我需要些时间。想清楚之后我也许会回来。你能理解吗？"

"能理解。"她牵住我的手。

我渐渐明白，我们是靠着感受活着的物种，感受像电流一样从我们的身体中穿过，而且可以在人和人之间传递。妈妈握住我的手时，我就感受到了她那种深切的渴望。我是她的儿子，她唯一的儿子，她腿上放着的照片，她寄的钱，还有她天真地相信黑老妖的谎话，所有这些都告诉我她一直爱着我。

我没有立刻离开。我从早饭后就没吃东西了，茉莉亚姨妈让德莉端了三明治和柠檬水上来。在这间让我来到世界的阁楼里，我们准备共进至少很长一段时间里的最后一餐。刚吃了两口，德莉就回来了。

"有人来找你，茉莉亚。"

"现在不行，多洛雷丝。"

"不，就是现在。"

说话的不是多洛雷丝。声音从下面传来，还没看到说话的人，我已经知道是谁了。德莉往旁边让了一步，阁楼楼梯上走来的正是席尔玛·布里克曼，身后跟着克莱德·布里克曼。

"欧迪·奥班宁，"黑老妖说，她嘴里吐出来的话像是有毒的蜂蜜，"还有茉莉亚。真高兴再见到你们俩。"

德莉被支走了，走的时候关上了阁楼的门。那个小房间被布里克曼夫妇、茉莉亚姨妈和我，以及笼罩在我们头顶的龙卷风上帝填满了。

"你看起来很迷茫啊，欧迪，"黑老妖说，"茱莉亚，你脸上写满了疑惑。"

我并不感到太害怕，更多的是惊讶和愤怒。我脱口而出："你怎么找到我的？"

"我还有多年前在圣路易斯的人脉，欧迪。你带着艾米和我们保险箱里所有文件消失之后，我就想你可能往到这儿来了，于是我发了封电报，雇了一个人监视茱莉亚的房子。"

茱莉亚姨妈看着我，明白了过来。"她就是黑老妖？"

我点点头。

"你知道吗，欧迪，我根本不在乎你们起的外号，"席尔玛·布里克曼说，"恐惧是一件有力的武器。"

"你来这儿干什么，席尔玛？"茱莉亚姨妈问。

"你认识她？"我说。

"茱莉亚和我是老相识了，欧迪，"黑老妖替她回答。然后她的声音变了，突然带上了很重的鼻音。艾伯特告诉过我，她有时喝了酒之后口音会变得像奥索卡偏远地区的人。"茱莉亚，我还记得第一次来找你的情景。你记得吗？我爸把我卖给的那个畜生带我来的。是你买下了我的自由。很长一段时间，我们亲如姐妹。"她的声音又变了，变得优雅性感，"你把一个乡下女孩身上所有粗糙的棱角都打磨光滑了，你教我礼仪、教我读书、教我如何取悦男人。还记得吗，茱莉亚？"

"席尔玛，我只记得你是如何搅进了我的生活，然后又和当地的警察串通好要偷走我的房子。"

"是你鼓励我要有野心的，"席尔玛·布里克曼的脸上露出一种兽性的表情，"我一穷二白，从淤泥污秽里走出来，身边都是卖孩子的人，所以我才当了妓女。你的出身不一样，茱莉亚。所以你的借口是什么？"

茱莉亚姨妈扫了我一眼，没有回答。

"你把我赶出去之后，我经历了什么你根本不懂，"黑老妖继续说，"我好不容易在苏福尔斯一个破烂的妓院找到工作，一个叫斯帕克斯的寂寞的男人跟我求婚。他在明尼苏达州的另一边开了个印第安学校。我怎么能错过这样的好机会。"

"这位是斯帕克斯先生吗？"茱莉亚姨妈问。

克莱德·布里克曼还一个字都没说，但看得出他很紧张。他一会儿环视房间，一会儿又看着那扇关上的门，像是担心随时会有人破门而入一样。

"斯帕克斯先生在我们结婚一年之后因为心脏病突发去世了，"席尔玛·布里克曼说，"这位是克莱德，我的第二任丈夫。他在苏福尔斯开赌场，是我的常客。当时我的印第安学校需要个帮手，然后克莱德……"她瞥了一眼她丈夫，"算了，我可能找到比这个还差的。"

"明尼苏达，"茱莉亚姨妈说，似乎一切都明白了，"席尔玛，你是不是把齐克引到那儿去了？是不是给他设了什么疯狂的陷阱报复我们？"

齐克，这是我爸的名字。"你认识我爸？"我问黑老妖。

"你爸以前往这儿送酒，禁酒法案之前就送私酒了。我和茱莉亚闹掰了之后，是他把我赶出了门，连行李都来不及收拾。除了几件衣服我身上什么也没有。"她之前语气很恶毒，现在却露出微笑，像是脸上被硫酸烧出的一条细细的疤痕，"当时我和克莱德等人送酒到林肯来，算是我们的一项副业，你猜是谁带着两个儿子来了？他认出我的时候，我很害怕他要把我的过去都揭露出来。"

"所以你就开枪打死了他？"我想掐死黑老妖，差点就从床上跳了起来，茱莉亚姨妈制止了我。

"我们永远也不会知道是谁开的枪了，欧迪。"她转过头去，将残忍的笑容对准茱莉亚姨妈。"齐克的一个儿子长得很像你啊，茱莉亚，我看到都开心死了。我坚持要把欧迪和他哥纳入林肯学校的监护。"她带着一种冷酷的幸灾乐祸看着我，"你承受的所有痛苦，你被抽的每一条鞭子，对我来说都是无比的欢乐，因为我知道那就像往你亲爱的姨妈心上捅刀。好了，"席尔玛·布里克曼让自己平静下来，"我来这儿是有原因的。艾米呢？"

"她在你永远也找不到的地方。"我呛声道。

"欧迪，我已经不在乎你了。过去的就让它过去，我现在只想要艾米。"

"艾米恨你。"

"假以时日，我会让她爱我的。"

"你不能逼别人爱你，席尔玛，"茱莉亚姨妈说，"爱是一种被给予的天赋。"

黑老妖没有理她。"警察还在追捕绑架艾米的人，欧迪。他们要是抓到你了，你接下来就得在一个比林肯学校还痛苦得多的地方待上好几年，我向你保证。现在我给你一个自救的机会，还能救你哥和摩西。我只要小艾米。"

"你不会得到她的。"

"那我就只能把你交给警察了。"

"账本在艾伯特手里。"我说。

"你是说克莱德记录当地人给林肯学校捐款的那个账本吗？沃福德警长知道这个账本，欧迪。他很愿意帮我们向圣路易斯警署解释，你别费劲了。把艾米给我，一切都解决了。"

"她在撒谎，奥德修斯。"茱莉亚姨妈说。

她不说我也知道。黑老妖不把我们都毁掉是决不会罢休的。

"你为什么这么想要艾米？她恨你，"我说，"她也不像你希望的那样完美。她有时会癫痫发作。"

黑老妖靠过来，像是分享秘密一样小声说："我知道癫痫的事。"

我看着她的眼睛，像两个邪恶的煤球一样，想着她怎么会知道的。

她说："在我长大的那个山谷里，有个独居的邻居老太婆，大家都说她是个预言家。他们说，当她望进未来时，如果她愿意就能对她所见的东西做小小的修改。艾米跟我住在一起的时候发作过一次，醒过来的时候她说：'你不会掉下去的，欧迪。他会但你不会。'我问她是怎么回事，她完全不记得了。后来我们在采石场发现迪马寇的尸体时，我把这两件事联系起来，就有了重大发现。没猜错的话，她很特殊吧，欧迪。是不是？"看我没回答，她露出了让我起鸡皮疙瘩的笑容。"她需要一个合适的人引导她，保证她的天赋不会被浪费。"

"那个人不是你。"我大声说。

"哈，就是我。我曾经拥有过她，欧迪。我会再次拥有她的。"

"她从来都不属于你。"

"那好吧，"她似乎决定结束这次商量，"那我们只能让警察解决这事了。"

"你不能去找警察。"茱莉亚姨妈说。

"谁要阻止我？你吗？"

"对。"

"你打算怎么做？"

"逼不得已我就杀了你。奥德修斯，快走，"茱莉亚姨妈说，"你知道该去哪儿。"

"我不会离开你的，"我说，然后加了一句，"妈妈。"

她凝视着我。我在她的眼神里发现了一路以来都在寻找却不自知的东西。与我骨肉相连的人，与我血脉相承的人，与我心心相印的人。

"妈妈？"席尔玛·布里克曼说着哈哈大笑起来，"怪不得你们俩长得这么像呢。"她从提包里拿出一支银色的小手枪。"我要带走你的儿子，茱莉亚。"

这时，一直怯懦地站在一旁，一言未发的克莱德·布里克曼说："老天啊，你这是要干什么，席尔玛？"

"闭嘴，克莱德。你要是有我希望的一半能耐，我也用不着这么做。欧迪，如果你不跟我走，我就打死茱莉亚，管她是不是你妈。"

"然后你就会坐电椅。"我说。

"因为我正当防卫一个女人凶狠的袭击？恐怕不会的。"

"她没有袭击你。"

"克莱德不会这么说的。而且你还绑架了一个小女孩，欧迪。天知道你对她做了什么下流的事。你觉得有人会相信一个流氓小孩的话吗？尤其他妈还是个妓女。"

我在这时冲向了她。

我不记得听到枪声，但还记得子弹打在了我右边的大腿上。还没够到黑老妖，我就倒在了地上。在那个小房间的一片混乱和我大脑意识到自己中枪这个事实的惊愕中，我感到身边掀起一阵大风，好像暴风雨一样。我想，一定是龙卷风上帝降临了。

结果不是龙卷风上帝，是我的妈妈。她从我身边冲过去，猛扑向黑老妖。她们俩扭成一团，从房间一边扭打到另一边。在激烈的撕扯中，两人来到了打开的窗前，突然就双双消失了。

我想站起来，但我的伤腿完全使不上力。克莱德·布里克曼跑向窗前，然后站在那里呆呆地望着下面。我从地板上爬过去，身后留下一路血迹，扒着窗台想站起来。向来没有他老婆那么黑心的布里克曼把我抱起来，好让我看到他刚看到的景象。在三层楼之下破旧的石头天井上，两个女人一动不动地躺在那里，她们的身体就如同她们的生命一样纠缠在一起。

第六十四章

他们让我坐在妈妈的病床边，我的伤腿被绑上了厚厚的纱布。她还没醒过来，医生并不确定她还能不能醒过来。德莉在我身边和我一起守夜。医院的病房很拥挤，但因为茱莉亚姨妈有钱也有点名气，我们得到了一个单间。

黑老妖这次真死了，脑袋像鸡蛋一样磕在天井的石头上。因为一个幸运的情况，我妈妈免于遭受同样的命运——她正好落在席尔玛·布里克曼身上。在离开这个世界时，黑老妖似乎做了一件救赎自己的事，她的身体给我妈妈的坠落做了缓冲。医生说这也算是个小小的奇迹了。

我在她床边守了几个小时之后，艾伯特进来了，后面还跟着摩西、艾米和伊芙修女。看到他们的一刹那我就哭了。

"你们怎么……"我哽咽着问。

艾伯特蹲下来，给了我一个安慰的拥抱："我们好不容易撬开了约翰·凯利的嘴，然后就立刻坐上'海乐'号，让特鲁以最快的速度往下游来了。"

"幸亏水位很高，河水也很清澈。"我听到有人在门口说。特鲁曼·沃特斯探出头来，卡尔也跟他一起。

我惊讶地看着伊芙修女。"是你找到了他们？"

"是他们找到了我。跟你一样，都是看见了席德逼着我们一路贴的传单。"

"她带我们去了茱莉亚姨妈的房子，"艾伯特解释说，"那儿的女士们又让我们到这儿来。"他看了一眼病床上的茱莉亚姨妈，她直挺挺地躺在那儿像是死了一样。"我还担心我们来晚了。"

"我有太多话要对你说。"我说。

护士拨开这群人走过来，让大家都出去。

艾米把手放在我的手上说："可他是我们的家人。"

最后护士把卡尔和特鲁赶了出去，剩下的人都留下了。

我把发生的一切都告诉了他们。当我告诉他们真正的血缘关系时，我仔细看着艾伯特的表情，可他一点也不像我预想的那样惊讶。"你知道我们不是亲兄弟？"

"我从前偶尔琢磨这件事。你是有一天突然出现的，但当时我只有四岁，我哪懂？现在我明白为什么你有时候会把我逼疯了。"

我没笑。

"听我说，欧迪，在我的每一个记忆中你都占据了很大一部分。你就是我的亲兄弟。让其他的都见鬼去吧。我太爱你了，有时候爱得要死要活。这辈子你都是我的兄弟。"

摩西对我比画，也是我的。

艾米笑着说："也是我的。我们永远都是流浪四侠。"

我在妈妈床边守夜，其他人轮流陪我。有一段时间只有我和艾伯特在，我跟他讲了我和伊芙修女之间关于艾米癫痫的谈话。

他用看疯子一般的眼神看着我。"你是说是她让子弹没有打死杰克？让我没被蛇咬死？"

"你想想吧。这些都是对情况进行了小小的修改——子弹偏离了一英寸没打到杰克的心脏；多给你一点点时间血清就送到了。"

他仔细想了想。"坐'海乐'号过来的时候她也发作了一回。醒了之后她说：'她没死。'我问是谁没死，她又是那种空洞的眼神，你知道的，就好像她并不是真的在这里一样，然后又睡了。我完全不知道她在说什么。"

"稍微改变一下席尔玛·布里克曼坠落的位置，艾伯特。一点就够了。"我把手放在妈妈的手上。虽然很微弱，但我感受到了生命的电流传来。"至少这能给她一点生的希望。还有件事，黑老妖也知道艾米发作的事。她告诉我说艾米和他们在一起的时候也发作过一次。"

"她说艾米看到了什么吗？"

"具体没说，但我估计是我和迪马寇在采石场那次。我掉下悬崖的时候，正好落在了底下一块探出来的小石头上。就那一小块，让我没有一路跌下去。"

"你觉得是艾米把小石头放在那儿的？"

"或者是改变了我坠落的位置，那块石头在我的正下方。我要是往左或往右稍微偏一点，都接不住。"

他又想了一会儿，然后说："如果她真能预见未来的话，那她肯定知道龙卷风要来了。为什么不想办法救她妈妈呢？"

"不知道。也许她尝试了，但没成功。也许龙卷风对她来说力量太大了。"

他摇摇头。"你知道这听起来多荒谬吗？"看得出他那工程师的脑子正试图接受一个无法被数学计算证实的可能性。事实上，他也从来没承认过相信任何一点我说的关于艾米的事。但那天晚上，他肯定看到了我脸上的绝望，因为他对我说："欧迪，不管发生了什么，我们都还有对方。我们永远都是兄弟。"

伊芙修女坐在我身边。距离她第一次来医院已经过去两天了，我妈妈的情况没有丝毫的变化。

"我祈祷了，"我对她说，"我虔诚地祈祷了。但似乎并没用。你觉得艾米能再发作一次吗？"

伊芙修女笑了。"她并不理解自己被赋予的这种能力，欧迪。以后会的，但现在还没有。我很愿意帮助她，但这要看她是否接受。"

"也许你可以敲一下我的脑袋，我也能获得某种能力呢。一种能救我妈妈的能力。"

她又温柔地笑了。"能力恐怕不是这么来的。而且你已经有一个超能力了。"

"什么能力？"

"你是个讲故事的人。你能创造出任何你心里所想象的世界。"

"但那又没法实现。"

"也许整个宇宙就是一个巨大的故事，谁说在讲故事的时候，它不能被改变呢？"

我想要相信她的话，于是我想象了这样的场景：

妈妈终于醒了。她的眼睛慢慢睁开，转过头来。看到我的时候她脸上焕发了光彩，她轻声对我说："奥德修斯，奥德修斯。我的儿子，我的儿子。"

尾　声

　　有一条河流过时间和宇宙，浩渺而神秘。它是一条精神之流，位于所有存在之物的核心，我们身上的每个分子都是它的一部分。这条河不就是上帝吗?

　　回顾 1932 年的夏天，我看到一个不到十三岁的少年拼尽全力想要找到上帝，想要截住这条河，把它框成一个可以理解的形状。和在他之前的许多人一样，他把它塑造成一个又一个形状，可它却一直反抗他的一切逻辑。我很想朝他大喊，用一种善意的方式告诉他，诉诸理智是没用的，抱怨那条河流的曲折也没有意义，不要担心河流会带他走向何方。不过我也得坦白，活了八十多年，对于这个超出人类理解范围的谜题我依旧困惑。也许这辈子我学到最重要的真相是，只有当我臣服于这条河、拥抱这条河的时候，我才能找到平静。

　　这四个孤儿一起踏上旅程的故事还没有完全写完。他们的人生远远超出了那年夏天河上漂流时遇到的起伏的农田、高耸的悬崖、河边的小镇和那些非同寻常的人。下面让我告诉你们这个写了很多页的故事的结局，看这条大河最终将流浪者们带向何方。

克莱德·布里克曼在对圣路易斯警方的坦白中坚称是席尔玛杀死了艾伯特的父亲，那个也被我看做父亲的人。但这并没有用。布里克曼还是被送进了监狱，不只是杀人罪，还有在和他老婆经营林肯印第安培训学校时收受的贿赂、酿造的私酒，以及艾伯特从他们保险箱里拿走的账本和其他文件所揭露的各种罪行。我问他为什么一直留着那些信，他说他想以后偿还他们俩从那些印第安家庭偷走的钱。我觉得这不过是他为了减刑说的谎，于是对他的恨更多了。

第二次世界大战期间，我在欧洲打仗的时候收到伊芙修女的消息，说布里克曼死于肺结核。临终前，他联系了伊芙修女和艾米，她们去看望了躺在监狱病床上的他。他请求她们的原谅，她们也大方地原谅了他。他死前向她们提出了请求：代表他向我、艾伯特和摩西求情，请求我们的原谅。

我们一生中要给予他人的所有东西中，原谅可能是最难的一个。在1932年那个决定命运的夏天之后很多年里，我心里都压着一块愤怒的大石，上面刻着布里克曼的名字。对我来说，开始于小小独木舟上的那趟旅途久久没有结束，直到我在伊芙修女温和的指导和敦促下最终放下敌意。最终放下的那一刻，我也放弃了相信龙卷风上帝，并开始粗浅地了解这条囊括了我们所有人的大河。我开始明白，当摩西在基列河边安慰伤心的艾米，说她不孤单，是多么地正确。

我没有和艾伯特和摩西回到圣保罗，艾米也没有。我们留在了圣路易斯。我留在妈妈身边，艾米留在了伊芙修女身边，并接受她的指导，用各种必要的方式理解自己非凡的天赋。

通往救赎的路不止一条。我妈妈最终从昏迷中醒了过来，但从此双腿瘫痪。路西法咬了艾伯特之后，医生曾建议截掉他被咬的那条腿，当时我想象了我哥成为乞丐的黑暗情景。得知妈妈瘫痪时，我也陷入了绝望，想象着同样悲剧的结局。我出于自私逼迫她虔诚地相信上帝，这样伊芙修女就能把她的伤治好了。但和艾伯特一样，她做不到。然而，她找到了埋藏在心中的勇气，证明她完全是我来到圣路易斯时想要找到的那个女人。虽然被束缚在轮椅上，她却创造了新的生活。她一生都在为自己设计和制作衣服，于是决定也帮别人做衣服。她买下了伊萨卡街角的糖果店，把它改成了一个服装店，卖自己设计的衣服。之前她手下的女孩子中有三个留下了——谢天谢地，德莉是其中一个——她把自己的手艺教给了她们。刚开始生意并不好，但妈妈用了点威胁的伎俩，让那些曾经是她的最有钱的主顾给他们的妻子买衣服。最终，她设计师的名声传开了。到大萧条快结束的时候，Maison de Julia[1] 做的礼服成了圣路易斯上流社会女人们的心头好。

艾伯特十八岁进入明尼苏达大学攻读工程学位，结果拿到了好几个学位。但每年到了密西西比河上游的冰一解冻，他和摩西就会在特鲁曼·沃特斯和卡尔的"海乐"号上工作。我常和他们一起，艾米也是。在我们往河流下游去的一次早春旅行中，摩西在最后几天一时兴起作为临时队员参加了圣路易斯红雀队的试训。他进了农场队[2]，一年后升入了大联盟队。艾米曾经预言过他会成为著名球手，这并非完全是真的，但他两次领跑职业大联盟的打点排行榜。他们给他起名叫"沉默的苏族大炮"，有他照片和数据的棒球卡现在很值钱。

第二次世界大战开始之后，我和艾伯特像上百万年轻人一样穿上了军装。虽然曾被蛇咬伤，导致腿一瘸一拐的，但我哥在机械上的天赋实在不能被浪费，于是海军招募了他。他很快就升了职，最终被派遣负责一架航母的引擎。战争快结束时，航母被一架神风突击机袭击了。虽然船被遗弃了，但艾伯特却留在了船上，直到生命的最后都在帮助轮机舱人员撤离。我哥哥一生都是我的英雄，他的死也是英雄式的。为了纪念艾伯特，我给第一个儿子取了他的名字，我写字台上面架子上的皮箱里至今还放着为了表彰我哥哥英勇献身而

---

1 法语，意为"茉莉亚家"。

2 农场队（farm team），为大联盟队输送球员的较小的球队。

颁发的海军十字勋章。

　　摩西在红雀队打了三个赛季，第四个赛季刚开始被一个快球打到了头，和他多年前用镇纸砸克莱德·布里克曼那一下差不多。那一砸打坏了他的左眼，也终结了"沉默的苏族大炮"短暂的职业生涯。一年后，他回到了林肯学校，那时学校的行政层已经经历了大换血，"杀死他心中的印第安人，从而拯救这个人"的理念被抛弃，转而采用更加人性化的方式安置和教育美国原住民儿童。那个善良的德国老人赫尔曼·沃兹，当年曾尽全力驱散布里克曼夫妇统治下的黑暗，在艾伯特回校时仍在学校，几年后在睡梦中逝世。摩西成了学校棒球和篮球队的教练。他后来和唐娜·雄鹰结婚了，就是那个来自内布拉斯加的可爱的温内贝戈女孩，当年还用一只有缺口的碗给我送过麦片粥，后来她在林肯学校教女生们家政课。

　　不但在红雀队表现出色，摩西指导的林肯校队也取得了很好的成绩，他因此闻名全国，照片还登上过《星期六晚报》的头版。他利用自己的名声为美国原住民，尤其是原住民儿童的福祉发声。林肯印第安培训学校在1958年关闭。不久后，加劳德特大学聘请摩西当教练，他举家搬往华盛顿特区，自己则成了议员办公室的常客。他用滔滔不绝的双手中流淌出的语言，为提高国家立法者的觉悟做出了很大努力。在过去许多年中，我曾多次拜访他和他的家庭，并总能欣喜地看到摩西的人生旅程将他带到一个更加宽容平和的境界。他在1986年死于白血病，身边有妻子和孩子陪伴在侧。唐娜告诉我，摩西最后给她比画出的遗言是：不孤单。

正如我在开头所说的那样，这些都是沉钩旧闻了。在世的人中已经没有几个还记得这些事。但我相信，讲一个故事就像是向空中放飞一只夜莺，它唱出的希望永远不会被遗忘。

我的孙辈们每次来看我都会求我讲四个流浪者和他们与黑老妖战斗的故事。我最喜欢讲的是小恶魔和公主的爱情故事。小恶魔有一只魔法口琴，而公主有个一点不公主的名字，梅贝斯·斯科菲尔德。故事讲的是，经过长久的分离和无数的试炼，他们终于结婚并从此在基列河的河边过上了幸福的生活。因为那个美丽的公主在他们出生之前就平静地过世了，对这些孩子来说，她就是一个美好的童话中的人物。

等他们都回到圣保罗的家中之后，我常常在梧桐树的树荫下休息。在这个我建造的房子里，我并不孤单，有一个如同妹妹般的人陪伴着我。七十年前，我就在这棵梧桐树下向她许诺，我们将回到这里。在那个夏天漫长的征程中，我们曾在这里获得片刻的宁静。如今她接近了自己非凡旅程的终点，她也早在其他人之前就预见了那一天。她还是偶尔会发作，她管那叫"神的插曲"。她接受了有些事情——比如她妈妈和艾伯特的死——是在她的能力和掌控之外的。即便如此，她还是大大地改变了许多人的人生。在淡淡的夜色中，她从房子里走出来，和我一起坐在基列河边，握住了我的手。我们的皮肤上如今布满皱纹和老年斑，但将我们联结在一起的爱永远年轻。我们虽没有血缘关系，但是精神上的兄妹，我们是最后的流浪者。

每个好故事里都有一个真实的种子，有趣的情节就从这里萌生出来。我所讲的故事有些是真实的，有些……我们姑且说它们是锦上添花吧。一个女人能治愈疾病？一个女孩能预见未来，并扭转她的所见？但话又说回来，相比起一切存在都源自某一次偶然的宇宙大爆炸，这些真的这么难以相信吗？我们的视觉感知如此昏暗，我们的大脑又太容易被迷惑。我相信，像孩子一样拥抱每一种美好的可能，才是最好的。只要我们的心能够想象，没有什么是不可能的。

致　谢

我永远感谢我的经理人丹妮尔伊根－米勒和她在布朗和米勒文学联合公司的团队，感谢他们的编辑意见和商业见地，也感谢他们的热情、支持，以及多年来的友谊。我感到非常幸运。

我也对阿特利亚出版社的编辑彼得·博兰和肖恩·杰洛涅感激不尽。他们张开双臂接纳了一份未免粗糙的稿件，并慷慨地运用专业能力将初稿塑造成了这个故事本该有的样子。

我要感谢布卢厄斯县历史协会和明尼苏达历史中心的盖尔家庭图书馆对于这个故事历史背景的协助。还要感谢红翼鞋业的克莱尔·帕韦尔卡费心为我找寻已经被时间的尘埃淹没的那些关于靴子的史实。

令人难过的是，那些被迫入读公立寄宿学校的印第安孩子被虐待的故事如草原上的草一样多。具体到我所讲述的这个故事，我要特别感谢亚当·弗辰内特·伊格尔在他翔实的回忆录《派普斯通：我在印第安寄宿学校的日子》中所记述的亲身经历。

最后，我要感谢驯鹿咖啡和地下音乐咖啡馆的店员们——我就是在那里写就这个故事的——谢谢你们在每个天还没亮的早上对我露出的微笑；谢谢你们提供的咖啡因给予我动力；还要谢谢你们对于我远超合理时限地霸占桌椅给予宽容和耐心。没有你们，我就无法写成这本书。

作者的话

欧迪·奥班宁和他的流浪者同伴们在 1932 年夏天踏上的那次河流之旅是一次神话般的旅程。然而作为其背景的大萧条对于我的父母，以及那些出生在第二次世界大战后富足时代的孩子的父母而言，却在记忆中留下了深刻烙印。我父亲是俄克拉何马人。我从小就听他讲尘暴时期的故事，人们挖野草当饭吃，看着泥雨从天而降。我妈妈出生在北达科他州埃伦代尔一个十分拮据的家庭，穷得喂不饱哪怕再多一张嘴。她在四岁的时候被送去怀俄明州的亲戚家生活，最终被收养长大。

大萧条影响了几乎所有人的生活，但对于家庭的破坏尤其严重。1932 年美国儿童事务局报告显示至少有 25000 个家庭在流浪。在大萧条最严重的时期，据估计有 25 万青少年自愿或不得已离家成为流浪儿。

当我开始思考要写一个什么样的故事时，说实话，我把这个故事设想为一个现代版的《哈克贝里·芬历险记》，而大萧条对我而言是一个完美而富有挑战的背景。那是我们国家的绝望年代，人性中最好和最坏的一面都被充分地展现了出来。为了将这个背景尽可能真实地展现，我阅读了大量一手叙事，看了很多被制成微缩相片的老报纸，也研究了许多当年的图片记录。我想要尽可能贴近那个年代经济和社会的实际状况。

对于当时的历史时代和我所创作的故事而言都格外重要的是当年在全国城市中涌现的棚户区。它们被称作"胡佛村"，作为对大萧条早期总统赫伯特·胡佛的嘲讽。（鞋底有洞的鞋被称作"胡佛鞋"，堵鞋洞的纸板被叫作"胡佛皮"。）这些临建社区都是用废弃材料搭建起来的，住户则是因为全球金融崩溃而被剥夺了土地的人们。住在那里的人们不只是慈善援助的帮扶对象，也是被集中清退的对象。我在故事中写到的圣路易斯的胡佛村，是全美国最大的一个，人口超过五千人。联邦政府在 1936 年清理了这个营地，但小规模的棚户一直坚持到了 20 世纪 60 年代。

我很喜欢查尔斯·狄更斯的作品，之所以决定让《温柔之地》在一个名为印第安培训学校的地方展开，某种程度上就是为了向他那些有关社会不平等的杰作致敬。美国对待印第安原住民的历史是人类残忍叙述中最悲惨的一章。在大量旨在进行文化屠杀的实践中，理查德·亨利·普拉特创立了一个可怕的、构想拙劣的印第安居留区外寄宿学校项目，他宣称创立这个项目的目的是"杀死他心中的印第安人，从而拯救这个人"。从19世纪70年代开始直到20世纪中期，成百上千的印第安儿童被强制离开家庭，送到离自己在居留地的家很远的寄宿学校上学。在1925年，超过六万名儿童被送到三十个州共计357个寄宿学校中。印第安寄宿学校的生活不仅是艰苦的，更是碾压灵魂的。孩子们的印第安服装、头发和个人物品都被剥夺，因为说母语而遭受惩罚。他们遭受了情感、身体和性的虐待。借口是为了让孩子们融入白人文化，学习一项有用的手艺，事实上许多学校都充当了输送免费劳动力的渠道，让孩子们为当地居民下地干活或者当用人。

为了写《温柔之地》，我读了许多记述寄宿生活的个人传记，更是大量倚赖亚当·弗辰内特·伊格尔的回忆录《派普斯通：我在印第安寄宿学校的日子》。这本书回溯了他在明尼苏达西南部派普斯通印第安培训学校的生活。许多读者对亚当·弗辰内特·伊格尔的名字并不陌生，他是1969年11月印第安人占领恶魔岛[1]的领袖之一，这一事件持续了19个月，并推动了全国性的印第安激进运动。

在20世纪初期，由威廉·J.西摩、阿苏萨街复兴会、传道者比利·桑戴和魅力四射的信仰疗愈师的艾梅等人宣扬的

1　一座位于加州旧金山湾的小岛，由于四面都是峭壁深水，曾设联邦监狱关押重刑犯。监狱于1963年废止。

新教复兴运动席卷全国。到了 20 世纪 30 年代，虽然热潮已经基本消退，但像我故事里所写的基甸之剑疗愈会这样的复兴帐篷军在南部和中西部仍然广受欢迎。其实我要特别感谢辛克莱·刘易斯和他的小说《孽海痴魂》[1]，小说对他那个年代所见的宗教虚伪进行了严厉批判。我被故事中的帐篷传道者莎朗·福尔克纳深深吸引，她不但拥有深刻、真诚的宗教热情，也拥有世俗的经验。我故事中的伊芙修女很大程度上就是建立在刘易斯的这个耐人寻味的人物设定之上的。

虽然我的大部分研究是在图书馆和博物馆进行的——我花了很多时间泡在明尼苏达历史中心的盖尔家庭图书馆和布卢厄斯县历史协会的历史中心和博物馆——我也花了很多时间实地勘测了小说中写到的地方。我划着皮划艇和独木舟驶过了欧迪和同伴们在小说中行经的水路，也用脚走过了他们走过的大部分地方。我曾站在小说中望福村村民建起棚屋的布卢厄斯和明尼苏达河的交汇处，也曾坐在欧迪和梅贝斯·斯科菲尔德接吻的那块石头上。我曾漫步在圣保罗西岸洼地的街道上，虽然自从流浪者们短暂停留以来，那里的景象已经发生了翻天覆地的变化，但我还是能够在脑海中想象格蒂的餐厅、造船厂，以及约翰·凯利的小弟弟出生的房子都在哪里。

1　辛克来·路易斯的小说原名为 *Elmer Gantry*，是小说主人公的名字，国内暂无译本，1960 年该小说曾被翻拍为电影，译为《孽海痴魂》，此处对书名的翻译遵从电影译名。

最后，分享一个这本小说写作背后的真相：虽然我尽力忠实于那个时代的气质，并且尽可能多地使用了我研究得来的事实作为指导，《温柔之地》仍然是一本虚构的小说。就如同叙述者欧迪·奥班宁在小说结尾所坦陈的那样："我所讲的故事有些是真实的，有些……我们姑且说它们是锦上添花吧。"

图书在版编目（CIP）数据

温柔之地 / (美) 威廉·克鲁格著; 于果果译. ——
杭州: 浙江人民出版社, 2023.8
ISBN 978-7-213-11081-8

Ⅰ.①温… Ⅱ.①威… ②于… Ⅲ.①长篇小说—美
国—现代 Ⅳ.①I712.45

中国国家版本馆CIP数据核字(2023)第088513号

浙江省版权局
著作权合同登记章
图字：11-2023-066号

温柔之地
WENROU ZHI DI

［美］威廉·克鲁格 著 于果果 译

出版发行	浙江人民出版社（杭州市体育场路347号 邮编310006）	
责任编辑	徐 婷	
责任校对	姚建国 何培玉	
封面设计	稀 饭	
电脑制版	书情文化	
印 刷	河北鹏润印刷有限公司	
开 本	787毫米×1092毫米 1/32	
印 张	18.5	
字 数	339千字	
版 次	2023年8月第1版	
印 次	2023年8月第1次印刷	
书 号	ISBN 978-7-213-11081-8	
定 价	62.00元	

如发现印装质量问题，影响阅读，请与市场部联系调换。

质量投诉电话：010-82069336